ハヤカワ文庫 NF

〈NF542〉

習慣の力

〔新版〕

チャールズ・デュヒッグ

渡会圭子訳

JN151282

早川書房

8381

日本語版翻訳権独占
早　川　書　房

©2019 Hayakawa Publishing, Inc.

THE POWER OF HABIT

Why We Do What We Do and How to Change

by

Charles Duhigg

Copyright © 2011 by
Charles Duhigg
All rights reserved

Translated by
Keiko Watarai
Published 2019 in Japan by
HAYAKAWA PUBLISHING, INC.
This book is published in Japan by
direct arrangement with
THE WYLIE AGENCY (UK) LTD.

本文イラスト（p.272）：Andrew Pole
その他の本文イラスト：Anton Ioukhnovets

プロローグ

彼女は研究者にとって理想の被験者だった。

リサ・アレン――カルテによれば彼女は34歳。16歳で喫煙と飲酒を始め、ものごころついたころからずっと肥満に悩まされていた。20代半ばには、1万ドルの借金を抱え、取り立て業者に追いかけられるようになる。昔の履歴書を見ると、一番長く続いた仕事でも1年も続いていない。

しかし今、研究者たちの目の前にいる女性は細身で生気にあふれ、ランナーらしい引き締まった脚をしている。カルテの写真より10歳は若く見え、その部屋にいた誰よりも運動していると思われる。最新の報告書によれば、借金はなく、酒も飲まず、グラフィックデザインの会社で働き始めて39カ月目を迎えようとしていた。

「最後にたばこを吸ったのはいつですか？」医師の一人が尋ねる。リサは定期的にメリーランド州ベセスダ郊外にあるこの研究所にやってきて、そのたびにいくつもの質問に答えていく。

「だいたい4年前です。そのころに比べると体重は30キロ減り、フルマラソンを走るようになりました」さらに彼女は大学の修士課程に入学して家も買った。4年間で大きなことをいくつも成し遂げたのだ。

その研究所の部屋には神経学者、心理学者、遺伝学者、社会学者が集まっていた。彼らは3年前から国立衛生研究所の支援を受け、リサを含めて30人近い元喫煙者、慢性的な過食者、アルコール依存症、買い物依存症などの有害な嗜癖《しへき》を持つ患者を追跡し、調査を行った。

このプログラムの対象となった患者には、一つの共通点があった。比較的短期間で生活の立て直しができたことだ。どうすればそんなことができるのか。研究者が知りたかったのはその理由だった。そこで患者の心拍数や血圧を測定し、家の中にビデオカメラを設置して生活を記録し、DNA配列の一部を分析し、脳の中をリアルタイムで見られる技術を使って、たばこやぜいたくな食事などの誘惑にさらされているあいだ、血液や電気インパルスがどのように流れるか観察した。彼らの目的は、「習慣《ハビット》」が神経学的なレベルでどのように働いているか、そしてそれを変えるには、何が必要かを確かめることだった。

すべてのカギは「キーストーン・ハビット」にあった

「もう何十回となく話していることだと思いますが、ここにいる人間の中には、間接的にしかあなたを知らない者もいます。どうやって禁煙したか、もう一度、お話しいただけないでしょうか」医師がリサに言った。

「ええ、もちろんです」リサが答える。「きっかけはカイロへの旅行でした」休暇を取って旅行に行くことは、思いつきで決めたことだと彼女は言う。その2〜3カ月前、リサの夫が仕事から戻るなり、「他の女性を好きになったので家を出ていく」と宣言したのだ。夫に裏切られたことを理解し、離婚を受け入れるのには時間がかかった。嘆き悲しむ時期が過ぎると、何度も彼の家をのぞきに行き、町で彼の新しい恋人のあとをつけ、真夜中に無言電話をかけた。そしてある晩、リサは酔っぱらって彼の恋人の家に行き、ドアをたたいてアパートに火をつけてやるとわめきちらした。

「うまくいっているとは言えない時期でした。私は前からずっとピラミッドを見たいと思っていて、幸いクレジットカードの使用限度額は超えていなかったので……」

カイロに着いた最初の朝、夜明けに近くのモスクから聞こえてくる祈りの声で目をさました。ホテルの部屋の中は真っ暗だった。時差ボケもあり目も半分閉じた状態で、彼女はたばこに手を伸ばした。

意識がもうろうとしていたため、マルボロではなくペンに火をつけようとしていたのに気づかず、プラスチックが焼けるにおいがしてようやくはっとした。それまでの4カ月、彼女は泣いては口に食べ物を詰め込み、ろくに眠ることもできなかった。意気消沈し、屈辱、ふがいなさ、怒りをいっぺんに味わっていた。ベッドに横になったまま、彼女は泣き崩れた。

「まるで悲しみが波のように押し寄せてきて、それに飲み込まれるようでした。自分の望んでいたことが、すべて消え失せた気分でした。たばこさえまともに吸えないのですから。

そして私は前の夫のことや、国に戻ったとき仕事を見つけるのがどれほどたいへんか、どれだけ不本意な生活をおくることになるかを考え始めました。健康についての不安は以前から感じていました。私は立ち上がると水差しを床にたたきつけました。そこまで追いつめられて、何かを変えなければならないと思ったんです。少なくとも一つ、自分の思い通りになるものが欲しいと」

彼女はシャワーを浴びてホテルを出た。タクシーでカイロのでこぼこした道路から砂利道を通ってスフィンクスへ、ギザのピラミッド、そして果てしなく広大な周囲の砂漠を走っているうちに、自分をあわれむ気持ちはどこかへ行ってしまった。

人生には目標が必要だ。何かそこに向かって努力するものが。

そこで彼女はタクシーの中で決意した。またいつかエジプトに戻ってきてこの砂漠を横断しようと。

それは常軌を逸した考えだと、リサにもわかっていた。健康状態は悪いし、太り過ぎているし、貯金もない。目の前の砂漠の名前も知らないし、そんな旅が本当にできるかどうかすらわからなかった。しかしそんなことは問題ではなかった。何か没頭できるものが必要だった。リサは1年で準備しようと決めた。それを成功させるためには何かしらの代償は払わなければならない。

特にたばこはやめなければならないだろう。

11カ月後、彼女がとうとう砂漠の横断を成し遂げたとき（念のために言っておくと、移動はエアコンのきいた車で、他に6人の同行者がいた）、その一行は水、食料、テント、地図、GPS、送受信可能な無線機など、どっさり積んでいたので、たばこの1カートンくらい増えてもどうということはなかった。

しかしタクシーに乗っていたときのリサは、そんなことは知らなかった。そして研究者たちにとって、彼女の旅の詳細はそれほど重要ではなかった。重要なのは、リサがカイロで、ある一つの考えを変えたこと、つまり目標達成のために、「たばこをやめよう」と考えたことだった。それがきっかけとなって、いくつもの変化が引き起こされ、やがて彼女の生活のあらゆる面に広がっていった。その仕組みがちょうど理解されつつある時期だった。

旅行から戻って6カ月、彼女はたばこをやめてジョギングを始めた。すると食生活や働き方、睡眠、貯金のしかたも変わり、仕事のスケジュールをきちんと決め、将来の計画を立てるようになった。走る距離も伸び、ハーフマラソンからフルマラソンを走るようになった。大学に戻り、家を買い、婚約もした。やがて研究者の目にとまってスカウトされた。

研究者がリサの脳の画像分析を始めたところ、驚くべき発見があった。ある神経パターン（以前の習慣）が、新しいパターンによって覆《くつがえ》されていたのだ。以前の行動で見られた神経活動も見られたが、それらのインパルスは新しい刺激に押しのけられていた。リサの習慣が変わったことで脳も変わったのだ。

その変化を起こしたのはカイロへの旅行や離婚や砂漠横断ではなく、リサが「喫煙」という一つの習慣を変えることに専念したためだと、研究者たちは考えている。その調査の対象となった他の人たちも、同じような過程を経ていた。一つの習慣に狙いを定めることで、他の行動もプログラムしなおすことに成功したのだ。

そのような習慣をキーストーン・ハビット（要《かなめ》となる習慣）という。

こうした変化が起きるのは個人だけではない。企業でも、あるキーストーン・ハビットを変えると組織全体が変わることがある。プロクター＆ギャンブル《P&G》、スターバックス、アルコア、そしてターゲット。これらの企業はこの原理を利用して、仕事の進め方や社員同士のコミュニケーション、そして（消費者自身に気づかせることなく）買い物のしかたを変化させた。

「新たに、お見せしたい画像があります」リサの実験の終わりに、一人の研究者が言った。

コンピューターに彼女の脳の画像が映し出される。「食べ物を見たとき、脳の欲求と空腹に関わるこの部分はまだ活動的です。つまり脳の中で、食べたいという衝動はまだ起きているのです。以前はこの働きのために、あなたは食べ過ぎてしまっていました」彼は脳の中心近くを指しながら言った。

「しかしこの部位に新しい活動が見られます」今度は前頭に一番近い部位を示して言う。

「ここは行動の抑制や自制をつかさどる部位と考えられています。実験のたびに、この部位の活動がより顕著になっています」

リサが研究者にとって理想の被験者である理由は、彼女の脳の画像がとてもわかりやすく、頭の中にある行動パターン、つまり習慣がどこから生まれるのか、マッピングするのに便利だからだ。「人間の意思決定がどのようにして無意識の行動になるのか理解するうえで、あなたは大きな助けになってくれています」医師が彼女に言う。

その部屋にいた誰もが、何か重要なことが起きそうだと感じていた。

そして本当に起こったのだ。

全行動の４割が習慣

今朝起きたとき、あなたはまず何をしただろうか？　シャワーを浴びた。メールをチェックした。キッチンへ行ってドーナツにかぶりついた。歯を磨くのは風呂に入る前かあとか。靴ひもを先に結ぶのは右足か左足か。出かけていく子供に何と声をかけるか。どの道を通って仕事に行くか。席に着いたら最初にするのはメールのチェックか。あるいは同僚とのおしゃべりか。それともすぐメモを書き始めるか。ランチはサラダ？　それともハンバーガー？　家に帰ったらスニーカーにはきかえてジョギングに出かける？　それともテレビの前で一杯やりながら夕食を食べる？

「私たちの生活はすべて、習慣の集まりにすぎない」

1892年にウィリアム・ジェームズはそう書いている。私たちが毎日行っている選択は、よく考えた末の意思決定だと思えるかもしれないが、実はそうではない。それらは習慣なのだ。一つ一つの習慣はそれほど重要ではない。しかし長期的に見ると、食事で何を注文するか、毎晩子供たちに何を言うか、お金を貯めるか使うか、運動をどのくらいするか、考えをどうやってまとめるか、そしてどんな手順で仕事をしているかといったことが、その人の健康や効率、経済的安定、幸福感などに大きな影響を与えている。デューク大学の研究者が2006年に発表した論文によると、毎日の人の行動の、じつに40パーセント以上が、「その場の決定」ではなく「習慣」だという。

本書は3部に分かれている。

第1部は、個人の生活の中で習慣がどのように出来上がっていくかをテーマにしている。いわば「個人の習慣」である。具体的には、いかにして新しい習慣がつくられ、古い習慣が変わっていくかといった、「習慣の形成」を神経学的に掘り下げていく。たとえば一つの広告が、それまであいまいだった歯磨きという行為を、強迫的な習慣にまで押し上げた過程について考える。他にはファブリーズというスプレーを消費者の習慣に組み込んで10億ドルのビジネスに育て上げたP&G、依存症の核となっている習慣を壊すことで患者の生活を立て直しているアルコール依存症更生会《AA》、そしてフィールドでの小さなきっかけに対する選手の反応を変えることに専念して、NFL最下位だったチームの運命を変えたアメリカン・フットボールのコーチ、トニー・ダンジーなども紹介していく。

第2部は成功している企業や組織の習慣を分析している。ポール・オニールという辣腕《らつわん》CEO（のちに財務長官に就任した）は、一つのキーストーン・ハビットをつくることだけを目標にして、経営不振だったアルミニウム製造会社をダウ・ジョーンズ工業株の中でもトップクラスの業績をあげる企業へと変身させた。スターバックスが意志の力を強化するための習慣を身につけさせることで、高校中退者を一流マネジャーに育てた事例も詳しく説明している。またどれほど才能に恵まれた外科医でも、組織によい習慣が根付いていなければ致命的なミスを犯してしまう可能性があることも取り上げている。

第3部は「社会の習慣」に目を向ける。マーティン・ルーサー・キング・ジュニアと公民権運動が成功した要因の一部は、アラバマ州モンゴメリーに根深くはびこっていた社会習慣を変えられた点にある。それと同じ手法で、リック・ウォレンという若い牧師はカリフォルニア州サドルバック・バレーにアメリカ最大の教会をつくった。なぜそれらがうまくいったのか、その理由を解説している。

最後はとても難しい倫理的な問題を扱う。一つ例をあげると、「人殺しをしたのは習慣のせいだ」と人々を納得させられたら、その容疑者は無罪になるのか、といった問題だ。

どの章でも議論の中心にあるのは、「習慣は変えられる」ということだ。ただしそれは習慣の仕組みをきちんと知っていればという条件がつく。

この本は何百という学術的研究、300人を超える科学者や企業幹部へのインタビュー、何十という会社が行った研究をもとにしている。*

ここで扱う習慣とは、専門的に次のように定義される——ある時点で意図的につくり、やがて考えなくても毎日、何度も行うようになるもの。私たちはどのくらい食べるか、職場に着いたら何をするか、週に何回酒を飲むか、いつジョギングに行くかといったことを、ある時点で意識的に決めている。やがて決定をしなくなり、その行動は無意識のものとなる。それは神経学的には自然の結果だ。そしてこれがどのようにして起こるのかを理解すれば、自分の好きなようにパターンをつくりなおすことができるのだ。

暴動を防ぐ秘策

私が最初に習慣の科学に興味を持ったのは8年前、イラクのバグダッドで新聞記者をしていたときのことだ。活動中の米軍を見て私は思った。これこそ史上最大級の習慣形成の場だ。基礎訓練では砲火を浴びながら、どのように発砲し、思考し、コミュニケーションを取るか、入念に計算された習慣をたたき込まれる。戦場での命令はすべて、無意識にできるようになるまで練習した行動を引き出すようにできている。基地をつくる、戦略を立てる、攻撃にどう備えるか決定するなど、軍隊という組織全体が決まった手順に頼っていて、それは延々と繰り返すことで身につけるしかない。

戦争が始まって間もなく各地で暴動が起き、死者の数がどんどん増えているころ、米軍の司令官は、兵士やイラク人のあいだに浸透させて永続的な平和をもたらす「習慣」をさがしていた。

私がイラクに入って2カ月がたったころ、首都から90マイル（150キロ）南にある小さな町クーファで、ある将校が即席の「習慣変更プログラム」を開くと聞いた。彼は陸軍少佐で、最近の暴動のビデオを分析し、あるパターンを発見したという。暴動が起こる前は、たいていイラク人が町の広場などに集まり、数時間のうちにその数が増える。野次馬の他に食べ物を売る行商人なども集まってくる。そこで誰かが石や瓶を投げて大混乱に陥る。

その少佐がクーファの市長に会ったとき、不可解な提案をした。食べ物売りの行商人を広場から排除できますか？　もちろんだと市長は答えた。それから2～3週間たち、クーファの大モスク近くに少数の集団が集まっていた。午後になるとどんどん人が増えていく。怒りのスローガンを叫ぶ人々もいた。イラクの警察は不穏な空気を察し、無線で米軍に出動を要請した。夕暮れになり、群衆は疲れて空腹になり始める。いつもなら広場にたくさんいるケバブ売りをさがすが、その日は行政の力によってすべて排除されていた。野次馬は立ち去り、スローガンを叫ぶ人々も元気がなくなる。午後8時になるころには、誰もいなくなっていた。

＊ソースについては以下のサイトを参照　http://charlesduhigg.com

私がクーファ近くの基地を訪れたとき、その少佐に話を聞いた。習慣に関しては、必ずしも群衆の力学を考える必要はないと彼は言う。しかし彼は軍人になってからずっと、習慣形成の心理学の訓練を受けてきたようなものなのだ。

新兵訓練キャンプでは、紛争地帯で眠る、混沌とした戦闘状態の中で集中力を保つ、疲れ切っているときに決断をするといった習慣を徹底的に身につけた。またお金を貯める、毎日運動をする、行動を共にする仲間たちとコミュニケーションをとる習慣を教える講座にも出席していた。階級が上がっていくと、部下が上司に許可を求めずとも決断をくだせるようにする組織の習慣がいかに大切か、そして正しい手順を決めて習慣化すれば、ふつうなら我慢できない相手とも、うまく仕事ができることを学んだ。そして当時、臨時とはいえ国づくりに関わる立場にあった彼は、群衆や文化が同じルールに従っているのを見ていた。ある意味で、コミュニティというのは何千人もの行動に現れる習慣の巨大な集まりで、人がそこからどのような影響を受けるかによって、暴力にも平和にもつながるのではないかと彼は言う。広場から食べ物売りの行商人を排除する以外にも、彼はクーファで住民の習慣に影響を与える実験を何十と行っていた。彼がその地に入ってから、暴動は起こっていなかった。

「私が軍隊で学んだもっとも重要なことは、習慣を理解したことだ」と少佐は言う。「世界の見方がすべて変わる。すぐに眠って朝はすっきり起きたいと思ったら、夜の習慣と、起きたときに無意識に何をしているかを調べてみる。楽に走れるようになりたければ、それを習慣化するための引き金を見つける。私は子供たちにそれをたたき込んだ。妻とは結婚するとき、どんな習慣を身につけるか計画を立ててそれを書き出した。指揮官との打ち合わせでも、話したのはこれだけだった。クーファでは、ケバブ売りを締め出せば群衆の行動を変えられるなどと言う人はいなかっただろう。しかしすべてが習慣の集まりだと知ること、それは懐中電灯とバールを手に入れるようなものなんだ。道具があれば、問題解決のための糸口をつかめる」

その少佐はジョージア州出身の小柄な男だった。彼は話しているあいだ、絶え間なくヒマワリの種か噛みたばこをカップの中に吐きだしていた。彼は軍隊に入るまで、自分にできるのはせいぜい電話線の修理屋くらいだと思っていたという。場合によっては麻薬の売人になっていたかもしれない。高校時代の仲間には、実際そうなった者もいる。しかし今は世界でもっとも高度な戦闘組織の一つであるアメリカ軍で８００人の兵士を監督している。

「私のような田舎者でもできたのだから、誰だってできると言いたい。部下の兵士たちにはいつも、正しい習慣を身につければ、できないことは何もないと言っている」

この10年で、習慣やパターンが毎日の生活、社会、組織の中でどのような働きをしているかについての理解は、50年前には想像できなかったほど広がった。今、私たちは習慣がどう生まれて、どう変わるか、そしてその構造の裏にある原理も知っている。あとはそれをパーツに分けて自分に合ったスペックに組み立て直すことだ。どうすれば食べる量を減らし、運動量を増やし、もっと効率的に働き、健康的な生活をおくれるようになるか。

習慣を変えることは楽ではないし、すぐにできるものでもない。常に単純というわけでもない。

けれども習慣を変えることは可能だ。そして今、そのための方法もわかっている。

目次

第3部　社会の習慣　305

習慣の力〔新版〕

第1部

個人の習慣

第1章　「習慣」のメカニズム——行動の4割を決めている仕組みの秘密

　1993年秋、一人の男性がサンディエゴの研究所にやってきた。習慣についての当時の私たちの理解を、根底からくつがえすことになる人物だ。

　彼は年配だが身長は6フィート（約180センチ）を超え、ぱりっとした青いボタンダウンのシャツを着ていた。白い髪はふさふさとしていて、50年目の同窓会にはきっと同級生の羨望《せんぼう》のまなざしを浴びただろう。関節炎のせいで少し足を引きずりながら、妻と手をつないでゆっくりと研究所の廊下を歩いていた。一歩を踏み出すごとに何が起こるかわからなくて不安を感じているような歩き方だ。

　このおよそ1年前、ユージン・ポーリー（医学論文の中では〝E・P〟として知られるようになった）がプラヤデルレイの家で夕食の準備をしているとき、妻が息子のマイケルのことを話し始めた。

「マイケルって誰だい？」ユージンは尋ねた。

「あなたの息子よ。私たちが育てた子じゃない」妻のベバリーが答える。

ユージンは妻をぼんやりと見つめてまた尋ねた。「それは誰だ？」

翌日、ユージンは嘔吐《おうと》を始め、胃痙攣《いけいれん》で七転八倒した。24時間たたないうちに脱水症状に陥り、あわてたベバリーが救急車を呼ぶ。体温が40度に達し、病院のベッドのシーツが汗で黄色くなった。うなされて暴れ、腕に点滴針を刺そうとした看護師を押しのけて叫んだ。鎮静剤を与えてようやく、背中がくぼんだところにある2本の腰椎《ようつい》のあいだに長い針を刺して脳脊髄液を数滴採取できた。

その処置をした医師はすぐに問題があるのを感じ取った。脳や脊髄神経のまわりにある液体は感染や損傷を防ぐための防壁だ。健康な人の場合、この液は透明ですばやく流れているので、針から絹糸のように出てくる。だが、ユージンから採取したサンプルは濁っていて、見えるか見えないかの滴になってゆっくり落ちてくるという状態だった。

検査結果が出ると、医師はすぐに診断をくだした。彼はウィルス性脳炎に冒されていたのだ。ウィルス自体はありふれたもので、単純ヘルペス、皮膚に軽い感染症が起きるといった症状がある。しかしまれにウィルスが脳まで達して、思考、夢などに関わる部位（精神にまで関わってくるという研究者もいる）に大きなダメージを与える。

ユージンの担当医はベバリーに、すでに起きている損傷については、なすすべがないと告げた。しかし抗ウィルス薬を大量に投与すれば、ダメージが広がるのを防げるかもしれない。ユージンは昏睡状態に陥り、10日間生死の境をさまよった。やがて薬の効果か、少しずつ熱は引き、ウィルスは消えた。ようやく目をさましたとき、彼は弱り、混乱していて、飲み物や食べ物をきちんと飲み込むこともできなかった。文を組み立てて話すことができず、ときどき呼吸のしかたを忘れてしまったように苦しそうにあえいだ。それでも彼は生きていた。

やがてユージンはさまざまな検査を受けられるくらいに回復した。体は神経系を含め、ほとんど無傷だったことに医師は驚いた。手足も動かせるし、音や光にも反応した。しかし彼の脳の画像を見ると、脳の中心近くに不吉な影が見える。ウィルスは頭蓋と脊柱が合わさる部分近くの組織を破壊していた。「彼はあなたが覚えている夫ではないかもしれません」医師の一人がベバリーに告げた。「あなたの知る夫はもういないかもしれないという覚悟をしてください」

忘却の彼方に

ユージンは病院の別の棟に移された。1週間もすると、飲み物や食べ物を楽に飲み込めるようになった。さらに1週間が過ぎるとふつうに話すようになり、フルーツゼリーや塩が欲しいと言った。テレビのチャンネルを次々と替え、ドラマがつまらないと文句を言う。5週間後に退院してリハビリセンターに移ったときには、廊下を歩き回り、聞かれてもいないのに週末の計画について看護師にアドバイスをするほどだった。

「ここまで回復した人は見たことがありません」と、ある医師はベバリーに言った。「過剰な期待をさせたくはありませんが、すばらしいことです」

けれどもベバリーはまだ心配だった。リハビリセンターでは、病気のせいで夫が変わったのが明らかになった。たとえば曜日がわからない。医師や看護師の名前を、何回教えてもらっても覚えていられない。「どうして同じようなことばかり訊くんだ?」ある日、医師が部屋から出て行ったあと、ユージンはベバリーにそう尋ねた。

ようやく家に戻ると、さらに奇妙な事態が起こる。ユージンは友人たちを忘れているようだった。会話についていくのにも苦労していた。朝ベッドから起きてキッチンでベーコンエッグを焼き、またベッドに戻ってラジオを聴く。40分後、まったく同じことをする。起きてベーコンエッグを焼き、またベッドに戻ってラジオをつける。そしてまた同じことをする。

心配したベバリーは専門家に連絡を取った。その中にカリフォルニア大学サンディエゴ校で、記憶障害を専門に研究している、ラリー・スクワイアという研究者がいた。ベバリーとユージンがある秋の晴れた日に、同大学内の特徴のない建物の廊下を、手をつないで歩いていたのはそういう経緯だったのである。

彼らは小さな検査室に入り、ユージンはコンピューターを使っている若い女性と話を始めた。

「電子機器の会社で何年も働いているが、とても信じられないね」彼女がタイプをしている機械を見ながら彼は言った。「私が若いころ、こういうものは6フィートの棚二つ分くらいの大きさで、それだけでこんな部屋がいっぱいになってしまったもんだ」

女性がさらにキーボードをたたき続けていると、ユージンは小さな笑い声をたてた。

「こいつは信じられない。プリント回路にダイオードに三極管。私が電子機器の仕事をしていたときは、こういうものを置くのに6フィートの棚が二つは必要だったよ」

科学者が一人、部屋に入ってきて自己紹介をした。彼はユージンに年齢を尋ねた。

「うん、59か60かな」ユージンはそう答えたが、このとき彼は71歳だった。

学者はコンピューターにタイプを始める。ユージンは笑ってそれを指しながら言った。

「ほんとうにすごいものだ。私が電子機器の仕事をしていたときは、こういうものを置くのに6フィートの棚が二つは必要だった」

ラリー・スクワイア教授は当時52歳。30年にもわたり、神経解剖学の面から記憶の研究に取り組んできたエキスパートで、特に脳がどのように記憶を蓄積しているかを調べていた。

彼がユージンに行った調査によって、習慣についての理解が大きく変わり、自分の年齢をはじめ、ほとんど何も覚えていられない人でも、信じられないほど複雑な習慣を新たに身につけられる神経メカニズムがあることがわかった。そして実は誰もが毎日、それと同じメカニズムに頼って生活していることも判明したのだ。そのメカニズムは、私たちが日に何度も行っている選択に影響を与えている。人は常によく考えて行動していると思っているが、実際は自分でもわかっていない衝動に動かされているのだ。

スクワイアはユージンに会う前から、すでに彼の脳の画像を数週間にわたって観察していた。画像を見るとユージンの頭蓋内部の損傷は、中心近くの5センチ程度の範囲に限られていることがわかった。

ウィルスは内側側頭葉《ないそくそくとうよう》の大半を破壊していた。この部位は過去を思い出したり、ある種の感情を抑えたり、あらゆる認知機能に関わっていると考えられている。そこが徹底的に破壊されていたことには、スクワイアは驚かなかった。彼が驚いたのは、その画像がとてもなじみのあるものだったことだ。

記憶の不可思議

その30年前、スクワイアがマサチューセッツ工科大学《MIT》の博士課程の学生だったころ、″H・M″と呼ばれる、医学界ではとても有名な患者を研究していたグループがあった。H・M（本名はヘンリー・モレゾンだったが、彼が生きているあいだは素性を明かさなかった）は7歳のとき、自転車と衝突して地面に頭を強く打った。それからまもなく、彼はてんかんを発症し、たびたび気を失うようになる。発作は多いときでは一日10回も起こることがあった。

彼が27歳になっても、希望はほとんど見出せず、痙攣を抑える薬も効果がなかった。彼は優秀だが仕事に就けず、ずっと両親と暮らしていた。ふつうの暮らしがしたかった彼は、医療過誤への恐れよりも、実験への興味が勝る医師の手助けを求めた。当時の研究では、脳の海馬という部分がてんかんに何らかの役割を果たしているのではないかと考えられていた。その医師から、頭を開いて脳の前方の一部を持ち上げ、小さなストローで海馬とその周辺の組織を吸いだす手術を提案されたとき、H・Mはすぐに同意したのだった。

手術は1953年に行われ、その後はてんかんの発作が起きる回数は減った。しかしほとんど手術直後から、彼の脳が大きく変わってしまったことは明らかだった。

H・Mは自分の名前や母がアイルランド出身であることなどは覚えていた。1929年の大恐慌やノルマンディー上陸作戦のニュースも思い出せた。しかしその後のこと（記憶、経験、手術を受ける前10年間の苦悶《くもん》を含めて）は、ほとんどすべて消えてしまっていた。医師がトランプを使ってH・Mの記憶力の検査をしたところ、彼が新しい情報を覚えていられるのはせいぜい20秒程度だということがわかった。

手術を受けた日から2008年に亡くなるまで、H・Mにとっては、出会う人、耳にする歌、出入りする部屋、あらゆるものがまったく新しい体験となった。彼の脳の中では時間が止まっていたのだ。毎日、黒いプラスチック製の四角い物体をテレビに向ければチャンネルを替えられることに戸惑っていた。彼は一日に何十回と、医師や看護師に自己紹介をした。

「H・Mについて学ぶことは、とても興味深かった。記憶は脳を実体的に研究できる。それはとても刺激的だ」とスクワイアは言う。「私は小学校1年生のとき、教師がみんなにクレヨンを渡してくれたことを覚えている。私はすべての色を混ぜて塗り、黒くなるか試してみた。なぜそんなことを覚えているんだろう？　でもそのときの教師がどんな顔をしていたのかは覚えていない。ある記憶が他の記憶よりも重要だと、脳はどうやって決めているのだろう?」

スクワイアがユージンの脳の画像を受け取ったとき、それがH・Mのものとよく似ていることに驚いた。どちらの頭にもクルミぐらいの大きさの空洞の部位がある。ユージンの記憶も、H・Mと同じようになくなってしまっていた。

しかしスクワイアがユージンの検査を始めたところ、彼はある根本的な部分でH・Mと違っていることに気づいた。H・Mの場合、会った誰もがすぐに、何かがおかしいと気づくが、ユージンは会話もできるし、作業をしていてもふつうの人は何もおかしいと思わない。H・Mは手術の影響ですっかり弱ってしまったため、その後はずっと施設で過ごしたが、ユージンは家で妻と一緒に暮らしている。H・Mはあまり会話ができなかった。しかしユージンは人工衛星(彼はかつて宇宙関連の企業で技術者として働いていた)や気候など、自分が興味ある話題なら、驚くほどうまく話を続けることができた。

スクワイアがユージンの検査を始めるとき、まず幼いころのことを尋ねた。ユージンは自分が育ったカリフォルニアの中央あたりにある町のことや、商船に乗っていたときのこと、若いときに行ったオーストラリア旅行のことなどを話した。1960年以前のことなら、大きな出来事はほとんど思い出せた。しかしその後のことを尋ねると、ユージンは申し訳なさそうに話題を変え、最近のことを思い出すのは苦労すると繰り返すばかりだった。

スクワイアはいくつか知能検査を行い、過去30年のことを思い出せないわりに、ユージンの知能は高いことを突き止めた。さらに、彼が若いころ身につけた習慣は消えていなかった。スクワイアが彼にコップの水を渡したり、特に細かな答えを言ったときにほめたりすると、ユージンは礼を言い、お返しの言葉を口にした。誰かが病室に入ってくるたび、ユージンは自己紹介をして、どんな一日かを尋ねる。

その一方で数字の羅列を記憶したり、実験室のドアの向こうの廊下について説明したりすることはできず、新しい情報はせいぜい1分ほどしか覚えていられないことがわかった。孫の写真を見せても、誰だかわからない。具合が悪くなった当時の状況についてスクワイアが尋ねても、ユージンは自分の病気や入院していた記憶を失っていた。しかし、自分が記憶を失っているとは思っていなかった。記憶喪失という自覚がなく、病気のことも覚えていない。どこかが悪いとさえ考えていなかった。

ユージンに出会って何カ月かがたったころ、スクワイアは記憶の限界を調べるための実験を行った。そのころユージンとベバリーは、ロサンゼルスのプラヤデルレイから娘がいるサンディエゴに引っ越していて、スクワイアは検査のために何度もそこに通った。

ある日、スクワイアはユージンに、家の間取り図を描くよう頼んだ。ユージンはキッチンや寝室の位置を示す、簡単な地図を描くことができなかった。「朝、ベッドから出るとどうやって部屋を出ますか？」スクワイアは尋ねた。

「いや、よくわからないんだ」とユージンは言う。

しばらくして彼は部屋の向こうに目をやり、立ち上がって廊下を歩いていき、トイレのドアを開ける。1～2分後、トイレの水が流れ、水道から水の出る音がした。そしてユージンがズボンで手を拭きながらリビングに戻ってくると、スクワイアの隣の椅子にまた座り、じっと次の質問を待っていた。

家の間取り図を描けない人物が、なぜ迷うことなくトイレに行って帰ってこられるのか、当時は不思議に思う人はいなかった。しかしそのような疑問がやがていくつもの発見につながり、習慣の力についての理解を大きく変えることになった。それが科学の変革に火をつけ、現在では何百という研究者たちが、私たちの生活に影響を与える「習慣」についての理解を深めようとしている。

ユージンは椅子に座り、スクワイアのラップトップを見ながら言う。「これはすごい。私が電子機器の仕事をしていたときは、こういうものを置くのに6フィートの棚が二つは必要だったもんだ」

一人の散歩

新しい家に引っ越して最初の何週間か、ベバリーはユージンを毎日、外に連れ出そうとしていた。医師から運動させることが大切と言われていたし、ずっと家の中にいると、ユージンが何度も何度も同じことを言うので、ベバリー自身がおかしくなりそうだった。それで毎日、朝と午後に散歩に出かけ、一緒に同じ道を歩いた。

医師はベバリーに、ユージンには常に監視が必要だと言っていた。もし道に迷ったら家に帰れなくなるだろうと。

しかしある朝、彼女が着替えているあいだに、ユージンは玄関から出て行ってしまった。彼は家の中でも部屋から部屋へとふらふら歩く癖があったので、外に出ていることにしばらく気づかなかったのだ。気づいたとき、ベバリーは半狂乱になった。外に飛び出したが、彼の姿はどこにも見えない。近所の家を回り、窓をたたいた。近くにある家はどれもよく似ていて、ユージンが間違えて中に入り込んでいるのではないかと思ったのだ。玄関に回って誰かが出るまで呼び鈴を鳴らす。ユージンはいなかった。急いで通りへ戻り、ユージンの名を呼びながら近所を走り回った。彼女は泣いていた。もしユージンが車の多い通りに出てしまっていたら？　自分の住所を人に伝えられるだろうか？　彼女が外に出てすでに15分たち、心当たりはすべて見て回った。もう家に戻って警察に連絡するしかないと考えた。

ベバリーが玄関のドアから家に飛び込むと、ユージンがリビングにいた。テレビの前に座って歴史チャンネルを見ていたのだ。妻が涙を流しているのを見て、彼は不思議そうな顔をした。彼は外に出たことを覚えていないと言う。どこにいたのかわからないし、なぜ妻がそんなに取り乱しているのか理解できなかった。そのときベバリーは、テーブルの上にまつぼっくりがいくつか置いてあるのに気づいた。通りの先の家の庭に落ちていたもののようだった。ユージンの手をじっくり見ると、べたべたした樹液がついている。このときようやく、ユージンは一人で散歩に行ったのだと気づいた。彼はぶらぶらと歩いて、お土産まで持ってきたのだ。

まもなくユージンは毎朝、散歩に出るようになった。ベバリーはなんとか止めようとしたが、無駄だった。

「どれだけ家にいるように言っても、数分後にはそのことを忘れてしまうのですから。何度か道に迷っていないことを確かめるため、彼のあとをつけたことがありますが、いつもきちんと帰ってきました」彼はときどきまつぼっくりや石を持って帰ってきた。あるときは財布、またあるときは子犬を連れてきた。しかしそれらをどこで手に入れたか、彼は覚えていなかった。

この彼の散歩について聞いたとき、スクワイアと助手たちはユージンの頭の中で「何か」が起こっているのではないかと考えた。それは意識的な記憶とはまったく関係ないものだ。

彼らはそれを確かめるために、ある実験を計画した。助手の一人がユージンの家を訪ねて、家の近所の地図を描くよう彼に頼んだ。ユージンはそれができなかった。次に、自分の家が通りのどこにあるかを描いてほしいと頼むと、彼はしばらく何かを描こうとしていたが、そのうち何を頼まれたのか忘れてしまった。助手の女性は次にキッチンへ続くドアを指すよう求めた。ユージンは部屋を見回し「わからないな」と答えた。しかし彼女が、「お腹がすいたらどうするか」と尋ねると、彼は立ち上がってキッチンへ歩いていき、戸棚を開けてナッツの入った容器を取り出したのである。

その週、助手がユージンの日課の散歩に加わった。彼らはブーゲンビリアが強く香る、穏やかな南カリフォルニアの空気の中、15分ほど歩いた。ユージンはあまりしゃべらなかったが、常に前を歩いていた。自分がどこに向かっているか、すべてわかっているようだった。家の近くの角を曲がったとき、助手がユージンにどこに住んでいるかを尋ねた。「はっきりとはわからないんだ」とユージンは言いながら、家に続く歩道を歩き、玄関のドアを開け、リビングルームへ入ってテレビをつけた。

スクワイアから見て、ユージンが新しい情報を取り込んでいるのはたしかだった。しかしその情報は脳のどこにしまわれているのだろう？　キッチンの位置がわからない人間が、なぜナッツの入った容器を見つけられるのだろう？　どれが自分の家かもわからないのに、なぜ迷わずに帰れるのだろう？

傷ついたユージンの頭の中で、新しい行動パターンがどのようにつくられているのだろう？

ラットの脳が働かなくなるとき

ＭＩＴの「脳と認知科学研究棟」の、とある実験室には、病院の手術室のミニチュア版のような設備がある。ごく小さなメス、小さなドリル、そして5ミリ程度ののこぎりがロボットアームに取りつけられている。手術台まで小さく、まるで子供の背丈くらいしかない外科医のために用意されたように見える。その部屋は常に、やや低めの15℃程度に保たれている。そのほうが指の動きが安定して、繊細な作業をしやすくなるからだ。この部屋の中で、神経学者は麻酔をかけたラットの頭蓋骨を切開し、脳のかすかな変化をも記録できる小さなセンサーを埋め込む。ラットは目覚めても、頭の中にくもの巣のように何十本ものワイヤーが張りめぐらされているとは気づかない。

この研究室は、習慣の形成の科学における革新的研究の発信地となっている。ここで行われる実験によって、ユージンをはじめ、私たちの誰もが、毎日を無事に過ごすために必要な行動をどうやって行っているのかが解明されつつある。

このような研究室のラットのおかげで、歯を磨く、車をバックで出すといった、日常的な作業を行っているときに頭の中で起こっている複雑な活動が明らかになった。そしてスクワイアからすると、こうした研究はユージンが新しい習慣をどうやって身につけるのか理解する助けにもなっているのだ。

１９９０年代にＭＩＴの研究者たちが習慣の研究を始めたとき（ユージンが病に倒れたの

と同じところだ)、彼らは基底核《きていかく》という神経組織のかたまりに目をつけていた。人間の脳を、細胞が何層にも重なった玉ねぎのようなものと考えると、一番外側(頭皮に近い)が一番新しく進化した部分だ。新しい発明品を思い描いたり、友人のジョークに笑ったりするとき、脳で働いているのはこの外側の部分だ。複雑な思考はほとんどここで起こっている。

かたや脳の奥深く、脳幹に近い部位(脊柱と接している)はもっと古く、構造も原始的だ。この部分が無意識な行動をコントロールしている。たとえば呼吸をしたり飲み込んだりといった行動、あるいは誰かが茂みから飛び出してきたときびっくりするといった反射的な反応だ。その頭の中心に向かう途中に、ゴルフボールほどの組織のかたまりがある。これと似たものは魚類や爬虫類、哺乳類にも見られる。これが基底核という楕円形の細胞のかたまりで、その役割についてはあまりわかっていなかった(パーキンソン病のような病気に関わっているのではないかと考えられていた)。

1990年代初頭、MITの研究者たちはこの基底核が「習慣」にも関わっているのではないかと考え始めた。基底核が傷ついた動物は、突然、迷路のルートを覚えたり、えさの容器を開けるといった行動に問題が現れるようになる。

彼らは新しいミクロのテクノロジーを使って実験を行うことにした。そうすれば何十もの習慣的行動をしているとき、ラットの頭の中で起こっていることを事細かに観察できる。

手術でラットの頭の中に、小さなジョイスティックのようなものと、何十という配線を入

ラットの習慣による脳の変化

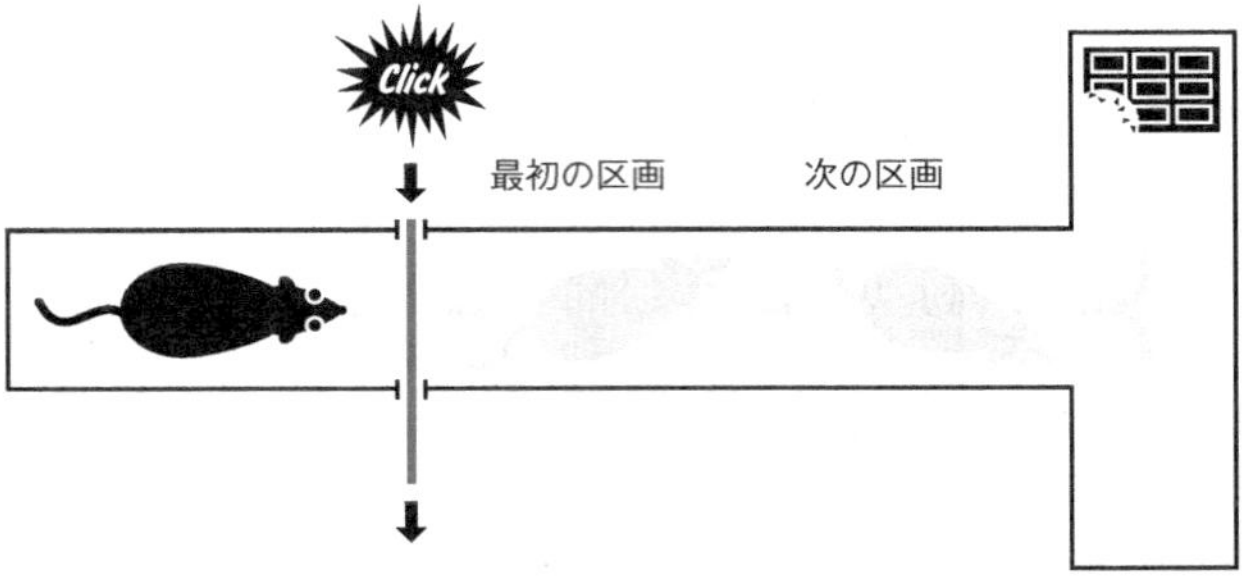

れる。その後、ゴールに報酬としてチョコレートを置いたT字型の迷路にラットを置く。

通路の端には仕切りがあり、クリック音がすると仕切りが取り払われる。最初、クリック音がして仕切りがなくなったとき、そのうしろにいたラットはたいてい中央の通路を行ったり来たりして角で匂いをかぎ、壁をひっかいたりする。チョコレートの匂いには気づいているようだが、どうすれば見つけられるかわかっていないようだった。

T字型の迷路の突き当たりまで来ると、最初はチョコレートとは反対の右に行ったり、左に行ったり、特に理由もなく立ち止まったりする。そのうちに、たいていのラットは報酬を発見する。この行ったり来たりする動きに、特にはっきりとしたパターンはない。どのラットも何も考えずにふらふらしているように見える。

しかしラットの頭に仕込んだ装置を調べると、話はまったく違ってくる。ラットが迷路で迷っている

ラットの神経活動の変化

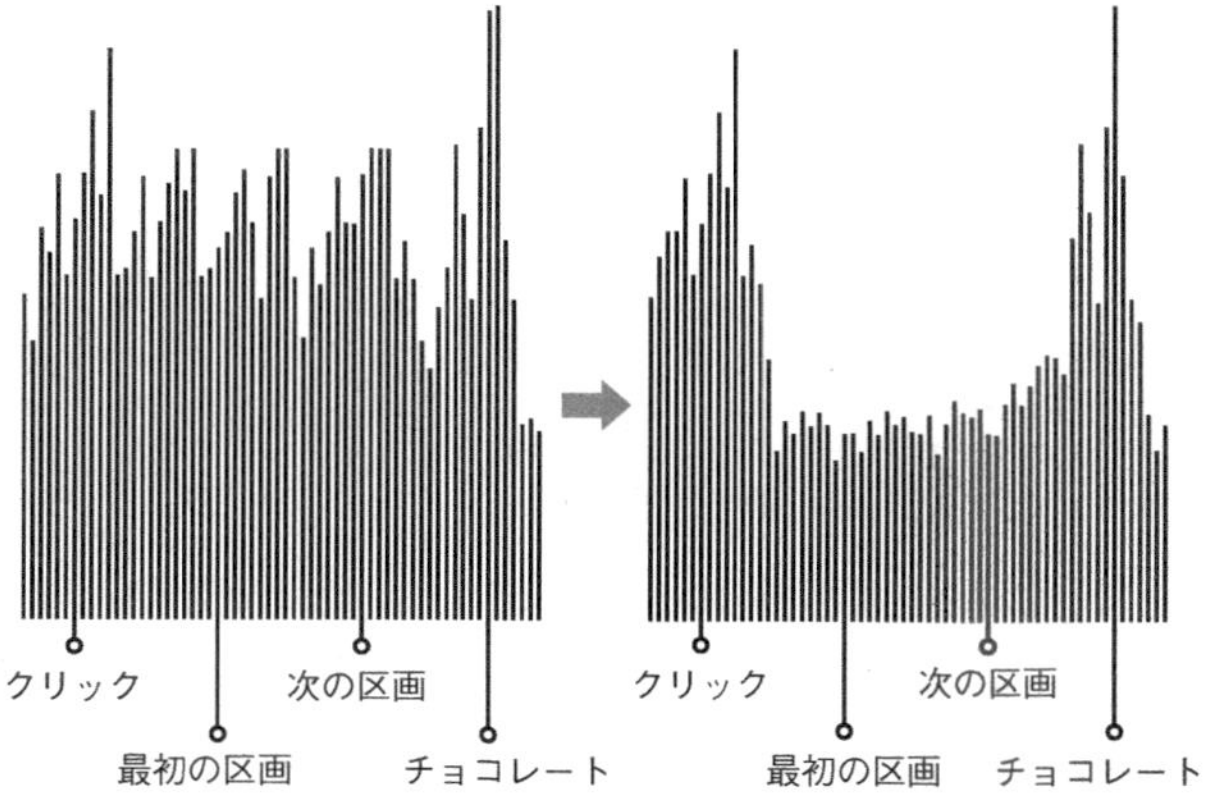

とき、脳、特に基底核が猛然と活動しているのだ。匂いをかいだり壁をひっかいたりするたび、脳の活動が急に活発になる。まるで新しい香り、光景、音などを分析しているかのようだ。ラットは動き回っているあいだずっと、情報を整理しているのだ。

研究者たちはこの実験を何度も行い、ラットが何百回も同じ迷路をたどったあと、脳の活動はどう変化していくかを調べた。するといくつもの変化が少しずつ現れた。

ラットは次第に匂いをかぐのをやめ、曲がる方向を間違えることも減った。ゴールにたどり着くまでの時間もどんどん短くなった。さらにラットの頭の中では、思いがけないことも起こっていた。迷路の道筋を覚えるにつれて、ラットの脳の活動は低下するのだ。迷路を進むのが無意識の行動になると、ラットはどんどん「考えなくなる」。

最初の数回ではラットは迷路を探りまわり、脳をフル回転させなければ、新しい情報すべての意味を理解できないように見える。しかし2〜3日、同じ道筋を通っていると、ラットはもう匂いをかいだり壁をひっかいたりする必要はなくなる。そのためひっかいたり匂いをかいだりすることに関わる脳の部位の活動が止まる。どちらに曲がればいいか選ぶ必要がなくなり、脳の意思決定センターもおとなしくなる。脳はただ、チョコレートにもっとも早くたどり着ける道筋を思い出すだけでいい。

1週間もすると、記憶に関わる脳の部位もあまり活動しなくなっていた。ラットはゴールまでたどり着くルートを完全に自分のものにして、まったく考える必要がなくなっていたのだ。

その後、ルートを完全に自分のものにできる（まっすぐ走り左に曲がるとチョコレートにありつく）かどうかは、基底核にかかっていることがわかった。ラットがチョコにたどり着くまでの時間が短くなり、脳が働かなくなるとき、この小さな古い部位が行動を支配するらしい。基底核は脳の他の部位が眠っているときでも習慣を保持しているのだ。

基底核が実際に働いているのを確かめるために、43ページの二つのグラフについて考えてみよう。これは初めて迷路に入れられたとき、ラットの脳で起こっている活動を示したものだ。最初、脳はずっと活発に活動している（左）。1週間後、報酬にたどり着くためのルートを覚え、それが習慣化すると、迷路を走っているあいだの脳の活動は低下した（右）。

習慣の誕生

一連の行動を無意識に行える慣例に変える脳のこのプロセスは、チャンキング（いくつかのものを一つのものとして記憶する）として知られている。これこそが習慣形成の基本なのだ。私たちは毎日、何十、何百という行動のチャンクに頼って生活している。その中には、歯ブラシに練り歯磨きを載せて口に入れるといった、ごく単純なものもある。着替えるとか、子供のお弁当をつくるといった行動は、それより少し複雑になる。

習慣になってしまうのが驚異的に感じるほど複雑な行動もある。たとえば運転の初心者にとって、車をスタートさせてドライブウェーから外に出るときは、大きな集中力が必要だ。それにはもっともな理由がある。まずガレージを開けて車のロックを解き、シートを調整してキーを差し込み、それを時計回りに回し、バックミラーとサイドミラーを動かし、障害物がないかどうか確認し、ブレーキに足を載せギアをリバースに入れたらブレーキから足を離し、頭の中でガレージから道路までの距離を予測し、そのあいだにもタイヤをまっすぐに保ちながら、道路を行き交う車に目を配り、ミラーに映る像からバンパー、ごみ箱、生け垣の距離を計算し、しかもこれらすべてをアクセルやブレーキを軽く踏みながら行い、そしてたいていの場合、同乗者にラジオをいじるのはやめろと頼まなくてはならないのだ。

しかし少し慣れれば、ほとんど何も考えず、これらすべてを行って道路へ出られるようになる。習慣化することで機械的にこなせるようになるのだ。

毎朝、何百万もの人々が、こうした複雑な作業を頭で考えずにこなしているのは、車のキーを取り出すとすぐに脳の基底核が働き始め、脳に保管してある習慣の中から、車をバックで道路に出すことに関わるものを見つけ出すからだ。それが習慣となり考えずにすむようになると、脳の活動が低下するか、他の思考を追うようになる。それで頭に余裕ができて、息子が弁当箱を家の中に忘れたと気づけるのだ。

習慣が形成されるのは、脳が常に楽をしようとするからだという。脳はできるだけ介入を避け、決まった手順を何でも習慣にしてしまおうとする。そのほうが労力を節約できるからだ。この本能は大きな強みだ。効率的に働けば、脳は小さくてすむ。そして頭が小さくなって、出産が楽になる。その結果、乳児や母親の死亡が減る。また、歩く、食べ物を選ぶといった基本的な行動について、常に考えていなくても平気になる。そのため脳のエネルギーを、槍、灌漑《かんがい》システム、さらには飛行機やビデオゲームの発明に注ぐことができるのだ。

しかし脳の労力を節約することには落とし穴がある。脳のパワーが低下するタイミングによっては、重大なこと、たとえば茂みに隠れている天敵や、スピードをあげて近づいてくる車などを見落とす恐れがある。そのため脳の基底核は、習慣にバトンタッチするタイミングを決める巧妙なシステムをつくりあげた。それは一連の行動が始まるとき、あるいは終わるとき必ず起こることだ。

それがどのように働いているか確かめるために、43ページのラットの神経活動の右のグラフをもう一度よく見てみよう。脳の活動は、迷路の始まり、仕切りが開く前のクリック音が聞こえたとき、そして最後にチョコレートを見つけたときに、もっとも活発化している。

この大きく反応している部分で、脳は「いつ習慣に主導権を渡すか」「どの習慣を使うか」を決めている。たとえば仕切りのうしろにいるとき、自分がなじみのある迷路にいるのか、戸棚の中にいて外では猫が待ち構えているのか知るのは難しい。この不安に対応するため、脳はある一連の行動を始めるとき、多くの労力を使って、どの習慣を使うかを決めるためのヒント――きっかけ――を見つけようとする。もしクリック音が聞こえたら迷路を抜けるための習慣を使う。もしも猫の鳴き声が聞こえたら、違うパターンを選ぶ。そして行動の最後に報酬を手に入れると、脳はまた目覚めてすべてが予定通り運んだことを確かめる。

脳の中で起こっているこのプロセスは、3段階のループだ。第1段階は「きっかけ」で、これは脳に無意識で行うモードに切り替え、どの習慣を使うかを伝える「引き金」である。次が「ルーチン（きっかけに反応して起こる慣例的な行動や思考）」で、これは身体的なものだったり、脳や感情に関わるものだったりする。そして最後が「報酬」で、これはある具体的なループを、将来のために記憶に残すかどうか、脳が判断する役に立つ。

時間がたつにつれ、この「きっかけ↓ルーチン↓報酬」というループは、どんどん無意識に起こるようになる。きっかけと報酬が相互につながると、強力な期待や欲求が生まれる。やがて、そこに一つの習慣が生まれる。

習慣の3段階のループ

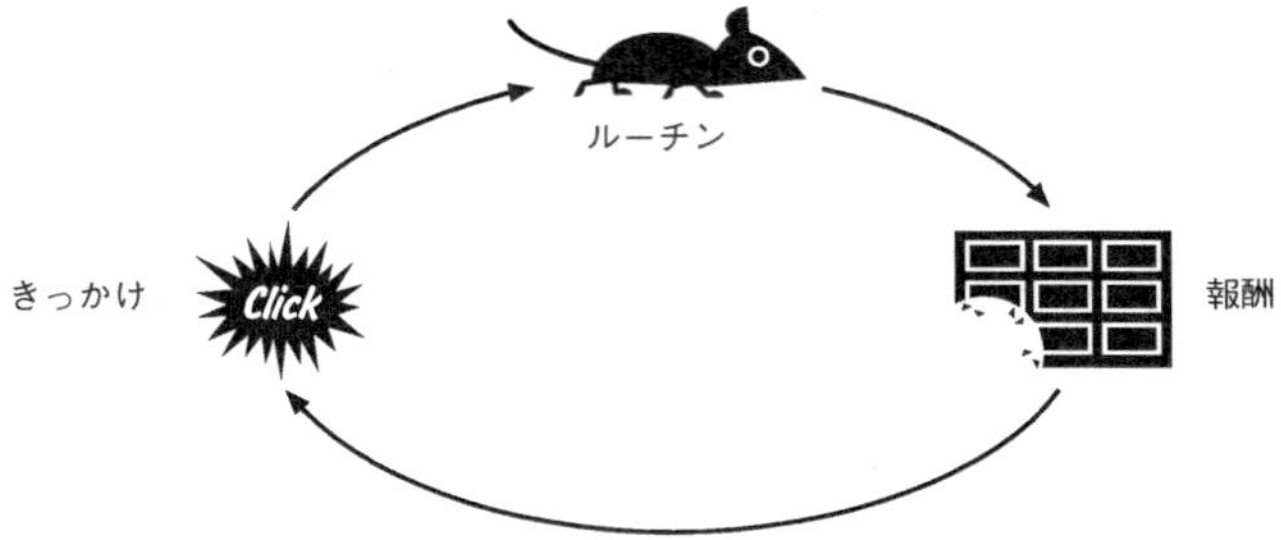

悪いループから抜ける方法

習慣は絶対的なものではない。第2、第3章で説明するが、習慣は無視したり、変えたり、置き換えたりすることができる。だが、習慣のループが発見されたことがなぜそれほど重要なのかといえば、それが基本的な真実——ひとたび習慣ができると、脳が意思決定にまったく参加しなくなるという事実——を明らかにしているからだ。脳は熱心に働くのをやめ、他の作業に気を移す。自分で習慣にさからったり、新しいルーチンを見つけたりしない限り、無意識のうちにその行動パターンが現れるのだ。

つまり、習慣の仕組み、習慣のループ構造を理解するだけで、行動をコントロールするのが楽になる。習慣を部品に分ければ、さまざまな形で検討することが可能だ。「私たちは、迷路を走ってゴールにたどりつくという行動が習慣化するまでラットを訓練し、そして報酬の位置を変えることで、その習慣を消しました」とアン・グレイビールが私に言った。彼女はMITの研究者で、基底核に関わる実験をいくつも行っている。「そしてあるとき、報酬を前の場所に戻したら、なんと前の習慣がすぐにまた現れたんです。習慣は完全に消えることはありません。脳の構造の中でコード化されるのですが、それは私たちにとって大きな強みです。長い休暇のあと、毎回運転を覚えなおすのではたいへんですからね。問題は脳がよい習慣と悪い習慣の区別をつけられないということです。そして悪い習慣が一度身につくと、何かのきっかけで、それがすぐに現れるということです」

運動する習慣を身につけたり、食べ方を変えたりするのがなぜこれほど難しいのか。その理由も彼女のこの説明で理解できる。

走るよりソファに座る、あるいはドーナツの箱のそばを通るとき、ついつまんでしまうというルーチンをつくってしまうと、それらのパターンが頭の中に常に存在している状態になる。しかし、もし「行動を抑えつける」神経学的ルーチンを新たにつくり、習慣ループをコントロールできれば、悪い習慣の優先順位を下げることができる。

リサ・アレンがカイロ旅行のあと成し遂げたのがまさにそれだ。そしていったん新しいパターンができあがると、ジョギングに出たり、ドーナツを無視することも、無意識にできるようになる。それはどの習慣でも同じなのだ。

習慣のループがなければ毎日の生活で起こる幾多のささいなことに押しつぶされ、脳は活動停止してしまうだろう。けがや病気で基底核が損傷した人間は、頭脳の活動が麻痺してしまうことが多い。そのような患者はドアを開けるとか何かを食べるとか、基本的な行動に支障をきたす。これは、重要でない些《さ》末《まつ》なことを無視するという能力を失ってしまうからだ。

たとえばある研究で、基底核が損傷した患者は、恐怖や嫌悪といった顔の表情を認識できないことがわかった。顔のどの部分を注意して見ればいいのか、よくわからないからだ。だから基底核がないと、私たちが毎日頼っている何百という習慣を利用できなくなる。

あなたは今朝、靴ひもを結ぶとき右足と左足どちらから結ぶか迷っただろうか？　シャワーの前かあとか、どちらで歯を磨くか迷っただろうか。

そんなことはなかったはずだ。こうした決定は習慣的なもので、意識して行うものではない。基底核に異常がなく、きっかけがずっと変わらなければ、何も考えずにふだんどおりの行動をしている。

もっとも、無意識の習慣に脳が頼りきってしまうのは危険な場合がある。習慣は恵みであると同時に、災いの種になることもある。

たとえばユージンを例にとると、彼が記憶を失ったあと、習慣があったおかげで以前と同じような生活ができるようになった。しかし習慣はまた、彼からさまざまなものを奪っていった。

記憶のスペシャリストであるラリー・スクワイアは、ユージンと長い時間を過ごすうちに、彼が新しい行動パターンを学んでいると確信するようになった。ユージンの脳の画像を見ると、基底核はウィルス性脳炎による損傷をまぬがれていることがわかった。脳が深刻なダメージを受けていても、きっかけ↓ルーチン↓報酬のループを身につけることは可能なのだろうか？　スクワイアは考えた。この大昔に生まれた神経学的プロセスによって、ユージンが近所を散歩したり、キッチンにあるナッツを入れた瓶を見つけたりすることを説明できるだろうか。

ユージンの中で新しい習慣ができているのか検証するため、スクワイアはある実験を計画した。まず16個の異なるアイテムを集め（小さなプラスチック片や金属片など）、一つずつ厚紙のカードに貼りつける。そしてそれらを2枚ずつ組み合わせて（1枚をA、もう1枚をBとする）八つに分ける。各ペアのカードのどちらかには、裏に〝正解〟と書かれたステッカーが貼ってある。

ユージンをテーブルの前に座らせて、1組ずつ前に置き、どちらか1枚を選ぶように言う。次にカードをひっくり返して、〝正解〟と書かれているかどうか尋ねる。これは記憶力を測定するためによく用いられる方法だ。カードは16枚しかないし、組み合わせも変わらないので、何度かこれを繰り返すうちに、たいていの人はどのアイテムが〝正解〟か覚えてしまう。サルでも、どのアイテムが〝正解〟か、8日から10日で記憶できる。

だが、ユージンは何度このテストをしても、〝正解〟のアイテムを一つも覚えられなかった。この実験を週2回、何カ月にもわたって行い、一日40組のカードを見せる。「今日なぜここにいるかご存知ですか？」実験を始めて何週間かたったころ、ある日のセッションの最初に研究者が尋ねた。

「いや、わからない」ユージンが言った。

「これからあなたにいくつかの物をお見せします。その理由を知っていますか？」

「それが何か説明するか、何に使うか答えることになっているのか？」ユージンは前に何度も同じ実験を繰り返したことを覚えていなかった。

しかし何週間か過ぎると、ユージンのテストの成績が向上する。実験を始めて28日目、ユージンは85パーセントの確率で〝正解〟のアイテムを選んだ。36日目には95パーセントになった。

「あなたの頭の中で、何が起こっていましたか？　自分で〝これは見たことがある〟と思いましたか？」実験者が尋ねる。

「いいや」ユージンが頭を指して言う。「よくわからないけどここにあるんだ。それで手がそこに伸びる」

スクワイアからすると、それはもっともだと思えた。ユージンには一つの「きっかけ」が与えられた。それは二つのアイテムが、いつも同じ組み合わせで出てくることだ。そしてどちらか一つを選び、裏にステッカーがついているかどうか見ることが「ルーチン」となる。

ユージンの習慣のループ

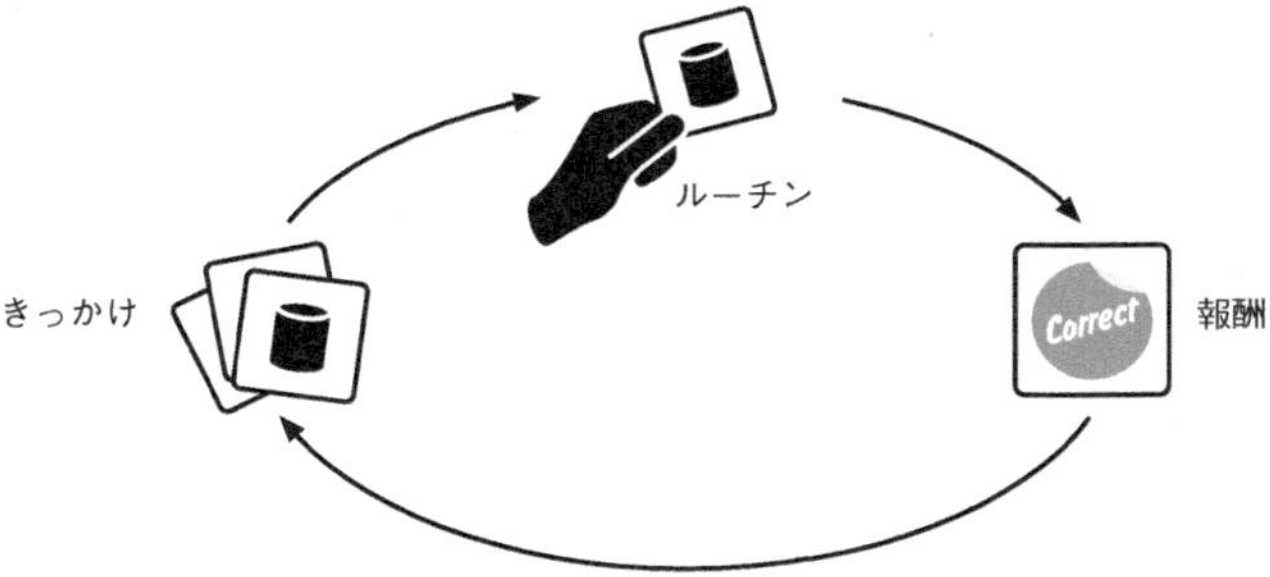

その後、〝正解〟と書かれているのを見て満足を得るという「報酬」がある。

　ここに習慣のループが生まれる。

　このパターンが本当に「習慣」であることを確かめるために、スクワイアはもう一つ実験を行った。16枚のカードをいっぺんにユージンに見せ、〝正解〟のアイテムすべてを一つの山にするように告げたのである。

　ユージンはまず何をすればいいのかわからなかった。「どうやってこんなのを覚えればいいんだ？」彼はそう言って、カードの一枚に手を伸ばしてひっくり返した。実験者はそれを止めた。頼んだのはアイテムのカードを山にすることだと説明する。なぜ彼はカードをひっくり返そうとしたのだろうか？

「それはいつもそうしているからだと思う」とユージンはスクワイアに言った。

　習慣のループの外では、これらのアイテムはユージンにとって何の意味もなさないのだ。

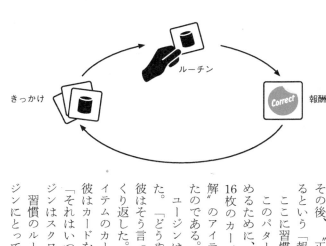

これこそスクワイアが求めていた証明だった。この実験によって、たとえ数秒しか記憶されない作業やアイテムに関わっていても、ユージンには新しい習慣をつくる能力があることが示されたのだ。

ユージンが毎朝、散歩できるのもこれで説明できる。きっかけ（角にある木とか、ある家の郵便箱など）はいつも変わらずそこにある。そのため自分の家がわからなくても、習慣の力でいつも自宅の玄関までたどりつけたのだ。またユージンが空腹でなくても、朝食を3回も4回も食べることもこれで説明できる。適切なきっかけが示されれば（たとえばラジオや窓から差し込む朝日など）、彼は基底核が指示する脚本に無意識に従うのだ。

それだけでなく、ユージンの生活の中には、周囲の人が調べるようになって初めて見つかった習慣が何十とあった。たとえばユージンの娘は、よく彼の顔を見に家に立ち寄っていた。リビングルームで父親と少し話し、その後、母親に会いにキッチンに行き、帰るとき玄関のドアのところで手を振る。そのときにはユージンは娘と会話したことを忘れてしまい、なぜ話もせずに帰るのかと怒るが、そのうちなぜ自分が怒っているのかも忘れてしまう。しかし感情的な習慣がすでにできあがっているため、理由がわからないままに激しい怒りが続き、やがて自然に燃え尽きる。

「テーブルをたたいたり悪態をついたりすることもあります。その理由を尋ねると、彼は〝そんなこと知るか。ただ腹が立つんだ〟と言うんです」とベバリーは言う。椅子を蹴ったり、部屋に入ってきた人を怒鳴りつけたりすることもあった。それで数分後には笑って天気のことを話している。「まるで不満を最後まで出し切らなくてはいられないみたいでした」

スクワイアの新しい実験でわかったことがもう一つある。習慣は驚くほどデリケートだということだ。たとえば、習慣が頼っている〝きっかけ〟が、ほんの少し変わっただけで、その習慣は崩壊する。たとえば近所を歩き回っているとき、いつもの道に何か変化があったら（道路の補修をしていたり、暴風で並木の枝が吹き飛ばされていたり）、いくら家が近くてもユージンは迷子になるだろう。ユージンの娘が家を出る前、ほんの10秒でも彼と話をしていれば、彼が激怒する習慣は生まれなかったはずだ。

ユージンを対象にしたスクワイアの実験は、脳がどのように働いているかについての理解に大変革を起こした。自分がどんな決意をして、どんな訓練をしたのか、覚えていられない人でも、何かを学んで無意識の選択ができるようになることを示したのだ。ユージンによって、習慣は記憶や理性と同じように、私たちの行動の根元にあることが示された。私たちは習慣を生み出した経験を覚えていないかもしれないが、脳の中にそれが存在する限り、私たちの行動に影響を与える。しかしたいていの場合、私たちはそのことに気づかない。

ファストフードの呪縛

ユージンの習慣についてのスクワイアの論文が発表されてからというもの、「習慣の形成」は大きな研究テーマとなった。デューク大学、ハーバード大学、カリフォルニア大学ロサンゼルス校、イェール大学、カリフォルニア州立大学、プリンストン大学、ペンシルベニア大学、イギリス、ドイツ、オランダなどの大学の研究者たち、またP&G、マイクロソフト、グーグルをはじめ、数百という企業の科学者たちが、習慣を神経学的、心理学的に理解しようとしている。具体的には、習慣の強みと弱み、習慣がどのように生まれ、どうすれば変えられるかといったことだ。

いくつかの研究によって、ほぼどんなことでも、きっかけになりうることがわかった。キャンディバーやテレビCMといった視覚的な引き金から、場所、時間帯、感情、思考、特定の人たちのグループまで。ルーチンは信じられないほど複雑なこともあれば、ごくシンプルな場合もある（感情に関わる習慣は、1000分の1秒単位で測定されるものもある）。報酬は食物や薬といったものから、身体的感覚、自尊心とそれにともなう賞賛や自己満足といった感情的なものまで、これまた多岐にわたる。

そしてほぼすべての実験で、スクワイアの発見が確かめられた。習慣の力は大きいが、デリケートでもある。私たちの意識の外で生まれることもあれば、意図的につくることもできる。本人が気づかないうちに生じることが多いが、ある部分に手を加えてつくり直すこともできる。習慣は思っている以上に、私たちの生活に影響を与えている。その力があまりにも強いため、脳は常識よりも何よりも、習慣に頼ってしまうのだ。

たとえば国立アルコール乱用・依存症研究所と協力して行われた一連の実験では、まず、あるきっかけに反応してレバーを押すことが習慣になるようマウスを訓練し、その報酬として餌を与えた。その後、報酬の餌に吐き気をもよおすような毒を混ぜたり、床に電気を流して餌のほうへ行くとショックを与えたりする。

マウスは餌やケージが危険だとわかっていた。毒入りのペレットを皿に載せて与えたり、電流が流れる床パネルを見せたりしたときは、近づこうとしなかった。しかし前のきっかけを与えられると、何も考えずにレバーを押して餌を食べる、あるいは床の上を歩いていく。たとえ吐いたり、電気ショックで跳び上がったりするとしてもだ。自分を抑えられなくなるくらい、習慣が深く植えつけられていたのだ。

同じようなことは人間の世界でも見られる。たとえばファストフードについて考えてみよう。長い一日が終わり、空腹の子供を車に乗せて家に帰ろうとしている途中、マクドナルドやバーガーキングに寄りたくなるのはわかる。値段はそれほど高くないし味もまあまあ。加工肉に塩気の多いフライドポテト、甘ったるい飲み物も、一度くらいならリスクは少ない。いつも食べているわけではないのだ。

しかし習慣はいつのまにかつくられる。調査によると、ファストフードを定期的に食べようと思っている家庭はあまりない。だが、ひと月に1回がしだいに週に1回となり、2回となり、そのあいだにきっかけと報酬によって習慣がつくられ、やがて健康に害を及ぼすほどの量のハンバーガーとフライドポテトを子供が食べる状態に陥る。ノーステキサス大学とイェール大学の研究者たちが共同で、なぜ家庭におけるファストフード消費量が少しずつ増えていくのかを調べたところ、いくつものきっかけと報酬が、知らないうちに行動に影響を与えていることがわかった。そこに習慣のループがあることに気づいたのだ。

たとえばマクドナルドはどの店も同じように見える。これは社の方針で、店の構造や店員の言葉遣いを標準化しているためだ。つまりすべてが一貫して、客が注文するルーチンにつながるきっかけとなっているのだ。出される食べ物はすぐに報酬をもたらすようつくられている。たとえばフライドポテトは舌に載せるとすぐほろりと崩れ、できるだけ早く塩味と油分を感じられるようになっている。そして脳の快楽を感じる部位が活性化して、脳にそのパターンが固定化される。こうして習慣のループがさらに強化される。

しかしこうした習慣もちょっとしたことで壊れてしまう。あるファストフードの店がつぶれたら、そこでよく食べていた家族は、別の店をさがすのではなく、家で夕食を食べ始めるかもしれない。ささやかな変化でそのパターンが終わることもある。しかしこうした習慣のループが形成されつつあるのに気づかないことが多いために、それをコントロールできる能力があることをわかっていない。きっかけと報酬に気づくことを覚えれば、ルーチンを変えることができるのだ。

2000年、発病から7年がたったころ、ユージンの生活は安定した状態にあった。彼は毎朝、散歩に出かけた。食べたいものを食べ、一日5回か6回、食事をすることもあった。テレビで歴史チャンネルがついていれば、再放送であろうと新しい番組であろうと、夫が豪華な椅子に座ってじっとしていることを妻はわかっていた。

しかしユージンが年をとるにつれ、習慣が悪いほうに影響を与えるようになった。座っている時間が長く、ときには何時間も座りっぱなしでテレビを観ていることもあった。主治医は彼の心臓を心配し、健康的な食事をさせるよう、ベバリーに指示した。彼女はそれを守ろうとしたが、食事の回数や内容を変えるのは難しかった。ユージンは忠告を聞こうとしない。冷蔵庫に果物や野菜が山ほど入っていても、彼はベーコンと卵を見つけるまでさがしまわった。それが彼のルーチンなのだ。やがてユージンが年をとり、骨がもろくなっていくと、歩き回るときに、もっと注意が必要になると医師は言った。しかしユージンは自分が20歳は若いと思っていたので、足元に気をつけるなどとは考えもしなかった。

「私はずっと、記憶というものにとりつかれていた」スクワイアは私にそう語った。「そのときE・Pに出会って、たとえ、いろいろなことを覚えていられなくても豊かな人生をおくれることを目の当たりにしたんだ。脳は記憶を失っても幸せを感じるという、驚くべき能力を備えている。でもずっと続けてきたことを止めるのは難しく、やがてそれが彼に不利に働くようになった」

ベバリーは習慣についての知識を利用することで、加齢によって生じる問題を避けようとした。ユージンの悪いパターンは、新しいきっかけを挟み込むことで防げることがわかった。冷蔵庫にベーコンを入れておかなければ、彼が何度も不健康な食事をとることはない。サラダを椅子の横に置いておくと、ときどきそれをつまんでいた。

そのような食事が習慣になると、キッチンで好きな食物をさがしまわることもなくなった。こうして食生活が改善されていった。

しかしこうした努力にもかかわらず、ユージンの健康はさらに悪化した。ある春の日、ユージンがテレビを観ているとき、急に叫び声をあげた。ベバリーが駆けつけると、彼はシャツの胸をかきむしるようにしていた。彼女はあわてて救急車を呼ぶ。病院では軽い心臓発作と診断された。次第に痛みはおさまり、その夜、彼は寝返りを打てるように、胸につけられたモニターを何度もはずした。そのたびに警報が鳴って看護師たちが飛んでくる。彼女たちはセンサーをはずすのをやめさせようとしてコードをテープで固定し、もし暴れ続けるなら拘束しなければならないと言い聞かせた。しかしそれは意味がないことだった。彼はどんな脅しでも言われた先から忘れてしまうのだから。

そのときだった。ユージンの娘が彼をおとなしくさせるためにほめるよう看護師たちに頼んだ。彼の顔を見るたびに、何度も繰り返してほめる。「父のプライドをくすぐってほしかったんです」娘のキャロル・レイズが私にそう言った。「私たちは『ねえ、父さんはその装置を体につけることで、科学にすごく貢献しているのよ』と言っていました」看護師たちはユージンをほめちぎるようにした。

すると彼は機嫌がよくなり、２〜３日たつと頼まれたことは何でもするようになった。そしてユージンは１週間後に退院して家に戻ったのだった。

２００８年の秋、ユージンはリビングルームを歩いているとき、暖炉のそばの出っ張った部分につまずいて転び、腰の骨を折ってしまう。病院でスクワイアと彼のチームは、ユージンがどこにいるのかわからなくなってパニック発作を起こすのではないかと心配した。そこで彼らは何が起こったのかを説明するメモをベッドサイドに残し、子供たちの写真を壁に留めておいた。妻と子供たちは毎日お見舞いに来た。

しかしユージンが不安に陥ることはなかった。なぜ自分が病院にいるのかも訊かない。「彼はそのときには、あらゆる不安を克服しているように見えた。彼が記憶をなくすようになってから15年がたっていた。彼は、自分に決して理解できないことがあるのを頭のどこかでわかっていて、それを受け入れているようだった」とスクワイアは言う。

２〜３週間後、彼の娘がお見舞いにやってきた。彼女は父親を車椅子に乗せて外に連れ出し、病院の庭の芝生に停めた。「美しい日だ。ずいぶんいい天気じゃないか」ユージンが言う。娘は子供たちのことや、彼らが犬と遊んでいることを話した。この調子なら父はすぐに退院できるのではないかと思ったくらいだ。日が傾き、彼女はユージンを連れて建物の中に向かった。

そのときユージンが娘の顔を見た。

「おまえのような娘を持てて私はラッキーだ」と、彼は言った。彼女にとっては不意打ちの言葉だった。前にそんな優しい言葉を聞いたのはいつだっただろう？

「お父さんが私の父親でラッキーだわ」彼女も言った。

「ああ、今日は美しい日だ。おまえは天気をどう思う？」彼が言う。


その晩の深夜1時、ベバリーの電話が鳴った。医者からで、ユージンが重い心臓発作を起こし、スタッフはできる限りのことをしたが、彼を蘇生させることはできなかったという。

ユージンはこうして亡くなった。その死後、彼は多くの研究者たちから感謝され、彼の脳の画像はその後も何百という研究所や医大で研究されることになる。

「自分が科学界に大きな貢献ができたことを、夫は誇りにしたはずです。彼は結婚後すぐ、何か大きなことを、世の中にとって重要なことをしたいと言っていました。それが現実になったのです。ただそのどれも覚えていないというだけです」

ベバリーはそう語った。

第2章　習慣を生み出す「力」

——ファブリーズが突然大ヒットした理由

1900年代はじめのある日、アメリカのクロード・C・ホプキンスという有名な実業家のもとに、旧友が新しいビジネスのアイデアを持ち込んできた。彼はヒット間違いなしのすばらしい製品を発見したという。泡立ちのよいミント味の練り歯磨きで、商品名は「ペプソデント」。投資家には若干怪しい連中も混じっているが（一人は複数の土地契約で失敗し、別の一人は犯罪グループとのつながりが噂されている）、間違いなく大当たりするという。ただし、ホプキンスが全国的な広告キャンペーンを打つのを手伝ってくれれば——である。

当時のホプキンスは、数十年前にはほとんど存在しなかった、急成長中のビジネスの頂点に立っていた。それは広告だ。すべての同業他社がまったく同じ消毒法を用いていることは無視して、「シュリッツ社はビール瓶を生蒸気で消毒している」と宣伝し、アメリカ人にシュリッツ・ビールを買わせたのは彼だ。また、「クレオパトラはパルモリーブ石鹸を使っていた」と広告して、何百万もの女性の心をつかむと同時に、憤慨《ふんがい》した歴史家たちの激しい抗議を受けた。クエーカー社のパフ・フィート（シリアルの一種）は、穀物を「大砲で撃って」「ふつうの大きさの8倍にふくらませた」というCMコピーで有名にした。他にも、それまで無名だった数々の商品（シリアルのクエーカーオーツ、グッドイヤー・タイヤ、ビッセル・カーペットクリーナー、ヴァンキャンプのポーク&ビーンズなど）を、誰もが知るブランドに仕立て上げてきた。もちろん彼自身も裕福になり、ベストセラーとなった自伝『広告でいちばん大切なこと』（臼井茂之・小片啓輔監修、伊東奈美子訳、２００６年、翔泳社）の中では、大金を使うことの難しさにかなりのページ数を割いている。

だが、クロード・ホプキンスを何より有名にしたのは、「どうすれば消費者のあいだに新しい習慣を生み出せるのか」を考案した一連のルールだ。そのルールは産業を文字どおり変革し、のちにマーケティング担当者、教育改革者、公衆衛生の専門家、政治家、経営者のあいだで一般通念となった。現在でも、掃除用品をいかに購入するかということから、政府が疾病を根絶するための手段にいたるまで、ホプキンスのルールはありとあらゆるものに影響を与えている。新しい習慣を生み出すうえでの基礎となっているのだ。

しかし、そのホプキンスも旧友からペプソデントを持ち込まれたときには、あまり興味を示さなかった。アメリカ人の歯の健康状態が急速に悪化していることは周知の事実だった。国が豊かになるにつれて、人々は甘い加工食品を大量に購入するようになっていた。第一次世界大戦の徴兵が始まったとき、あまりに多くの新兵に虫歯があったため、口腔衛生に対する意識の低さは国家の安全を脅かす問題だという政府見解が出されたほどだ。

それでもこの時代に、練り歯磨きを発売するのは金銭的な自殺行為だった。怪しげな歯磨き粉や歯磨き液を販売する訪問販売員はすでに大勢いたが、その大半が破産しかけていた。

問題は、歯磨きの習慣がないこの時代には、ほとんど誰も練り歯磨きを買わないことだった。口腔衛生が国家の問題となっても、誰も歯を磨かなかったのである。

結局、ホプキンスは友人の申し出についてすこし考え、それから断った。彼は石鹸やシリアルに固執していた。自伝には「素人に専門的な歯磨き理論を教え込む術《すべ》を思いつかなかった」と記している。しかし、旧友はあきらめなかった。何度も彼のもとに足を運び、ホプキンスの小さからぬ自尊心に訴えかけ、ついに根負けさせた。

「それなりの成功報酬を約束させ、ついにキャンペーンを引き受けることを承諾した」とホプキンスは書いている。

それはホプキンスの人生において、金銭的な面で、もっとも賢明な判断となる。

パートナーシップを結んで5年もたたないうちに、ホプキンスはペプソデントを地球上でもっとも有名な商品の一つに仕立て上げ、その過程で歯磨きの習慣を生み出す手助けをした。その習慣は驚くべき速さでアメリカ全土に広まった。ほどなくして、シャーリー・テンプルからクラーク・ゲーブルにいたるまで、誰もがペプソデント・スマイルを誇るようになった。1930年には、ペプソデントは中国、南アフリカ、ブラジル、ドイツ、そして広告を出せたあらゆる国で販売されるようになった。最初に広告キャンペーンを打ってから10年後の世論調査で、アメリカの人口の半分以上にとって歯磨きが日常の儀式になったという結果も出ている。ホプキンスは歯磨きを生活習慣として確立する手助けをしたのだ。

ホプキンスがのちに誇らしげに語ったところによると、彼の成功の秘訣は、特定の習慣を身につけたくなるような、ある種の「きっかけ」と「報酬」を見つけ出したことだという。その魔力はあまりに強いため、いまだにビデオゲーム・デザイナー、食品会社、病院、世界中の何百万ものセールスマンが、その基本原則を活用している。習慣のループについて教えてくれたのはユージン・ポーリーだが、新しい習慣がどうやって生まれ、定着するのかを示したのは、このクロード・ホプキンスだ。

では、正確なところホプキンスは何をしたのだろう？

彼は「欲求」を生み出したのだ。欲求があるから、きっかけと報酬がうまく働く。欲求こそが習慣のループの原動力なのだ。

膜を除去しよう！

クロード・ホプキンスが実践していた独特の広告戦術の一つは、消費者がその商品を毎日使いたくなるような、単純なきっかけを見つけることだった。たとえばクエーカーオーツは「24時間働くためのエネルギーを与えてくれる」朝食用シリアルとして売り出した。もちろんそれには毎朝1杯食べる必要がある。また、彼が広告を手がけた強壮剤は、胃痛、関節痛、肌荒れ、そして婦人特有の症状に効くと喧伝《けんでん》された。ただし、初期症状のうちに服用しなければならないが。まもなく人々は夜明けにオートミールをどっさり食べるようになり、ちょっとした疲労や消化不良を感じるたびに（たいていの人は少なくとも一日に一度くらいは疲労を感じるものだ）茶色の小瓶の中身をあおるようになった。

ペプソデントを売るためには、練り歯磨きの「毎日の使用」を納得させるきっかけが必要だった。彼は歯科医療の教本を山のように集めた。「退屈な読書だった」と、ホプキンスはのちに記している。「だが、ある本で歯垢に関する記述を見つけた。のちに私が〝膜〟と呼んだものだ。おかげですばらしいアイデアを思いついたよ。私はこの練り歯磨きを、美をつくり出すものとして広告することに決めた。濁った膜に対処するためのものとしてね」

この膜が常に人間の歯をおおっており、誰も困っていないことには触れなかった。何を食べようが、どれだけ歯を磨こうが、この膜は自然に生まれて、歯をおおう。人々はその膜を気にかけたことがなかったし、気にしなければならない理由もほとんどなかった。りんごを食べたり、歯を指でこすったり、歯を磨いたり、勢いよくうがいしたりすれば、膜ははがれる。

練り歯磨きは膜をはがすのには何の役にも立たない。実際、当時の有名な歯科研究者の一人が、どの練り歯磨きも役に立たないし、とくにペプソデントは役に立たないと語っている。それでも、ホプキンスは自分の発見を利用することをやめず、これこそ習慣を生み出すきっかけだと判断した。まもなく街じゅうにペプソデントのポスターが貼りだされた。「膜を感じるでしょう。あなたの歯を〝曇らせ〟、弱らせているのは、その膜なのです」

「歯を舌で触ってみてください」そのうちの一枚にはこう書かれていた。「膜を感じるでしょう。あなたの歯を〝曇らせ〟、弱らせているのは、その膜なのです」

「どちらを向いても美しい歯ばかりでしょう」美女たちがほほえむ、別のポスターにはこう書かれていた。「今では数百万もの人が歯の新しい洗浄法を始めています。女性が歯にくすんだ膜を張りつけていていいはずがありません。ペプソデントがその膜をはがします！」

このキャッチコピーのうまさは、誰にでもあり、無視できないきっかけ（歯の膜）を使ったところだ。舌で歯に触れてみるよう言われれば、実際にそうしたくなるものだ。そして、実際に触れてみると、たいていは膜を感じる。ホプキンスが見つけた「きっかけ」はシンプルで、その後何十年も古びることなく、しかもその気にさせやすいため、この広告を見ると人は反射的に従ってしまうのだ。

ホプキンスがにらんだ通り、この報酬は思った以上に魅力的だった。より美しくなりたいと思わない人はいない。もっと美しい笑顔の持ち主になりたいと思わない人はいない。それがペプソデントでさっと歯磨きするだけで叶うとなれば、誰だって飛びつくだろう。

キャンペーン開始後、はじめの1週間はほとんど反応がなかった。2週間が過ぎた。そして3週間目に人気が爆発する。注文が殺到して応じきれないほどだった。3年たたないうちに世界各国へ輸出されるようになり、ホプキンスはスペイン語、ドイツ語、中国語で広告を書いた。10年でペプソデントは世界のベストセラー商品となり、30年以上、全米一の売れ行きを誇る練り歯磨きとなった。

ペプソデントが出現する前、チューブ入り練り歯磨きを家庭に常備しているのは、アメリカ人のわずか7パーセントだった。ホプキンスが全米キャンペーンを打った10年後、その数

ホプキンスによるペプソデントの習慣のループ

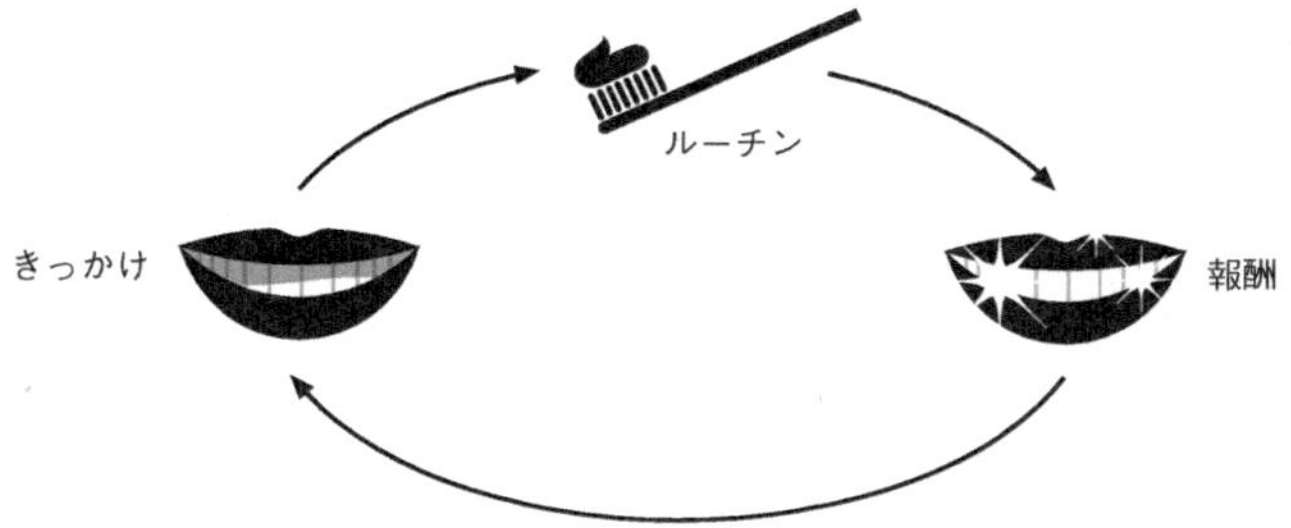

値は65パーセントにまで跳ね上がった。第二次世界大戦が終わるころには、多くの兵士が毎日、歯磨きするようになり、米軍での新兵の歯への懸念は小さくなった。

「私はペプソデントで100万ドル稼いだ」ホプキンスはペプソデントが発売された数年後にそう書いている。そのカギは〝人間の心理を正しく理解していたこと〟だという。それは二つの基本原則にもとづいている。

1　シンプルでわかりやすいきっかけを見つけること

2　具体的な報酬を設定すること

この2点をきちんとおさえれば魔法のような効果があると、ホプキンスは請け合っている。その好例がペプソデントだ。きっかけ（歯の膜）と報酬（美しい歯）を打ち出すことで、数百万人が従う生活習慣を生み出した。今日でも、ホプキンスのルールはマーケティングの教科書に欠かせない要素であり、数え切れないほど多くの広告キャンペーンの基礎となっている。

そしてこの原則は他の多くの習慣を生み出すのにも使われてきた。ただしたいていの場合、ホプキンスの手法に則っていることに、人々は気づいていない。たとえば、新しい運動習慣を身につけるのに成功した人々の研究では、職場から帰宅した直後にジョギングに行くといった特定のきっかけと、罪悪感から解放された夜のテレビ観賞やビールといった具体的な報酬を設定した人のほうが続けやすいことがわかっている。食餌療法《しょくじ》についての研究では、挫折せずに新しい食習慣をつくりあげるのには、前もってメニューを作成しておくなど、事前にきっかけを決め、シンプルな報酬を設定する必要があることも判明した。

「広告が、やり方によっては科学の地位にまで到達する時代が訪れたのだ」ホプキンスはそう記している。「かつて広告業はギャンブルだったが、方向性を間違わなければ、とても安全な事業になるのだ」

自信満々な書き方だが、今ではホプキンスの二つのルールだけではじゅうぶんでないことがわかっている。習慣を生み出すには、満たさなければならない3番目のルールがある。あまりに目立たないため、ホプキンス自身もその存在に気づかぬまま、頼っていたルールだ。ドーナツの入った箱はなぜ無視しづらいのかということから、どうすれば朝のジョギングを習慣にできるかということにいたるまで、それですべてが説明できる。

第3のルール

プロクター＆ギャンブル《P&G》の研究者、及びマーケティング担当重役たちが、窓のない小さな部屋の古びたテーブルを囲み、9匹のネコを飼う女性のインタビュー記事を読んでいた。

全員が考えていたことを、そのうちの一人がついに口にした。

「私たち、クビになったら、どうなるんでしょう？」彼女が尋ねた。「警備員が来て、つまみ出されるんでしょうか？　それとも、事前に警告か何かを受けるとか？」

かつては社内の出世頭だったチームリーダー、ドレイク・スティムソンが彼女をじっと見た。

「わからない」彼の髪は乱れていた。その目には疲れの色が浮かんでいる。「ここまで事態が悪化するとは思いもしなかった。このプロジェクトをまかされるのは昇進だと言われていたのに」

それは1996年のことで、テーブルを囲んだこのグループは、クロード・ホプキンスの主張とは裏腹に、何かを発売する過程がいかに非科学的になりうるかを痛感していた。彼らの勤め先は、世界最大級の一般消費財メーカーであり、プリングルズや化粧品のカバーガールをはじめとする多くのブランドを展開している。P＆Gは世界中のどの商社よりも多くのデータを集め、複雑な統計法を用いて、マーケティング・キャンペーンを練る。商品をどう売れぱいいかを見つけ出すのが驚くほどうまい企業だ。衣類用洗剤市場をとっても、アメリカの洗濯物の半分はＰ＆Ｇの製品で洗われていた。その年間売上高は３５０億ドルを超えている。

しかし、スティムソンのチームは、Ｐ＆Ｇでもっとも有望な新製品の広告キャンペーンをまかされているというのに、失敗の危機に瀕《ひん》していた。ほぼどんな布からも悪臭を取り除けるスプレーの開発にはこれまで数百万ドルが費やされていた。窓のない小部屋に集まった研究者たちは、それをどうやって一般の人々に買ってもらえばいいのか、皆目見当がつかずにいたのである。

そのスプレーが開発されたのは3年前。Ｐ＆Ｇの化学者が研究室でヒドロキシ《H》プロピル《P》・ベータ《B》・シクロ《C》デキストリン《D》という物質を扱ったときのことだ。彼は喫煙者だった。その服からは、いつも灰皿のようなにおいがしている。ある日、ＨＰＢＣＤを扱ってから帰宅すると、玄関で出迎えた妻が尋ねた。

「たばこ、やめたの？」

「いや」彼は警戒した。妻には何年も前からたばこをやめるよう、しつこく迫られていた。裏返しの心理作戦に思えたのだ。

「たばこのにおいがしないから。それだけよ」妻は言った。

翌日、彼は研究室に行き、ＨＰＢＣＤにさまざまな臭気を組み合わせて実験を始めた。すぐに布の入った数百の薬瓶が用意された。それぞれの布には、湿った犬のにおい、葉巻のにおい、汗まみれの靴下のにおい、中華料理のにおい、かび臭いシャツのにおい、汚れたタオルのにおいなどがつけてある。HPBCDを水に溶かし、サンプルにスプレーすると、悪臭は化学分解された。湿り気が乾いたときには、においが消えていた。

P&Gの経営陣にその発見を伝えると、彼らは飛び上がって喜んだ。数年前からの市場調査で、消費者は悪臭を取り除く製品を待ち望んでいるとの結果が出ていたのだ。悪臭を隠すのではなく、完全に消し去る製品を……。

これを機に、P&GはHPBCDを用いた消臭剤を実用化するための極秘プロジェクトを発足させた。完璧な製法を生み出すのに大金を費やし、ついにたいていの悪臭を消し去る無色無臭の液体を開発した。スプレーには最先端の科学が用いられており、のちにNASAが宇宙から帰還したスペースシャトルの内部を清掃するのに、同じ手法を使うようになったほどだ。

一番の利点は、製造コストがあまりかからず、しみができず、嫌なにおいのするソファや古いジャケットやしみだらけの車内も、簡単に無臭にできるところだ。このプロジェクトは大いなる賭けだったが、P&Gに数十億ドルの利益をもたらしてくれるはずだった。

ただしそのためには、適切なマーケティング・キャンペーンが必要だった。

製品名は「ファブリーズ」に決まり、マーケティング・チームのリーダーには数学と心理学の素養のある31歳の天才、スティムソンが起用された。スティムソンは長身でハンサム、がっしりした顎と穏やかな声を持ち、高級料理に目がない男だ。P&Gに入社する前は、ウォール街で5年間、株を選ぶための数理モデルを見つけようとしていた。P&Gの本社があるシンシナティに移ったときに引き抜かれ、それ以来、衣類用柔軟剤のダウニーや、シート状乾燥機用柔軟剤のバウンスをはじめとする重要なビジネスラインを率いるサポートをしてきた。しかしファブリーズは違う。まったく新しいカテゴリーの製品を売り出すチャンス、それまで存在しなかったものを消費者のショッピングカートに加えるチャンスだ。ファブリーズを生活習慣にする方法を見つけ出しさえすれば、商品は棚から飛ぶように売れていく。簡単な仕事だ。

スティムソンのチームは、まずファブリーズをいくつかの都市で実験的に導入することにした。フェニックス、ソルトレイク・シティ、ボイシだ。彼らは3都市に飛び、サンプルを配布して、自宅を訪ねさせてほしいと頼んだ（2カ月間で数百世帯を訪れた）。最初に大きな突破口を見つけたのは、フェニックスの自然保護官を訪ねたときだった。20代後半で、一人暮らしの女性だ。仕事は、砂漠から迷い出た動物を捕獲すること。コヨーテ、アライグマ、たまにクーガーも捕獲する。そしてスカンク。数え切れないほどのスカンク。捕獲するときに分泌液をかけられることもしょっちゅうだ。

「独身だから、いい人を見つけて、子供を持ちたいんです」彼女は自宅の居間で、スティムソンのチームにそう話した。「デートにはよく行きます。つまり、自分では魅力がないわけじゃないと思うんです。しっかりしてるし、相手としては悪くないはず」

　それなのに、うまくいかないという。彼女の人生のすべてにスカンクのにおいがついているからだ。自宅、ピックアップトラック、服、ブーツ、手、カーテン。ベッドにまで。彼女はありとあらゆる方法を試した。特別な石鹸やシャンプーを買った。キャンドルを灯《とも》したり、高価なカーペット洗浄機を使ったりもした。しかしどれも効果はなかった。

「デートに行くと、スカンクのようなにおいが鼻先をかすめて、そのことが頭から離れなくなるんです。そして、彼もこのにおいに気づいているかしら、と思ってしまう。彼を自宅に招いても、すぐに帰りたいと言われたらどうしよう、って。

　去年は4回、デートしました。すごくすてきな人で、本当に好きだったし、ずいぶん待ってから、自宅に招いたんです。ついに彼が来てくれたときには、すべて順調だと思いました。それなのに翌日〝しばらく距離を置きたい〟と言われたんです。彼はとても礼儀正しい言い方をしていたけれど、こう考えずにはいられませんでした。それって、においのせいかしら、って」

「そういうことなら、ファブリーズを試してもらえてよかった」スティムソンは言った。

「使ってみて、いかがでした？」

　彼女がスティムソンのほうを向いた。彼女は泣いていた。

「お礼を言わせてください。このスプレーが私の人生を変えてくれました」

　彼女はファブリーズのサンプルを受け取ったあと、自宅に帰って、ソファにスプレーした。

カーテンにも、カーペットにも、ベッドカバーにも、ジーンズにも、制服にも、車内にも。中身が空《から》になると、次のボトルを取り出し、ありとあらゆるものにかけた。

「それから、友だち全員を自宅に招いたんです。もうにおいはしないって言われました。スカンクは消えたんです」

彼女が泣きながらそう言うので、スティムソンの同僚の一人が肩をたたいて慰めた。

「本当にありがとう。すっかり解放された気分です。ありがとう。私にはとても大切な製品だわ」

スティムソンは室内のにおいをかいだ。なんのにおいもしなかった。「これで大儲けできるぞ」彼はそう思った。

なぜ売れない？

スティムソンと彼のチームはP＆Gの本社に戻り、どんなマーケティング・キャンペーンを展開すべきか、検討を始めた。そして、ファブリーズを売るカギは、自然保護官が抱いた安堵感を伝えることだという結論に達した。ファブリーズは「厄介なにおいを消し去ってくれる製品」として市場に出すべきだ。チームの全員がクロード・ホプキンスのルール、つまり、ビジネススクールの教科書を埋め尽くす現代のご託宣に精通している。したがって広告はシンプルにすることにした。わかりやすいきっかけを見つけ、具体的な報酬を設定するのだ。

彼らは2種類のテレビコマーシャルを作製した。最初のCMには、レストランの喫煙席についで話す女性を登場させた。喫煙席で食事をするたびに上着にたばこのにおいがついてしまう。友だちが彼女にファブリーズを使えばにおいが消えると話す。きっかけ→たばこのにおい。報酬→服のにおいが消える。

次のCMでは、いつも長椅子にすわっている飼い犬のソフィのことで悩む女性を描いた。「ソフィはこれからもソフィのにおいがするわ」と女性が言う。しかし、ファブリーズがあれば「もう家具からはソフィのにおいがしなくなる」きっかけ→動物を飼う7000万世帯のペットのにおい。報酬→犬小屋のにおいのしない家。

1996年、スティムソンのチームは同じ3都市でCMを流し始めた。サンプルを配り、郵便受けに広告を差し込み、食料雑貨店にはお金を払って、レジのそばにファブリーズを山と積んでもらった。それからのんびりと構えて、ボーナスの使い道に思いをめぐらせた。

1週間が過ぎた。そして2週間。ひと月。ふた月。最初の売り上げはささやかで——その後、ますます、ささやかになった。うろたえた会社は何が起きているのかを調べるため、販売店に研究者を送り込んだ。棚はファブリーズで埋まり、まったく手がつけられていなかった。そこで、研究者は無料サンプルを配った主婦のもとを順に訪ねることにしたのだった。

「ああ、あれね！」主婦の一人が言った。「スプレーね！　覚えてるわ。ちょっと待ってて」女性はキッチンにしゃがみ込み、シンクの下のキャビネットの中をかき回した。「しばらく使ってたんだけど、忘れてたわ。どこか奥のほうに入ってるはずよ」と言って、立ち上がる。「もしかして、クローゼットの中だったかしら」彼女はクローゼットに向かい、箒《ほうき》を脇にどかした。「あった！　ここよ！　奥にあるわ！　ね？　ほとんど残ってるわ。これ、お返ししたほうがいいのかしら？」

話にならなかった。

スティムソンにとって、これは最悪の事態だった。社内の他部門のライバルにとっては願ってもないチャンスだ。噂ではファブリーズを販売中止にして、スティムソンをニッキー・クラークのヘアケア製品担当に回すよう働きかけた者がいるらしい。シベリア送りも同然の措置だ。

P&Gの本部長が緊急ミーティングを招集し、役員から質問が来る前に、ファブリーズの損失を食い止めなければならないと宣言した。スティムソンの上司が立ち上がり、熱を込めて訴えた。「まだ立て直せる可能性はあります。せめて博士号をお持ちの先生方に事態を見極めてもらえないでしょうか」最近、P&Gではスタンフォード大学やカーネギー・メロン大学などから、消費者心理学の専門家と思われる科学者を雇い入れていた。本部長はしばしの猶予を認めた。

新しい研究者たちがスティムソンのチームに加わり、さらにインタビューを重ねた。ファブリーズが失敗しかかっている理由のヒントを見つけたのは、フェニックス郊外の女性の自宅を訪ねたときだ。家の中に入る前から9匹の飼いネコのにおいがしていた。しかし、家の中は清潔で、片づいている。彼女は一種の掃除魔だという。掃除機は毎日かけるし、窓を開けると風で砂が入るから、開けたくないという。スティムソンらがネコの暮らすリビングに入ると、あまりのきついにおいに一人がむせた。

「ネコのにおいはどうしているんですか？」研究者が女性に尋ねた。

「あまり問題だと思ったことはないわ」

「どれくらいの頻度でにおいが気になります？」

「そうね、月に一度くらいかしら」

研究者たちは顔を見合わせた。

「今、においはします？」

「いいえ」

その他にも悪臭のする家を数十軒訪れたが、同じパターンが見られた。彼らは自分の暮らしの悪臭にほとんど気づいていなかったのだ。

9匹もネコを飼っていれば、そのにおいに鈍感になる。喫煙者は嗅覚が衰えるから、たばこのにおいがわからなくなる。においとは不思議なもので、どんなにきついにおいでも、常にさらされていると感じなくなるのだ。だから誰もファブリーズを使わないのか、とスティムソンは悟った。日々の使用を促すはずのきっかけが、もっとも必要とする人たちの視界に入っていなかった。悪臭に気づくことがないから、におい消しが日常的な習慣にならないのだ。結果として、ファブリーズはクローゼットの奥にしまい込まれてしまった。一番使ってくれそうな人たちは、きっかけになるはずのにおいに気づかず、「リビングにファブリーズをかけなければ」と思うこともない。

スティムソンは両手で頭を抱えた。9匹もネコを飼う女性に売れないのなら、いったい誰に売れるというのだ？　使用を促すきっかけがないのに、どうやって新しい習慣を生み出せばいい？　誰よりも必要としているはずの人が報酬を求めていないというのに。

習慣化ののち生まれたパターン

ケンブリッジ大学神経科学科のヴォルフラム・シュルツ教授の研究室は、お世辞にもきれいとは言えない。同僚に言わせれば、彼のデスクは書類が永遠に吸い込まれてしまうブラックホール、あるいは有機体の育つシャーレであり、何年も手つかずのまま、増殖し放題だった。もし自分の服から、たばこやネコの毛のにおいがしても、彼は気づかない。もしくは気にしないだろう。

しかしシュルツが20年以上にわたって行ってきた実験は、きっかけと報酬と習慣がどう影響しあっているかという理解に大変革をもたらした。彼はある種のきっかけと報酬が、なぜ他のきっかけや報酬よりも強力なのかを説明し、なぜペプソデントはヒットしたのか、なぜある種の人たちは素早く食事や運動の習慣を変えられたのか、最終的に何がファブリーズを買わせたのかを明らかにする、科学的ロードマップを提供したのだった。

1980年代、シュルツはサルの脳を研究する科学者のグループに加わっていた。レバーを引いたり、留め金を開けたりといった一定の作業を覚えられるサルだ。グループの研究の目的は、脳のどの部分が新しい行動を引き起こすのか、突き止めることだった。

「ある日、このことに気づいて、がぜん興味を惹かれましてね」シュルツが私に言った。彼はドイツ生まれで、英語を話すときにはアーノルド・シュワルツェネッガーのようなドイツ訛《なま》りになる。「サルを観察していると、りんごジュースが好きなサルもいれば、ぶどうジュースが好きなサルもいて、疑問に思い始めたのです。このサルの小さな頭の中では何が起きているのだろう。違う報酬はそれぞれ脳にどんな影響を与えるのだろう、とね」

シュルツは神経化学的なレベルで報酬がどう作用するのかを解明するため、一連の実験を始めた。技術の進歩に伴い、1990年代には、MITの研究者が使っているのと同等の装置を使えるようになった。しかしシュルツはネズミよりもサルに興味を抱いた。たとえばジュリオという、黄色がかった薄茶色の目を持つ3・5キロのアカゲザルは脳にごく細い電極

ジュース（報酬）を得たときのジュリオの反応

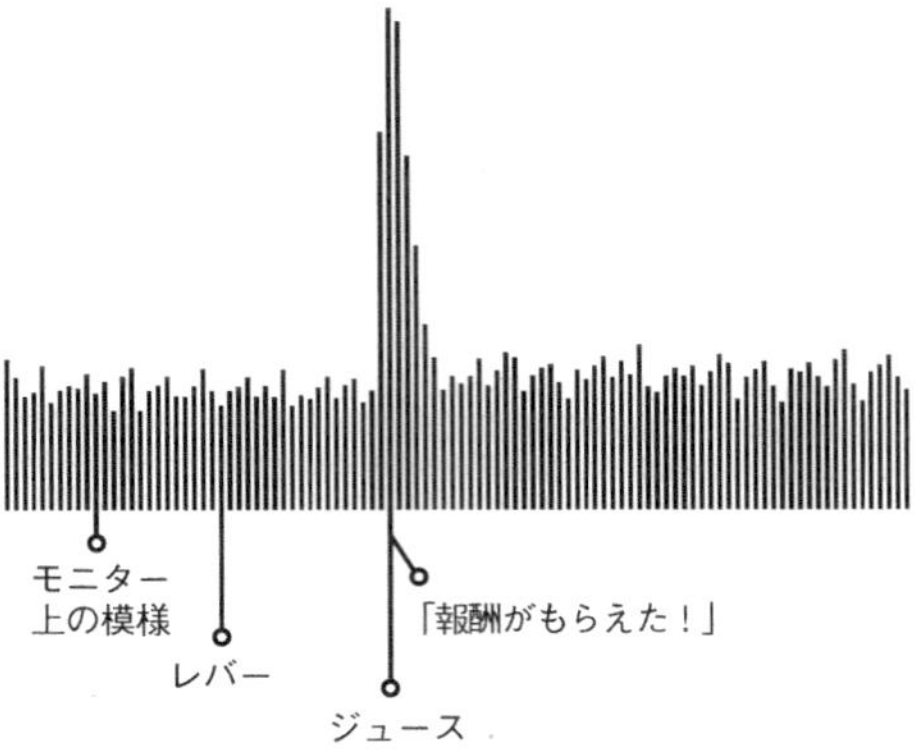

が差し込まれていて、神経活動を観察できるようになっていた。

ある日、シュルツは薄暗い部屋でジュリオを椅子に座らせ、コンピューターのモニターをつけた。ジュリオの仕事はモニターに色つきの模様（小さな黄の渦巻き線、赤の波線、青の直線）が現れたら、レバーに触れることだ。模様が現れたときレバーに触れると、天井からぶら下がるチューブを伝って、ブラックベリー・ジュースが1滴、ジュリオの唇に落ちてくる。

ブラックベリー・ジュースはジュリオの好物だった。

最初、ジュリオはモニターに現れる模様にほとんど興味を示さなかった。ひたすらもがいて、椅子から逃れようとした。しかし、最初のジュースが落ちてきたとたん、モニターにぐっと集中した。何十回か繰り返した末に、モニターの模様が「レバーに触れる」というルーチンのきっかけであり、

ジュリオの習慣のループ①

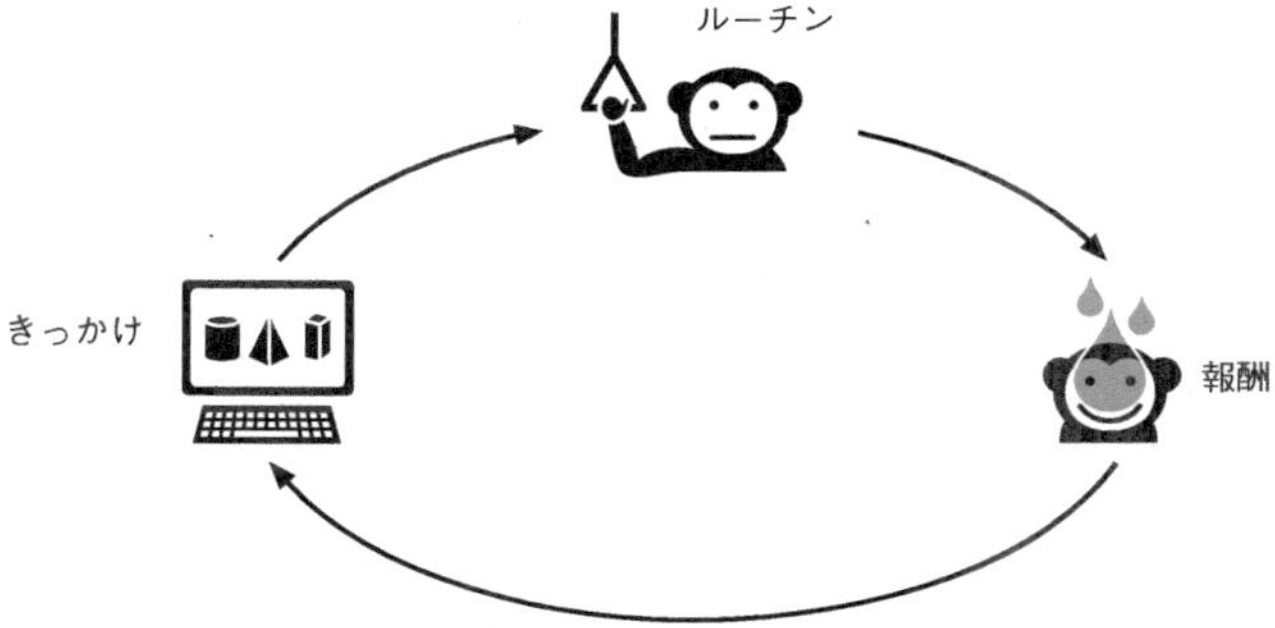

最後にブラックベリー・ジュースという報酬が得られることを理解し始めると、レーザーのような集中力でモニターを見つめるようになった。もうもがくことはなかった。黄色の渦巻き線が現れたとき、ジュリオはレバーに手を伸ばした。青の直線がひらめくと、レバーにつかみかかった。そしてジュースが落ちてくると、満足げに唇を舐めた。

ジュリオの脳内の動きを観察していると、一つのパターンが浮かび上がってきた。報酬を得るたびに脳内の活動が盛んになり、幸せを感じていることを示したのだ。その記録はサルの脳が実際に「報酬がもらえた！」と語るときの神経の動きを表していた。

シュルツは同じ実験を何度も繰り返し、毎回、神経の反応を記録した。ジュースが落ちてくるたび、ジュリオの頭の電極につながっているコンピューターに「報酬がもらえた！」というパターンが現れた。神経学の観点から、ジュリオの行動はしだいに習慣となったのだ。

しかし、シュルツにとってもっとも興味深かったのは、実験を進めるに従って変化が見られたことだった。この行動に慣れるにつれて、つまり習慣がますます定着するにつれて、ジュリオの脳はブラックベリー・ジュースを待ち望むようになった。つまり、モニターの模様を見た瞬間、ジュースが落ちてくるよりも前に、電極は「報酬がもらえた！」というパターンを記録するようになったのである。

言い換えるなら、モニター上の模様は単なるレバーを引くためのきっかけではなく、脳内に喜びの反応を引き起こすきっかけにもなったのだ。ジュリオは黄の渦巻き線や赤の波線を見たとたん、報酬を期待するようになった。

そこでシュルツは実験に変更を加えた。それまではレバーに触れるとすぐにジュースがもらえたが、今度はいくつか違うパターンを入れた。ジュリオが正しく行動してもジュースが落ちてこない。あるいは少し遅れて落ちてくる。もしくはジュースが半分の甘さにまで薄められている。

ジュースが落ちてこなかったり、落ちるタイミングが遅れたり、薄められていたりすると、ジュリオは怒り、不満げな声を出すか、ふさぎ込んだ。同時に、ジュリオの脳内に新しいパターンが生まれるのがわかった。それは「欲求」だ。ジュースを期待しているのに得られないと、神経のパターンが脳内で高まった欲求と落胆を描き出した。ジュリオはきっかけを見ると、ジュースがもたらす喜びを期待し始める。しかし、ジュースが落ちてこないと、その

ジュースを得る前に、同様の反応が現れる

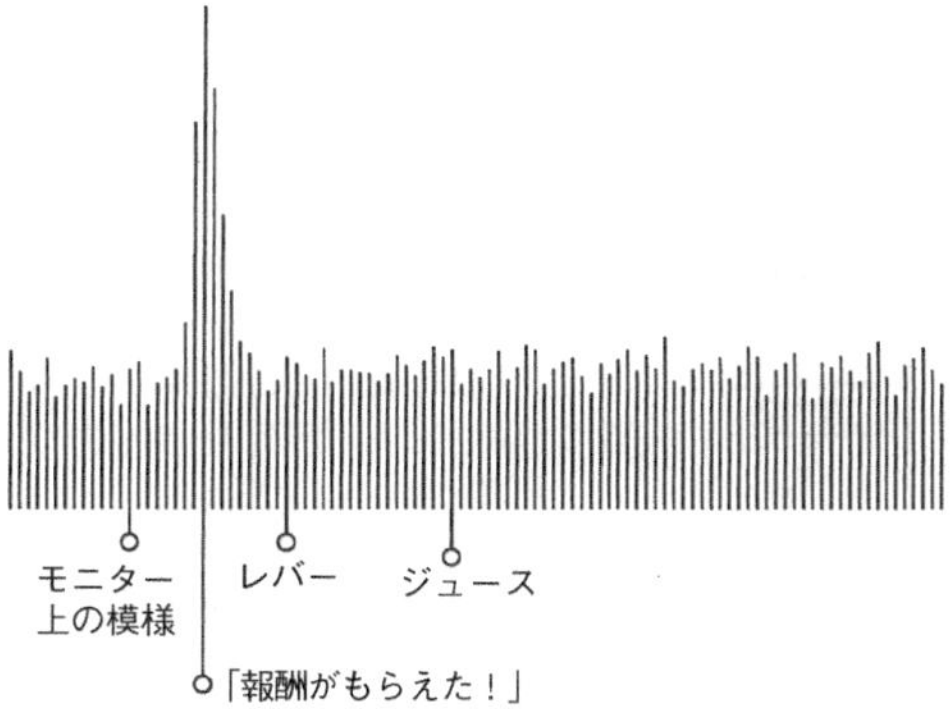

喜びは欲求に変わり、その欲求が満たされないと、怒りや落胆に駆られるのである。

他の実験室の研究者も似たパターンを発見していた。ほかのサルたちも訓練の末、モニター上の模様を見るたびにジュースを待ち望むようになっていた。

そこで研究者たちはサルの気をそらそうとした。実験室のドアを開け放ち、外に出て仲間と遊べるようにした。実験室の隅には食べ物を置き、実験をやめたら食べられるようにした。

習慣として定着していないサルには、それが効いた。椅子から滑り下りて、実験室から出ていき、二度と振り返らなかった。彼らはジュースを待ち望むことを学習していなかった。

しかし、習慣が身についていたサル、つまり脳が報酬を期待するようになったサルは、気をそらそうとしても無駄だった。食べ物や外へ出る機会が与えられても、じっと座り続け、モニターを見

ジュリオの習慣のループ②

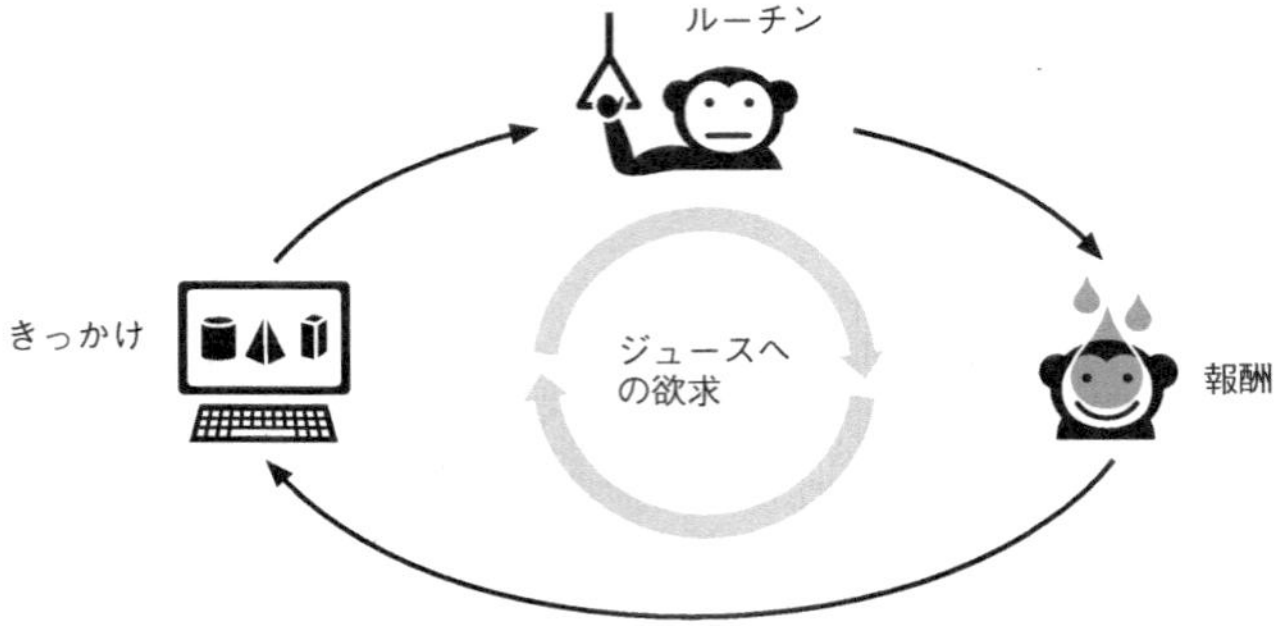

つめ、繰り返しレバーを押した。期待と欲求の感覚は強烈で、サルはモニターに釘づけになった。ギャンブラーが儲けを全部すっても、スロットマシンから離れられないように。

このことから、習慣がなぜ強力なのかがわかる。習慣は神経学的欲求を生み出すからだ。

こういう欲求はたいてい徐々に生まれるため、私たちはその存在に気づかず、その影響にも気づかない場合が多い。しかし、きっかけがある種の報酬と結びつくと、無意識の欲求が脳内で生まれ、習慣のループが作動し始める。

たとえばコーネル大学のある研究者は、シナボン（砂糖がけシナモンロールが有名なカフェ）がショッピングモール内のどこに位置しているかに気づき、食べ物とにおいへの欲求が行動にどれだけ強く影響するかを発見した。たいていの食品販売業者はフードコート内に売店を設置するが、シナボンは他の店から離れた場所に設置しようとする。それはなぜか？　シナボ

喫煙の欲求と報酬

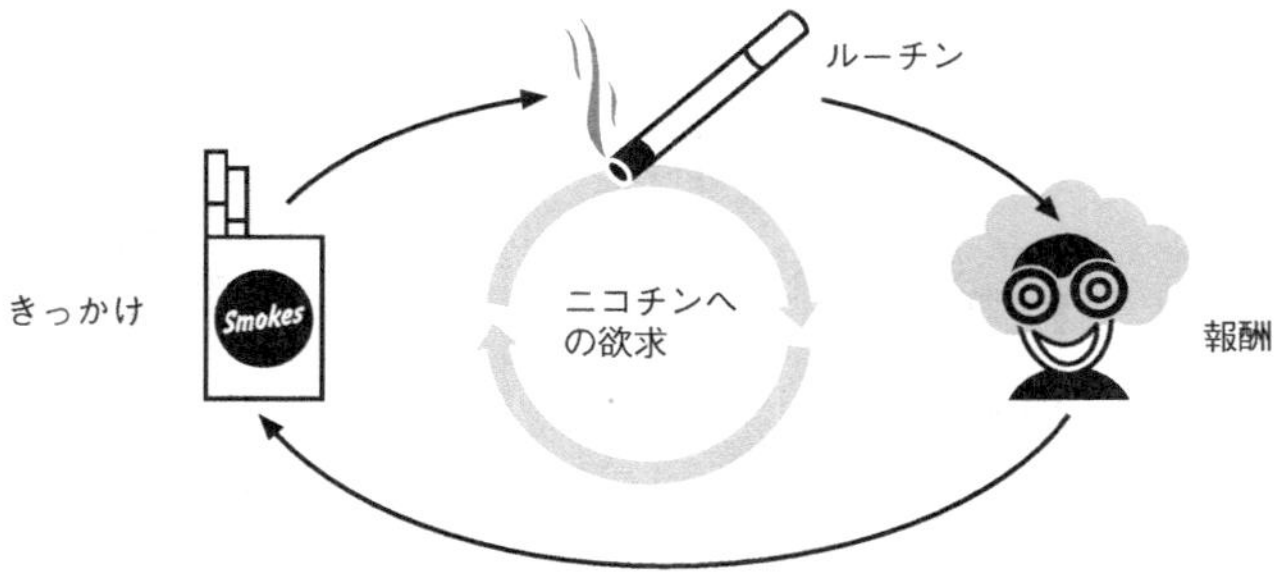

ンの経営陣は、買い物客が無意識にシナモンロールを食べたくなるように、そのにおいをショッピングモールの通路や角を曲がった先にまでしっかり漂わせたいのだ。消費者が角を曲がってシナボンを見つけるころには、頭の中の欲求が暴れるモンスターと化し、知らず知らずのうちに財布に手を伸ばしてしまう。欲求が生まれたせいで、習慣のループが作動するのである。

「我々の脳は、ドーナツの箱を目にしたら自動的に甘いものが欲しくなるようには、プログラミングされていません」シュルツが語った。「ですが、ドーナツの箱に砂糖やその他のおいしい炭水化物が入っていることをいったん脳が覚えると、シュガーハイを期待し始めます。脳が我々をドーナツの箱へと向かわせるのです。だからドーナツを食べないと落胆を覚えるのです」

このプロセスを理解するために、ジュリオの習慣がどうやって生まれたかを考えてみよう。まず、ジュリオはモニターの模様を見つけた。

メールの欲求と報酬

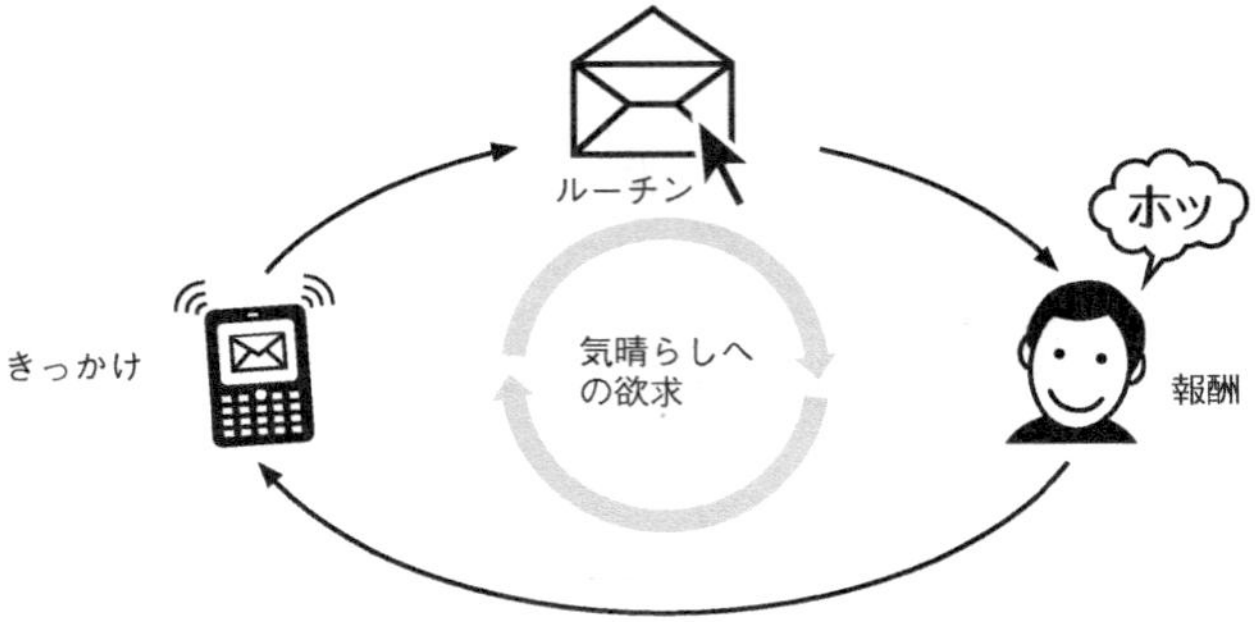

やがて、模様が現れたときがルーチンを遂行するときであることを学習する。ジュリオはレバーに触れる。その結果、ブラックベリー・ジュースが1滴、落ちてくる。

これが基本的な学習だ。きっかけを見たジュリオがジュースを求めるようになって初めて、習慣になる。いったん欲求が生まれると、ジュリオは無意識に行動し始める。その結果、彼は86ページの図のような習慣に従うようになるのである。

新しい習慣が生まれる過程はこうだ。きっかけとルーチンと報酬が結びつき、その後、欲求が生まれてループを作動させる。

喫煙を例にとってみよう。喫煙者がきっかけ(たとえば、マルボロのたばこ)を見ると、脳がニコチンの直撃を期待し始める。たばこを目にするだけで、脳はニコチンを求めてしまうのだ。それが得られないと欲求はふくれ上がり、喫煙者は無意識にマルボロに手を伸ばすことになる。

次にメールを考えてみよう。コンピューターがメールの新着を告げる音を出したり、スマートフォンが震えたりすると、メールを開くことによる束の間の気晴らしを脳が期待し始める。それが満たされないと期待はふくれ上がり、ミーティングの場が、テーブルの下で振動する携帯を確認する落ち着かない社員たちの集まりになってしまう。たとえそれがオンラインゲームの結果のお知らせにすぎないとわかっていても、チェックせずにはいられないのだ（振動を消して、きっかけさえ取り除けば、受信箱を確認しようと思うこともなく、ずっと働くことができる）。

アルコール依存症患者、喫煙者、過食症患者の脳を研究した科学者は、彼らの神経系統――脳の構造と頭蓋骨内の神経化学的流れ――が欲求の増大につれてどう変化するかを調べた。ミシガン大学の2人の研究者の記述によると、特に強く染みついた習慣は中毒に似た反応を引き起こすため、たとえ評判や仕事や家族の喪失といった強力な抑止力に直面しても、欲求が強迫的なレベルにふくれ上がり、脳を自動操縦してしまうという。

こういった欲求に完全に支配されるとは限らない。次章で説明するとおり、誘惑を無視するのをサポートしてくれるメカニズムもある。ただし、習慣に打ち勝つには、どの欲求が行動に駆り立てているのかを認識する必要がある。自分が何を求めているかに気づかなければ、目に見えない力に引っ張られるようにして、ふらふらとシナボンへ入っていく買い物客と同じになってしまうのだ。

運動する習慣はなぜ生まれるのか

習慣を生み出す欲求の力を理解するには、運動の習慣がどのようにして生まれるかを考えてみるといい。２００２年、ニューメキシコ州立大学のある研究者は、人がなぜ習慣的に運動するのかを解明しようとした。

研究対象となったのは２６６人で、大半が少なくとも週に3度は運動していた。その結果わかったのは、ジョギングやウェイトトレーニングを始めたきっかけは、たいてい単なる思いつきだったり、急に自由な時間ができたり、人生の予期せぬストレスに対処したりするためだった。しかし、運動を続けたのは、つまり運動が習慣になったのは、特定の報酬を求めるようになったからだ。

あるグループでは、92パーセントの人が〝気持ちがいい〟から習慣的に運動すると話している。運動で分泌されるエンドルフィン等の神経化学物質を期待し、求めるようになるのだ。別のグループでは、67パーセントの人が運動で達成感を得られると話している。毎回、運動の成果を確認することで充実感を得たいと思うようになり、その自分への報酬が運動を習慣にするのである。

毎朝、走り出すには、シンプルなきっかけ（朝食の前に必ずスニーカーの紐を結ぶ、ジョ

運動の欲求と報酬

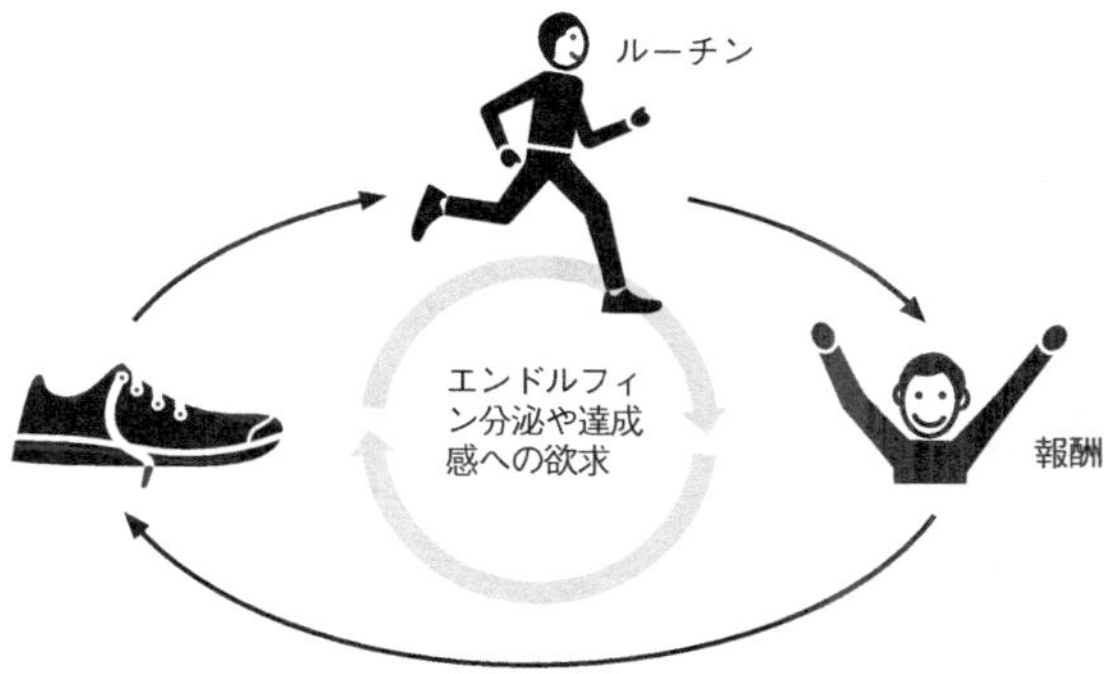

ギングウェアをベッドの横に置いておくなど）と、明確な報酬（ランチのごちそう、走行距離を記録する達成感、ジョギングによるエンドルフィンの分泌等）を選ぶ必要がある。しかしその後の無数の研究によって、きっかけと報酬そのものには新しい習慣を長続きさせる力はないとわかった。脳が報酬を期待するようになって初めて、つまりエンドルフィンや達成感を求めるようになって初めて、毎朝、ジョギングシューズの紐を無意識のうちに結ぶようになるのだ。きっかけはルーチンを生み出すだけでなく、その先の報酬への欲求を生み出すものでなくてはならない。

「私の抱えている問題について質問させてくださ い」神経科学者のヴォルフラム・シュルツからどうやって欲求が生まれるかを聞いたあとで、私は尋ねてみた。「私には2歳の息子がいますが、自宅で息子にチキンナゲットのような夕飯を食べさせるとき、何も考えずに手を伸ばして、一つ食べてしまうんです。それが習慣になって、今では体重が増えつつあるんです」

「みんな、同じですよ」シュルツが言った。彼には3人の子供がいて、今ではみな、成人している。3人が子供のとき、彼は無意識に息子の食事をつまんでいた。

「ある点において、人間はサルみたいなものです。テーブルの上にチキンやフライドポテトが置いてあるのを見ると、たとえ腹が空いていなくても、脳がその食べ物を期待してしまう。脳が求めてしまうんです。正直に言うなら、そもそも、そういう食べ物を好きでもないのに突然、その欲求に抗《あらが》えなくなる。そして食べたとたんに、欲求が満たされた喜びに包まれる。屈辱的ですが、習慣とはそういうものです。たぶんそれは感謝すべきことなのでしょう。なにしろ、よい習慣もそうやって生まれてくるのですから。私が仕事に励むのは、何かを達成して自尊心を満たしたいからです。運動するのはいい気分を味わいたいから。よい習慣を見つけて、よりよい選択ができるよう願うしかありません」

見つけた！

P&Gのドレイク・スティムソンのチームは、ネコを飼っている女性への悲惨なインタビューのあと、通常とは違う分野に助けを求めた。まず、ヴォルフラム・シュルツによる研究をはじめとして、さまざまな実験結果に目を通した。ハーバード・ビジネス・スクールの教授にはファブリーズの広告キャンペーンの心理テストを依頼した。そして顧客に次々にインタビューを重ね、ファブリーズを消費者の〝日常生活の一部〟にするきっかけがないか、さがした。

ある日、スコッツデール郊外の街に住む女性に話を聞きに行った。彼女は40代で4人の子持ちだ。家の中は清潔だったが、一分の隙もないほど片づけられているわけでもない。ところが驚いたことに、彼女はファブリーズの愛好者だったのである。

「毎日、使っているんです」彼女が言った。

「毎日？」スティムソンがきいた。においの問題を抱えた家には見えないし、ペットも、たばこを吸う人間もいない。「何のために？　何のにおいを消そうとしているんです？」

「特に何かのにおいを消すために使っているわけじゃないんです。ほら、うちには男の子がいるでしょう。思春期ですし、部屋を掃除してやらないと、ロッカーのような籠《こ》もったにおいになってしまって。でも、そのために使っているわけでもないんです。ふつうのお掃除に使うんですよ。一つの部屋の掃除が終わったら、2回スプレーするんです。最後の仕上げとして、どこもかしこもよい香りにできたらすてきでしょう」

そこで、掃除する様子を見せてほしいと頼んだ。彼女は寝室でベッドを整え、枕をふくらませ、シーツをぴんと張ると、それからファブリーズを取り出し、平らに撫でつけた羽根布団にスプレーした。居間では掃除機をかけ、子供たちの靴を拾い、コーヒーテーブルの上を片づけてから、きれいにしたばかりのカーペットにファブリーズをかけた。「すてきだと思いません？」彼女が言った。「スプレーするのは、部屋が片づいたことのささやかなお祝いみたいなものです」この頻度で使用すると、2週間で一本使い切る計算だとスティムソンは思った。

それまでP&Gでは、人が自宅を掃除するようすを収めた数千時間ぶんのビデオテープを数年がかりで集めていた。研究者チームがシンシナティに戻った際、数人がそのビデオを観て夜を過ごした。翌朝、研究者の一人がファブリーズ・チームを会議室に呼び出し、一人の女性（26歳で3人の子持ちの女性）がベッドメイキングをするビデオを見せた。彼女はシーツを撫でつけ、枕を整えている。それからにっこりして、寝室をあとにした。

「今のを見たかい？」研究者が興奮した口調で訊いた。

続いて、彼は別のビデオを見せた。さっきより若いブルネットの女性がベッドの上に華やかなベッドカバーをかけて枕を整え、自分の仕事の出来栄えにほほえんでいる。「ほら、まただ！」と研究者。次のビデオでは、トレーニングウェア姿の女性がキッチンを片づけ、カウンターを拭いてから、ストレッチで体をほぐし始めた。

研究者が同僚のほうを向いた。

「見たかい？」彼は尋ねた。

「3人とも掃除を終えたあと、リラックスできることや幸せな気分になれることをしている」と彼は言った。「この路線ならいける！　ファブリーズが掃除のルーチンの最初ではな

ファブリーズの習慣のループ

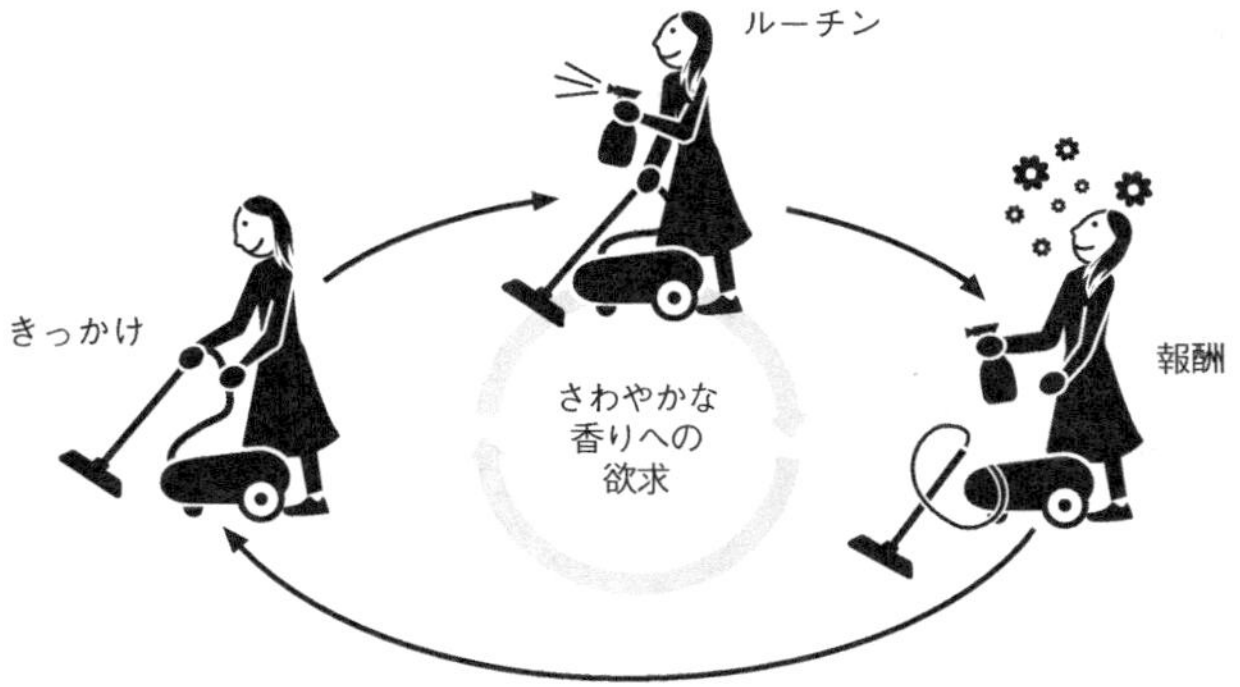

く、最後に来るものだとしたら、どうだろう？　何かをきれいにする楽しみの一部だとしたら？」
スティムソンのチームは再度、実験を行った。これまでの広告は悪臭を取り除くことに焦点が当てられていた。そこで商品ラベルを刷りなおし、開いた窓とそこから入ってくる新鮮な空気を描くことにした。さらに香料を配合し、単ににおいを消すのではなく、特徴的な香りを持つ製品にした。テレビCMでは、整えたばかりのベッドや洗いたての洋服にファブリーズをかける女性を描いた。もともとのキャッチフレーズは「布から嫌なにおいを取り除こう」というものだった。それが「生活のにおいを一新します」に書き換えられたのである。
すべてが日常の特定のきっかけに訴えかけるよう変更された。部屋を掃除する。ベッドを整える。カーペットに掃除機をかける。どの作業においても、ファブリーズは報酬として位置している。すなわち、掃除というルーチンの最後にやってくる、よい香りだ。何より重要なのは、それぞれの広告が欲求を引き出すようにつくられていることだった。掃除という儀式が終了すると、見た目も整い、香りもよくなる。皮肉なことに、においを消すためにつくられた製品が反対の用途に転じた。汚れた布のにおいを消す代わりに、すでにきれいにしたものの仕上げに使うエアフレッシュナーになったのだ。

新しいCMを放送し、デザインを変更した製品を配ったのち、研究者たちがふたたび消費者の家庭を訪れると、実験的に導入した地区の主婦の一部がファブリーズの香りを期待するように、つまり求めるようになっていることがわかった。ある女性は、ファブリーズが空になると、薄めた香水を洗濯物にふりかけるという。「いまでは、最後によい香りがしないと、きれいになった気がしないんです」と彼女は言った。

「スカンクの問題を抱えた自然保護官がきっかけで、間違った方向に進んでしまったんです」スティムソンは私にそう語った。「彼女と会ったことで、問題の解決方法を提供すればファブリーズは成功すると思い込んだ。でも、自分の家がくさいなんて認めたい人がいますか？　完全に間違った方向に進んでいたんです。香りのないものへの欲求は生まれない。一方、30分間の掃除のあとでよい香りを求める人は大勢いるんです」

1998年、ファブリーズが再発売されると、2カ月で売り上げは2倍になった。1年もたたないうちに、消費者はこの製品に2億3000万ドル以上を支払った。以来、数十に及ぶ姉妹品（エアフレッシュナー、キャンドル、洗濯洗剤、キッチンスプレー）が生み出され、今ではその年間総売り上げが10億ドル超と言われている。P＆Gはようやく消費者に対し、「ファブリーズはよい香りがするうえに、悪臭を消すこともできる」と宣伝するようになり、スティムソンは昇進し、彼のチームにはボーナスが出た。

欲求という感覚、つまり見た目を整えると同時によい香りにしたいという欲望を生み出して初めて、ファブリーズはヒット商品となった。そして、この欲求こそが、ペプソデントの広告マンであるクロード・ホプキンスが気づくことのなかった、新しい習慣を生むのに不可欠な要素だったのである。

「膜」ではなかった！

ホプキンスは晩年、講演で全国を回った。「科学的広告の法則」と題された講演会には数千もの聴衆が訪れた。彼は演壇の上で、自分をよくトーマス・エジソンやジョージ・ワシントンになぞらえ、途方もない未来予測を長々と語った（とくに目立ったのは空飛ぶ自動車だ）。しかし「欲求」にも、習慣のループの神経学的ルーツにも言及することはなかった。結局、MITの科学者とヴォルフラム・シュルツが実験を行うようになるまで、それからまた70年待たなければならなかった。

では、ホプキンスはこの洞察の助けなしに、どうやってこれほど強力な歯磨きの習慣を生み出すことができたのだろう？

ホプキンスのペプソデントでの経験は、彼が回想録で描いているほど単純なものではなかった。自分は「歯の膜」というすばらしいきっかけを見つけたと自慢し、消費者に初めて「美しい歯」という明確な報酬を提供したと誇らしげに記述しているが、その戦術を最初に生み出したのは実は彼ではない。ホプキンスがペプソデントの存在すら知らなかったころに雑誌や新聞を埋めていた、他の練り歯磨きの広告を考えてみれば明らかだ。

「この練り歯磨きの成分はとくに歯頸部に歯石がたまるのを防ぐよう調合されています」ペプソデントより前から存在しているドクター・シェフィールドのクレム・デンタフリスの広告にはそう書いてある。「その汚い層をはがしましょう！」とも。

「あなたの歯の白いエナメル質を隠す正体は、エナメルを覆う膜です」これはホプキンスが歯科の教本を読んでいるときに載っていた広告だ。そしてこう続く。「サニトール歯磨きは膜をはがすことで、すばやくもとの白さを取り戻します」

別の広告は次のように訴えている。「愛らしい笑顔の魅力はあなたの歯の美しさ。可愛さの秘訣は美しいサテンのような光沢のある歯なのです。ＳＳホワイト歯磨きをお使いください！」

ホプキンスが練り歯磨き業界に参入する何年も前に、大勢の広告マンがペプソデントと同

ペプソデントの本当の習慣のループ

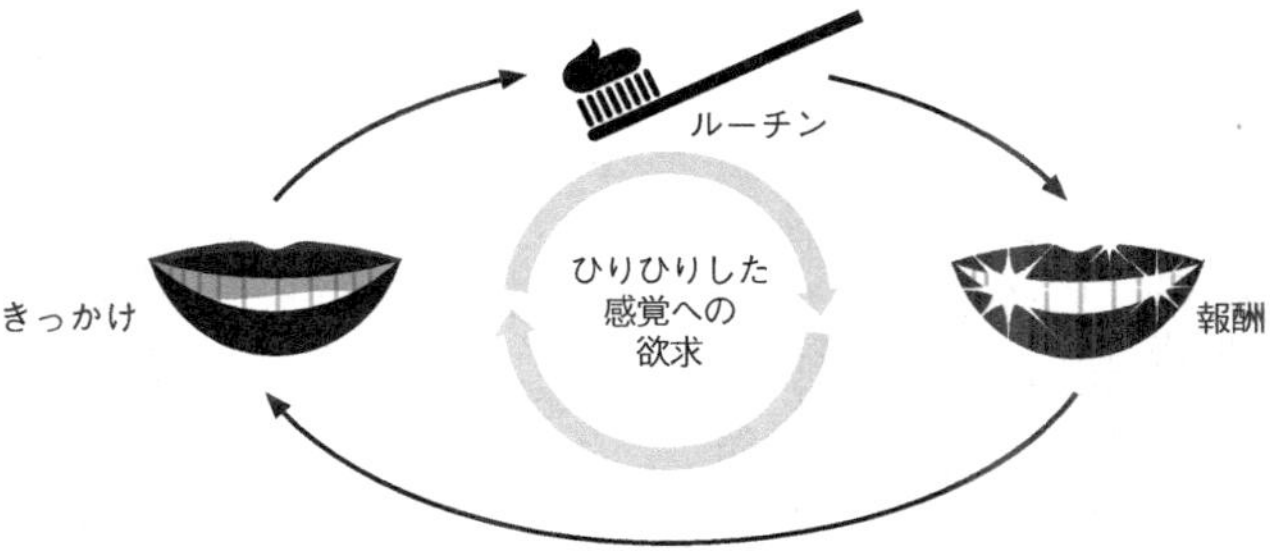

じ言葉を使っていた。すべての広告が歯の膜を取り除く効果を約束し、美しく白い歯という報酬を提供していたが、どれ一つとして広告の効き目はなかったことになる。

しかし、ホプキンスが広告キャンペーンを始めたとたん、ペプソデントは爆発的に売れた。何が違ったのだろう？

ホプキンスに成功をもたらしたのは、サルのジュリオがレバーに触れたり、主婦が整えたばかりのベッドにファブリーズをふりかけたのと同じ要素だった。ペプソデントは「欲求を生み出した」のである。

ホプキンスの回想録の中ではペプソデントの成分には一切触れられていないが、ペプソデントの特許申請には製法が載っており、たいへん興味深い事実を示唆している。同時代の他の練り歯磨きと違って、ペプソデントにはクエン酸とともに一定量のミント油などの薬品が含まれている。考案者はそれを「さわやかな味」にするために加えたのだが、同時に予期しない別の効果ももたらした。それは「刺激」である。舌や歯肉がひりひりするような冷たい感覚を生み出したのだ。

ペプソデントが市場を独占するようになると、競合他社の研究員はその理由を見極めようと奮闘した。その結果判明したのは、消費者はペプソデントを使い忘れたとき、口の中がひんやりしないのが物足りなくて、使わなかったことに気づくという点だ。消費者はそのかすかな刺激を期待し、求めたのである。ひりひりしないと、歯がきれいになった気がしないのだ。

クロード・ホプキンスは美しい歯を売ったわけではない。彼が売ったのは感覚だった。ひりひりするような、ひんやりした感覚を人々が求めるようになったからこそ、つまりその感覚を歯がきれいになったこととととらえるようになったからこそ、歯磨きは習慣になったのだった。

ホプキンスが実際に何を売っていたかに気づくと、同業他社もそれに追随した。20年もたたないうちに、大半の練り歯磨きに、歯肉を刺激する油や化学薬品が含まれるようになり、ペプソデントの売り上げが落ち始めた。今日でも、ほとんどの練り歯磨きには、歯を磨いたあとで口の中をひりひりさせることだけが目的の添加物が含まれている。

「消費者にはその製品が効いているという何らかのシグナルが必要なんです」オーラルB歯ブラシとクレスト子供用歯磨きのブランドマネジャーである、トレイシー・シンクレアは私にそう語った。「練り歯磨きはどんな味にも――ブルーベリー味にも、緑茶味にも――できますし、ひんやりした刺激さえあれば、口の中がきれいになった気がします。刺激があるからといって、洗浄力が上がるわけじゃありません。ただ、きれいになったと思わせてくれるんです」

この基本的な公式を利用すれば、誰でも自分自身の習慣を生み出すことができる。もっと運動がしたいのなら、「目が覚めたらすぐにジムに行く」といったきっかけと、「運動後のスムージー」のような報酬を選べばいい。それから、そのスムージーや、体内を駆け巡るエンドルフィンのことを考える。自分に報酬を期待させるのだ。やがてその欲求によって、毎日ジムに行くという行為が楽になるだろう。

新しい食習慣をつくり上げたいときはどうするか。全米体重管理登録簿（減量に成功してその体重を長期間維持している人々を対象に調査・研究を行う）に携わった研究員がダイエット成功者の習慣を調べると、78パーセントが毎日、朝食をとっていることがわかった。これは時刻をきっかけとする習慣だ。しかしそれだけではなく、そのほとんどが、特定の報酬（着てみたいビキニや、毎日、体重計に乗るときの誇らしい気持ちといった、心から望んでいるもの）を思い描いていた。誘惑に駆られそうになると、報酬への欲求に焦点を合わせ、その欲求を穏やかな強迫観念へと育てたのだ。ダイエットを挫折させる誘惑を押しのけるのは報酬への欲求であることに研究員は気づいた。欲求が習慣のループを作動させたのだ。

企業にとって、欲求の科学の解明は革命的だった。毎日、やるべきなのにけっして習慣にならない日々の儀式はいくらでもある。私たちはもっと塩分に気を遣い、もっと水分を摂らなければならない。ビタミンを摂り、日焼け止めを塗らなければならない。事実を明白にしたければ、こうはっきり言えばいい。毎朝、顔に日焼け止めを薄く塗ることが皮膚癌発症率を確実に減少させる、と。それでも、誰もが歯磨きをする一方で、毎日、日焼け止めを塗るアメリカ人は10パーセント以下だ。それはなぜか？

日焼け止めを生活習慣にしたくなるような欲求がないからだ。現状を改善しようと、ひんやりする感覚や、肌に塗った実感がわくような成分を加えているメーカーもある。口の中の刺激を求めて歯を磨くのと同様、それがきっかけとなって期待を生み出すことを望んだのだ。すでに数百もの他の製品で似たような戦略が用いられている。

「泡立ちは大きな報酬です」ブランドマネジャーのシンクレアが言った。「シャンプーは本来、泡立つ必要はないのですが、人々は髪を洗うたびに泡立つことを期待するので、そのための化学薬品を加えています。洗濯洗剤も同様です。練り歯磨きも……いまではもっと泡立つように、すべての企業がラウリル硫酸ナトリウムを加えています。洗浄力は変わらないのですが、口の中が泡だらけになると、気分がいいんです。その泡を期待するようになると、習慣が根づいていくのです」

習慣を根づかせるのは欲求だ。どうやって欲求を生み出せばいいかがわかれば、新しい習慣を根づかせるのが楽になる。約百年前の真実は、今でも通用している。毎晩、刺激的な感覚を求めて何百万もの人間が歯を磨く。毎朝、体内を駆け巡るエンドルフィンを求めて、何百万もの人間がジョギングシューズをはく。

それから帰宅して、キッチンを片づけたり、寝室を整えたりしたあと、一部の人はファブリーズをスプレーするのである。

第3章　習慣を変えるための鉄則——アルコール依存症はなぜ治ったのか

タンパベイ・バッカニアーズ——ナショナル・フットボール・リーグ（NFL）史上最弱と呼ばれたチームの一つ——の新ヘッドコーチ、トニー・ダンジーがわずかな希望の光を感じ始めたのは、フィールドの隅にある時計が残り8分19秒を指したときだった。

1996年11月17日、日曜の夕刻。バッカニアーズはサンディエゴで、前年にスーパーボウルに出場した地元チームのチャージャーズと対戦中だった。バッカニアーズは17対16で負けている。負けるのは今に始まったことではなく、シーズン中、ずっと負けている。ここ10年、負け通しだ。この16年間、西海岸での試合では一度も勝っておらず、前回、優勝したときは、現在の選手の大半が小学生だった。

今年の成績は現在のところ2勝8敗。そのうちの1試合では、デトロイト・ライオンズ（あまりに弱く、「絶望的」を超えると言われたチーム）に21対6で負け、その3週間後には27対0でまた負けた。ある新聞のコラムニストはバッカニアーズを「他チームに踏みつけられた、ずたずたのドアマット」と呼び、スポーツ専門チャンネルのESPNは、1月に就任したばかりのダンジーはシーズン終了までに解雇されるだろうと予告していた。

ところが、当のダンジーは自分のチームが次のプレーに向けて配置につくのをサイドラインでながめながら、雲の合間から太陽がようやく顔を出したような気分を味わっている。笑顔は見せない。試合中に感情をあらわにすることはない。それでも、フィールドでは「何か」が起こっている。彼が数年がかりで取り組んできた何かが……。

敵チームの5万人のファンから野次が降り注ぐ中、トニー・ダンジーの目には他の誰にも見えないものが映っていた。

最弱チームを最強に

トニー・ダンジーはこの職に就くのを長年、待ち望んでいた。17年間、彼はアシスタントコーチとして、サイドラインを歩き回ってきた。最初はミネソタ大学、次はピッツバーグ・スティーラーズ、続いてカンザスシティ・チーフス、それからミネソタに戻ってバイキングス。この10年で4回、彼はNFLのチームのヘッドコーチの面接に呼ばれ、そして4回とも失敗に終わっていた。

その理由の一部はダンジーの指導哲学にあった。面接の場で、「選手の〝習慣〟を変えることこそが勝利のカギだ」という自らの信念をずっと語り続けたのである。試合中、選手があまりにも多くの決断をくだすのをやめさせたい。彼らが反射的に、習慣的に反応できるよ

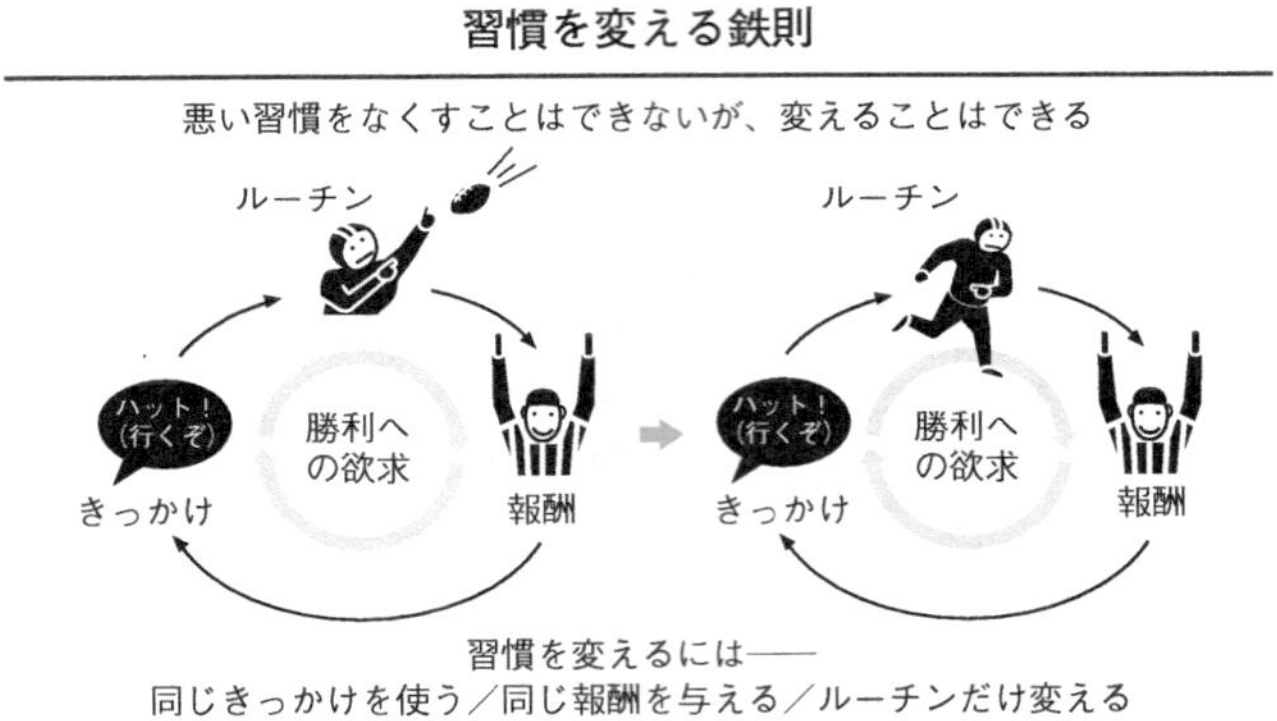

習慣を変える鉄則
悪い習慣をなくすことはできないが、変えることはできる

習慣を変えるには――
同じきっかけを使う／同じ報酬を与える／ルーチンだけ変える

うにしたい。正しい習慣を植えつけることができれば、チームは勝てる。それだけだ。

「チャンピオンになったチームの選手は特別なことをしているわけではありません」ダンジーは説明した。「彼らがしているのはごくふつうのことですが、考えずにプレーしているのです。相手チームが反応できないほど速くね。身についた習慣に従っているんですよ」

当然、オーナーたちは質問する。「では、その新しい習慣をどうやって生み出すんだね？」

「いえ、新しい習慣を生み出すわけじゃありません」ダンジーは答えた。「選手たちは習慣をつくり上げるのに人生を費やし、そのおかげでプロのチームに入団できたのです。どこぞの新しいコーチに言われたからといって、自分のパターンを放棄したりはしません」

ダンジーは新しい習慣を生み出すのではなく、選手のもともとの習慣を変えるつもりだった。その秘訣は、「各選手の頭の中にあるものを利用すること」

習慣は3段階のループ（きっかけ、ルーチン、報酬）だが、ダンジーは2番目のルーチンだけを改造しようとしていた。最初と最後には慣れたものがあったほうが、新しい行動を受け入れやすいのは経験からわかっていた。彼の指導戦略はある原則を実行するものだった。それは、研究につぐ研究で明らかになった、習慣を変えるための鉄則であり、変化を起こすための最強の手段の一つである。

悪い習慣は完全には改められない。むしろ習慣を変えるには、前と同じきっかけで、前と同じ報酬を使いつつ、新しいルーチンを組み込むべきなのだ。きっかけと報酬がそのままなら、ほぼどんな行動も変えることができる――これこそがダンジーの鉄則だった。

現在、この鉄則は、アルコール依存症、肥満症、強迫神経症など、数百以上もの有害な行為の治療法に影響を与えており、どんな人間でもこの鉄則を理解すれば、自分の習慣を変えるのに役立つ。たとえば間食をやめようとしても、新しいルーチンが、もとのきっかけと報酬への欲求を満たさなければ、失敗することが多い。ニコチンへの欲求を感じたときのために、喫煙に代わる行為を見つけなければ、禁煙するのは難しいのだ。

4度にわたる面接でダンジーは習慣に基づいた自らの哲学をオーナーたちに説明し、彼らは礼儀正しく耳を傾けてくれたものの、結局は時間を割いてくれたことに礼を言っただけで別の人間を雇った。やがて1996年、哀れなバッカニアーズが電話をかけてきた。ダンジーは飛行機でタンパベイに向かい、勝つために必要な自分なりの構想を再度披露した。

そして最終面接の翌日、彼はヘッドコーチに起用されたのだった。

やがてダンジーが主張し続けたこのシステムが、バッカニアーズをリーグ優勝の一角を狙える強豪へと変貌させることになる。後に彼は、NFL史上唯一の、10年連続でプレーオフ出場を果たしたコーチとなり、スーパーボウルを制した最初のアフリカ系アメリカ人コーチとなり、プロスポーツ界でもっとも尊敬される人物の一人となる。彼の指導法はリーグ全体、さらにはスポーツ界全体に広まっていく。そして今日、彼のアプローチはあらゆる人々の生活習慣をつくり替える方法を解明するのに役立っている。

しかしそれはすべて先の話だ。サンディエゴでのこの日のダンジーは、ただ勝つことだけを祈っていた。

正反対の戦略

ダンジーが時計を見上げる。残り8分19秒。

バッカニアーズは序盤からリードされたまま、いつものように、ありとあらゆるチャンスをつぶしてきている。この瞬間にディフェンスが何かを仕掛けなければ試合は事実上、終わりだ。サンディエゴ・チャージャーズは自陣の20ヤードラインから攻撃を始める。クォーターバックのスタン・ハンフリーズは、攻撃権をキープし、勝利を決めようとしている。試合が再開され、ハンフリーズがスナップされたボールを捕ろうと構える。しかしダンジーはハンフリーズではなく、自分の選手たちが数カ月かけて完成させたフォーメーションを組む姿をながめていた。

伝統的にフットボールはフェイントとカウンターフェイントのゲームであり、トリックプレーとミスディレクション（敵をだます行為）のゲームだ。通常は、もっとも分厚いプレーブックともっとも複雑な戦略を持つチーム、つまり多種多様な攻撃スタイルを備えたチームが勝つ。だが、ダンジーのアプローチは逆だ。トリッキーなスタイルや複雑であいまいなプレーに興味はない。だから、ダンジー側のディフェンスの選手が並ぶと、彼らがどんなプレーをするつもりなのか、誰が見てもすぐわかる。

ダンジーがそのようなアプローチを採用したのは、理論上、ミスディレクションは必要ないからだ。彼が選手に求めるのは、「他の誰よりも速く動く」ことだけ。フットボールでは1000分の1秒が勝敗を分ける。だから、数百ものフォーメーションを教えるのではなく、いくつかのフォーメーションだけを教えて、反射的に動けるようになるまで繰り返し練習させた。彼の戦略が成功すれば、自チームの選手たちは誰もかなわないほどの速さで動けるはずだ。

ただし、それはうまくいけばの話である。ちょっとでも選手が考え過ぎたり、ためらったり、自分の直感を疑ったりすれば、システムは崩壊する。そしてこれまでは失敗続きだった。ところが、今回、敵陣の20ヤードラインに並んだバッカニアーズは何かが違った。

たとえばディフェンシブエンドのリーガン・アップショー。彼はなるべく多くの情報を得ようと敵味方が並ぶラインの周囲に目を配るのではなく、ダンジーに教えられた「きっかけ」だけを見ている。まず、対峙する相手のラインマンの外側の足を見て（足は下がっていた。つまりクォーターバックがパスをするあいだ、うしろに下がってブロックする準備をしている）、次にラインマンの肩を見て（わずかに内側に回っている）、それから彼と隣の選手との距離を見る（予想よりわずかに短い）。

アップショーはそれぞれのきっかけへの対応を数え切れないほど訓練してきたので、この段階でどうすべきかを考える必要はない。ただ習慣に従えばいいのだ。

クォーターバックのハンフリーズがスクリメージ・ライン（ボールの位置からゴールラインと平行に伸ばした仮想のライン。ここからプレーを始める）に近づき、左右を見てから大声でスナップカウントを叫んだ。ボールを受け取った瞬間、彼は5歩後ろに下がり、空いているレシーバーをさがす。プレー開始から3秒経過。スタジアム中の視線とテレビカメラが彼に向けられる。

ほとんどの観客は、バッカニアーズの選手のあいだで何が起きていたのかわからなかった。ハンフリーズがボールをつかんだとたん、アップショーは弾かれるように動いていた。最初の1秒で右に素早く移動して、スクリメージ・ラインを越える。あまりに速すぎて、相手のラインマンにはブロックできなかった。次の1秒で、敵のエンドラインに向かって、さらに4歩進んだ。目にもとまらぬ速さだ。その次の1秒でクォーターバックに3歩近づく。これまた、相手のラインマンには予測できない動きだった。

4秒目、ハンフリーズが突如、危険を察知する。彼はためらい、アップショーを目の端にとらえ、その瞬間、ハンフリーズはミスを犯す。考え始めてしまったのである。

ハンフリーズがチームメイトを見つける。新人のブライアン・ロシュが20ヤード前にいる。しかしもっと近くに、別のレシーバーがいて、両腕を振りながらボールをパスするよう叫んでいる。短いパスのほうが安全だ。ところが、プレッシャーにさらされたハンフリーズは判断を急ぎ、ロシュのほうに投げてしまった。

この早まった決断こそ、ダンジーの待ち望んでいたものだ。ボールが宙を舞ったとたん、バッカニアーズのジョン・リンチが走り出す。リンチの任務はシンプルだ。プレーが始まったら、フィールドの特定の地点にまっすぐ走り、きっかけを待つ。彼は反射的に動けるようになるまで、ダンジーからルーチンをたたき込まれている。結果として、ボールがハンフリーズの手を離れた直後には、リンチはロシュから10ヤードのところで待っていた。

ボールが回転しながら飛んでくると、リンチは自分のきっかけ（クォーターバックのフェイスマスクや手が向いている方角とレシーバー同士の距離）を確認して、ボールの落ちる地点が明らかになる前に動き出す。ロシュが飛び出したが、リンチがその前に回り込んでインターセプトする。ロシュが反応できずにいるうちに、リンチは敵陣のエンドゾーンに向かって駆け出す。バッカニアーズの他の選手は彼のランを妨《さまた》げない完璧な配置についている。リンチは10ヤード走り、15ヤード走り、20ヤード走り、やがてほぼ25ヤード走ったところで、ラインの外に押し出された。ここまで10秒もかかっていない。

2分後、バッカニアーズはタッチダウンを決め、この試合で初めてリードを奪った。5分後にフィールドゴール。そのあいだ、バッカニアーズのディフェンスはチャージャーズの反撃を一つ残らず封じ込めた。結局バッカニアーズは25対17で勝利を収め、そのシーズンでもっとも派手な逆転試合となった。

アルコール依存症を治す巨大組織

「習慣の変更」に重点を置くことで、なぜチームを再建できるかを理解するには、スポーツ界の外にも目を向ける必要がある。それもずっと離れたところに、だ。

1934年、ニューヨークのロウアーイーストサイドにある陰気な地下室で、習慣の変更に関する最大の成功例が生まれた。

地下室に座っているのは、39歳のアルコール依存症患者、ビル・ウィルソンだ。もう何年も前、ウィルソンはマサチューセッツ州の軍隊訓練所にいるときに、初めて酒を口にした。彼はそこで自動小銃の撃ち方を習い、第一次世界大戦中のフランスに送られることになっていた。

将校たちは基地のそばに住む名士からよく夕食に招かれた。ある日曜の夜、ウィルソンもパーティーに呼ばれて、チーズトーストの一種であるウェルシュラビットと、ビールを振るまわれた。当時22歳だった彼は、それまでアルコールは一度も口にしたことがなかったが、グラスを空けないのは失礼な気がした。数週間後、今度は別のパーティーに招かれた。男性はタキシード姿、女性は美しく着飾っている。執事が近づき、ブロンクス・カクテル（ジン、ドライベルモット、スイートベルモット、オレンジジュースのカクテル）をウィルソンに勧めた。彼はひと口飲んで「不老不死の薬を見つけたような気がした」と、のちに語っている。

１９３０年代半ばにヨーロッパから戻るころには、結婚は破綻寸前、財産も失い、一日に3本の酒瓶を空けるようになっていた。

寒い11月の午後、薄暗い部屋にたたずむウィルソンのもとに昔の飲み仲間が電話をかけてきた。ウィルソンは彼を部屋に招き入れると、ジンのカクテルをピッチャーいっぱいにつくり、友人に勧めた。

ところが友人はグラスを突き返した。もう2カ月、酒は飲んでいないのだという。

ウィルソンは驚いた。自分のアルコールとの格闘について語り、酔ってカントリークラブで喧嘩をし、仕事を失うはめになったと告げた。酒をずっとやめようとしているのだが、やめられない。治療も受けたし、薬ものんだ。妻とも約束し、禁酒グループにも入った。だが、どれも効果はなかった。ウィルソンは尋ねた。どうやってやめたのかと。

「信仰を得たんだ」友人は答えた。そして地獄と誘惑について、罪と悪魔について語った。

「自分が無力であることに気づいて、それを認め、自分の人生を神にゆだねるんだ」

ウィルソンは友人の頭がどうかしたのかと思った。「去年の夏にはアルコール漬けだった男が、今度は宗教にハマったように見えた」と彼はのちに書いている。友人が帰ると、ウィルソンは酒を飲み干してベッドに入ったのだった。

ひと月後の1934年12月、ウィルソンはチャールズ・B・タウンズ病院のドラッグ・アルコール中毒科に入院した。マンハッタンにある依存症治療センターだ。医師はアルコール依存症の治療薬として当時、流行《はや》っていたベラドンナという幻覚剤を1時間ごとに注射することから始めた。ウィルソンは狭い部屋のベッドでずっとうつらうつらしていた。

やがて、ウィルソンは苦悶にあえぎ始め、幻覚に悩まされ始めた。禁断症状のせいで、虫が皮膚の上を這いずり回るように感じられる。吐き気がひどくてほとんど動けないが、あまりの痛みにじっとしていることもできない。

「もしも神がいるのなら、姿を見せてくれ！」ウィルソンは空っぽの部屋に向かって叫んだ。「どんなことでもする覚悟はできている。どんなことでも！」

彼がのちに記したところによると、その瞬間、白い光が部屋を満たし、痛みが消え、自分が山頂に立っているような気がしたという。

「空気の風ではなく、魂の風のようなものが吹きつけてきた。ふいに自分は自由な人間だということに気づいた。恍惚とした気分はゆっくりと薄らいでいった。ベッドに横になったが、もうそこは別の世界、これまでとは違う正気の世界だった」

ビル・ウィルソンは二度と酒を飲まなかった。その後36年間、1971年に肺気腫で亡くなるまで、アルコール《Ａ》依存症更生会《Ａ》を立ち上げ、確立し、拡大することに打ち込むことになる。やがてＡＡは「習慣」を変える組織として、世界でもっとも大きく、もっとも有名で、もっとも成功した組織となった。

毎年、推定２１０万もの人々がＡＡに助けを求め、これまでに１０００万ものアルコール依存症患者がＡＡを通じて禁酒を達成してきたと言われている。

誰にでも効果があるわけではない（匿名で参加できるため、成功率は計算しにくい）が、何百万もの人間が「命を救ってくれた」と評価している。ＡＡの基本信条である有名な「12のステップ」*は、過食、ギャンブル、借金、セックス、ドラッグ、蒐集癖、自傷行為、喫煙、ビデオゲーム、情緒依存をはじめとする数十もの依存症や有害行為の治療プログラムに組み込まれ、多くの人々を引きつけている。ＡＡのテクニックは、人間が変わるためのもっとも強力な公式を提供していると言っても過言ではない。

このような結果は意外に思えるかもしれない。ＡＡには科学的基盤も、広く受け入れられているセラピー的基盤もないのだから。

もちろんアルコール依存症は単なる習慣ではない。心理学的要因や、一部はおそらく遺伝的要因を持つ、身体的な中毒症状だ。しかしＡＡが興味深いのは、多くの研究者がアルコール依存症患者の飲酒の主要原因だと考える、精神医学や生化学の数々の問題には直接、働き

＊「12のステップ」については以下のサイトを参照　http://aajapan.org/

かけないことだ。実際、ＡＡのやり方は科学や医学の発見を完全に無視しているように見えるし、同時に、精神科医の多くがアルコール依存症患者に本当に必要だと考える、ある種の介入も避けているように見える。*

ＡＡが提供するのは、アルコールの摂取にまつわる習慣に働きかける方法である。ＡＡとは基本的に、習慣のループを変える巨大なマシンだ。そしてアルコール依存症と結びついた習慣はかなり強固だが、たとえどんなに執拗なものであっても、たいていの習慣は変えることができると、ＡＡの教訓は教えてくれる。

トニー・ダンジーの鉄則とＡＡとの共通点

ビル・ウィルソンはＡＡを立ち上げる前に、学術誌を読んだわけでもなければ、医師たちに指導を請うたわけでもない。彼は断酒を果たした数年後、ベッドに座り、いまや有名になった「12のステップ」をひと晩で一気に書き上げた。12という数字は十二使徒から取ったものだ。そしてこのプログラムには非科学的なだけではなく、奇妙にしか思えない側面もある。

*習慣と依存症とを線引きするのは得てして難しい。たとえば、全米依存症医学協会は依存症を以下のように定義している。「報酬や動機や記憶等に関連する脳内回路の、第一義的な慢性の病気。

（中略）依存症の特徴は、行動抑制能力の欠如、欲求、一貫した自制能力の欠如、社交生活の減少である」

この定義では、なぜ週に50ドルをコカインに費やすのは悪いことで、週に50ドルをコーヒーに費やすのは問題ないのか、わかりにくいと指摘する研究者もいる。コーヒーに5ドル費やすのは行動抑制能力の欠如を表すと解釈する人から見れば、午後になると必ずラテが欲しくなる人は中毒だと診断されるかもしれない。もしくは子供と朝食をとるより、ランニングを好む人は運動中毒なのだろうか？

多くの研究者によると、概して依存症は複雑で、いまだに理解が不十分である一方、私たちが依存と結びつけて考える行動の多くはたいてい習慣によって引き起こされている。ドラッグやたばこやアルコールといった一部の物質は、身体的依存を生み出しかねない。しかしこういった身体的欲求は、使用をやめたら即座に消えることが多い。たとえば、ニコチンへの身体的依存状態が続くのは、この化学物質が喫煙者の血流内にあるあいだだけで、最後のたばこから約100時間だ。ニコチン中毒による苦痛だと考える、なかなか消えない衝動の多くは、実際は自己主張している行動習慣だ。ひと月後、朝食時にたばこが欲しくなるのは、身体が必要としているからではなく、かつて毎朝たばこが与えてくれた、ニコチンが体内を駆け巡る状態をあまりに懐かしく思い出すからだ。依存だと思われる行動に取り組むとき、その行動にまつわる習慣を変えるのは、臨床研究において、もっとも効果的な治療法の一つであることが明らかになっている（ただしアヘン剤のような一部の化学物質への依存は長期にわたりやすいこと、そしていくつかの研究で判明しているように、少数ではあるが、行動への介入を受けても中毒性の化学薬品を求める傾向がある人々がいることには触れておく価値があるだろう。もっとも長期の身体的依存状態を引き起こす化学薬品の数は比較的少なく、依存症になりやすい人の数は、実際に助けを求めているアルコール依存症患者と薬物依存症患者の数よりずっと少ないと推定されている）。

たとえば、ＡＡではアルコール依存症患者が「90日間に90回の会合」に参加するよう主張している。90日という期間に根拠はないように思われる。またこのプログラムでは、〝みずからの意志と人生を、自分なりに理解した神の手にゆだねる決断〟をするよう、とステップ3に記されているとおり、スピリチュアリティを重視している。これらのステップのうちの七つで神またはスピリチュアリティに触れており、かつては不可知論者で、組織的な信仰には、生涯あからさまに敵意をむき出しにしていた人物がつくり上げたにしては奇妙なプログラムに思える。

ＡＡの会合には定まったスケジュールやカリキュラムはない。ふだんはメンバーが自分の物語を話すことから始め、そして他のメンバーが意見を述べる。会話を導く専門家もいなければ、どうやって会合を機能させるのかという決まりもほとんどない。この50年のあいだ、行動科学や薬理学における発見と脳への理解が精神医学と依存症研究のあらゆる方面に大きな変革をもたらしたが、ＡＡでは時が止まったままだった。

ＡＡのプログラムは厳格さに欠けるため、学者や研究者から何度も批判されてきた。スピリチュアリティを強調していることで、治療というよりはカルトのようだと非難する人もいる。しかしここ15年のあいだに再評価されるようになった。今では、ＡＡのプログラムの手法が貴重な教訓を与えてくれると認める研究者も多い。

そして興味深いことに、ハーバード、イェール、シカゴ、ニューメキシコなど、各大学の研究センターの教職員が、トニー・ダンジーがフットボールのフィールドで用いたのとよく似た「一種の科学」をAAに見出している。すなわち、AAが成功しているのは、アルコール依存症患者が、それまでと同じきっかけを用い、同じ報酬を得るよう仕向けながら、ルーチンだけを変えるからだと。

AAのプログラムが効果的なのは、飲酒の習慣を助長するきっかけと報酬を自分で突き止めさせ、その後、新しい行動を見つけるのを手助けするからだと専門家は言う。クロード・ホプキンスはペプソデントを売るとき、新しい欲求を引き出すことによって新しい習慣をつくり上げる方法を見つけ出した。だが、古い習慣を変えるには、古い欲求に取り組む必要がある。きっかけと報酬は変えずに、新しいルーチンを組み込むことによって、欲求を満たさなければならないのだ。

12のステップのうちまずは、ステップ4（綿密かつ大胆な自分自身の人物調査記録をつくる）とステップ5（神と自分自身と他人に対し、自らのあやまちの本質を偽りなく認める）から考えてみよう。

「この書き方ではわかりにくいのですが、AAのステップを完了するためには、アルコールへの欲求を生み出すきっかけを、一つ残らず書き出さなければいけません」AAを10年以上研究してきたニューメキシコ大学の研究者、J・スコット・トニガンが言った。

「自分の人物調査記録をつくるときには、酒を飲む原因のすべてを突き止めることになります。そして他の人の前で自分の犯した過ちのすべてを認めるのは、どの時点から欲求を抑えられなくなったのか突き止めるのにうってつけの方法です」

次にAAはその人がアルコールからどんな「報酬」を得ているのかを自問させる。どんな欲求が習慣のループを動かしているのか。「酩酊状態」が答えとして出てこない場合も多い。通常、アルコール依存症患者が酒を求めるのは、逃避やリラックス、仲間との交流、不安の軽減、感情の解放の機会が得られるからだ。

悩みを忘れるためにカクテルを求めることもあるだろう。しかし必ずしも「酔っぱらった感覚」を求めてはいない。むしろアルコール依存症患者にとって、アルコールの身体的な効果はもっとも不満を感じる要素の一つであることが多い。

「アルコールには快楽要素があります」アルコール依存症患者の脳の活動を研究してきたドイツ人神経学者、ウルフ・ミュラーは語る。「しかし同時に、人は何かを忘れるため、あるいは他の欲求を満たしたいがためにアルコールを摂取しており、そういう安堵感への欲求は身体的快楽への欲求とは脳内のまったく別の場所で生まれているのです」

AAはアルコール依存症患者がバーで得るのと同じ報酬を与えるため、会合と仲間——すべてのメンバーに支援者《スポンサー》がつく——のシステムをつくり上げ、金曜の夜に酒を飲んで騒ぐのと同じだけの逃避と気晴らしとカタルシスを提供しようと努めている。安堵感が欲しければ、飲み仲間と乾杯するのではなく、支援者と話したり、グループの集まりに参加したりすることでそれが得られる。

「AAは毎晩酒を飲むかわりになる、新しいルーチンをつくらせるんです。会合では、リラックスして、自分の不安を口にすることができる。きっかけと報酬は同じで、変えるのは行

きっかけは変えずに、同じ報酬を提示し、新しいルーチンを組み込む

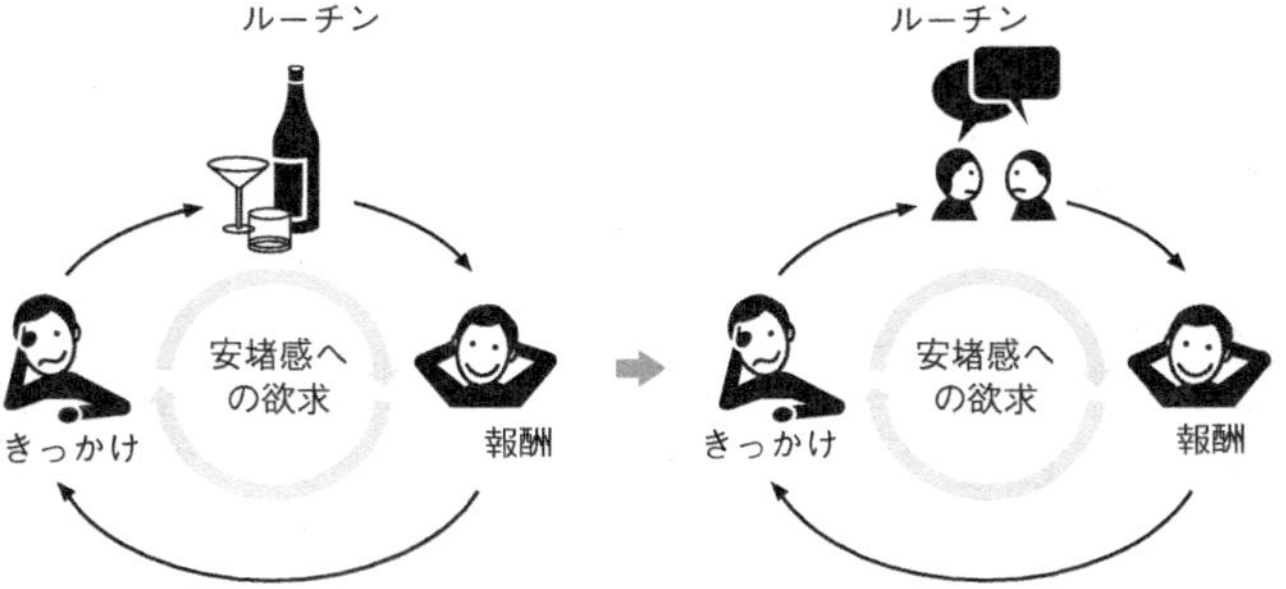

動だけなんです」とトニガンは言う。

アルコール依存症患者にしみついているきっかけと報酬に、新しいルーチンをいかに組み込むかという点について、とりわけ劇的なデモンストレーションが行われたのは2007年のことだ。ドイツの神経学者のミュラーとマグデブルク大学の同僚が、繰り返し禁酒を試みてきた5人のアルコール依存症患者の脳に小さな電子装置を埋め込む手術を行った。患者はそれぞれリハビリ施設に半年以上入院したが効果はなく、そのうちの1人は60回以上も治療を受けている。

各患者の脳に埋め込まれた装置は大脳基底核（MITの研究者が習慣のループを発見したのと同じ部位）に位置し、電荷を発することで、習慣的欲求を生み出す神経学的報酬を妨げる。手術後の患者は、ビールの写真やバーへの移動といった、過去にアルコールへの欲求を生み出していたきっかけを与えられた。以前なら飲まずにはいられなかっただろう。しかし、脳内の装置が神経学的欲求を消した。彼らは酒に手を出さなかったのだ。

「5人のうちの1人は、スイッチを入れたとたん欲求が消えたと言うんです」ミュラーが言った。「そして、スイッチを切ると、すぐにぶり返しました」

しかしアルコール依存症患者の神経学的欲求を消し去るには、飲酒習慣をやめさせるだけでは足りない。5人のうちの4人は手術後まもなく逆戻りした。たいていは何らかのストレスを受けたあとだ。いつも無意識のうちに、不安には酒瓶で対処してきたから、今回もそうしたのである。しかし別のルーチンでストレスに対処する方法を覚えると、永遠に禁酒ができた。

たとえばある患者はAAの会合に参加した。セラピーに通った患者もいる。ストレスや不安に対処するため、こうした新しいルーチンを生活に組み込むと、劇的な成功が見られた。60回も治療を受けた男性は、二度と酒を口にしなかった。他の2人は12歳で酒を飲み始め、18歳までにアルコール依存症になり、酒を飲まない日はなかったが、現在まで4年間、酒は一滴も口にしていない。

この研究が習慣を変える鉄則にいかに忠実であるかに注目してほしい。アルコール依存症患者の脳は手術で変えられるが、それだけでは不十分だった。古いきっかけと報酬への欲求は変わらず存在し、満たされるのを待っていたからだ。彼らが完全に変わったのは、昔ながらのきっかけで始まり、いつもの安堵感を与えてくれる、新しいルーチンを覚えてからだ。

AAが持つ機能についての認識が深まるとともに、その手法が他の習慣を変えるためにも取り入れられるようになった。２歳児のかんしゃくやセックス中毒、さらにもっとささいな病的習慣にも。ＡＡの手法は広がるにつれて改良されていき、ほぼあらゆる中毒や依存症のパターンを中断させるのにも利用できる治療法となっていく。

爪を噛む癖

２００６年夏のある日、マンディーという24歳の大学院生がミシシッピ州立大学のカウンセリング・センターに入っていった。

マンディーは生まれてからずっと爪を噛む癖があり、血が出るまで噛んでしまう。爪を噛む人は多いが、長年やめられない人にとっては深刻な問題だ。彼女の指先は小さなかさぶただらけで、痛んだり、かゆくなったりすることがあった。神経が損傷している証拠だ。

この癖が彼女の生活にも影響していた。友だちのそばでは恥ずかしくて、両手をポケットに入れたままだし、デートのときには拳《こぶし》を握りしめることで頭がいっぱいになってしまう。苦い味のマニキュアを塗ったり、今度こそやめようと自分に言い聞かせ、自制心を総動員したりしてきた。しかし宿題を始めたり、テレビを観始めたりしたとたん、すぐに指が口の中に入ってしまうのである。

カウンセリング・センターでは、「習慣の変更訓練」として知られる治療を学ぶ、心理学科博士課程の大学院生がマンディーを担当することになった。その院生は習慣を変える鉄則に精通していた。マンディーの爪嚙みの習慣を変えるには、彼女の生活に新しいルーチンを組み込む必要があるとわかっていたのだ。

「手を口元に運んで爪を嚙む直前には、どんな気持ちになりますか？」彼が尋ねた。

「指にちょっと緊張を感じます。ここ、爪の先がちょっと痛むんです。親指で他の指に触れて、ささくれをさがし、何かひっかかるのを感じたら、その指を口元に持っていくときもあります。それから1本ずつ、すべての爪の先を嚙みます。いったん始めると、全部の爪を嚙まないといけないような気がして」

習慣的な行動を引き起こしているのが何か、患者に描写してもらう作業を自覚訓練と呼ぶ。AAがアルコール依存症患者に酒を飲むきっかけを認識させることを重要視するのと同様、習慣を変える訓練の第一歩である。マンディーの場合は、爪に感じる緊張が爪嚙みの習慣のきっかけになっていた。

「ほとんどの人の習慣は長期間続いているので、何がそれを引き起こすのか、たいていは注意を払わなくなっています」マンディーの治療にあたったブラッド・デュフリーンは言う。「吃音《きつおん》症の人を診察することがありますが、どんな単語や状況が吃音を引き起こすのか尋ねても、ずいぶん前から気にしなくなっているので、本人にはわからないものなんです」

次にブラッドは、なぜ爪を嚙むのかをマンディーに説明してもらった。

最初、マンディーはトラブルを理由にあげた。だが話しているうちに、彼女は「退屈した

マンディーの習慣のループ

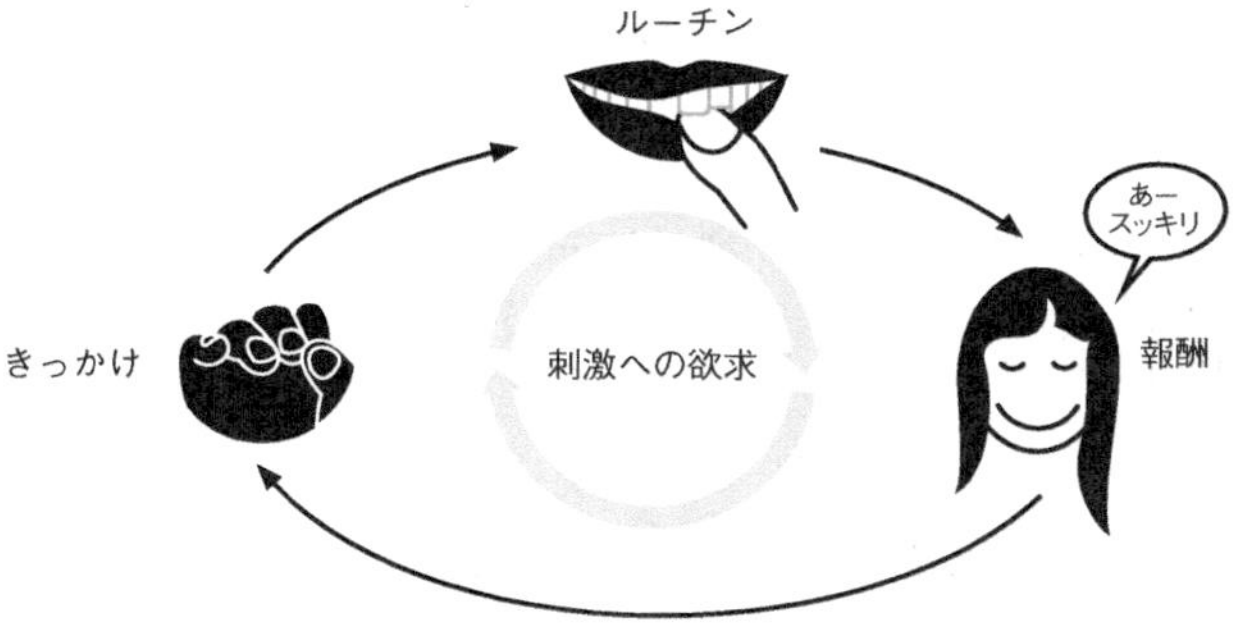

とき」に爪を噛むことが明らかになった。テレビを観たり、宿題をやったりという典型的な状況下に彼女を置くと、予想どおり爪を噛み始めたのだ。マンディーは全部の爪を噛み終えると、束の間の達成感が得られると言う。それがこの習慣の報酬、つまり身体的刺激だった。彼女はそれを求めるようになっていたのだ。

1回目の診察の終わりに、ブラッドはマンディーに宿題を出した。インデックスカードを持ち歩き、きっかけ（指先の緊張）を感じるたびにカードにチェックマークを入れる、というものだ。1週間後、マンディーのカードには28個のチェックマークが記入されていた。そうすることで、彼女は癖が出る前の感覚がはっきりと意識できるようになっており、授業中やテレビを観るあいだに何度それが起きたかも認識していた。

そこでブラッドは「対抗反応」として知られる治療法を教えた。指先にいつもの緊張を感じたら、すぐに両手をポケットの中か脚の下に入れる、あるいは鉛筆か何かを握って、指を口に入れられないようにするのである。

そこでマンディーは、手っとり早く肉体的刺激を与えてくれる何か（たとえば指で腕をこすったり、拳でデスクをたたく）、身体的反応を生み出す何かをさがすことになった。

ここでもきっかけと報酬は前と同じで、変わるのはルーチンだけだ。

マンディーは30分間の診察のあと、新しい宿題を手にして帰宅した。指先に緊張を感じたらチェックマークを、爪を嚙む習慣をやり過ごせたら#マークをそれぞれインデックスカードに書き込むのだ。

1週間後、爪を嚙んだのは3回のみで、対抗反応を利用したのは7回だった。マンディーは報酬としてマニキュアを塗ったが、カードの記入は続けた。1カ月後、爪を嚙む癖は消え、対抗するルーチンを反射的にとれるようになった。

一つの習慣が別の習慣にとってかわられたのである。

「ばかばかしいほど単純に見えますが、いったん自分の習慣の仕組みに気づき、きっかけと報酬を認識さえできれば、半分は変えられたも同然なのです」習慣変更訓練の開発者の一人、ネイサン・アズリンが私にそう語った。「もっと複雑なはずだと思うでしょう。でも、実際は、脳はプログラムし直すことができるのです。ただ、慎重に行う必要があります」*

今日、習慣を変えるセラピーは言語的習慣、身体的習慣、さらには抑鬱、喫煙、ギャンブル、不安、夜尿症、怠慢、強迫神経症などといった、あらゆる習慣的問題の治療に用いられている。そしてその治療のテクニックが習慣の基本原則の一端を明らかにしている。

マンディーの新しい習慣のループ

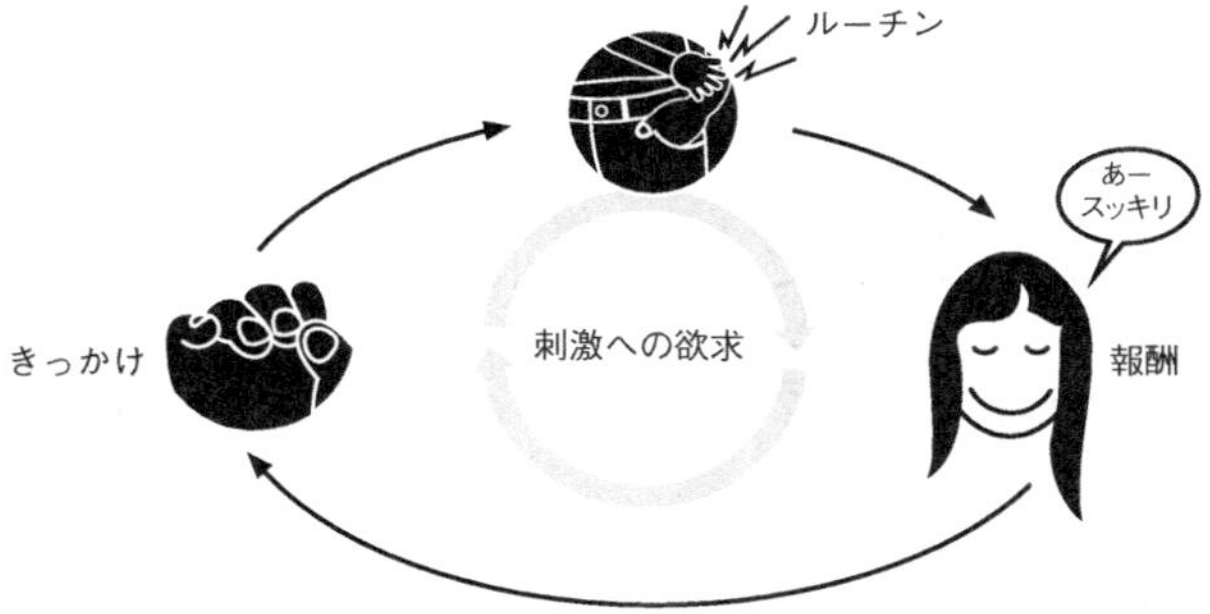

それは、どんな欲求が自分にその行為をさせているのかを探ってみるまでは、その欲求が何か、きちんと理解できていない場合が多いということだ。マンディーは身体的刺激への欲求のために爪を噛んでいることに気づいていなかったが、一度、自分の習慣を分析すると、同じ報酬を与えてくれる新しいルーチンを簡単に見つけることができた。

仕事中の間食をやめたいとしよう。あなたが求めている報酬は空腹を満たすことだろうか？　それとも退屈をまぎらわせることだろうか？　ちょっとした気分転換のためだとしたら、別のルーチンを見つけるのは簡単だ。少し歩いたり、3分間だけインターネットをしたりすれば、ウエストサイズを増やすことなく、同じように気晴らしできる。

たばこをやめたいのなら、まず自分に問うてみることだ。たばこを吸うのはニコチンを愛しているからか、それとも一気に刺激を与えてくれるからなのか。生活の一部になっているからか。社交術の一つなのか。

もし刺激が必要でたばこを吸うのなら、午後になんらかのカフェインを摂取すれば禁煙の成功率が高まることが、研究でわかっている。元喫煙者に対する40近くの研究で判明したのは、たばこに結びついた自分のきっかけと報酬を見極め、似たような効果を与えてくれる新しいルーチン（禁煙ガムやちょっとした腕立て伏せ、あるいは単に数分間ストレッチをしてリラックスするなど）を選べば、禁煙しやすいということだ。

きっかけと報酬が何かわかれば、ルーチンを変えることができる。

たいていの場合はそれですむ。しかし習慣によっては、もう一つ別の要素が必要な場合もある。それは「信じること」だ。

「君は何を見ている？」

「我々が勝てない理由として考えられているものが六つある」

１９９６年、ヘッドコーチに就任後のダンジーは、バッカニアーズの選手たちにそう話した。シーズンが開幕する数カ月前、全員がロッカールームに集められていた。

「勝てない理由」としてダンジーが挙げていったのは、そこにいる誰もが新聞で読んだり、ラジオで耳にしたりしたことがあるものだった。経営陣がひどい。新しいコーチが経験不足。

選手が甘えている。ホームタウンが無関心。主力選手が故障中。必要なだけの才能がない。「しかし今後はこう変わる。『我々ほど練習するチームは他にない』だ」

チームが反射的に動けるようにするのが彼の戦略だという。チームが勝利を収めるのに、分厚いプレーブックも何百ものフォーメーションも要らない。カギとなる動きをいくつか覚え、毎回それをきちんとこなす、それだけだ。

＊忘れてはならないのは、習慣を変えるプロセスを説明するのは簡単だが、それを達成するのは必ずしも簡単ではないということだ。喫煙、アルコール依存症、過食症などの深く植えつけられたパターンが真の努力なしに治せると言うのは簡単だ。だが、本当に変わるためには、努力し、自分をその行為へと突き動かす欲求を自ら理解する必要がある。どんな習慣でも、変えるには断固たる決意が必要だ。習慣のループを描いただけで、たばこをやめられる人はいない。

それでも習慣の構造を理解すれば、見通しができ、新しい行動を把握しやすくなる。依存症などの自己破壊的行為に悩む人には、訓練されたセラピストや医師、ソーシャルワーカー、聖職者を含む、さまざまな方面の人材の助けが役に立つ。しかしそういった分野の専門家も、アルコール依存症や喫煙やその他の問題行為に悩むほとんどの人が、正式な治療環境とは無縁のまま、自力でやめているという点に同意するだろう。たいていの場合、そういった変化は、人々がきっかけと欲求と、自分の行為を引き起こしている報酬について念入りに検討し、その後、自己破壊的なルーチンをもっと健康的なルーチンと入れ替える方法を見つけることで、実現している。たとえそのときには自分が何をしているのか、きちんと把握していなくても、だ。

きっかけと習慣を引き起こす欲求を理解したからといって、それが急に消えるわけではない。だがそのパターンを変える方法を示してくれるだろう。

新しいルーチンの探し方

だが、フットボールで完璧を目指すのは難しい。

「フットボールでは、どんなプレーでも、本当にどんなプレーでも、誰かがミスをします」ダンジーのアシスタントコーチの一人、ハーム・エドワーズはそう語る。「そしてたいていの場合、それは身体的なミスじゃありません。精神的なミスなんです」

自分のプレーについて考え過ぎる、ああすればよかったなどと悩み始めるとミスをする。ダンジーが目指すのは、試合からその種の思考プロセスを一切なくすことだった。

そのためには選手に現在の習慣を認識させ、新しいルーチンを受け入れてもらう必要がある。

ダンジーはまず、自分のチームがこれまでどのようにプレーしてきたかを観察することから始めた。

「よし、ディフェンスから始めよう」ある日、ダンジーは午前練習のときに声を張り上げた。「55番、君は何を見ている？」

「ランニングバックとガードです」アウトサイド・ラインバ

ッカーのデリック・ブルックスが答えた。

「具体的には何を見ているんだ？　視線はどこに向けている？」

「ガードの動きです」とブルックス。「クォーターバックがボールを捕ったら、その脚と腰に注目します。そしてラインの隙間をさがして、クォーターバックがパスするかどうか、あるいはこっちに投げるのか、違う方向に投げるかを確認します」

フットボールでは、こういった視覚によるきっかけは〝カギ〟として知られており、すべてのプレーにおいて重要だ。ダンジーの手法が革命的なのは、つくり替えた習慣のきっかけとして、そのカギを利用したところだった。プレーを始めるとき、ブルックスが時折ためらうのはわかっていた。考えなければならないこと——ガードはフォーメーションからはずれるだろうか？　ランニングバックはこれから走るつもりなのか、それともパスするか——が多すぎて、もたついてしまうことがあるのだ。

ダンジーの目的は、ブルックスの頭をこの手の一切の分析から解放することだった。アル《A》コール依存症更生会《A》の事例と同様、ダンジーはブルックスがすでに慣れているきっかけを使わせながら、違うルーチンを与えた。やがてそのルーチンを反射的にたどれるようになるはずだ。

「今、君が言ったのと同じカギを使え」ダンジーはブルックスに言った。「だが最初はランニングバックだけに集中しろ。何も考えずにそうするんだ。自分のポジションについたら、いい、そのあとでクォーターバックをさがせ」

これは比較的ささやかな変更だ――ブルックスの目は同じきっかけに向けられるが、一度に複数の場所を見るのではなく、見る順番を決めて、それぞれのカギを目にした瞬間にどの選択肢を即座にとるべきかを教えた。このシステムが優れているのは、意思決定を不要にしたところだ。おかげでブルックスは今までより速く動けるようになった。すべては選択というより反応であり、それがのちには習慣となるからだ。

ダンジーは全選手に同様の指示をして、フォーメーションを繰り返し練習した。ダンジーの習慣が根づくまでに、ほぼ1年を要した。はじめのうちチームは勝てるはずの試合に負けた。スポーツ紙のコラムでは、「なぜインチキな心理療法にこれほど多大な時間を無駄にするのか」などと書きたてられた。

だが選手たちは徐々に上達していった。やがてパターンが体に染みこみ、フィールドに出たとき反射的に動けるようになった。ダンジーがコーチになった2シーズン目には最初の5戦で勝ち、この15年間で初めてプレーオフに進出する。1999年には地区優勝を飾った。

次第にダンジーの指導スタイルが全米の注目を集め始めた。スポーツメディアは彼の穏やかな語り口や敬虔《けいけん》さ、仕事も家族もおろそかにしない点を大いに気に入り、どんどん報じた。ついに成功が訪れたように見えた。

2000年、バッカニアーズはふたたびプレーオフに出場し、2001年にも出場した。スタジアムは毎週ファンで埋め尽くされ、スポーツキャスターはバッカニアーズのスーパーボウル出場が決まったものとして中継を行った。すべてが現実になろうとしていた。

しかし強豪チームになっても、悩みは浮上した。バッカニアーズはたいてい統率のとれた手堅いプレーをする。それなのに緊張が最高潮に達する決定的瞬間に、すべてが崩壊するのだ。

1999年、シーズン終盤に6連勝したあと、地区決勝戦でセントルイス・ラムズに負けた。2000年には、スーパーボウルまであと1試合というところで、フィラデルフィア・イーグルス戦で崩れ、21対3で負けた。翌年も同じことが起きてイーグルスに31対9で負け、スーパーボウルへのチャンスをふいにする。

「練習を重ねて、すべてがしっくりいくようになったと思っても、大きな試合に出たとたん、練習の成果が水の泡になってしまうのです」とダンジーは当時を語る。「あとから選手たちが言うんですよ。『その……重要なプレーだったから、つい従来の自分のセオリーで考えてしまったんです』とか、『もっとうまくやらなきゃという気がしたんです』とね。要は、ふだんは我々のシステムを信じているけれど、危機的状況になると、その信頼が消えてなくなるということです」

2001年のシーズンの終わりに、2年連続でスーパーボウルを逃したあと、ダンジーはバッカニアーズのゼネラルマネジャーから自宅へ来るよう告げられた。大きな楢《なら》の木のそばに車をとめてマネジャーの自宅に入ると、30秒後には解雇されていた。

翌年、バッカニアーズはダンジーのフォーメーションと彼が育て上げた選手を使い、彼がつくり上げた「習慣」にもとづいて、スーパーボウルを制覇する。ダンジーは自分の代わりのコーチがロンバルディー・トロフィーを掲げるのをテレビで眺めることになる。

しかしそのときにはすでに、彼は遠く離れた場所にいたのだった。

ジョンの独白

中流家庭の母親や昼食休憩中の弁護士、タトゥーの薄れた老人やスキニージーンズ姿の今どきの若者をはじめ、60名近い人々が教会の椅子に座りながら、一人の男の話に耳を傾けていた。出っ張り気味の腹をかかえたその男は、水色の目を引き立てるネクタイを締めている。成功した政治家という印象だ。それも、あたたかくて指導力のある、再選確実な政治家だ。

「私の名前はジョンです」男が切り出す。「私はアルコール依存症です」

「こんにちは、ジョン」全員が返した。

「初めて助けが必要だと思ったのは息子が腕を折ったときです」ジョンが話を続ける。

「当時、職場の女性と不倫していたのですが、彼女から別れを告げられたんです。そこでバーへ行き、ウォッカを2杯飲んでからデスクに戻り、ランチには友だちとチリズに行って、それぞれビールを何杯か飲み、その後、2時に別の友だちと職場を出ると、1杯分の値段で2杯飲めるサービスタイムの店を見つけました。その日は子供たちを迎えに行く日で……妻はまだ不倫のことを知らなかったので……車で学校まで行って2人を乗せ、1000回は通ったはずの道を走らせているときに、ブロックの端にある一時停止の標識に衝突したんです。歩道に乗り上げ、正面から勢いよく標識に突っ込みました。サムというのが息子の名前なんですが、サムはシートベルトを締めていなかったせいでフロントガラスにぶつかり、片方の腕を骨折しました。息子が鼻をぶつけたものだからダッシュボードは血だらけになり、フロントガラスにはひびが入って、私は震え上がりました。自分に助けが必要だと思ったのはそのときです。

そこで禁酒のためのクリニックへ入院し、治療を終えて出たあとしばらくはすべてが順調でした。

13カ月間は、何の問題もありませんでした。自分をコントロールできていると感じたし、1日置きにAAのミーティングに出席していたのですが、やがてこう思うようになったんです。『あんな酔っぱらいたちと過ごさなきゃいけないほど、私は負け犬じゃない』とね。それで行くのをやめたんです。

その後のある日、母が癌になって職場に電話をしてきました。酒をやめて2年近くたったころです。病院から車を運転して自宅に帰った母が、『治療できると言われたけど、かなり進行しているみたい』と言うんです。私は電話を切るなりバーをさがし、それから2年間はひどい酒びたりの状態で、そのうちに妻が家を出ていき、また子供を迎えに行くことになりました。そのころは、かなりひどい状態でした。友だちからコカインを教わり、午後になると必ず自分のオフィスでコカインを吸い、5分後には喉の奥に酒を流し込み、ふたたびコカインを吸う始末でした。

ともかく、その日は私が子供たちを迎えに行く番でした。学校に向かうときにはいい気分で、意気揚々と車を運転していたら、赤信号を無視して交差点に入ってしまい、横から大型トラックが突っ込んできました。実際に車が横倒しにされたんです。私の体には傷一つついていませんでした。私は外に出て、車を起こそうとしました。このまま家に帰り、警察が来る前に逃げようと思って。もちろん、そうはいきません。飲酒運転で逮捕されたとき、警官に、完全につぶれている助手席側を見せられました。いつもサムが座っている席でした。もし彼が車に乗っていたら、間違いなく死んでいたでしょう。

ふたたびミーティングに通い始めて、自分をコントロールできているかどうかは問題ではないと、支援者に言われました。偉大なる力の存在を受け入れ、自分の無力さを認めなければ、なに一つうまくはいかない、とも。ばかばかしいと思いました。私は無神論者ですから。しかし何かが変わらなければ、いずれ子供を殺してしまうことになるのもわかっていました。だから、自分よりも偉大な何かを信じてみることにしました。

そして、それはうまくいったんです。それが神なのか、何なのかはわかりませんが、7年間、酒を断つのを助けてくれている力があり、その力に畏敬の念を抱いています。私は毎朝平常な状態で目覚めるわけではありません――つまり、7年間、酒は一滴も飲んでいませんが、朝起きると、きょうはだめだと感じるときがあります。そういう日には偉大なる力を求め、それから支援者に電話します。酒の話はあまりしません。人生や結婚や私の仕事について話し、シャワーを浴びるころには頭もしっかりしてくるんです」

「AAは参加者の習慣をプログラムしなおすだけで成功に導いた」という説に、初めてほころびが生じたのは10年近く前のことである。ジョンのようなアルコール依存症患者の話がきっかけだった。習慣の入れ替えは多くの人々にてきめんに効果を発揮するが、人生のストレス（母親が癌にかかったとか、結婚が破綻していることに気づくといったストレス）があまりに強いと挫折しやすいことに、研究者は気づき始めた。

習慣の入れ替えがそれほど効果的なら、なぜこのような決定的瞬間に崩れてしまうのだろう？　その問いに答えようと、研究者たちがアルコール依存症患者の物語をさぐっているうちに、彼らはあることに気づく。入れ替えた習慣が新しい行動として根づくのは、「他の要素」が加わったときだけであることがわかったのだ。

例えば、カリフォルニアのある研究グループは、依存症患者のインタビューに一つのパターンを見出した。患者たちが何度も同じことを口にしているのだ。「きっかけを見極めて新しいルーチンを選ぶのは大切だが、もう一つの要素がなければ新しい習慣は決して身につかなかっただろう」と。

アルコール依存症患者によると、その秘訣は「神」だという。

研究者はその説明を嫌った。神やスピリチュアリティは分析できる仮説ではない。しかし、依存症患者との会話にはスピリチュアリティの話題が繰り返し出てきた。そこで2005年、科学者のグループがカリフォルニア大学バークリー校、ブラウン大学、国立衛生研究所と連携して、アルコール依存症患者に対し、宗教とスピリチュアリティにまつわるあらゆることを質問した。宗教的信仰と禁酒期間に相関関係があるのかどうかを調べたのである。

そこで一つのパターンが浮上した。データによれば、習慣の入れ替えのテクニックを実践したアルコール依存症患者はほぼ禁酒できたが、それは人生で大きなストレスにさらされるまでのことだった。ストレスを受けた時点で、どれだけ新しいルーチンを受け入れていようとも、かなりの人数がまた酒を飲み始めたのだ。

しかし、ブルックリンのジョンのように、何らかの偉大なる力が自分の人生に加わったと信じている患者は、そうでない患者よりも、ストレスの多い時期も酒を飲まずに乗り越えられていた。

大切なのは「神」ではない、と研究者たちは気づいた。「信じること」そのものが差を生むのだ。いったん何かを信じることを覚えると、その能力が人生の他の部分にまで影響を及ぼし、自分は変われると信じ始める。

信じることこそが、つくりかえた習慣のループを永遠の行動に変える要素だったのだ。

「1年前ならこんなことは言わなかったでしょう。それだけ私たちの理解が急速に変わってきているのです」前出のニューメキシコ大学の研究者、トニガンは言う。「しかし信じることは重要なようです。神を信じる必要はありませんが、状況がいい方向へ進むと信じる能力は必要なのです。たとえ、よりよい習慣を与えたとしても、彼らがもともと酒を飲み始めた理由を解決することはできません。やがて、ついていない日があると、ルーチンを新しくしたところで、『すべて大丈夫だ』とは思えなくなる。アルコールなしでもこのストレスに対処できると信じることで違ってくるのです」

信じることを前提としている会合（実際、それは12のステップにおける大切な要素だ）にアルコール依存症患者を参加させることで、AAは「何か」を信じる訓練をさせる。するといつかはAAのプログラムと自分自身を信じるようになる。いつか状況が改善すると信じる練習をさせるのだ。やがてそれは現実となる。

「ある時点で、AAに参加した人間はみんなが集まる部屋を見回しながらこう考えます。『あの人に効果があったのなら、自分にも効果があるはずだ』と」アルコール・リサーチ・グループの首席科学者、リー・アン・カスクタスは言う。「グループと経験を分かち合う作業には本当に強い力があります。一人だと自分が変われると信じきれないことがありますが、グループはそんな不信感を拭い去ってくれます。コミュニティが信頼感を生み出すのです」

ジョンがAAのミーティングから帰ろうとしたとき、私は尋ねた。なぜ以前は効果がなかったのに、今回は効果があったのか、と。

「トラックとの衝突事故のあと、またミーティングに行くようになりました。ある日のミーティングが終わったあと、『椅子を片づけるのを手伝ってくれる人はいませんか』ときかれたんです。そこで私は手をあげました。たいした作業じゃありません。5分くらいで終わりましたが、自分と関係ないことをするのはいい気分でした。それが私を違う道に進ませてくれたんだと思います。

最初に来たときにはグループに溶け込む心構えができていなかったけど、2度目に来たときには、何かを信じる心構えができていたんです」

信じる力　集団の力

ダンジーがバッカニアーズを解雇されてから1週間もたたないうちに、インディアナポリス・コルツのオーナーが彼の留守番電話に、15分にもわたる熱いメッセージを残していた。コルツはNFLでも最高のクォーターバックの一人、ペイトン・マニングを擁していながら、さんざんな成績でシーズンを終えたばかりで、オーナーは助けを必要としていた。負けるのにはもう飽きたと。ダンジーはインディアナポリスに移り、ヘッドコーチに就任する。

もちろんダンジーは自分の信じる練習法を実行し、コルツのルーチンをつくりなおし、選手には同じきっかけを用いて習慣をつくりかえることを教えた。最初のシーズンは10勝6敗で、プレーオフに出場する。次のシーズンは12勝4敗、スーパーボウルまであと1試合のところまで来た。

ダンジーはいまやすっかり有名人だった。アメリカ中の新聞やテレビが彼を取り上げ、ダンジーの通う教会を訪ねるために、ファンがわざわざ飛行機でやってきた。ダンジーの2人の息子はコルツのロッカールームやサイドラインの常連となった。

だが、コルツもバッカニアーズと同様の厄介なパターンに陥った。シーズン中は勝てるのに、プレーオフのプレッシャーにさらされたとたん、うまくいかなくなるのだ。

「プロフットボールにおける成功で一番大きい部分を占めるのは『信じること』です」ダンジーが私に言った。「チームは信じたいと願っているのですが、切羽詰まった状況になると昔の習慣に戻ってしまうのです」

コルツは2005年のレギュラーシーズンを14勝2敗で終え、チーム史上最高の成績を記録した。ところが、そこへ悲劇が襲う。

クリスマスの3日前の深夜、ダンジーの自宅の電話が鳴った。妻が受話器を取り、選手からの電話だと思って夫に渡した。だが、電話をかけてきたのは看護師だった。大学生になった息子のジェイミーが病院に運ばれてきたという。喉には圧迫痕があった。自分のアパートで首を吊っているところをガールフレンドに発見されたのだ。急いで病院に運ばれたが、蘇生措置の甲斐なく、ジェイミーは息を引き取った。

病院の牧師がダンジー一家のもとに駆けつけてきた。「人生はもはや以前と同じではありません」牧師が家族に告げた。「けれども今のような思いがずっと続くわけではないのです」

　葬儀から数日後、ダンジーはサイドラインに戻った。気をまぎらわせるものが必要だったし、妻もチームも彼の復帰を応援した。「彼らの愛と励ましに圧倒される思いでした」ダンジーはのちにそう書いている。「私たちはチームとして、苦しい時には常に互いを頼りにしてきました。今こそ私は彼らを必要としていたのです」

　プレーオフ第1戦に負けて、シーズンは終わった。だが、悲劇の渦中にいるダンジーを見ているうちに「何かが変わった」と当時の選手の一人は言う。「コーチがつらい出来事に見舞われるのを見て、全員がなんとかして力になりたいと思ったんです」

　一人の若者の死がプロフットボールの世界に影響を与えたと考えるのは、あまりに安易だし、傲慢《ごうまん》とも言えるだろう。ダンジーはいつも家族より大切なものはないと話していた。

　それでも、ジェイミーが亡くなった結果、次シーズンに向けて準備をしているうちに、何かが変わったと選手たちは口を揃える。どうプレーすべきかというダンジーの理想像に、これまでにはない形で身をゆだねたのだ。彼らは信じ始めた。

「これまでのシーズンは、契約や年俸のことばかり気にしていた」ある選手が、他の選手同様、匿名という条件で当時のようすを語ってくれた。「コーチが葬儀を終えて戻ってきたとき、自分にできることはすべてやってあげたい、コーチのつらさを軽くしてあげたいと思った。自分自身をチームにゆだねたというのかな」

「ハグが好きなヤツもいる」別の選手も言う。「おれは違う。息子とも、この10年ハグしてない。でもコーチが戻ってきたとき、おれは彼に近づいていてハグし、いつまでも離さなかった。

おれがそばにいるってことを知ってほしかったんだ」

ダンジーの息子の死後、チームのプレーは変わった。選手のあいだに、ダンジーの戦略の効果への確信が生まれたのだ。2006年のシーズン開始までの練習やチーム内の実戦練習で、コルツは手堅く正確なプレーを連発した。

「大半のフットボール・チームは、実際にはチームじゃありません。単なる仕事仲間です」別の選手が私に言った。「でも、おれたちはチーム、、、になった。最高の気分でしたよ。コーチはもともと才能ある人だけど、それだけじゃない。コーチが戻ってきたあと、おれたちは本当に信じ合えたような気がした。今までとは違う形で、一緒にプレーする方法がわかったような気がしたんです」

コルツの場合、チーム内の信頼感（ダンジーの戦略や、自分たちの勝てる能力への信頼感）は悲劇から生まれた。しかし不幸に見舞われなくても、似たような信頼感が生まれることはある。

たとえば1994年、「根本的に生活を変えた人々」を対象としたハーバード大学の研究で、離婚や致命的な病気といった個人的な悲劇のあとに、習慣をつくりかえた人がいることがわかった。コルツの選手がダンジーの奮闘を見守ったように、友人がつらいことを乗り越える姿を見たあとで変わった人もいる。

しかし何の悲劇に見舞われることもなく大きく変わる人も、同じくらいいた。むしろ、そういう人々は、変化を容易にする何らかのグループや親睦団体に所属したことで変わったのだ。

ある女性は心理学の授業に申し込んで、すばらしいグループに出会い、人生そのものが変わったという。「そのグループがパンドラの箱を開けたんです」彼女は研究者に話した。「現状にはもう耐えられなくなりました。自分の軸の部分が変わったんです」

変化が達成できそうなグループに入ると、その変化が起こる可能性が大きくなる。生活の立て直しができた人の大半にとっては、決定的な瞬間もなければ、人生を変えてしまうほどの不幸もなかった。ただ変化を信じさせてくれるコミュニティ――自分を含めて2人だけの場合もある――があっただけだ。

「変化は他人のあいだに入ったときに起こります」研究に関わった心理学者の一人、トッド・ヘザートンが私に言った。「他人の目を通してものごとを見られるようになったときに、変化は現実味を帯びるのです」

「信じること」の正確なメカニズムは、いまだにほとんど解明されていない。心理学の授業をとっていたグループが、なぜ一人の女性に「何もかもこのままではいけない」と思わせたのか、ダンジーの息子が亡くなったあと、なぜチームが一致団結できたのか、確実なことは誰にもわからない。不幸な結婚について友だちに相談しながらも離婚しない人は多い。コーチが不幸に見舞われるのを目にしながらも、まとまらないチームは多い。

しかし習慣を永遠に変えるには、それが可能だと信じる必要があるのは確実のようだ。

人が集まって変化を起こすのを互いに助け合えば、AAと同じ作用が必ず起きる。グループの力が一人一人に信じる方法を教えるのだ。コミュニティの中にいるほうが、信じることが楽にできるようになるのだ。

大逆転

ジェイミーの死から10カ月後、2006年のフットボール・シーズンが始まった。コルツは無双のプレーを続け、最初の9試合に勝ち、その年は12勝4敗の成績を残した。プレーオフの初戦で勝ち、地区決勝戦でボルティモア・レイブンズを破った。スーパーボウルまであと一歩。次はカンファレンス決勝戦、ダンジーが過去に8回、負けた試合だ。

それは2007年1月21日、ニューイングランド・ペイトリオッツとの対戦で、これまでコルツのスーパーボウルへの悲願を2度、打ち砕いたチームだった。

コルツは最初のうち、力強いプレーを見せたが、前半が終わる前に崩れ始めた。選手たちはミスを犯すことを恐れるか、スーパーボウルへの最後のハードルを越えようと躍起になり過ぎて、どこに集中すべきかを明らかに忘れていた。またもや習慣に頼るのをやめて、「考える」ようになったのだ。

雑なタックルがターンオーバーにつながり、ペイトン・マニングのパスがインターセプトされ、タッチダウンを決められた。敵のペイトリオッツには21対3と大差をつけられている。NFLの歴史において、カンファレンス決勝戦でこれほどの大差から逆転を果たしたチームはいない。ダンジーのチームはまたもや負けようとしていた。

ハーフタイムにチームがロッカールームに入っていくと、ダンジーが自分のまわりに集まるように言った。閉まったドアからスタジアムの歓声がかすかに聞こえてきたが、ロッカールームの中は静かだった。

ダンジーが選手に目をやり、「信じなければいけない」と語った。

「我々は2003年に今と同じ状況に直面した。対戦相手も同じだ」その試合では、あと1ヤードで勝てるところまでいった。わずか1ヤード。「自分の武器を研ぎ澄ますんだ。なぜなら、今回は我々が勝つ。これは我々の試合だ。我々の時間なんだ」

後半に入ると、コルツはこれまでのすべての試合と同じやり方で闘い始めた。きっかけと習慣に集中したのだ。この5年間、反射的に動けるようになるまで徹底的に練習したプレーを丁寧《ていねい》に実行していく。オフェンスがオープニングドライブを果たした。14プレーで76ヤードを走り、タッチダウンを決めたのだ。その次にボールを手にして3分後、ふたたび得点した。

第4クォーターの終盤、両チームとも得点を重ねていた。コルツは同点に持ち込んだが、リードはできないままだった。残り時間3分49秒でペイトリオッツが得点し、34対31で3点のリード。コルツがボールを取り、フィールドを走り出した。19秒で70ヤード移動しエンドゾーンに駆け込む。コルツが38対34で初めてリードした。残り時間は60秒。ペイトリオッツにタッチダウンを許さなければ、コルツの勝ちだ。

フットボールの60秒は永遠に等しい。

ペイトリオッツのクォーターバック、トム・ブレイディはもっと短い時間でタッチダウンを決めたことがある。予想通り、プレーが始まってわずか数秒でブレイディが自分のチームをフィールドの中間地点まで移動させた。残り17秒の時点でペイトリオッツは得点圏に入っていた。ダンジーに新たな敗北を突きつけ、またもやコルツのスーパーボウルの夢を潰《つい》えさせようと、彼らは最後のビッグプレーに向けて構えていた。

ペイトリオッツがスクリメージ・ラインに近づく。コルツのディフェンスが構えに入る。コルツのコーナーバック、マーリン・ジャクソンはラインから10ヤードうしろに立っていた。彼は自分のきっかけをじっと見つめていた。ペイトリオッツのラインマン同士の距離と、ランニングバックの構えの深さだ。その両方が「パスだ」と告げていた。

ペイトリオッツのクォーターバック、ブレイディがスナップされたボールをつかみ、パスを投げようとうしろに下がる。ジャクソンはすでに動き出していた。ブレイディが腕を曲げ、ボールを投げる。目標は22ヤード先にいるペイトリオッツのレシーバーだ。フィールドのほぼ中央にいて、まわりには誰もいない。ボールを捕れば、エンドゾーンの近くまで行くか、そのままタッチダウンできそうだった。

ボールが宙を飛んだ。ジャクソンは習慣に従い、すでに斜めに走り出している。レシーバーの右肩から回り込んで、彼の前に飛び出したとき、ボールが飛んできた。ジャクソンは空中からボールをつかんでインターセプトし、さらに数歩走ってボールを胸に抱え地面に滑り込む。このプレー全体で5秒もかからなかった。

試合終了《エンドオブゲーム》。ダンジーとコルツが勝った。

2週間後、コルツはスーパーボウルで悲願の優勝を果たす。

なぜその年にチャンピオンになれたのか、その理由は何十もあげられるだろう。運がよかったのかもしれない。単に機が熟したのかもしれない。しかしダンジーの選手たちは、「信じたからだ」と言う。それが自分たちの学んだことのすべて、つまり反射的に動けるようになるまで練習したすべてのルーチンを、最悪のストレスにさらされた瞬間にも貫《つらぬ》くことを可能にしてくれたからだと。

「おれたちのリーダーであるダンジー・コーチのために、チャンピオンシップを獲得できたことを誇りに思う」試合後、ペイトン・マニングが優勝トロフィーを抱いて観衆にそう告げた。

ダンジーが妻のほうを向いて言った。

「やったよ」

信じる者は

「習慣」はどうやって変わるのか？

残念ながら、誰にでも百パーセント効果があると保証できる方法はない。私たちは習慣をなくせないとわかっている。そのため交換するしかない。そして、もっとも簡単にそれができるのは、習慣入れ替えの鉄則が適用されたときであることもわかっている。同じきっかけと同じ報酬を使えば、新しいルーチンを入れることができるのだ。

しかしそれだけではじゅうぶんではない。つくり替えた習慣を身につけるには、「変われる」と信じる必要がある。そしてたいていの場合、それはグループの助けによってのみ生まれる。

もしも、たばこをやめたければ、たばこで満たしていた欲求を満足させてくれる別のルーチンを見つければいい。その後、支援グループか、元喫煙者の集まりか、「自分はニコチンから距離を置くことができる」と信じるのを助けてくれるコミュニティをさがして、挫折しそうになったときにそのグループを活用するのだ。

体重を減らしたければ、自分の習慣を検討し、毎日デスクを離れて間食する「本当の理由」を見極め、それから一緒に散歩する相手や、カフェテリアに行く代わりにデスクでおしゃべりする相手や、ともに減量という目標に向かって進むグループや、自分と同じように手元にはポテトチップスではなく、りんごを置いておきたいと思う誰かを見つけるのだ。

事実は明白だ。習慣を変えたければ、代わりのルーチンを見つけること。そしてグループの一員として変わることに専念すれば、成功率は劇的に上昇する。信じることは必須条件で、コミュニティ内での経験から生まれる。たとえ、それがたった2人のコミュニティであっても同じだ。

私たちは変化を起こすことが<u>できる</u>と知っている。アルコール依存症患者は酒をやめることができる。喫煙者はたばこをやめることができる。永遠の弱小チームもチャンピオンになれる。爪噛みも、仕事中の間食も、子供を怒鳴るのも、夜更かしも、ささいなことで悩むのも、やめることができる。

そして科学者が発見したように、変えられるのは個人の習慣だけではない。第2部で説明する通り、企業や組織やコミュニティの習慣も変えられるのである。

第2部

成功する企業の習慣

第4章　アルコアの奇跡——会社を復活させた、たった一つの習慣

　1987年10月のある風の強い日、有名投資家や人気株式アナリストの面々が、マンハッタンの一流ホテルのパーティールームに集まっていた。彼らはそこでアルミニウム・カンパニー・オブ・アメリカ、つまりアルコアの新しいCEOの顔を拝むことになっていた。アルコアは創業からほぼ100年を誇る企業で、ハーシーのキスチョコをくるんでいるホイルから、コカ・コーラの缶、人工衛星で使われているボルトまで、ありとあらゆるものを製造している。

　100年前、アルコアの創業者がアルミの精錬法を開発して以来、同社は世界屈指の大企業として君臨し続けてきた。その日、集まっていた人々の多くは、アルコア株に何百万ドルも投資し、着実に利益をあげていた。しかしその年は投資家から不満の声があがり始めていた。経営の失敗が相次ぎ、不用意に新製品のラインを拡大し、ライバル会社に顧客も利益も奪われていたからだ。

そのため同社の取締役会が新しいリーダーを迎えるべきだと発表したときは、安堵の空気が広がった。だが、その安堵はすぐに不安に取って代わられる。新CEOとして発表されたのは、ポール・オニールという元官僚で、ウォール街の住人たちは、そんな名前を聞いたこともなかったのだ。アルコアが就任挨拶の会を発表したとき、主だった投資家たちがみんな出席を希望したのは無理もなかった。

正午少し前、当のオニールがステージにあがった。当時の彼は51歳、ほっそりした体格で、グレーのピンストライプのスーツに赤の勝負ネクタイを締めている。髪は白く、軍人のように姿勢がいい。彼は軽やかに階段をのぼると、やさしげに微笑んだ。堂々として堅実で自信ありげに見える。いかにもCEOらしい態度だ。

そして彼が口を開く。

「私は社員の安全についてお話をしたい。毎年、多くのアルコア社員が業務中の怪我のために仕事を休んでいます。わが社の安全基準は一般的なアメリカの企業に比べればよいほうです。わが社の社員が時に800℃以上の高温の金属や、腕を切断しかねない機械を扱っていることを考えれば上出来かもしれません。しかしまだじゅうぶんではない。私はアルコアをアメリカ一安全な会社にするつもりです。目標は事故ゼロです」

出席者たちは当惑した。この手の集会は、たいていありふれた言葉で進められるものだ。新しいCEOはまず自己紹介をし、「ハーバード・ビジネス・スクールでは、授業中ずっと寝ていました」などという下手な自虐ジョークを披露し、そして利益の増加とコストカットを約束する。自社への批判の矛先は税制や取引規制へ向け、スピーチを締めくくるのは、〝共力作用《シナジー》〟〝規模の適正化〟〝協調的競争〟といった用語の嵐。ここまで来ると誰もが、資本主義はまだしばらく大丈夫だと安心して、自分の会社に戻ることができる。

なのにオニールは利益について何も言わなかったし、税制を批判することもなかった。「一致団結し、双方の利益となるウィン・ウィンのマーケットアドバンテージを目指す」といった話もなかった。話をしたのは社員の安全面だけだ。ひょっとするとオニールは規制賛成派なのかもしれない。先々の見通しは暗いのではないか。

「話を進める前に、この部屋の非常口を確認しておきます」オニールは部屋のうしろを指しながら言った。「うしろにドアが二つあります。思いがけぬ火災などの緊急時には、落ち着いて部屋を出て、階段を下りてロビーを通り、建物を出てください」

部屋に沈黙が満ちる。聞こえるのは車が外を走っている音だけだ。安全？　非常口？　これは何かの冗談なのか？　そこにいた投資家の一人は、60年代にオニールがワシントンDCにいたことを知っていた。「やつはドラッグをやっていたに違いない」彼はそう考えた。

質疑の際、誰かが手をあげて、宇宙航空機部門の経営見通しについて尋ねた。もう一人が社の資本比率について尋ねた。

「私の話を聞いていなかったようですね」オニールが言う。「アルコアがどんな状態か理解したいのなら、見るべきは現場の安全率です。威勢のいいかけ声や、他のCEOが口にするようなたわごとでは、怪我の件数を減らすことはできません。個々の社員が『自分は重要なことに参加している』という意識を持って初めて実現できるのです。それは最高の仕事をするという習慣をつくりだそうとすることです。会社全体で習慣を変えようと努力する。その進歩の尺度が安全となるのです。わが社はどのくらい安全を確保できるかで評価されるべきなのです」

その場にいた投資家たちは、話が終わるとわれ先に部屋から出て行った。一人は急いでロビーに行き、公衆電話から顧客20人に電話をかけたという。

「アルコアの取締役会は頭のおかしいヒッピーをCEOに任命したぞ、会社はきっとメチャクチャにされる、と言った。それですぐ株を売るよう告げたんだ。すぐにみんなが部屋から出てきて、顧客に同じことを言っていたよ」その投資家が私にそう話してくれた。「それが投資家として最悪のアドバイスになってしまうとも知らずにね」

オニールがスピーチを行って1年もたたないうちに、アルコアは記録的な利益をあげた。2000年にオニールが引退するころには、同社の年間収益は彼がCEOに就任する前の5倍になり、時価総額は270億ドルに達していた。オニールが雇われたときアルコアの株に100万ドル投資していたら、彼が辞めるまでに配当でさらに100万ドル儲けていただろう。株価も5倍になっていた。

それだけの成長を遂げると同時に、アルコアは世界でも屈指の安全な会社になっていた。

オニールが来る前は、どの工場でも、週に1度は事故があった。しかし彼の安全計画が実施されると、いくつかの工場では事故による欠勤がゼロという記録が何年も続いた。社員が怪我をする率は、全米平均の20分の1にまで下がった。

　オニールはどうやって、この古くて危険が多いアメリカ最大規模の企業を、効率的に利益を生む企業に、そして安全の砦《とりで》にできたのだろうか。

　その答えは、一つの習慣を変え、その変化が組織全体に広がっていくのを待ったことだ。

「アルコアを変えなければならないことはわかっていた。しかし社員に変われと命令することはできない。命令して脳が変わるものではない。だから最初は目標を一つに絞ることにした。ある一つのことに関わる習慣を壊せるようになれば、それが会社全体に広がるだろうと思ったんだ」オニールは私にそう語った。

　一つの習慣を変えれば、それが連鎖反応を起こして他の習慣も変わっていく。習慣にはそのような力があると、オニールは信じていた。言い方を変えると、習慣の中にも、ビジネスや生活をつくり直すために、特に重要なものがあるということだ。それがプロローグでも触れたキーストーン・ハビットであり、それが変わると、仕事、食事、遊び、生活、消費、コミュニケーションなどあらゆるものに影響を与える。

　キーストーン・ハビットという考え方によれば、成功の秘訣はすべてのことを完璧に行うことではなく、いくつかカギとなるものを見つけて、それを強力な梃子《てこ》にすることにある。

　本書のはじめでは、習慣の仕組みと、それがどうつくられて、どう変わるかについて説明した。しかし習慣を使いこなすには、どこから始めればいいのだろうか？

その問いの答えは、キーストーン・ハビットを理解することにある。一番重要な習慣とは、それを変えれば、他のパターンを取り除いたり、つくり替えたりできる習慣のことだからだ。

マイケル・フェルプスがオリンピックでいくつものメダルを獲得したのも、他の学生より成績がよい大学生がいるのも、それで説明できる。ある人がなぜ突然20キロも減量し、職場で目覚ましい働きぶりを見せ、しかも家で子供たちと夕食をとれる時間に帰るようになるのか、その理由もわかる。そしてアルコアがダウ・ジョーンズ銘柄企業の中でもトップクラスの実績をあげつつ、世界でもっとも安全な会社になったのも、キーストーン・ハビットで説明することができるのだ。

何かを変える

アルコアからCEO就任の打診があったとき、オニールは本当にそれが自分の望みかどうか、確信が持てなかった。すでにじゅうぶんな収入があったし、妻は当時住んでいたコネチカットを気に入っていた。アルコアの本社があるピッツバーグについては何も知らない。オニールは、少し考える時間が欲しいと伝えた。決断の役に立てようと、そのオファーを引き受けたら、まずやらなければならないことのリストをつくった。

オニールはずっとリストの効果を信じていた。リストはきちんとした生活をおくるための手段だった。カリフォルニア州立大学フレズノ校の学生だったとき（週30時間働きながら、3年強で課程を終えた）、人生で成し遂げたいことのリストをつくったが、その上のほうに「何かを変える」という項目があった。1960年に卒業したあと、友人の勧めで連邦政府機関のインターンシップに申し込み、30万人の志望者とともに、政府の就職試験を受けた。面接まで進めたのは3000人で、実際に就職したのは300人。オニールはその一人だった。彼は退役軍人局の中間管理職としてキャリアをスタートし、そこでコンピューター・システムについて学ぶよう指示された。そのときからずっとリストを書き続け、なぜうまくいくプロジェクトとそうでないプロジェクトがあるのか、どの業者が納期を守り、どの業者が守らないのかを記録していった。彼は毎年昇進し、そしてしだいに、彼のリストには問題解決の秘訣が必ず含まれているということで、名を知られるようになった。

1960年代半ば、ワシントンDCではそのようなスキルに大きな需要があった。当時の国防長官ロバート・マクナマラが若い数学者、統計学者、コンピューター・プログラマーを大勢雇い、ペンタゴンの再編成を行っていた。ジョンソン大統領も能力のある若手スタッフを求めていた。頭角を現しつつあったオニールは、その後ワシントンDCでもっとも力を持つ機関となる行政管理予算局のスタッフとして抜擢《ばってき》される。10年もたたないうちに、彼は38歳で副局長となり、突如、屈指の影響力を持つ人物となったのだ。

このときからオニールは「組織的習慣」について考えるようになる。彼の最初の仕事は、政府が国民の健康管理にどう金を使うかを研究するための、分析的な枠組みをつくることだった。彼はすぐに、政府は論理的なルールと、慎重に決定した優先順位に従って仕事をするべきだと考えた。それまでは画一化された不可解なやり方で、習慣的にあらゆることが進められているように見えたのだ。当時の官僚や政治家は意思決定をするのではなく、あるきっかけに機械的に従い、昇進や再選という報酬を得ようとしていた。そのような習慣のループが、権力を持つ何千もの人々のあいだに浸透し、何十億ドルものカネが動いていた。

たとえば第二次世界大戦後、議会で地域の総合病院をつくるプログラムが決定された。25年後、それはまだ細々と続いていた。そのため議会で新たに医療のための予算がつくと、政治家はすぐに病院を建て始めるのである。その地域に必ずしも病床を増やす必要がなくても、そんなことは問題ではない。大事なのは、政治家が再選を目指すときに自分の実績としてあげられる、大きなものを建てることだったのだ。

「連邦職員は『カーテンの色は青にするか黄色にすべきか、病室にはテレビを1台置くか、2台置くか、ナースステーションをどんなつくりにするか』など、意味のないことを何カ月もかけて話し合っていた」オニールは言う。「その町に本当に病院が必要かどうか、尋ねようともしない。官僚のあいだでは、どんな医療問題も〝何かを建てることで解決する〟という習慣ができあがっていた。それは議員が『これは私がつくったのです』と言えるようにするためだ。何の意味もないが、誰もが同じことを何度も繰り返していた」

こうした制度的な習慣はほぼすべての組織や企業に見られると、調査を行った研究者たち

政治家の習慣のループ

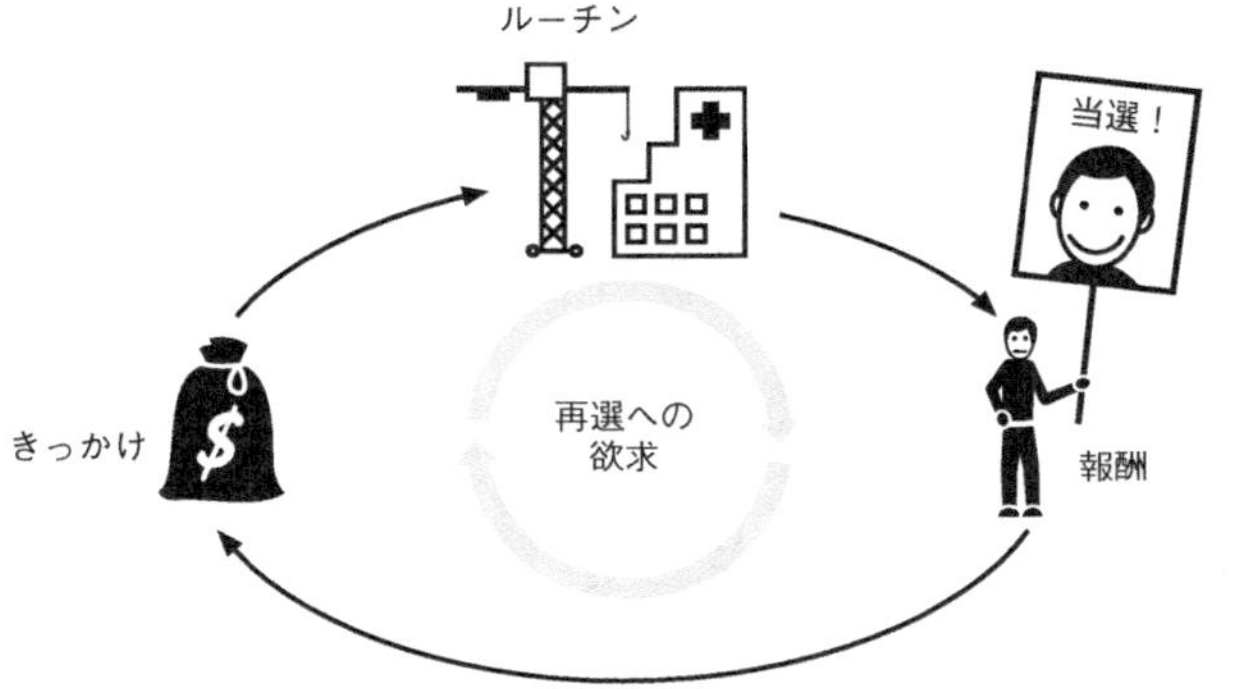

は指摘している。「個人には習慣があり、集団には機械的な手順がある」と、ジェフリー・ホジソンは書いている。彼は組織におけるパターンを研究している学者だ。「機械的な手順とは習慣と同じ意味で、それが組織で行われているだけだ」

オニールは、このような習慣は危険だと感じていた。「何も考えずに、意思決定をあるプロセスにゆだねてしまっていると思った」と。一方、「変化するのは当たり前」という雰囲気をもつ現場では、よい組織的習慣が成功を生み出している。

たとえばＮＡＳＡのある部門では、エンジニアにリスクの大きな挑戦を勧めるような手順をあえてつくり、常に自分たちで修正するようにしていた。無人ロケットが離陸時に爆発しても、その部門の上層部は拍手する。失敗を誰もが知ることになるが、少なくとも彼らは挑戦したのだ。やがて何か高価な物が吹き飛ぶたびに、管制センターに拍手が満ちるようになる。それがこの組織の習慣になったのだ。また1970年につくられた環境保護庁（EPA）の例を考えてみよう。EPAの初代長官ウィリアム・ラッケルズハウスは、部下の管理官たちが法や規制の実施に積極的になるような組織的習慣を常に実行していた。弁護士が訴訟や強制執行を求めてきたら、速やかに承認のための手続きをとる。基本的には許可が前提だ。ここには明確なメッセージがある。「EPAでは積極的に働きかけると報われる」1975年になると、EPAは環境に関わる規制を年間1500以上も新たに施行している。

「他の政府機関を見るたびに、失敗するか成功するかは、こうした習慣で決まると感じていた。最高の組織はルーチンの重要性を理解している。最悪の組織のトップは、それを理解しておらず、それでいて、なぜ誰も命令に従わないのか不思議に思っている」オニールは言う。

1977年、ワシントンDCで16年働いたあと、オニールは辞める潮時だと考えた。彼は週7日、一日15時間働き、妻は4人の子供を一人で育てて疲れ切っていた。オニールは退職し、世界最大の製紙会社インターナショナル・ペーパーに移り、やがて社長になった。

そのころ、政府機関時代の同僚何人かがアルコアの取締役会に加わっていた。彼らがアルコアで新しいCEOをさがしているとき、オニールのことを思い出したのである。オニールがその仕事を引き受けたのには、そのような経緯があった。

そのころアルコアは苦闘していた。社員が能力に欠け、製品の質も悪いと批判された。しかしオニールのリストのトップには、「品質」や「効率」といった言葉は出てこない。アルコアほど古くて規模の大きい企業では、スイッチを一つ入れれば社員がもっと働き、生産性が上がるとは期待できない。それまでのCEOが生産性の向上を命令しようとしたとき、社員はストライキで抵抗した。幹部に見立てた人形を駐車場に持ち込んで火をつけるほどヒートアップしたのだ。「アルコアは幸せなファミリーではなかった」当時、同社に勤めていた人物が私に言った。「むしろマンソン・ファミリー（アメリカのカルト指導者チャールズ・マンソンがつくった疑似共同体）に近かった。溶解金属でつながっているという違いはあったが」

オニールは、もしアルコアのCEOになったら、最初に手をつけるべきことは、誰もが（組合も管理職も）重要だと認める事柄だと考えた。社員を一つにまとめ、社員の働き方やコミュニケーションの取り方を変えることに専念する必要があった。

「私は基本を固めることにした。誰もが、出勤したときと同じように無事な状態で帰宅するべきなのだ。家族を養うために命を落とすかもしれないという気持ちを持たせてはいけない。私は目標をそれ一つに絞ることにした。つまり安全に関する習慣を変えることだ」

オニールはリストの最初に「安全」と書き、大胆な目標を立てた。それが「怪我人ゼロ」だ。これが最優先するべきことになるだろう。たとえどれほどコストがかかろうと実現しなければならない。オニールはこの仕事を引き受けることにした。

要の習慣となった「安全」

「私はここにいることをとても光栄に思っています」

ＣＥＯに就任してから2カ月後、オニールはテネシー州の精錬工場の部屋いっぱいに集まった社員を前に語った。すべてが順調だったわけではない。ウォール街はまだ混乱していたし、組合は不安を感じていた。アルコアの副社長連中の中には、トップの職を奪われたことに腹を立てている者もいた。しかしオニールは社員の安全について話し続けた。

「私はどんなことでも話し合う用意があります」オニールは言った。彼はアメリカ中の同社工場を回っていて、その後、他の31カ国の施設を訪問する予定だった。「けれど一つだけ、話し合いの余地のないことがあります。それは安全です。社員が怪我をしないよう、考えうるすべての手を打ってもらう。その点で私に反論するつもりなら、君たちが必ず負けると思ってほしい」

このやり方のうまいところは、「職場の安全を守る」という方針に異議を唱える人間はいないということだ。組合は何年も前から、よりよい安全規定を求めてきた。管理職にとっても、生産性や士気の低下につながる社員の怪我対策に反対する余地はない。

しかしほとんどの人は気づかなかったが、怪我人ゼロという目標は、アルコア史上もっとも大きな改革につながったのだ。社員を守るためには、まずなぜ怪我をするのか、その理由を突き止めなければならない。そして怪我の理由を知るには、製造過程にどのような欠陥が

アルコアの習慣のループ

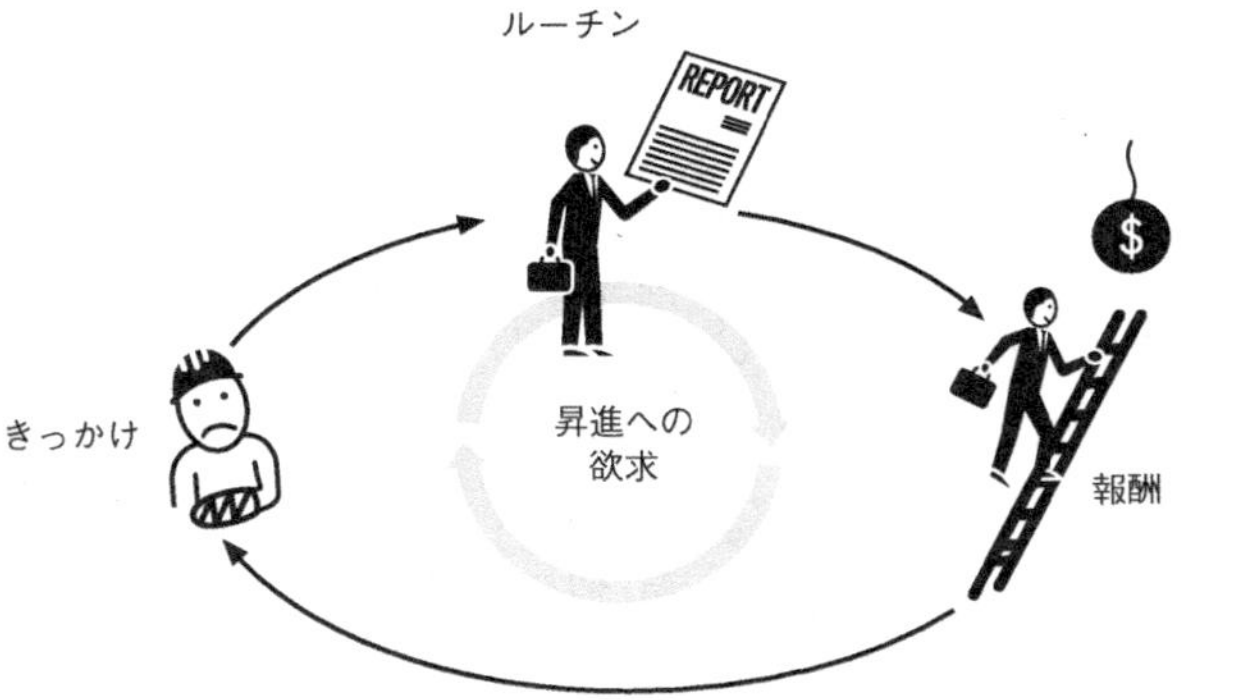

あるのかを理解しなければならない。そしてそのためには社員を教育し、品質管理と効率的な手順を徹底する必要がある。それができればすべてが楽にできるようになる。正確に作業することこそが安全につながるのだ。

つまり社員を守るために、アルコアは世界でもっとも合理化されたアルミ製造会社になる必要があった。

社員の安全を守るためのオニールの計画は、習慣のループに基づいてつくられた。

彼は単純なきっかけを定めた。それが「社員の怪我」だ。そこから何をすればいいのか、機械的なルーチンを決定した。誰かが怪我をしたら、24時間以内にユニット長がオニールに報告し、二度と起こらないようにするためにどうするか、改善策を示さなければならない。そこには報酬もある。このシステムを受け入れる者しか昇進はさせない。

ユニット長は忙しい。24時間以内にオニールに怪我人が出たことを報告するには、事故後すぐに副長からの連絡を受ける必要がある。そこで副長は常に現場主任とコミュニケーションを取り合い、現場主任は部下たちに、問題に気づいたらすぐに指摘し、提案する項目のリストをつくっておくよう告げる。それを徹底しておけば、副長が事故防止の手立てを尋ねたときには、すでに多くのアイデアが集まっている。

この流れを実現するため、下位の社員のアイデアをできるだけ早く上層部に伝えられるように、各ユニットが新しい連絡系統をつくった。オニールの安全プログラムを徹底するためには、融通のきかない階層制のほぼすべてを変えなければならない。彼は新しい社の習慣をつくっていたのだ。

安全面の対策が変化すると、他の面も驚くほどのスピードで変わり始めた。何十年も組合が反対していた規則（個々の社員の生産性を測定するなど）が突然、認められた。製造プロセスの一部がうまくいかずリスクが見込まれるとき、そのような尺度が解決の役に立つからだ。その一方で、管理職側が長年難色を示していた方針（スピードが上がり過ぎたとき、生産ラインを止める自由を現場労働者に与えるなど）も、事故を防ぐのに最良の策として歓迎されるようになった。

会社がそこまで変わると、その習慣が個人の生活にまで入り込んでくる場合もある。

「2～3年前、自分のオフィスで窓からナインス・ストリート・ブリッジを見ていると、安全装備を正しく使っていない労働者がいることに気づきました」現在のアルコア保安部長であるジェフ・ショッキーが言う。一人は橋の手すりに乗っていて、別の一人がそのベルトをつかんでいた。彼らはハーネスもロープも使っていなかった。「彼らは別の会社で働いているのだから、自分には何の関係もないのですが、私は反射的に席を立ち、5階分の階段を降りて橋まで歩き、そこで働いていた男たちに、君たちは命を危険にさらしている。ハーネスか安全装備をつけなければだめだと言いました」彼らは監督が装備を持ってくるのを忘れたと言う。そこでショッキーは地元の労働安全衛生局に電話をかけ、監督の怠慢を通報した。

オニールは社員の安全確保に専念することで、アルコアの収益が上がるとは確約しなかった。しかし新しい手順が組織の中に広がるにつれ、コストは削減され、品質は向上し、生産性は急上昇した。

溶解した金属がはねて社員が怪我をしたら、金属を流し込むシステムの設計を変える。それが怪我を減らすことにつながる。原料の無駄が減るので節約にもなる。機械の故障が続くなら交換する。それで壊れた部品が社員の腕を傷つけるリスクが減る。このような処置が品質向上にもつながった。アルミニウムの品質を下げる主な原因は、装置の不良だったことがわかったのだ。

これと同じような現象が、多くの場面で起こっていることが指摘されている。

たとえばここ10年ほどに行われた、毎日の日課に運動を組み込む影響について調べた研究を見てみよう。定期的に運動を始めると、それがたとえ週に1回といった少ない回数でも、他の運動とは関係のない部分も、知らないうちに変わってくる。代表的なのが、運動を始めると食生活が向上し、さらに職場での生産性も上がるという現象だ。喫煙量が減り、同僚や家族に対しても寛大になる。クレジットカードを使う回数が減り、ストレスも軽減する。なぜそうなるのかは、はっきりとはわかっていない。しかし多くの人にとって、運動というキーストーン・ハビットが引き金となり、幅広い変化が引き起こされたと考えられる。

「運動するようになると、その影響が他の部分にも広がります」ロードアイランド大学の研究者ジェームズ・プロチャスカは言う。「そこには何か、他の習慣を楽にする何かがあります」

いつも夕食を親と一緒に食べている家庭で育った子供は、きちんと宿題をして、成績もよく、感情のコントロールがうまく、自信を持てるように成長するという。毎朝ベッドメイキングをする人ほど、生産性が高く、より強い幸福感を感じ、買い物のとき予算をきちんと守る。家族揃っての食事や整えられたベッドが、成績を上げたり無駄遣いを防いだりする要因ではない。しかし最初の変化から連鎖反応が起こり、他のよい習慣も定着していく。

キーストーン・ハビットを変える、あるいはさらに進歩させることに専念すれば、他にも幅広い変化を起こせる。ただしそのような習慣を見つけるのは、それほど簡単ではない。どこをさがせばいいのか知っておく必要がある。キーストーン・ハビットが与えてくれるのは、学術的には「小さな勝利《スモールウィン》」と呼ばれるものだ。それは新たな習慣をつくるのを助け、その変化が周囲に伝わっていくと、そこに文化が生まれる。

しかしながら、そうした原則を理解することと、それを実現することのあいだには溝があり、それを越えるにはちょっとした工夫が必要なのだ。

架空のビデオ

２００８年８月13日の朝６時半、マイケル・フェルプスの目覚まし時計が鳴った。北京オリンピック選手村のベッドを出て、すぐにいつもの日課を始める。スウェットパンツをはき、朝食をとりに食堂に向かう。彼はその週のはじめにすでに三つの金メダルを勝ち取っていた（オリンピック通算９個）。その日も二つのレースが控えている。７時にはカフェテリアで卵、オートミール、栄養ドリンク４本というレース用メニューの朝食をとる。これが最初の食事で、彼はそれから16時間で合計６０００キロカロリー以上を食べつくす。

フェルプスの最初のレース（おそらく彼にとって一番きつい２００メートルバタフライ）は、10時。スタートの２時間前、彼はいつものようにストレッチを始める。まず腕、そして背中と下がって最後は足首。彼の足首はバレリーナもかなわないほど柔らかい。８時半、プールに入って最初のウォームアップを始める。メドレー形式で８００メートル、その後、キック練習６００メートル、浮きを脚に挟んで４００メートル、ストローク練習２００メートル、そして心拍数を上げるために25メートルを全力で何本か泳ぐ。これでぴったり45分だ。

９時15分、彼はプールを出てレーザーレーサーを着始める。この水着は体を強く締めつけいるヒップホップに耳を傾けながらその瞬間を待つ。

フェルプスが水泳を始めたのは7歳のとき。彼のありあまるエネルギーを発散させるため、母親と教師がスイミングクラブに入れたのだ。地元のスイミングクラブで出会ったコーチ、ボブ・バウマンは、彼の長い胴体、大きな手、比較的短い脚（そのほうが水中で沈みにくい）に目をつけた。彼はきっとチャンピオンになれる。しかしフェルプスは感情面が不安定だった。レース前に気持ちを落ち着けるのが難しい。両親が離婚寸前で、そのストレスを克服するのに苦労していた。バウマンは気持ちをリラックスさせるエクササイズの本を買ってきて、フェルプスの母親に、毎晩それを声に出して読んでやってほしいと頼んだ。その本の中に、寝る前に体の部位を緊張させてからリラックスさせるという一節があった。「右手を拳に握ってぱっと開き、緊張が解けていく姿を想像する」

競泳選手にとって勝利のカギとなるのは正しい習慣をつくることだと、バウマンは信じていた。フェルプスは選手として理想的な体型だが、オリンピックで戦う相手は、みんな完璧な体つきだ。フェルプスはまだ幼いながらも、アスリートが持つべき執念を身につける力があるとバウマンは思っていた。だがエリート選手たちは、誰もが激しい執念を持っている。

バウマンがフェルプスに教えたのは、もっとも精神的に強い競泳選手になるための習慣だった。バウマンはフェルプスの生活すべてをコントロールする必要はなかった。ただ水泳とは関係ない、いくつかの習慣にターゲットを絞り、試合に勝てる心理状態をつくりあげた。彼はフェルプスがレース前に落ち着いて集中力を高めるのに役立つ行動を考え出した。すると1000分の1秒を争うスポーツの世界では、小さな強みが大きな効果をあげることがわかった。

たとえばフェルプスがまだ10代だったころ、毎日の練習のあと、家に帰ったら「ビデオを見ろ」とバウマンは言った。

このビデオは架空のビデオだ。頭の中でパーフェクトなレースを思い描く。毎晩寝る前、そして朝起きたとき、フェルプスはスタート台を蹴ってプールに飛び込み、非の打ちどころのないフォームで泳ぐさまをスローモーションで想像する。腕の動き、プールの壁、ターン、そしてゴールまでを思い描くのだ。泳いだあとの水の筋、唇からこぼれる水、口が水面を切りさき、その勢いでキャップが取れてしまいそうになる。彼はベッドで目を閉じたまま一つのレースを戦う。細かい部分で何度も何度も繰り返し、それぞれの一瞬に何が起こるかすべて覚えようとする。

練習中にレースと同じスピードで泳ぐようフェルプスに命じるとき、バウマンは「ビデオをかけろ！」と叫ぶ。するとフェルプスは全力でがんばる。それを頭の中で何度も行っているので、レースが始まるときには機械的に動いているように感じる。

しかし効果は抜群だ。彼はどんどん速くなった。そのうちバウマンはレースの前に「ビデオテープを用意しろ」と言うだけでよくなった。フェルプスは落ちついて、レースを制覇する。

バウマンがフェルプスの生活の中で中心となる習慣をいくつか決めると、食生活や練習、ストレッチ、睡眠のスケジュールなどに関わる他の習慣もいつのまにか決まっていったように見える。こうした習慣がなぜ効果をあげるのか、なぜキーストーン・ハビットとなるのか、その理由は「小さな勝利」と呼ばれるものにある。

小さな勝利

「小さな勝利」とは、キーストーン・ハビットが幅広い変化を起こすプロセスの一部である。小さな勝利には驚くほどの力があることが、大規模な調査で明らかになった。本当の意味での勝利そのものの大きさに比べると、不釣り合いに思えるほどだ。

「小さな勝利は、小さな強みを着実に積み重ねていくものだ」1984年にコーネル大学の教授はそう書いている。「小さな成功を収めると、また別の小さな成功を得ようとする力が発動する」小さな成功は、ささやかな成功をパターン化させることで大きな変化を起こし、さらに大きな成功にもう少しで手が届くと思わせる。

1960年代後半、ゲイの権利向上を目指す団体がホモフォビア（同性愛に対する嫌悪感や偏見）に対抗するキャンペーンを始めたが、最初のうちは失敗に次ぐ失敗だった。彼らはゲイを告発する根拠となっていた法律を無効とする運動を推し進めたものの、州議会に徹底的に阻まれていた。教師がゲイのティーンエージャーの相談を受けるカリキュラムをつくろうとしたところ、ホモセクシュアリティ容認を示唆したとして解雇された。ゲイのコミュニティが目指す大きな目標——差別や警察によるハラスメントを終わらせる、そしてアメリカ精神医学会に、ホモセクシュアリティを精神疾患と定義するのをやめさせる——には、とても手が届かないように思えた。

その後1970年代になり、アメリカ図書館協会のゲイ解放対策委員会は、もっと控えめな目標に焦点を絞ることにした。米国議会図書館に、「ゲイ・レズビアン解放運動に関わる書籍」のカテゴリーをHQ71-471（異常性行為と性犯罪）から、侮蔑的な意味を含まないものに分類しなおすよう求めることだ。

1972年、分類の見直しを求められた議会図書館は変更を認め、新たにHQ76・5（ホモセクシュアリティ・レズビアニズム・ゲイ解放運動・同性愛擁護）というカテゴリーをつくった。これはささやかな変更にすぎなかったが、その影響力には目をみはるものがあった。この新しい方針のニュースは、全国へと広がった。ゲイの権利を向上させようとする組織はこの勝利を頼りに、資金集めを始めた。それから数年のうちに、ゲイを公言する政治家が、カリフォルニア、ニューヨーク、マサチューセッツ、オレゴンで立候補する。彼らの多くが議会図書館の決定に励まされたと語った。1973年、アメリカ精神医学会が、何年にも及ぶ内部での議論を経て、ホモセクシュアリティの定義を書き換えたため、ホモセクシュアリティはもう精神疾患ではなくなった。これが性的指向によって人を差別することを禁止する州法への道筋をつけたのである。

「小さな勝利は、連続してまとまった形にはならないが、それぞれの一歩が前もって決めた目標に近づいていくための目に見えるステップとなる」と、著名な組織心理学者カール・ワイクは言う。「よくあるのが、小さな勝利があちこちに散らばっている状況だ。抵抗とチャンスについて言葉にされていない理論を検証し、本番の前に対処法と障壁を明らかにする、小さな実験のようなものだ」

これはまさにマイケル・フェルプスに起きていたことだ。ボブ・バウマンがフェルプスとその母親とともに、イメージトレーニングやリラクゼーションというキーストーン・ハビットの実践を始めたとき、バウマンもフェルプスも自分たちが何をしているのかわかっていなかった。

「実験でいろいろなことを試しているうちに、うまくいくことを見つけたんだ」バウマンが私に言った。

「結果的に、こうしたちょっとした成功の瞬間に意識を集中して、それを精神的な引き金にするのが一番いいことがわかった。我々はそれを機械的、自動的にできるところまで持っていった。

マイケルに勝利のイメージを植えつけるために、レースの前に必ずやることがいくつかある。レースの前、頭の中で何を考えているのかマイケルに尋ねたら、彼はきっと何も考えていないと言うだろう。彼はただ決まったプログラムに従っている。しかし実はそうではない。むしろ習慣が支配したんだ。レースが始まろうとするとき、彼はすでにゴールまでの道のりの半分まで来ていて、どの段階でも勝利している。ストレッチは予定通り。ウォームアップの泳ぎも思い描いていた通り。ヘッドホンからはいつもと同じ音楽が流れてくる。実際のレースはその日の朝から始まっていた一連のパターンの1ステップにすぎないので、勝利以外にはありえない。勝つことは自然の成り行きなんだ」

北京オリンピックに話を戻そう。時間は午前9時56分。スタートの4分前だ。フェルプスはスタート台のうしろで軽くジャンプする。名前がアナウンスされると、フェルプスはいつものように台の上に乗り、またいつものように台を下りる。腕を3回まわすのは、12歳のときからすべてのレースでしていることだ。また台に乗ってスタートの姿勢をとる。そしてブザーが鳴ると同時に飛び込む。

水に入った瞬間、何かがおかしいと思った。ゴーグルの内側が曇っているのだ。上か下に隙間があるのかどうかはわからないが、水を切って泳ぎだして、事態が悪くならないよう祈った。しかし2回目のターンをしたときには、すべてがぼやけていった。3回目のターンが近づいたときには、ゴーグルの中に完全に水が入り込んでいた。何も見えない。プールのラインも、壁が近づいていることを示すTのマークも。あと何ストローク分あるのかもわからなかった。たいていのスイマーは、オリンピックの決勝のさなか、見えなくなったらパニックを起こすだろう。

しかしフェルプスは落ち着いていた。

他のことはすべて計画通りだ。ゴーグルに水が入ったのはちょっとした脱線で、心構えはできていた。バウマンは前にミシガンのプールで、彼を暗闇の中で泳がせたことがある。どんな思いがけないことが起こっても、驚かないようにしておく必要があると思ったのだ。フェルプスの頭の中のビデオには、こういった問題を扱うものもあった。ゴーグルの不調にどう対処すればいいか、彼はすでに頭の中でシミュレーションを行っていたのだ。最後の50メートルに入ると、フェルプスはあと何ストロークでゴールできるか予測し（19回か20回）、数え始めた。彼は完全にリラックスして全力で泳いだ。最後のラップの途中で、彼はさらに力を出してラストスパートをかける。これは敵を圧倒する彼の得意のテクニックの一つだ。

18回目のストロークで、彼はそろそろ壁が来ると感じた。観衆の大声援が聞こえるが、目が見えないのでそれが自分に対するエールなのか、他の選手に対するものなのかわからない。19ストローク、20ストローク。もう1回必要だ。頭の中で回っているビデオがそう言っている。21回目には特に大きなストロークで、腕をいっぱいに伸ばして水をかき壁にタッチした。ぴったりのタイミングだった。ゴーグルを勢いよく取って電光掲示板を見上げると、自分の名前の横にWR（世界新記録）の文字が見える。また一つ金メダルを勝ち取ったのだ。

レースのあと、何も見えない状態で泳ぐのはどのような感じだったか記者に尋ねられると、「そうなることを予想していたような感じだった」とフェルプスは答えた。それは小さな勝利が積み重ねられていく人生に、また一つ勝利が増えたということなのだ。

社員の死が会社を変えた

ポール・オニールがアルコアのCEOに就任してから6カ月がたったとき、真夜中に彼の家の電話が鳴った。かけてきたのはアリゾナの工場長で、あわてたようすで話を始めた。アルミの押し出しプレス機が止まってしまい、一人の若い社員がそれを修理しようとした。彼は数週間前に入社したばかりで、妻が妊娠しているため、保険に加入できる今の仕事にどうしても就きたかったという。彼はプレス機のまわりを取り囲んでいる黄色い安全柵を乗り越えて、装置のほうへ歩いていった。6フィートのアームを支える蝶番《ちょうつがい》の隙間にアルミ片が突き刺さっていた。若者はアルミ片を引き抜いた。機械はそれで直った。だが、彼のうしろでアームが動き出し、スイングして彼の頭にぶつかり頭蓋骨を砕いた。即死だった。

14時間後、オニールは緊急会議を開き、すべての工場の幹部たち、そしてピッツバーグのアルコア本社の役員たちを集めた。その日はほとんど、図面とビデオを見ながら、何度も何度も事故を再現した。

彼らは従業員の死につながる欠陥をいくつも特定した。ふたりのマネジャーが従業員が柵を乗り越えるのを見ていながら、止めなかったこともその一つだ。故障の責任を従業員に押しつけないことを徹底していないトレーニングプログラム。自分で修理しようとする前にマネジャーに知らせるという明確な規定がなかったこと。そして誰かが柵を越えて中に入ったら、自動的に止まるセンサーをつけていなかったこと。

「彼を死なせたのは私たちだ」沈痛な面持ちのオニールが言う。「リーダーである私の落度だ。彼の死の原因をつくった。そしてここにいる君たちの命令系統の欠陥にも原因がある」

その場にいた幹部たちは驚愕《きょうがく》した。たしかに悲劇的な事故は起こったが、それはアルコアの日常の一部だった。アルコアは巨大企業で、従業員は高温の金属や危険な機械を扱う。

「ポールは門外漢だったので、安全を徹底するという彼の主張には懐疑的な声が多かった」トップエグゼクティブのビル・オローク は言う。「きっと2～3週間しか続かず、すぐに違うことを言い出すだろうと思っていた。しかしあのときのミーティングは衝撃的だった。彼は真剣に取り組んでいる。彼は会ったこともない社員を心配して、いく晩も眠らずにいるのだろうと思った。このときからすべてが変わり始めたんだ」

そのミーティングから1週間もしないうちに、アルコアの工場の安全柵すべてが、鮮やかな黄色に塗り直され、新しい方針が文書化された。管理職は部下に、事故防止策のアイデアをどんどん出すよう奨励し、危険な修理をしないよう明確なルールが決められた。この新たな策のおかげで、怪我人の数は短期間に激減した。これがアルコアにとって小さな勝利だった。

その後もオニールは手を緩めなかった。

「ほんの２週間であっても、事故の数が減少したことを祝福したい」彼は短い文書をつくって全社員に回覧した。「私たちが祝うのは、誰もがルールに従っているからでも、数字が減少したからでもない。私たちが祝っているのは、社員の命が守られているからだ」

社員はこの文書のコピーをとってロッカーに貼りつけた。精錬工場の壁に誰かがオニールの肖像を描き、その下に文書からの引用を刻み込んだ。マイケル・フェルプスの日課が水泳とは関係ないにもかかわらず、成功へとつながったように、オニールの努力の成果は雪だるま式にふくらんで変化を生み、やがて安全とは関係ない部分も大きく変わっていった。

「私は時間給で働く労働者に『もしも君たちの上司が安全の問題に適切な措置をとらなかったら、私の家に電話をしてくれ。これが電話番号だ』と言ってメモを渡す。それで社員から電話がかかってくるようになったんだが、話したがるのは事故のことではなかった。彼らはすばらしいアイデアを次々と提案してくれるんだ」

たとえばアルミニウムの家屋用の羽目板《はめいた》製造工場では、何年も前から売り上げが伸びずに苦労していた。何色が流行するかについての上層部の予想がことごとくはずれるからだ。コンサルタントに何百万ドルも払って塗料の色を決めたにもかかわらず、６カ月後に倉庫にはサンバーストイエローが山積みとなり、突如、注文の増えた流行色のハンターグリーンは在庫切れという状態になる。ある日、一人の平社員がある提案をしたところ、それがすぐにゼネラル・マネジャーまで持ち込まれた。すべての塗装機を１カ所にまとめてしまえば、塗料をすぐに切り替え、顧客の要望に応えやすくなるというのだ。1年もしないうちにアルミニウムの羽目板の利益は2倍になった。

社員の安全を守ることに集中するというオニールの宣言から始まった小さな勝利の積み重ねが、あらゆるアイデアが出てくる社風を生み出した。

「あの平社員は塗装のアイデアを10年前から持っていたのに、上層部の誰にも言わなかったんだ」アルコアの役員の一人が言った。「しかし私たちが安全のために何をすればいいか聞き続けたので、他のアイデアも言ってみようかという気になったらしい。彼は私たちに当たりくじをくれたようなものだ」

乳児を救う方法

ポール・オニールが政府の職員として、医療費への支出を分析する枠組みをつくっていたころ、差し迫った問題の一つが乳児死亡率だった。当時のアメリカは世界でもっとも豊かな国の一つだった。しかし乳児死亡率はヨーロッパの大半の国々、そして南米の一部の国よりも高かったのである。特に都会から離れた地方では、驚くほどの数の子供が1歳の誕生日を迎える前に死んでいた。

オニールはその理由を突き止める仕事をしていた。彼は他の連邦機関に、乳児死亡率のデータ分析を依頼して、答えが出るたびに別の質問をしてどんどん掘り下げていき、根本的な原因を理解しようとした。誰かがオニールのオフィスに、何かしらの回答を持ってくるたびに、彼は新たな質問を始める。より深く問題を掘り下げ、本当は何が起こっているのかを知ろうとして、延々と食い下がる彼のしつこさに、たいていの人は音を上げた。（「私はポールが大好きだが、いくらもらっても彼とはもう一緒に仕事をしたくない」と、ある役人は言った。「彼は一つ答えを見つけると、さらに20時間働くんだ」）

たとえばある調査で、乳児死亡の最大の原因は早産だと示唆される。そして新生児が早く生まれる原因は、母親の妊娠中の栄養不良だった。それなら乳児死亡を減らすには、母親の食生活を改善させればよい。これなら話は簡単だ。しかし栄養状態をよくするには、妊娠前から食生活を改善する必要がある。つまり政府は女性が妊娠する前に、栄養についての教育を始めなければならないということだ。それならば高校で栄養に関するカリキュラムを組み入れるべきだ。

しかしそのようなカリキュラムをどのようにしてつくればいいのだろう？　オニールはこの問題を掘り下げていくうちに、地方で働いている高校教師は、栄養を教えるのに必要な基礎的な生物学を知らないことに気づいた。それなら政府は大学での教師の養成方法を再考し、生物学の基礎を身につけさせるべきだ。そうすれば彼らは10代の少女たちに栄養について教えられるようになり、少女たちは性行為をする前から栄養バランスよく食べることを覚え、やがて子供ができるころには栄養状態がよくなっているだろう。

オニールは、教師の訓練の不足が、乳児死亡率の高さの根本的な原因だという結論に達した。乳児の死亡を減らすにはどうすればいいか医者や公衆衛生担当の役人に尋ねても、教師の教育法を変えることだと答える人はいないし、そこに結びつきがあるとは気づかなかっただろう。しかし大学生に生物学を教えることで、その知識がティーンエージャーたちに伝わり、そのティーンエージャーたちが健康的な食事をするようになり、それから何年後かには丈夫な赤ちゃんを生むという結果につながったのである。現在、アメリカの乳児死亡率は、オニールがその仕事を始めたころより68パーセントも低くなっている。

乳児死亡率についてのオニールのこの経験は、キーストーン・ハビットが変化を促すもう一つの形を示している。それは他の習慣を定着させる「構造」をつくることだ。乳児死亡率の例では、教師を養成する大学のカリキュラムの変更が連鎖反応を起こし、それが地方の少女たちの教育へと波及して、彼女たちが妊娠したときの栄養状態が変化した。そして常に他の役人に圧力をかけて、問題の根本的な原因をとことんまで突き詰めるオニールの習慣が、乳児死亡率に対する政府の見方を変えたのだ。

同じことは日常生活でも起こりうる。たとえば20年前、減量するのに一番いいのは「生活を改善することだ」というのが一般的な考え方だった。医師は、肥満患者に対して厳しい食餌制限を課すだけでなく、ジムに通い、定期的（毎日ということもあった）にカウンセリングを受け、エレベーターを使わず階段を上り下りするよう命じた。悪い習慣を変えるには、生活を大きく変えなければならないという考え方だった。

しかしこうした方法の効果を長期にわたって調べたところ、うまくいっていないことがわかった。肥満患者は何週間かは階段を使っていたが、その月の終わりには挫折していた。食餌制限をしてジムにも通ったが、最初の気分の盛り上がりが落ち着くと、テレビを見ながら食べるという習慣に戻ってしまった。一気に多くのことを変えると、どれも続かないということになってしまうのだ。

２００９年、国立衛生研究所の資金援助を得て、ある研究者グループが別の減量法についての研究を発表した。彼らは１６００人の肥満患者を集め、少なくとも週に1度、自分が食べたものをすべて書き留めるよう指示したのである。

これは最初のうちは難しい。記録ノートを持ち歩くのを忘れたり、ちょっとしたおやつを食べたことを忘れたりする。しかしゆっくりとではあるが、参加者は食事をきちんと記録するようになった。少なくとも週に1度、もっと多いときもあった。

参加者の多くが毎日の食事を記録するようになり、やがてそれが習慣になった。すると思いがけないことが起こった。参加者自身が自分の書いたものを見直し、それまであることさえ知らなかった、一定のパターンに気づくようになったのだ。ある人はいつも午前10時におやつを食べていたことに気づき、お菓子のかわりにりんごやバナナをデスクに置くようになった。またある人は食事の記録を使って、今後のメニューの組み立てを考え、夕食には冷蔵庫から取り出したジャンクフードではなく、健康的な食事をするようになった。

このプロジェクトの主催者である研究者たちが、こうした行動を勧めたわけではない。ただ週に1度、自分が食べたものを書き出すよう頼んだだけだ。しかしその食事記録こそがキーストーン・ハビットとなり、他の習慣が身につく構造を生み出したのだ。この研究が始まって6カ月後、食事の記録をつけていた人たちは、つけていなかった人の2倍も体重が落ちた。

「しばらくすると、食事日記が頭の中に入ってしまったんです」ある参加者が言った。「食事についての考え方が変わりました。食べ物のことを考えても落ち込まないようなシステムを教えてくれたんです」

オニールがアルコアのCEOとなってから、これと同じようなことが起こった。食事日記が他の習慣を身につける構造を生み出したように、オニールの安全最優先の習慣も、他の行動を起こすための雰囲気をつくった。そのころオニールは、世界中のアルコアの役員を電子ネットワークで結びつけることを命じた。当時そんなことをやっている企業はあまりなかった。これは1980年代前半のことで、大規模な国際的ネットワークが個人のデスクトップコンピューターをつないでいる状態が当たり前の時代ではない。オニールがこの命令をくだしたのは、リアルタイムで安全状況を管理するデータシステムをつくり、管理職がアイデアを共有することが重要だという理由からだった。その結果、アルコアは本当の意味で社内メールシステムを開発した、最初の企業となった。

オニールは毎朝ログオンしてメッセージを送り、他の社員もログオンしていることを確かめた。最初は主に安全の問題を話し合うために使われた。しかしやがてメールの習慣が根づいて使いやすくなると、あらゆるテーマについての情報が送られるようになった。たとえば地方の市場の状況や販売割り当て、ビジネス上の問題など。上級管理職は毎週金曜日に報告書を送るよう求められた。それは社員なら誰でも見ることができる。ブラジルのマネジャーはネットワークを使って、ニューヨークの同僚に鋼《はがね》の価格を知らせる。ニューヨークの社員はその情報を活用して利益をあげ、それが株価によい影響を与える。

まもなく誰もがこのシステムを使って、あらゆることを伝えるようになった。「事故の報告を送っていたころ、それをみんなが読むと知って、価格や他の会社についての情報を送ってもいいだろうと思ったんです」あるマネジャーが言った。「秘密の武器を手に入れたようなものです。ライバルたちは、私たちの動向を知ることはできないのですから」

ウェブが浸透すると、アルコアは完全に優位な立場になった。労働者の安全を守るというオニールのキーストーン・ハビットが、他の慣例を生む基盤となり、他の会社に先んじたメールの活用につながっていったのだ。

功臣よりも重い社是

1996年、ポール・オニールがアルコアに来て、ほぼ10年がたっていた。ハーバード・

ビジネス・スクールやケネディ・スクール・オブ・ガバメントが、彼のリーダーシップについて詳しく研究し、未来の商務長官や国防長官の候補としてよく名前をあげられるような存在になっていた。従業員も組合も、彼のことは高く評価していた。彼がトップにいるあいだに、アルコアの株価は3倍にもなった。彼は世界に認められる成功を収めたのだ。

その年の5月、ピッツバーグの中心街で行われた株主総会の質疑応答の時間に、ベネディクト会の修道女が立ち上がり、オニールのことを嘘つきだと非難した。シスター・メアリー・マーガレットは社会権利擁護団体の代表として来ていて、メキシコのシウダ・アクーニャにある工場の賃金と職場環境への懸念を表明した。オニールは社員の安全が第一と標榜しているのに、メキシコ工場では危険な煤煙で従業員の具合が悪くなっているという。

「それは事実ではありません」オニールはそこにいる聴衆に向かって言い、ラップトップにメキシコ工場の安全記録を呼び出した。「ご覧ください」彼は言い、安全対策への高い評価、環境についてのコンプライアンス、従業員満足度などの表を見せた。メキシコ工場の責任者であるロバート・バートンは、アルコアの中でも特に有能なマネジャーの一人だ。何十年もアルコアに勤め、いくつかの重要な提携契約をまとめている。シスターは聴衆に、オニールを信頼するべきではないと言って腰を下ろした。

総会のあと、オニールは彼女にオフィスまで来てもらった。シスターの所属する団体はアルコアの株を50株所有していて、何カ月も前からメキシコでの経営を見なおす決議に投票するよう、株主たちに呼びかけていたという。オニールはシスター・メアリーに、実際にメキシコ工場を見たのか尋ねた。彼女の答えはノーだった。しかし念のため、オニールは会社の人事部長と役員に、メキシコに飛んで様子を見てくるよう指示した。

役員らが到着してアクーニャ工場の記録を調べてみると、事故報告書が見つかった。その中の一つは本部に送られていなかった。数カ月前、建物の中に煤煙がたちこめたことがあった。それはどちらかといえば小さな出来事で、工場の責任者であるバートンは換気装置を設置した。すると煤煙はなくなり、具合が悪くなった社員も1日か2日で回復した。

しかしバートンは社員の不調も報告していなかった。

役員たちがピッツバーグに戻り、その事実を報告すると、オニールは尋ねた。

「ボブ（ロバート）は社員の具合が悪くなったのを知って、い、い、たのか？」すると役員が答えた。

「彼には会っていませんが、間違いなく知っていたでしょう」

2日後、バートンは解雇された。

この解雇は、部外者にとっては驚愕の事態だった。バートンは社にとってもっとも貴重な人材の一人として、雑誌記事にもよく取り上げられていた。複数のジョイントベンチャーにとって、彼がいなくなるのは大きな打撃である。

しかしアルコア内部では、驚きの声はあがらない。オニールが築いた文化の延長であり、避けられない措置とみなされたのだった。

「バートンの解雇は自分で招いたこと。他の措置は考えられない」彼の同僚の一人が言った。

キーストーン・ハビットがもたらす幅広い変化は、最終的にここに行きつく。「新たな価値観が埋め込まれた文化を生み出すこと」である。そのような習慣があれば、困難な選択（有能なエグゼクティブを解雇するなど）が楽になる。その文化に違反すれば、役員といえど去らなければならないことが明白だからだ。そのような文化が特別な語彙《ごい》として現れることがある。たとえばアルコアなら「コア・プログラム」や「安全哲学」という語句。これは優先順位や目標、考え方についての話し合いをすべて詰め込んだ、スーツケースのようなものだ。

「長いあいだ会社に貢献してくれた人間を解雇するのは、他の会社にとっては困難なことかもしれない。私にとっても困難だった。しかしわが社の価値観からすれば当然の措置だ。彼は事故のことを報告しなかった。つまりそこから学ぶ機会を他の社員から奪ったんだ。だから解雇された。学ぶ機会を奪うのは大罪だ」

文化はどんな組織でも、リーダーが気づいていようといまいと、キーストーン・ハビットから生まれる。

たとえば、ウェストポイント（アメリカ陸軍士官学校）に新しく入ってきた士官候補生は、成績平均点、身体適性、軍事能力、自制心などで評価される。これらの因子と、卒業できるかどうかの相関を調べたところ、何よりも重要な要素は、「根性《グリット》」と呼ばれる性質であることがわかった。これは「あきらめずに難題に取り組み、失敗や逆境、進歩の停滞があっても、興味を失わずに努力を続ける」性質と定義されている。

グリットについて何より興味深いのは、それがどのようにして出てくるのかということだ。それは士官候補生が自分たちのために生み出した文化の中から育ってくるが、その文化が生じるのは、ウェストポイントに根づいているキーストーン・ハビットのおかげであることが多い。「この学校にはたいへんなことがたくさんあります」一人の候補生が私に言った。「最初の夏の基礎訓練は〝畜生兵舎《ビーストバラック》〟と呼ばれるんです。徹底的にしごかれますから。何人もの志願者が、正規の授業が始まる前に辞めます。

でも僕は最初の数日で気の合うやつを何人か見つけ、毎朝集まって、みんな心が折れていないか確かめるようになったんです。自分が不安だったり落ち込んだりしたら、仲間のところへ行きます。そうすると元気が出るんです。9人しかいないけど、自分たちを銃士隊《マスケティア》って呼んでました。彼らがいなければ、僕はとても1カ月ももたなかったでしょう」

ビーストバラックを無事に終えた候補生は、学期が始まるときには精神面も身体面もしっかり鍛錬する習慣を身につけている。しかしそれらの能力だけでは、そこそこのところまでしか行かない。

成功するには文化を生み出すキーストーン・ハビットが必要なのだ。それは「気の合った友人たちと毎日集まって話す」といったことでもいい。それが困難を乗り越える力を見出す役に立つ。その習慣が私たちを変えられるのは、難しい意思決定を迫られたり、不安に揺れたりしているとき、ふだん意識していない価値観を明らかにする文化を生み出してくれるからだ。

２０００年、オニールはアルコアから引退し、新たに大統領の座についたジョージ・Ｗ・ブッシュの要請で財務長官に就任した。＊ ２年後にそのポストを去り、現在は主に病院で、職員の安全を守ることに専念するにはどうすればいいか、そして医療ミスの件数を減らすためのキーストーン・ハビットについての講演を行い、さまざまな企業の取締役も務めている。

アメリカ中の企業や組織が、「キーストーン・ハビットを使って職場をつくり直す」という考えを歓迎している。たとえばＩＢＭではルー・ガースナーが、一つの習慣――ＩＢＭの研究と販売のルーチン――を徹底させて組織を立て直した。

コンサルタント会社のマッキンゼー＆カンパニーの「継続的な改良」という文化は、すべての仕事の中心にある「幅広く社内で批判しあう」という習慣から生まれた。ゴールドマン・サックスには、リスク査定をすべての決定の基礎とするという習慣がある。

そしてアルコアには、オニールの遺産が生き続けている。彼がいなくなってからも、怪我人の数は減り続けている。２０１０年には、アルコアの施設の82パーセントで、怪我で休んだ社員が一人もいなかった。これは空前の記録だ。平均すると、ソフトウェア会社や、アニメ制作をする映画スタジオ、税金の計算をする会計事務所のほうが、アルミを融解するアルコアよりも、怪我をしやすいということになる。

アルコアの重役の一人、ジェフ・ショッキーは言う。

「私が工場長になって初出勤した日、駐車場に車を駐めると、正面玄関に近い駐車スペースすべてに、役職名が書いてあった。管理職専用とかなんとか。高い地位に就いている社員のほうが、よい場所に車を駐められるということだ。私が最初にしたことの一つは、メンテナンス担当のマネジャーを呼んで、その肩書をすべて消させたことだ。私は早く会社に来た社員が、一番いい場所に車を駐めるべきだと思った。社員はそのメッセージを受け取った。社員はみんな同じように大切だ。これはポールが労働者の安全を重視していたことの延長だった。社員はそのことに感動した。すぐ誰もが会社に早く来るようになったんだ」

＊オニールは財務長官在任中、アルコアのときほどの成功は収めなかった。就任後すぐに、彼はいくつかの大きな問題に重点的に取り組んだ。労働者の安全、雇用創出、管理職の説明責任、アフリカの貧困との戦い、なども含まれていた。
　しかしオニールの政策はブッシュ大統領とは合わず、ブッシュが提唱した減税に反対して内部分裂を引き起こした。２００２年の終わりには辞職を求められる。「経済にとって正しい政策だと私が思っていたことと、ホワイトハウスが望んだことが違っていた。それは財務長官にとってよいことではない。だから更迭されたのだ」と、オニールは私に語った。

第5章　スタバと「成功の習慣」──問題児をリーダーに変えるメソッド

父が薬物過剰摂取で倒れた姿を、トラヴィス・リーチが初めて見たのは9歳のときだった。彼の家族はちょうど路地の端にある小さなアパートに引っ越してきたばかりだった。彼らは何度も引っ越しを繰り返していたが、前に住んでいた家は立ち退き命令を受けて夜逃げを余儀なくされ、持っていた家財すべてを黒いごみ袋に放り込んできた。夜中まで人の出入りが多すぎる、うるさすぎるというのが、大家の言い分だった。

前の家ではときおり、トラヴィスが学校から帰ると部屋がきちんと片づき、食べ残したものはラップをして冷蔵庫にしまわれ、タバスコやケチャップもタッパーウェアにきちんと収まっていることがあった。これは両親が気まぐれを起こして一時的にヘロインを止め、一日中掃除をしていたということだ。そういうときはたいてい、どうしようもないことが起こる。家の中が散らかっていて、両親がカウチで目を半ば閉じながらテレビのアニメを見ているときのほうが、トラヴィスは安心できた。ヘロインという霧が秩序のない生活を隠してくれていた。

トラヴィスの父は料理が好きなやさしい男だった。海軍での勤務以外は、彼の両親と暮らしていたカリフォルニア州ローダイから数マイル以内の土地を出たことがない。一家で今のアパートに越してきたとき、母親はヘロイン所持と売春の罪で刑務所に入っていた。両親は実質的な薬物中毒だったが、うわべだけはふつうの家族を演じていた。毎年、夏にはキャンプに出掛け、金曜日の夜は、兄弟姉妹たちのソフトボールの試合を見に行った。トラヴィスが4歳のときにはディズニーランドに行き、生まれて初めて父親と一緒に写真を撮ってもらった。撮ってくれたのはパークのスタッフだ。一家のカメラは何年も前に質に入れてしまっていた。

父が薬物を大量摂取した日の朝、トラヴィスは兄と毛布の上で遊んでいた。毎晩、寝るときは毛布を床に敷いていたのだ。父は朝食のホットケーキをつくろうとしていたが、その前にトイレに入った。手には注射器、スプーン、ライター、綿棒が入った靴下を持っていた。しばらくして父はトイレから出てきて、冷蔵庫から卵を出したが、床に落として割ってしまった。子供たちが駆けつけると、父は痙攣を起こしており、顔面は蒼白だった。

トラヴィスの兄や姉は以前にも父が薬物を過剰摂取したのを見たことがあったので、どうすればいいか知っていた。兄が父を横向きに寝かせ、舌が喉をふさいで窒息しないよう姉が口を開かせ、隣の家に行って電話を借り、救急車を呼ぶようトラヴィスに命じた。

「僕はトラヴィスと言います。パパが倒れたけど、どうしてかわかりません。でも息をしていないんです」トラヴィスは警官の質問に嘘をついた。そのとき9歳だったが、父が意識を失った理由はわかっていた。しかし隣人の前でそれを言いたくはなかった。その3年前に父の友人の一人が自分たちの家の地下室で、薬物中毒で死んだ。救急車が遺体を運ぶとき、近所の住人たちはトラヴィスと姉をじっと見ていた。その一人のいとこの子供がトラヴィスと同じクラスにいたため、その話はすぐ学校中に知れ渡ってしまった。

電話を切ると、トラヴィスは歩いてアパートに戻って救急車を待った。父は午前中、病院で治療を受け、午後は警察で罰金を払い、夕食の時間には家に戻っていた。父はスパゲティをつくってくれた。トラヴィスがあと数週間で10歳になるころだった。

うまくいかない人生

トラヴィスは16歳で高校を中退した。

「弱虫となじられることに、うんざりしていた。同級生が家まであとをつけてきて、物を投げてくるのがほとほと嫌になったんだ。押しつぶされそうになって、すべてを捨ててどこかへ行ってしまいたかった」と、彼は言う。彼は南へ2時間ほど行ったところにあるフレズノに移り、洗車場での仕事に就くが、上司の指示に従わないということですぐにクビになった。その後、マクドナルドやレンタルビデオ店でも働いたが、無礼な客（「フレンチドレッシングって言ってんだろう、このうすのろ店員が！」）が来ると、自分を抑えられず、つい怒鳴り返してしまう。

あるとき女性客に「ドライブスルーから出ていけ！」と叫び、車に向かってチキンナゲットを投げつけ、店長に店の奥に引っぱりこまれた。

腹が立つことがあると彼は仕事中でも大声で叫びだした。遅刻も多く、無断欠勤をすることもあった。

彼は朝、鏡の前で自分に向かって怒鳴りながら、嫌なことがあっても我慢するよう自分に言い聞かせる。だが、まわりの人と合わせられず、浴びせられる批判や侮辱を受け流す強さがなかった。自分のレジの列が長くなり過ぎて店長から怒鳴られると、手が震えて息が荒くなる。両親もこんなふうに感じていたのだろうか。あまりにも自分が無防備に感じられて、ドラッグに頼らざるをえなかったのだろうか。

ある日、顔見知りになったレンタルビデオ店の常連客に、スターバックスで働いてみたらどうかと勧められた。「フォートワシントンに新しい店を開くんだ。僕はそこのアシスタントマネジャーになる予定だ」その男性は言った。「君も応募するべきだ」1カ月後、トラヴィスは朝番のバリスタになった。それが6年前の話だ。

現在、25歳になったトラヴィスは、スターバックス2店舗の店長を務め、40人の従業員を監督し、200万ドルを超える売り上げをあげている。彼の年収は4万4000ドルで、企業年金401kにも加入し、借金はゼロ。遅刻はしたことがない。仕事中、腹を立てて我を忘れることもない。部下の一人が客に怒鳴られて泣き出したとき、トラヴィスは彼女をそっと店の奥に連れていった。

「このエプロンは君を守ってくれる鎧《よろい》だ。誰に何を言われようと、もう決して傷つくことはない」彼は部下にそう説いた。

彼はスターバックスのトレーニングコースの一つである教育プログラムを初日から受け始め、それからずっと続けている。このプログラムはとてもしっかりつくられていて、完了すれば大学の単位としても認められる。このトレーニングが人生を変えたと、トラヴィスは言っている。スターバックスは彼にどう生きるか、どう集中力を保つか、どうすれば遅刻をしないか、どうすれば感情をコントロールできるかを教えてくれた。

何より大事なのは、意志の力を鍛えてくれたことだ。

「スターバックスで働いたことは、僕の人生の中で何よりも大切なことです。何もかもこの会社のおかげなんです」

意志の力

スターバックス（と、他のひとにぎりの企業）は、トラヴィスをはじめ、何千もの人々に、学校、家庭、コミュニティが教えられなかった、生きるためのスキルを教えることに成功した。現従業員13万7０００人以上、１００万人以上のＯＢを擁するスターバックスは、ある意味、アメリカ最大級の教育機関ともいえる。同社の従業員は、最初の年だけで少なくとも50時間は教室で過ごし、家でも独自のワークブックに何十時間も取り組み、担当となったメンターと話すこともある。

教育の中心にあるのは、きわめて重要な習慣を重視していることだ。それが「意志の力」である。意志力こそが個人の成功に求められる、もっとも重要なキーストーン・ハビットであることは、あらゆる研究で示されている。たとえば２００５年に行われたある研究では、ペンシルベニア大学で１６４人の学生に、ＩＱをはじめ、いくつかの要素を測る検査を受けさせた。その中には学生がどのくらいの意志力を発揮できるかを調べる、自制心のテストもあった。

意志力を発揮できる学生は概して成績がよく、難関校への入学許可を勝ち取ることが多い。欠席も少なく、家でテレビを観る時間が短く、宿題により多くの時間をかける。「自制心の強い学生は、あらゆる学業成績面で、衝動的な学生を上回った。学生の成績を予測するとき、ＩＱよりも自制心を測ったほうが正確な予測ができる。また年間を通して学生の成績が上がるかどうかも、自制心で予測することができるが、ＩＱではそれができない……自制心は成績について、知的才能よりも大きな影響を与える」

そして意志力を強化し、学生の能力を伸ばすのに一番よい方法は、それを習慣にしてしまうことだ。「とても自制心が強いのに、まったく苦労しているように見えない人がときどきいますが、彼らは無意識のうちにそのような行動をとるようになっているのです」ペンシルベニア大学の研究者の一人である、アンジェラ・ダックワースは言う。「彼らは何も考えなくても、意志力を発揮できるようになっています」

スターバックスにとって、意志力は学術的な意味以上のものを持つ。

1990年代後半、同社が大規模な成長戦略を立てたとき、上層部は極上のコーヒー1杯のために4ドルを払いたくなるような環境をつくらなくてはならないと考えた。ラテやスコーンとともに、ちょっとした喜びを客に感じてもらえるよう、店員を訓練する必要がある。そこで、どうすれば感情をコントロールして自制心を発揮し、コーヒーを出しながら、元気も届けることを教えられるかリサーチを始めた。個人的問題を持ち込まないようトレーニングしなければ、感情がどうしても接客態度に出てしまう店員もいるだろう。集中力を維持して我慢する方法を知っていれば、たとえ8時間のシフトの終わりでも、スターバックスに来る顧客が期待する、質の高いサービスを提供することができるはずだ。

結果、スターバックスは何百万ドルもかけて、従業員の自制心を鍛える教育カリキュラムを開発した。生活の中で意志の力を発揮する習慣を身につけることを教えるワークブックをつくったのだ。スターバックスがシアトルの小さな会社から、1万7000店舗で年間100億ドルを売り上げる巨大企業に成長した要因の一部は、この教育カリキュラムにある。

それではスターバックスは具体的に何をしたのだろうか？　トラヴィスのような、麻薬中毒者の息子で、高校を中退し、かんしゃくを抑えられず、マクドナルドの仕事も続かなかった青年を、どうやって何十人もの部下を束ね、毎月何万ドルもの売り上げをあげる店の店長に育て上げたのだろうか？
トラヴィスは正確には何を学んだのだろうか？

意志力を問う実験

その実験が行われていたケースウェスタンリザーブ大学の部屋に入った人は、おいしそうなクッキーの香りがたちこめていることにすぐ気づいただろう。オーブンから出したばかりで、チョコレートがとろけた焼きたてのクッキーが、ボウルの中に積み上げられているのだ。クッキーの隣には、ラディッシュが入ったボウルがある。そこに入れ替わり立ち替わり、おなかをすかせた学生がやってきて、2種類の食べ物の前に座り、知らないうちに意志力を試すテストを受けさせられた。その結果がその後、「自制心がどのように働いているのか」についての私たちの理解を、根本から変えることになったのだ。

当時、意志力についての学術的な調査は、ほとんどなかった。心理学では自己制御《セルフレギュレーション》というジャンルに入ると考えられたが、あまり好奇心を刺激する分野ではなかった。

一つだけ、1960年代にスタンフォード大学の研究者が行った、4歳の子供の意志力を調べるという実験があった。子供たちを部屋に入れて、興味を引きそうなものをいろいろ並べる。その中にはマシュマロもあった。そして実験者は子供に取引を持ちかける。マシュマロ一つならすぐに食べてもいい。けれどもしばらく待っていたら、マシュマロを二つあげる。そして実験者は部屋を出る。子供たちの中には、誘惑にあらがえず、大人が出て行ってしまうとすぐマシュマロを食べる子もいた。マシュマロを食べたくなる衝動を抑え、15分後に実験者が戻ってきてから2倍のお菓子をもらえた子は、約30パーセントだった。実験者はマジックミラーを通して、どの子が自制心を発揮して二つ目のマシュマロをもらうか、じっと観察していた。

何年かたってから、彼らはその実験に参加した子供たちを追跡調査した。高校生になっていた子供たちの学校の成績や大学進学適性試験《SAT》のスコア、友人と長くつきあえるか、そして「重要な問題を乗り越える力」について尋ねた。すると4歳のときに行われた実験で、楽しみをあとに取っておけた子供は、そうでない子供よりも成績がよく、ドラッグを使用することも少ないという結果が出た。学校に入る前にマシュマロの誘惑を退けることを知っていれば、大きくなってからも、遅刻をせず、宿題をきちんと終わらせ、さらに友人とも仲よくできる一方、ドラッグ使用などについて仲間の圧力に負けない傾向があるようにみえた。目の前のマシュマロを無視できる子供は自分をコントロールするスキルを持っていて、それが大きくなってからも有利に働いているようなのだ。

研究者は、どうすれば子供たちの自己制御スキルを高めることができるか調べるため、これに関連した実験を行った。ちょっとした工夫、たとえば気をそらすために絵を描いたり、マシュマロを本物ではなく写真だと考えたりするよう促すだけでも、セルフコントロールを身につけるのに役立つことがわかった。

その後、1980年代に現れた次のような理論が、一般的に受け入れられた。「意志力は学んで身につけられるスキルで、教えることが可能である」と。しかし、こうした問題への財政支援はほとんどなかった。意志力というテーマは注目されていなかったのだ。スタンフォード大学の研究者たちも、多くは他のテーマへと移っていった。

しかしケースウェスタンリザーブ大学の心理学博士課程の学生たちが、1990年代にこれらの研究を見つけ、未解決のままになっていることに目をつけた。

その研究者グループの中に、マーク・ミュレイヴンという学生がいた。意志力は学べるスキルであるという考え方では、すべてを説明しきれないと、彼は感じた。スキルというのは日によって変わるものではない。たとえば水曜日にオムレツをつくるスキルがあれば、金曜日にもつくれるはずだ。

しかしミュレイヴンの経験からすると、常に意志力を発揮するのは難しい。ある日、仕事から帰ると、すぐにジョギングに出かける。しかし別の日には、ソファに寝そべってテレビを観てしまう。まるで脳——少なくとも、運動をするよう仕向ける部位——が、外に出るだけの意志力をかき集める方法を忘れてしまうようだ。ある日は健康的な食事をする。しかし別の日には疲れてしまって、自動販売機に突進し、キャンディとポテトチップスを腹に詰め込む。

意志力がスキルだというなら、なぜ毎日、同じ状態を維持できないのだろう？　意志力に

子供が自分の満足を延期することを覚えると……

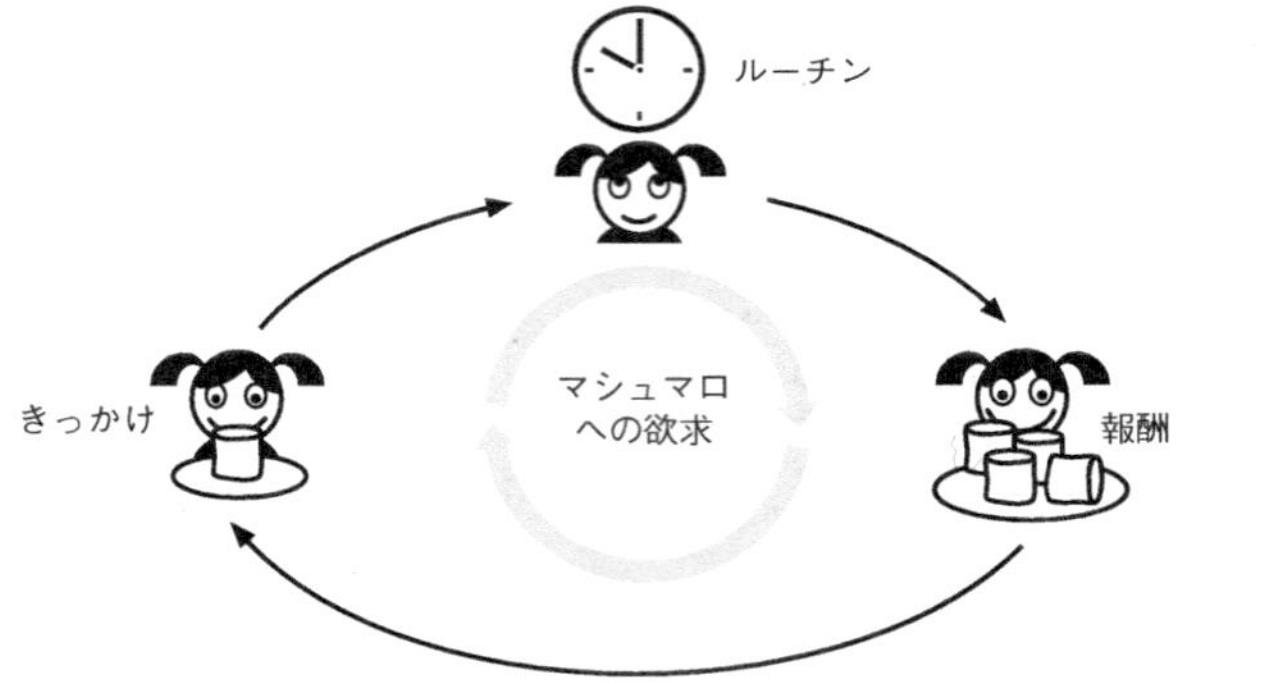

は、これまでの実験でわかっていること以上の何かがあるのではないか。しかし、どうすればそれを実験で証明できるだろう？

そこでミュレイヴンが考案したのが、焼きたてのクッキーとラディッシュを使った実験だった。実験室はマジックミラーがついていて、他にテーブル、木のいす、ハンドベル、トースターがあった。67人の学部生が被験者として集められ、食事を抜いて実験室に来るよう指示された。一人ずつ部屋に入り、二つのボウルが並んだ前に座る。

「この実験は味覚をテストするものです」学生にはそう言うが、本当の目的は、学生に――ただし一部の学生のみ――意志力を使わせることだ。被験者の半分には、ラディッシュは気にせずクッキーを食べるように告げる。残りの半分には、クッキーではなくラディッシュを食べるように言う。ミュレイヴンの考えとしては、クッキーを気にしないでいるのは難しい。つまり意志の力を必要とする。しかしラデ

ある部分で生じた習慣が、他の部分にも及ぶ

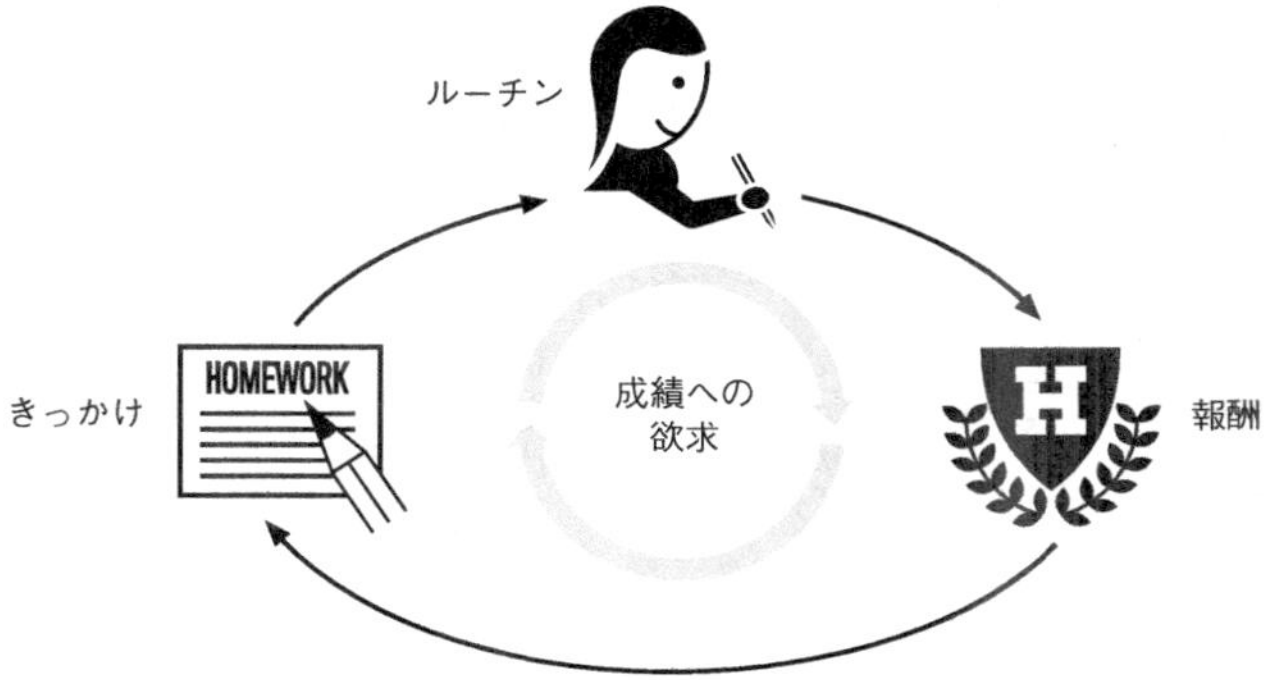

ィッシュは特に努力しなくても、気にしないでいられる。

「自分に割り当てられたほうだけを食べてください」実験者は最後にそう言って部屋を出る。

学生たちは一人になると、クッキー、あるいはラディッシュを食べ始める。クッキーを割り当てられたほうは天国だが、ラディッシュ担当の学生は苦悶を味わうことになる。実験者がマジックミラーから見ていると、あるラディッシュ担当の学生はクッキーを手に取り、うっとりとそのにおいをかぎ、ボウルに戻した。また別の学生はいくつかのクッキーをつかんだかと思うとすぐに戻し、手についたチョコレートをなめた。

5分後、実験者がまた部屋に戻る。ミュレイヴンは、ラディッシュだけを食べた被験者は、クッキーを我慢したために、意志力がすっかり失われてしまっていると推測した。逆にクッキーを食べた被験者は、ほとんど我慢していないので、意志力がじゅう

ぶんに残っているはずだ。

「いま食べてもらった食べ物の味の記憶が消えるまで、15分、待っていただきます」実験者はそう言うと、時間つぶしのためにパズルを解くよう言う。そのパズルは、たとえば図形を一筆書きでなぞるなど、簡単そうに見えるし、実験者はいかにもすぐに終わりそうな言い方をする。やめたくなったら、ベルを鳴らすよう指示される。

しかし実はそのパズルは解けないようにできている。

それは時間つぶしのものではない。むしろここからが一番重要な部分だ。パズルを続けるには、とてつもなく強い意志の力が必要になる。何度も失敗しながら続けるのは至難の業だ。クッキーを食べるのを我慢して、すでに意志の力を使っていた学生は、そうでない学生よりも早くパズルをやめるのではないか。実験者はそう考えた。言い換えると、意志力には限りがあるのではないかということだ。

マジックミラーの向こうから見ていると、クッキーを食べて自制心がまだすり減っていない被験者は、だいたいリラックスして見えた。一人は正攻法で取り組み、行き止まりにぶつかると、また最初からやり直すことを、何度も繰り返した。実験者がストップをかけるまで、30分以上も取り組んだ者もいた。平均すると、クッキーを食べた被験者がパズルに取り組んだ時間は19分だった。

一方、意志力が消耗していたラディッシュ・グループはまったく違っていた。パズルを解いているあいだ、ぶつぶつと独り言を言う。ある被験者は、こんな実験は時間のむだだと言い続けていた。また別の被験者は、実験者が部屋に戻るといきなり文句を言った。ラディッシュ・グループがパズルに取り組んだ平均時間は８分。クッキー・グループより60パーセント短かった。あとで感想を聞くと、ラディッシュ・グループの一人は「ばかげた実験にうんざりした」と言った。

「クッキーを我慢させて意志力を低下させることで、すぐにパズルをやめたくなる状況がつくれたわけです」ミュレイヴンは言う。「それ以来、このテーマで２００件以上の研究が行われていますが、すべて同じ結論にたどりついています。意志力は単なるスキルではなく、筋肉のようなもの。腕や脚の筋肉と同じように、使えば使うほど消耗し、他のことをする力がなくなってしまうのです」

この発見に基づいて、研究者たちはあらゆる現象を説明している。なぜ成功した人たちが浮気に走るのか（だいたい意志力が低下している夜に始まる）、なぜ腕のいい外科医がありえないようなミスをするのか（集中力を必要とする複雑な作業を終えたあとでよく起こる）。「仕事のあと走るなど、意志力が必要なことをするなら、昼間は意志力の筋肉を温存しておかなければなりません」とミュレイヴンは言う。「メールを書くとか、出金伝票を切るとか、単調な仕事で意志力を使ってしまうと、家に着くころには、筋力がなくなってしまっています」

しかしこのたとえは、どこまで当てはまるのだろうか。ダンベルで上腕二頭筋を鍛えられるように、意志力の筋肉もトレーニングで強化できるのだろうか？

意志の筋肉は鍛えられる！

２００６年、ミーガン・オーテンとケン・チェンというオーストラリアの研究者が、この問いに答えるべく、意志力のトレーニング法を考え出した。彼らは18歳から50歳の被験者24人を運動プログラムに参加させ、２カ月間、ウェイトリフティング、筋力トレーニング、有酸素運動などを行ってもらい、その量をどんどん増やしていった。被験者は来る日も来る日も運動を強いられ、しかもジムへ行く日が増えていくので、必要とする意志力も増えていく。

２カ月後、研究者は被験者の生活を詳しく調べ、ジム通いで意志力を培ったことで、他の面でも意志力が強くなったかどうかを検討した。この実験を始める前は、ほとんどの被験者が、カウチポテト族であることを認めていた。実験が終わったとき、彼らの身体的な健康状態は前よりよくなっていたが、これはある意味、当然といえる。ところが生活の他の面も健康的になっていたのだ。ジムで過ごす時間が長くなると、飲酒、喫煙、カフェイン、ジャンクフードの摂取量も減った。家で仕事に取り組む時間が増え、テレビを観る時間も減った。また気分が落ち込むことも少なくなった。

もしかすると、この結果は意志力とは関係ないのではないか。オーテンとチェンは思った。運動で気分が高揚して、ファストフードを食べたいと思う気持ちが減っただけではないか。

そこでもう一つ、別の実験を考えた。今度は29人の被験者に、4カ月に及ぶ「金銭管理プログラム」に参加してもらった。目標の貯蓄額を決め、レストランでの食事や映画といった、ぜいたくを控えてもらう。被験者は買ったものをすべて細かく記録しなければならない。最初は面倒に感じるが、しだいに自制心が強化されて、買い物をすべてメモするようになった。

プログラムに従って行動するうちに、被験者の経済状態は向上した。さらに驚いたことに、喫煙量も飲酒量もカフェインの摂取量も減ったのだ。平均すると一日にコーヒー2杯分、ビール2杯分、たばこ15本分が減った。ジャンクフードを食べる回数も減り、職場や学校での生産性は向上した。それは運動したときの実験結果と同じだった。ある一つの面（ジムでの運動や金銭管理プログラム）で意志力の筋肉を強化すると、それが食事や仕事への取り組み方にも波及する。意志力を鍛えれば、その影響がすべてに及ぶのだ。

オーテンとチェンはもう一つ、実験を行った。45人の学生に、勉強の習慣をつける成績向上プログラムを受けさせたのだ。期待通り、参加者の学習スキルは向上した。さらに喫煙量、飲酒量、テレビを観る時間も減り、運動を多くするようになり、健康的な食事をするようになったが、これらは学習向上プログラムとはまったく無関係だ。ここでもまた、意志力を強化することで、その習慣が生活の他の部分へと広がっていくことが示された。

「無理してでもジムに行ったり、宿題を始めたり、ハンバーガーではなくサラダを食べるようにすることは、自分の考え方を変えることでもあるのです」ダートマス大学で意志力の研究をしているトッド・ヘザートンは言う。「そうすると人は自分の衝動をコントロールするのがうまくなります。誘惑から気をそらす方法を学ぶのです。そしてそれが決まった行動になると、脳もあなたが目標に向かってまっしぐらに進むのを助けるのがうまくなります」

今では何百人もの研究者が意志力の研究をしている。主な大学にはたいてい、その分野の研究者がいるはずだ。フィラデルフィア、シアトル、ニューヨークなどの公立校やチャータースクールでは、意志力強化の授業をカリキュラムに組み入れるようになっている。全国の低所得者層の子供たちのためのチャータースクールの集まりである「知識は力《ナレッジ・イズ・パワー》プログラム」では、セルフコントロールを教えることを、学校の理念の一つとしている（フィラデルフィアのある学校では、生徒に「マシュマロを食べるのはやめよう」と書かれたTシャツを配っている）。それらの学校の多くで、生徒のテストの成績が大幅に向上した。

「だから子供にピアノのレッスンを受けさせたり、スポーツに参加させたりすることは、とても大切なのです。音楽家に育てるとか、サッカーのスター選手にするためではありません」とヘザートンは言う。「一日1時間の練習や、グラウンド15周の走りを自分に課すことで、自分をコントロールする筋肉を鍛えるのです。5歳で10分間ボールを追っていられる子供は、6年生になったとき宿題を期限までに終わらせるようになります」

意志力の研究が科学雑誌で多く取り上げられるようになると、企業や経済界からも注目されるようになった。スターバックスをはじめ、ギャップ、ウォルマート、あるいはレストランなど、就業経験があまりない労働者を頼りとする企業は、どこも同じ問題に直面する。従業員がどれほどいい仕事をしたいと思っても、彼らの多くは自制心が欠けていてうまくいかない。遅刻をする。無礼な客に怒鳴り返す。職場でのごたごたで気を取られたり、巻き込まれたりする。そして特に理由もなく辞めていく。

「多くの従業員にとって、スターバックスが最初の職場体験なのです」10年以上、同社の教育プログラムの監督をしているクリスティーン・デピュティは言う。「生まれたときからずっと、両親や教師から何をすべきか指示を受けてきた人間が、いきなり客から怒鳴られる。上司は忙しくて、そんなときどうしたらいいか教えている暇がない。これではとても続かないと思ってもしかたありません。従業員の大半は、考えを転換できないのです。そこで私たちは、彼らが高校では学んでいない自制心をどう身につけさせるかを考えたのです」

もっとも、スターバックスのような企業が、ラディッシュとクッキーの実験でわかったことを職場に持ち込もうとしても、そううまくはいかない。

当初、スターバックスは「減量クラス」を開き、従業員が無料でジムに通えるようにした。その効果が接客態度にも表れることを期待したのだ。しかし出席者はまばらだった。一日中働いたあと、講義を聞いたりジムで汗を流したりするのはつらいと、従業員たちは文句を言った。「職場で自分を抑えることができない社員が、仕事のあとに、自制心を強化するためのプログラムに参加するのは難しい」とミュレイヴンは言う。

しかしスターバックスは、これを乗り越えることを決意した。2007年、成長戦略のまっただなか、同社は毎日7店舗をオープンし、毎週1500人の従業員を雇った。彼らにすばらしい接客をさせること——時間を守り、常連客に怒らず、笑顔でコーヒーを出し、お客の注文、そしてできれば名前まで覚える——が基本だ。お客は高額なラテを注文し、ちょっとした付加価値を期待している。「私たちはお客様に飲み物を提供するコーヒーのビジネスではなく、コーヒーを提供してお客様を喜ばせるビジネスをしています」スターバックスの前社長、ハワード・ビハールは語る。「私たちのビジネスモデルの基本は、最上の顧客サービスです。それがなければ、始まりません」

スターバックスが出した答えは、「自制心を組織の習慣にしてしまうこと」だった。

リハビリの秘訣

1992年、イギリス人の女性心理学者が、実験のためにスコットランドでも特に患者の多い二つの整形外科医院に、60人の患者を集めた。目的は変化に強い抵抗感を持つ人たちの意志力をどうすれば高められるかを調べることだった。

患者の平均年齢は68歳。大半は年収1万ドル未満で、最終学歴は高校卒業。全員が腰か膝の手術を受けたばかりだったが、どちらかといえば貧しく、じゅうぶんな教育を受けていなかったせいか、具合が悪くなっても何年も手術を受けようとしなかったというケースが多い。彼らは人生の最終章に入っていて、新しいことを学びたいという希望はまったく持っていなかったのだ。

腰や膝の手術を受けたあと、もとのように機能を回復させるのは至難の業だ。ちょっとした動きでもひどく痛む。しかし患者は手術の麻酔から覚めたらできるだけ早いうちに、運動を始めることが不可欠だ。筋肉や皮膚の傷が治る前に、あるいは組織が関節を固めて柔軟性が失われる前に、脚や腰を動かさなくてはならないのだ。けれどもあまりにもつらいので、患者がリハビリをサボることも珍しくない。特に年配の患者は、医師の指示に従うのを嫌がる。

この研究に参加した被験者は、特にリハビリを拒否しそうなタイプの人々だ。実験を計画した女性心理学者が知りたかったのは、彼らのような患者が意志力を発揮する手助けをできるかどうかだ。彼女は患者の手術後、一人ひとりに、リハビリのスケジュールを細かく書いてある小冊子を渡した。最後に余白が13ページあり（1週間につき1ページ）、そこにこう書かれていた。「私の今週の目標は［　　　］だ。何をするか具体的に書いてください。たとえば〝散歩に行く〟だったら、いつどこまで行くかまできちんと書いてください」それぞれの週のページに、詳しい計画を書くよう頼んだのだ。そして目標を書いた患者と、同じ小冊子をもらいながら何も書かなかった患者の、回復の度合いを比較した。

患者に何枚かの紙を渡すことで、手術後の回復のスピードが変わるなど、ばかげた考えに思えるかもしれない。しかし3カ月後、これら二つのグループに、はっきりとした違いがあった。自分の計画を書き留めていた患者は、そうでない患者の2倍も早く歩き始めた。そして介助なしに椅子から立ったり座ったりし始めるのは、3倍も早かった。靴をはく、洗濯をする、食事をつくるなどの作業も、目標を事前に決めなかった人より、早く始めた。

彼女は、その理由を理解しようと、患者が書いた内容をじっくり吟味した。ある男性患者の余白ページには、回復しつつある時期の、ごく日常的な行動について、細かな計画が書かれていた。たとえば「明日は、仕事から帰ってくる妻を迎えに、バスの停留所まで歩く」そして家を何時に出るか、どの道を通っていくか、何を着るか、もし雨が降ったらどの上着を着るか、痛みが激しすぎたら、どの薬を飲むかまでメモがしてある。同じ調査に参加した別の患者は、トイレに行くたびに行う運動について、とても細かい計画を書いた。もう一人は近所を散歩するとき、1分ごとにどこにいるかを書いた。

研究者がその冊子を詳しく調べてみると、多くの人に共通することがあった。詳しく書かれているのは、「痛みにどう対処するか」なのだ。たとえばトイレに行く途中に運動するという男性は、ソファから立ち上がるたびに、ひどい痛みがあることを知っていた。そこで彼は、その痛みに対処する計画を書いた。また座りたいと思ってしまう前に、何も考えずに最初の一歩を踏み出す。妻をバスの停留所まで迎えにいくという男性は、午後になるのを怖がっていた。迎えにいくための散歩が、その日で一番長くつらいイベントだと知っていたからだ。そこで予想される障害をすべて細かく書き出し、事前に解決策を考えていた。

別の言い方をすると、患者は痛みを感じると予想され、やめたいという気持ちが一番強くなる瞬間、いわゆる「転換点」を中心に計画を立てていたのだ。患者は困難を乗り越える方法を、自分に言い聞かせていたのである。

患者は痛みの瞬間を乗り越えるための習慣を考え出した

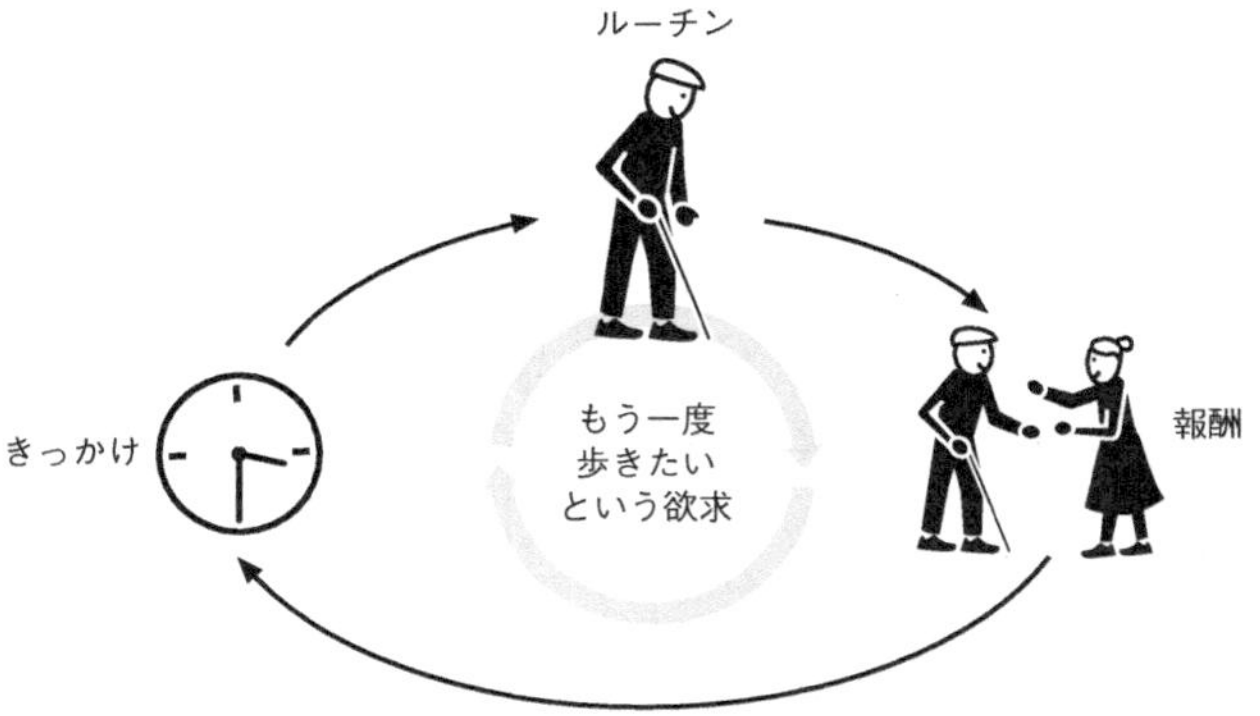

彼らは直感的に、クロード・ホプキンスがペプソデントを売るために使ったルールを取り入れている。単純なきっかけと、わかりやすい報酬を決める。バスの停留所で妻に会うという男性も、簡単なきっかけを決めた。「3時半だ。妻がもうすぐ帰ってくる」と考えること。そして明確な報酬を定めた。「うれしそうな妻の笑顔」だ。もし散歩の途中でやめたいという気持ちが起こっても、我慢することがすでに習慣になっていたので、それは無視することができた。

リハビリ計画を書かなかった他の患者も、それができない理由があるわけではなかった。すべての患者が、病院からの忠告と警告を受けていた。全員、回復のためには運動が不可欠だと知っていたのだ。そして全員が、何週間かをリハビリ施設で過ごしている。

しかし計画を書いていなかった患者には、不利な点が一つあった。それは苦痛をともなう転換点にどう対処するか、事前に考えていなかったことだ。彼らは意志力を習慣にしようと考えなかった。近所を散歩するという気持ちはあったにせよ、最初の一歩で苦痛に襲われたとき、その決意はどこかへ行ってしまったのだった。

転換点への対処

従業員の意志力を高めるために、ジムの無料会員権やダイエットのワークショップを利用する試みが失敗したあと、スターバックスの上層部は新しいアプローチが必要だと考えた。そこで自分たちの店の中で実際に何が起こっているのか、もっと細かく調べ始めた。すると従業員たちがうまくいかなくなるのは、スコットランドの病院の患者と同じで、転換点にぶつかったときだとわかった。彼らに必要なのは、転換点にぶつかったとき、自制心を容易に働かせるように制度化された習慣だったのだ。

社の上層部はある意味、意志力についてまったく誤った考えを持っていた。意志力を発揮できない従業員も、就業時間の大半は問題なく仕事ができている。特に変わったことがなければ、他の店員と変わらない仕事ができるのだ。しかし予期していなかったストレスや不安に直面すると、集中力が途切れ、自制心が失われてしまうことがある。たとえば客が怒鳴り始めると、ふだんは穏やかな店員が冷静さを失う。大勢の客がイライラし始めると、バリスタは追い詰められ、突然、泣きそうになる。

従業員に本当に必要なのは、こうした転換点でどう対処すればいいかを教える、明確な指示だったのだ。スコットランドの病院の患者に渡された小冊子のような、意志力の筋肉が弱っているときに従うべき決められた手順だ。

そこでスターバックスは、社員が難しい状況に直面したときに使える、社員教育のための新しいマニュアルを作成した。そのマニュアルには、たとえば顧客が怒鳴り始めたとか、支払いの列が長くなり過ぎたといった、特定のきっかけにどう対応すればいいかが書かれている。店長は、そのような状況が起きたと仮定して、店員に何度もロールプレイングをさせる。やがてその対応が自然に、無意識にできるようになる。

そしてスターバックスには、仕事がうまくいったと思える、はっきりとした報酬もあった。それは客からの感謝と、店長からのほめ言葉だ。

スターバックスは従業員に、苦しいときの対処法を教えることで、意志力を発揮する習慣のループをつくったのである。

たとえばトラヴィスがスターバックスで働き始めたとき、店長は彼にすぐその習慣を教え込んだ。「特に難しいのは、怒った客への対応だ。注文が間違っていたという理由で、お客が君に向かって怒鳴りはじめたら、まずどう反応する？」

「わかりません」トラヴィスは言った。「たぶん、怖いと思うかもしれません。そうでなければ、腹を立てるかも」

「そう、それがふつうだよね。でも僕たちの仕事は、最高の顧客サービスを提供することだ。たとえ緊張する状況であっても」店長はスターバックスのマニュアルを開き、ほとんど白紙のページをトラヴィスに見せた。

一番上に「お客様が満足していないとき、私なら……」と書いてある。

「このワークブックは、不愉快な状況を想定して、どう対応すればいいか考えるためのもののものだ。うちの会社のシステムの一つに、ＬＡＴＴＥメソッドというのがある。まずお客様の声に耳を傾ける（Listen）、彼らの不満を認める（Acknowledge）、問題解決のために行動する（Take action）、お客様に感謝する（Thank）、そしてなぜその問題が起こったのかを説明する（Explain）だ。

少し時間をとって、怒っているお客様にどう対応するか、計画を書いてほしい。さっきのＬＡＴＴＥメソッドを使ってみて。できたらロールプレイングをやってみよう」

スターバックスの従業員は、ストレスのかかる状況でどうするべきか、何十というルーチンを教えられる。従業員を注意するときには、「何」「何」「なぜ」システム、そして店が多忙なとき注文を取るには、「つながる」「見つける」「反応する」システムがある。店には、ただコーヒーが欲しい客（「急いでいるお客様はあせったしゃべりかたをしたり、いらだっているように見えたり、腕時計を見たりする」）と、少しぜいたくをしたいと思っている客（「常連のお客様は他のバリスタの名前まで知っていて、たいてい毎日、同じ飲み物を注文する」）を見分けるのに役立つ、経験から生まれた習慣がある。マニュアルには空白の

LATTEメソッド　習慣のループ

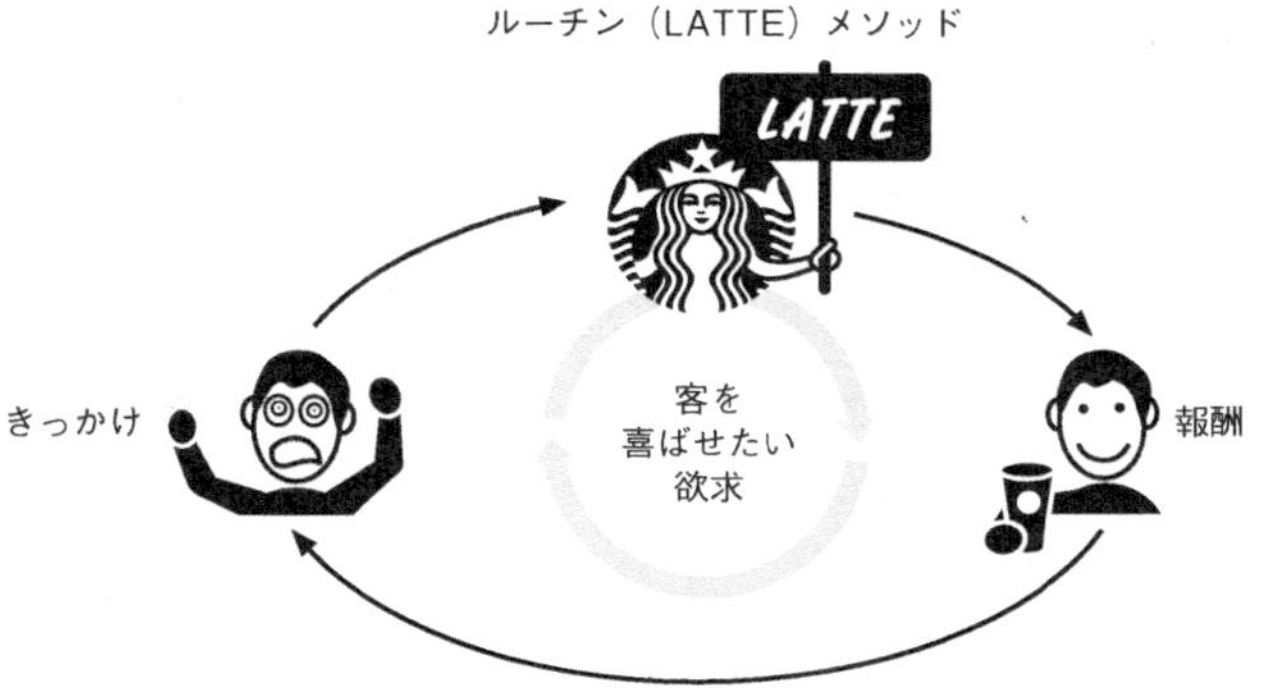

ページが何十枚もあり、従業員はそこに、どうやって転換点を乗り切るか、計画を書き込めるようになっている。そしてその計画を実際に何度も繰り返しているうちに、自然にその行動ができるようになる。

意志力が習慣になる過程はこうだ。ある行動を事前に決め、転換点が来たらそのルーチンに従う。スコットランドの患者たちの小冊子、あるいはトラヴィスが学んだLATTEメソッド、それらはあるきっかけ（筋肉が痛む、客が怒っているなど）に対してどう対応するか、事前に決めるものだ。きっかけとなる行動によって、ルーチンが始まる。

このようなトレーニング法をとり入れている企業は、スターバックスばかりではない。たとえば世界最大の税務・金融サービス企業であるデロイト・コンサルティングでは、従業員は「モーメンツ・ザット・マター（大切な一瞬）」というカリキュラムで教育される。これは顧客である企業が料金について不平を言ったとか、同僚が解雇されたとか、あるいはコンサルタントがミスをしたとかいった、転換点でどう対応するかに重点を置いたカリキュラムだ。そのような瞬間が訪れたとき、社員はどう対応すればいいかを示す、事前にプログラムされたルーチンがある。

収納用品専門店のコンテイナー・ストアでは、社員は最初の年だけで185時間以上の研修を受ける。彼らは同僚が怒っているとか、顧客が怒鳴り込んできたなど、転換点の見極め方、買い物客がクレームを持ち込んできたときの対応や、対決ムードを和らげる方法を教わる。たとえば店員は客に、家の中で整理したい場所を思い浮かべてもらい、すべてが片付いたらどんな気分になるかを説明する。「あるお客様は、『かかりつけの精神科医より、ここへ来て正解だったわ』とおっしゃってくれました」同社のCEOが取材記者にそう語っている。

創業者ハワード・シュルツ

スターバックスを巨大企業に育て上げたハワード・シュルツは、ある意味で、トラヴィスとそれほど違うわけではなかった。彼はニューヨークのブルックリンの公営住宅アパートで、両親と2人の兄弟とともに暮らしていた。

彼が7歳のとき、父親が足を折り、トラック運転手の仕事を失ってしまう。それだけで一家は危機に陥った。足が治ったあと、父親は給料の安い仕事を転々とするようになった。「父は意欲をなくしていたんだ」シュルツは私にそう語った。「父の自尊心が打ちのめされていたのがわかった。本来なら、もっともっと大きなことを成し遂げられたはずだと感じたよ」

シュルツが通っていた学校は生徒が多く、荒れていて、アスファルトの運動場では子供たちが、サッカー、バスケット、ソフトボール、パンチボール、スラップボールと、思いつく限りのゲームをやっていた。チームが負けると1時間は順番が回ってこない。そのためシュルツは、どんなことをしても自分のチームを勝たせようとしていた。家に帰ってくるときには、膝や肘のすり傷から血がにじんでいることもしょっちゅうだった。母はそれをぬれた布でやさしくふきながら、こう言った。「途中でやめてはいけないよ」

彼は持ち前の負けず嫌いの性格で、フットボールの奨学金を受けて大学に進み（ただし、顎を骨折して、試合に出たことはない）、コミュニケーション専攻で学位を取得し、卒業後はニューヨーク市でゼロックス社のセールスマンとなった。毎朝起きて、ミッドタウンの新しいオフィスビルに行き、エレベーターで最上階まで上ると、そこに入っている会社を一つ一つ訪ね、トナーやコピー機の用命がないか礼儀正しく尋ねる。そして1階へ戻ると、別のビルで同じことを最初からやり直す。

1980年代には、プラスチックのメーカーで働き、そこでシアトルにある無名の小売店が、コーヒーのドリッパーを大量に購入しているのに気づいた。シュルツはすぐシアトルに飛び、ひと目見て、その店が気に入ってしまった。2年後、スターバックス（当時まだ6店舗しかなかった）が売りに出ているると知り、あらゆる知り合いから借金をして店を買い取った。

それが1987年の話だ。3年もしないうちに、店舗数は84にまで増えた。6年後には1000店舗、そして2012年現在では、56カ国以上に1万7000店舗を展開している。

シュルツはなぜ、あのブルックリンの運動場で遊んでいたほかの子供たちと違った道を歩んだのだろうか？　同級生の中にはブルックリンで警官や消防士になった者もいれば、刑務所に入っている者もいる。一方シュルツは10億ドル以上を所有する資産家だ。20世紀のもっとも偉大なCEOの一人とみなされている。彼はどこで、低所得者向けの公営住宅からプライベートジェットに乗る地位へと上りつめる決意――意志力を身につけたのだろうか？

「実はよくわからない」と彼は言う。「母はいつも『あなたはうちで初めて、大学進学をする子になるわ。専門職について、みんなあなたのことを自慢に思うようになるでしょう』と言っていた。そして、今夜は何をするのか、明日は何をするのか、テストの準備はできているのかと、よく質問をしてきた。それで目標を決めるのが癖になった。私はとても幸運だった。君には成功するための素質があると誰かに伝えれば、その人は本当に成功するんだ。私は心からそう信じている」

従業員のトレーニングと顧客サービス向上に的を絞ったシュルツの方針により、スターバックスは世界でも屈指の成功した会社になった。彼は何年ものあいだ、社の運営のあらゆる面に関わっていたが、次第に疲れがたまり、2000年以降は、日常的な経営は他の役員に任せるようになる。スターバックスのつまずきが始まるのはそのころからだ。

2～3年のうちに、顧客は飲み物の質やサービスに不満をもらすようになった。経営陣は拡大ばかりに目を向け、顧客の不満を無視した。従業員たちも不満を募らせた。市場調査でも「スターバックスのコーヒーはぬるく、店員は愛想が悪い」というイメージが定着しつつあった。

2008年、シュルツはCEOの地位に戻る。その彼が最初に手をつけたのがトレーニングプログラムの見直しであり、その目的の一つは従業員——スターバックスの用語では「パートナー」——の意志力と自信を高めることにあった。「顧客とパートナーの信頼を取り戻す必要があった」とシュルツは語る。

同じころ、意志力に関する科学的研究の世界でも、それまでとは違った新しい研究が現れていた。トラヴィスのように、意志力を発揮する習慣を比較的、簡単に生み出せる人がいる一方、多くのトレーニングや支援を受けても苦労する人がいる。その違いは何なのだろうか？

そのころにはオールバニー大学教授となっていたマーク・ミュレイヴンは、新しい実験を考えた。学部生を部屋に集め、目の前に焼きたてのクッキーを置き、それを無視するよう指示する。被験者の半分には、ていねいに頼む。「このクッキーは食べないようにお願いします」実験者はそう言って、この実験の目的は誘惑に抵抗する力を測定することだと説明する。そして時間を割いて参加してくれたことに感謝する。「この実験方法を向上させるための提案や考えがあったら、ぜひ教えてください。この実験をできるだけよいものにするために、みなさんに助けてほしいのです」

残り半分の学生には、ていねいな対応はなく、ただ指示を与えただけだった。「このクッキーは食べないでください」実験者は目的も説明せず、被験者に感謝することもなく、被験者の反応にも興味を示さない。ただ指示に従うように告げたあとで、「では始めます」と宣言した。

どちらのグループも、実験者が出て行ってから5分間、クッキーを目の前にしたまま我慢して待つ。誘惑に屈した人は、一人もいなかった。

その後、実験者が戻ってくる。彼は被験者に、コンピューターのモニターを見るよう言う。画面には数字が次々と現れる。一つの数字の表示時間は500ミリ秒（0・5秒）。ほんの一瞬だ。被験者は「6」の次に「4」が出たら、スペースキーを押すよう告げられる。これは意志力を測定するのによく使われる方法である。次々と見せられる数字に注意を向け続けることは、解けないパズルを解こうとするのと同じくらい集中力を必要とする。

親切にされた被験者は成績がよかった。「6」の次に「4」が出ると、毎回スペースキーを押した。テスト時間は12分だったが、そのあいだずっと集中力を保っていられた。クッキーを我慢していても、意志力はまだ残っていたのだ。

ところが実験者からぞんざいな扱いを受けた被験者の成績はさんざんだった。スペースキーを押すのを何度も忘れた。疲れて集中できないと口を揃えて言う。ぶっきらぼうな対応で、彼らの意志力の筋肉は消耗していたのだろうというのが、研究者の出した結論だ。

親切な対応をされた学生のほうが、意志力を保持できたのはなぜか。ミュレイヴンは二つのグループの違いは、「ものごとを自分でコントロールしているという感覚」であることに気づいた。「私たちはそれを何度も見てきました。自制心を必要とする作業を頼まれたとき、それが自分自身の望みでもあるとき――自分で選んだと感じられる、あるいは誰かの役に立つ作業なので満足感が得られるなど――は、苦しいと感じる度合いが減ります。しかしただ命令に従っているなど、自分の意思がまったく反映されていない場合は、意志力の筋肉が消耗するスピードがはるかに速い。どちらのグループの被験者も、クッキーを食べずに我慢しました。しかし人間というより実験の歯車のように扱われると、より多くの意志力が必要になるのです」

企業や組織にとって、この発見は大きな意味を持っていた。社員に責任者意識、つまりものごとを自分で動かしている、意思決定の権限を持っているという感覚を持たせるだけで、仕事につぎ込めるエネルギーと集中力が大きく増加するのだ。

たとえば２０１０年にオハイオ州にあるメーカーの工場で行われた研究では、組み立てラインで働く社員に、生産計画と労働環境に関する小さな決定を行う権限を与え、その社員を詳しく調査した。特別な制服をデザインし、シフトを決める権限を与える。他は何も変えない。製造プロセスも同じだし、給料も前と同じだ。しかし2カ月のうちに、その工場の生産力は20パーセントも向上した。休憩時間が短くなり、ミスも減った。ものごとを自分で動かしているという感覚を与えることで、社員はより大きな自制心を発揮できるようになったのだ。

同じことがスターバックスにもあてはまる。現在、同社は従業員に、「決定権を持っていると感じさせること」を重視している。現場の社員に、エスプレッソマシンやレジをどのように配置するべきか尋ね、客へのあいさつのしかたや、商品をどこに並べるかを自分たちで決めさせる。ブレンダーをどこに置くか、店長と店員が何時間も議論するのは珍しくない。

「私たちはパートナーに『コーヒーを箱から出して。カップをここに置いて。ルールに従って』と言うのではなく、知識と創造力を使ってほしいと告げるようにしたのです」スターバックスの副社長、クリス・エングスコフは言う。「社員は自分の生活を自分で動かしたいと思っているのです」

やがて離職率は下がり、顧客満足度は上昇した。シュルツが戻ってから、スターバックスの収益は年間12億ドルも増加したのだ。

「母が僕と同じくらいラッキーだったら」

トラヴィスが16歳の高校生で、まだスターバックスで働いていないころ、母親がこんな話をした。車の中でトラヴィスは、なぜ兄弟がもっといないのかと母に尋ねた。母はいつも子供たちには決して嘘をつかないようにしていた。そこで彼女は、トラヴィスが生まれる２年前に妊娠したが、中絶をしたのだと話した。そのときすでに子供が２人いたうえ、夫婦そろって薬物に依存していた。もう一人、子供を育てられるとは思えなかったのだ。その１年後、トラヴィスをみごもった。母はまた中絶をしようと思ったが、それはあまりにも重い決断だった。自然に任せたほうが楽だった。そしてトラヴィスが生まれた。

「母は、たくさんの間違いをしたけれど、僕が生まれたのは何よりうれしかったことの一つだと言ってくれました。親が薬物依存症だと、ある程度の年齢になれば、いつも親を信頼できるわけではないとわかります。でも僕は、自分に足りないものを与えてくれる上司にめぐり合えてラッキーだったんです。母が僕と同じくらいラッキーだったら、母の人生も違うものになったでしょう」

母との車の中での会話から数年後、トラヴィスの父から電話があり、母の昔の注射痕から菌が血液に入って感染症を起こしたと電話があった。トラヴィスはすぐ病院にかけつけたが、着いたときにはもう意識がなかった。30分後に生命維持装置をはずすと、彼女はそのまま息を引き取った。

その１週間後、今度は父が肺炎で入院した。彼の肺は衰弱していた。トラヴィスはまた同じ病院へ行ったが、救急治療室に着いたのが夜８時２分だった。看護師が無愛想に、面会時間が過ぎているので、翌日にまた来るよう告げた。

そのときのことを、トラヴィスは何度も考えた。このころはまだスターバックスで働いていなかった。自分の感情をコントロールする方法も知らなかった。その後、何年も練習して身につけた習慣も知らなかった。スターバックスで働く前は、薬物の過剰摂取や、盗難車が家のドライブウェーにあるのが日常茶飯事だった。病院で会った看護師は越えられない壁のように見えた。そのころを思うと、今はなんと遠くへ来たことかと思う。これほど遠くまで、これほど短時間で来られたのはなぜなのだろう。

「もし父が死んだのが1年後だったら、すべてが違っていたはずです」トラヴィスが私に言った。1年後だったら、彼は落ち着いて、看護師に懇願《こんがん》したはずだ。彼女の権限を認めたうえで、今回だけ見逃してほしいとていねいに頼み、病院内に入れたと思う。しかしあのときは、あきらめて帰ってしまった。「僕はたしか『父に声をかけてやりたいだけなんです』と頼んだんです。すると看護師は『彼は目を覚ましてさえいません。もう面会時間を過ぎてますから、明日また来てください』とかなんとか言いました。僕はそれ以上、何を言えばいいかわからなかった。自分が無力だと感じました」

トラヴィスの父はその晩、亡くなった。

毎年、トラヴィスは父の命日には、朝早く起きて、いつもより長くシャワーを浴び、じっくり考え、その日の予定を細かく決めて職場へと向かう。

彼はいつも予定時間きっかりに職場へ到着する。

第6章　危機こそ好機――停滞する組織をいかに変革させるか

ロードアイランド病院の手術室にストレッチャーで運び込まれたとき、その患者はすでに意識がなかった。顎はゆるみ、目は閉じられ、挿管チューブの先が唇から突き出している。手術中に肺に空気を送り込むため、看護師が挿管チューブを機械につなぐと、片方の腕がストレッチャーから滑り落ちた。その肌はしみだらけだ。

男は86歳で、3日前に自宅で倒れた。その後、意識を保っていられず、質問に答えるのも難しくなり、ついに妻が救急車を呼んだ。救急治療室で、何があったのか医師が彼に尋ねたが、彼は話している途中で何度も居眠りをした。脳スキャンにより、その理由がわかった。倒れたときに脳が頭蓋骨に打ち付けられ、いわゆる硬膜下《こうまくか》血腫ができていたのだ。頭蓋の左側に血がたまり、頭蓋骨内の繊細な組織を圧迫していた。ほぼ72時間、血がたまり続け、心臓と呼吸をつかさどる脳の部位が弱り始めていた。血を抜かなければ、死んでしまう。

当時、ロードアイランド病院は国内有数の医療機関であり、ニューイングランド南東部で唯一のレベル1の外傷センターだった。患者の体内の腫瘍を破壊する超音波をはじめ、最先端の医療技術が導入されている。2002年には、全米健康管理連盟がこの病院の集中治療室を国内最高の設備の一つと評価している。

しかし、この老いた患者が運び込まれたころには、もう一つ別の噂もあった。内部分裂して緊張状態にあるというのだ。看護師と医師が爆発寸前の深刻な対立関係にあった。２０００年に、看護師組合は「危険なほどの長時間労働を強いられている」と訴え、投票の結果、ストライキを強行する。３００人以上の看護師が病院の外に立ち、「奴隷扱いはやめろ」「私たちの誇りまでは奪えない」などと書かれたプラカードを掲げた。

「何が起こってもおかしくない状態ですよ」一人の看護師が当時を思い返して、取材記者に語った。「医師たちのせいで自分は無価値で、使い捨てのような気分にさせられることもありました。医師の仕事の後片付けをできることに感謝すべきだという雰囲気でした」

病院の経営陣はついに、看護師の強制的な時間外労働の制限に同意したが、緊張は高まるばかりだった。数年後、外科医が通常の開腹手術の準備をしている際に、一人の看護師がタイムアウトを求めた。それは作業を止めて手順を確認することで、大半の病院で実行されている標準的な制度であり、医師やスタッフのミスを避ける方法だ。ロードアイランド病院の看護スタッフは、なるべくタイムアウトを取るようにしていた。目の手術を受けるはずだった少女の扁桃腺を、外科医があやまって切除してからは、なおさらだった。タイムアウトはそういった失敗を防ぐためにあった。

手術室の看護師がタイムアウトを申し出たこのときは、手術計画について話し合うため、チームのメンバーに患者のまわりに集まってくれるよう頼んだ。すると、担当医師はドアのほうへ歩き出したのである。

「君にまかせるよ。外へ出て電話をかけてくる。準備ができたらノックしてくれ」

「先生にも、いていただかないと困ります」看護師は言った。

「君でもできるだろう」医師がドアへと向かいながら答えた。

「先生、それはおかしいと思います」

医師が足を止めて、彼女を見た。「君のくだらない意見が必要ならば、そう言うよ。私の権限に異議を申し立てるようなことは二度と口にするな。自分の仕事ができないなら、私の手術室からとっとと出ていってくれ」

看護師はタイムアウトを仕切ると、数分後に医師を呼び戻し、その後は揉めることもなく、手術が行われた。もう口答えはせず、その他の安全ガイドラインが無視されても何も言わなかった。

「いい先生もいれば、モンスターのような先生もいました」2000年代半ばにロードアイランド病院で働いていた看護師は私にそう話してくれた。「私たちはあの病院のことをガラス工場と呼んでいましたよ。いつすべてが砕け散っても不思議はなかったから」

この緊張状態に対処するため、スタッフは非公式のルール（その施設に特有の習慣）を生み出した。そのルールがあれば、たいていの場合は露骨な対立を回避することができる。

たとえばミスの多い医師からのオーダーは必ず再確認し、本人には何も言わずに、薬の量が正しく記入されているか確かめるようにした。また、余分な時間を費やしてでも患者のカルテはわかりやすく記入し、せっかちな外科医が違う箇所にメスを入れないようにした。ある看護師の話では、スタッフ間で警告し合うための色分けシステムができていたという。「ホワイトボードに医師の名前を色分けして書くんです。青は〝よい先生〟という意味で、赤は〝最低〟、黒は〝彼らの言うことを否定してはいけない。さもないと、まずい立場に陥る〟という意味です」

ロードアイランド病院は破滅的な文化に満ちていた。病院内部の「習慣」は、医師の傲慢さを埋め合わせようとする看護師のあいだでひそかに生まれていた。

この病院のルーチンは考え尽くされたものではなく、偶然によってできあがり、小声で注意し合うことによって広がり、そしてその結果、有害なパターンが生まれたのだ。習慣をじっくり練り上げていない組織では、このような事態が起こりうる。適切な習慣が根付けば、すばらしい変化を生み出すが、悪い習慣は惨事を招きかねない。

そしてロードアイランド病院の習慣が崩壊したとき、大変な過ちが起こった。

起こるべくして起きた事故

　硬膜下血腫のできた86歳の老人の脳スキャンを見た救急治療室のスタッフは、在勤中の脳神経外科医を即座に呼び出した。その外科医は通常の脊椎手術の途中だったが、呼び出しを受けると手術台を離れ、コンピューターのスクリーンで脳スキャンの画像を見た。そしてアシスタントである臨床看護師に、救急治療室へ行って老人の妻から手術を承諾する同意書にサインをもらうよう指示し、脊椎手術の処置を終わらせた。

　30分後、老人が同じ手術室に運び込まれた。

　看護師たちが忙しく動き回る。意識のない老人が手術台に乗せられた。一人の看護師が同意書とカルテを取り上げる。

「先生」看護師が書類に目を落としながら言った。「この同意書にはどこに血腫があるのか、書いてありません」と言いながら、書類をめくる。頭部のどちら側を手術するのか、そこには明確な記述がなかった。

　どんな病院でも、手術は書類をもとに執り行われる。メスを入れる前に、患者かその家族が一つ一つの手順を承諾し、詳細を確認して、同意書にサインすることになっている。救急治療室から回復室までのあいだに十数名もの医師と看護師が一人の患者を扱う混沌とした状況では、常に同意書がどんな処置を行うべきかを示す指示書なのだ。サインされた詳しい同意書は必要不可欠である。

「スキャン画像ならさっき見た」外科医が言った。「右側頭部だ。急いで手術しないと、患者は死んでしまう」

「もう一度、画像を出したほうがいいでしょう」看護師は言い、コンピューター端末に向かった。病院のコンピューターは安全上の理由から、15分間使わなければ、ロックがかかるようになっている。ログインして、患者の脳スキャン画像をスクリーンに出すには、少なくとも1分はかかる。

「時間がないんだ」外科医が言った。「心停止の危険性があると聞いている。脳の圧迫を取り除かなければ」

「家族をさがしますか？」と看護師。

「君がそうしたいなら、救急治療室に電話して家族を見つければいいだろう！　そのあいだに私は彼の命を救っている」外科医は同意書をつかんで〝右〟と殴り書きし、頭文字で署名した。

「これでいい。すぐに手術しないと」

その看護師はロードアイランド病院に勤め始めて1年だった。この病院の文化は理解している。廊下の大きなホワイトボードに、この外科医の名前が何度も黒色で書き込まれ、要注意人物だと伝えているのを知っていた。このシナリオの不文律は明白だ。常に外科医が勝つ。

看護師が同意書を置いて脇に立つと、医師が右側頭部を処置できるように老人の頭を台に載せ、髪の毛を剃って消毒した。すぐに頭蓋骨を切開し、脳の上部にたまった血を吸引する予定だった。外科医は頭皮を切開して頭蓋骨をあらわにし、白い骨にドリルを当てた。そのまま押し当てていると、弾けるような小さい音とともにドリルの刃が頭蓋骨を貫通した。さらに二つの穴を開けたあと、のこぎりを使って頭蓋骨を三角形に切り取る。その下が硬膜。脳髄を包む半透明の膜だ。

「そんなばかな」誰かが言った。

そこに血腫はなかった。頭部の違う側を開けてしまったのだ。

「頭を反対に向けるんだ！」外科医が叫んだ。

あわてて三角形に切り取った骨をもとに戻し、小さな金属プレートとネジで固定すると、頭皮を縫い合わせた。頭を反対側に向け、もう一度、髪の毛を剃って消毒し、ドリルで切開、頭蓋骨を三角形に切り取る。今回はすぐに血腫が見えた。黒っぽくふくらんでおり、硬膜に穴を開けると、濃厚なシロップのようにこぼれ出た。血液を吸引すると、頭蓋骨内の圧力はすぐに下がった。1時間で終わるはずの手術がほぼ2倍かかった。

手術後、患者は集中治療室に運ばれたが、完全に意識を取り戻すことはなかった。そして2週間後、彼は死亡する。

その後の調査で「正確な死因は断定できない」とされたが、遺族は医療事故による外傷がすでに弱っている患者の体を参らせたのだと訴えた。頭蓋骨2カ所の切除によるストレス、余分に要した手術時間、血腫の吸引の遅れが死へ追いやったのだ、と。医療事故がなければ、今も生きていたかもしれない。遺族はそう主張した。病院は和解金を支払い、担当外科医はロードアイランド病院から除名された。

「こうした事故は避けられない状態だった」と、複数の看護師がのちに語っている。ロードアイランド病院の組織内習慣はそれほどまでに機能しなくなっており、嘆かわしいミスが起きるのは時間の問題だった。*

もちろん、危険なパターンが生まれるのは病院だけではない。組織内の有害な習慣は、数百の産業、数千の企業で見受けられる。それはほぼ間違いなく無思慮の産物であり、職場の文化について考えることを避け、なんの手引きをすることもなく、文化が勝手に発展するにまかせたリーダーから生まれているのだ。組織内習慣のない組織はない。入念に習慣をつくり上げた組織と、習慣が勝手にできあがり、恐怖やライバル心によって発達した組織とがあるだけだ。

だが、有害な習慣も、好機を逃さないリーダーによって変えられることもある。ときには危機のさなかに正しい習慣が生まれるのだ。

企業内ルーチンの最重要ポイントとは

1982年、『経済変動の進化理論』（後藤晃・角南篤・田中辰雄訳、2007年、慶應

義塾大学出版会）が初めて出版されたとき、学術の世界以外では、ほとんど注目されなかった。この本のそっけない表紙と威圧的な書き出し（「本書において、我々は市場環境のもとで活動を行っている企業の能力と行動の進化理論を展開し、この理論と整合的ないくつかのモデルを構築し、分析する」）は読者を寄せ付けまいとしているかのようだった。

著者であるイェール大学の教授、リチャード・ネルソンとシドニー・ウィンターは、シュンペーター理論を研究した、一連の熱心な分析論文でよく知られている。それは、大半の博士課程の大学院生が「わかったふり」すらしない理論だ。

しかしビジネス戦略や組織理論の世界では、この本は爆発的に売れた。またたく間に、20世紀でもっとも重要な書物の一つとして歓迎された。経済学の教授たちがビジネススクールで同僚にこの本の話をすると、それを聞いた同僚が会議の場で各企業の社長に話すようになり、そのうちにゼネラル・エレクトリック、ファイザー、スターウッドホテルといった別業種の会社の重役がネルソンとウィンターの言葉を引用し始めた。

この2人の著者は10年以上かけて、企業がどう機能しているかを研究し、膨大なデータの沼地をじわじわと進みながら、主として次のような結論に達した。彼らの本によると「企業の行為の多くは決断という木の先にある小枝をじっくり観察した結果ではなく、概してその

＊本章の記述は、ロードアイランド病院に勤務し、この出来事に関わった複数の職員へのインタビューに基づいているが、人によって見解の相違があった。

企業の過去に由来する全般的な習慣と戦略的対応の反映だと理解される」という。

これを理論経済学には縁のない人間にもわかりやすい言い方をすると「大半の企業が慎重な意思決定にもとづいて合理的な選択をしているように見えるかもしれないが、実際はそうではない」ということだ。むしろ、企業は長年続いてきた組織内習慣によって導かれている。数千人の従業員それぞれの決定から生まれたパターンだ。そしてこの習慣の影響力がどれほど大きいか、それまで誰も理解していなかった。

たとえば前の年に衣料品会社の社長がカタログの表紙に赤いカーディガンを取り上げようと決めたのは、売上高や市場データをじっくり検討した結果のように思える。しかし実際には、副社長が日本のファッションの流行（去年の春は赤が流行《はや》りだった）を扱うウェブサイトをしょっちゅうのぞくとか、マーケティング担当者がいつも友人にどの色が来ているか尋ねるとか、毎年恒例のパリのファッションショーから戻った重役たちが、ライバル企業のデザイナーは新しい深紅の染料を使っているという噂を報告するといったことが原因だった。こうした小さなデータ、つまり重役による競合他社についての噂や友人との会話といったばらばらのパターンの結果が、公式な調査や開発ルーチンの中に組み入れられ、その中から総意が生まれたのである。「今年は赤が流行る」という総意だ。誰かが熟慮の末に単独で決断をくだしたわけではない。むしろ何十もの習慣やプロセスや行動が集まった結果、赤が避けられない選択のように思えてきたのだ。

この組織内習慣（ネルソンやウィンターの言葉を借りるなら、この組織内「ルーチン」）はかなり重要だ。それがなければ、ほとんどの企業がどんな仕事もこなせなくなる。企業を運営するための数百の不文律は、ルーチンが与えてくれるのだ。ルーチンがあるからこそ、従業員はあらゆる段階で許可を得る必要もなく、新しいアイデアを試すことができる。ルーチンが一種の組織的記憶を提供してくれるため、経営者は半年ごとに販売手順を考え直す必要もなければ、副社長が辞めるたびにあわてることもない。ルーチンが確実性を高めてくれるのだ。

しかし、ルーチンの利点のうち、もっとも重要なのは、組織内で敵対する可能性のあるグループや個人に停戦状態をもたらしてくれる点だ。

大半の経済学者は企業を、金を稼ぐという共通の目的に向かって全員が邁進《まいしん》する、牧歌的な場所として扱いがちだ。ネルソンとウィンターは、現実の世界はそうではないことを指摘した。会社は社員全員が一緒に仲よく過ごす、幸せな大家族ではない。むしろ管理職が権力と栄誉を求めて競い合う領地で構成されており、水面下では自分の業績はよりよく、ライバルの業績はより悪く見せるための小競り合いが行われている。栄光を手にするため、部署同士が人材を取り合い、妨害し合う。上司はクーデターを起こせないよう部下同士を闘わせる。

企業は家族ではない。内戦中の戦場なのだ。

しかし、このように内戦が起こりかねない状況であるにもかかわらず、大半の企業は来る年も来る年も、比較的穏やかにやっていく。企業にはルーチン、つまり習慣があって、それ

ルーチンが仕事をこなすための停戦状態を生み出す

が停戦状態を生み出すおかげで、社員はひとまず対抗意識を保留し、その日の仕事をこなすことができるのだ。

組織内習慣が基本的な保証をしてくれる。確立されたパターンに従って停戦状態を守るなら、対抗意識が会社を破滅させることはなく、利益は上がり、その結果、全員が裕福になれる。たとえば販売員は得意先に大幅な値引きと引き換えに注文を増やしてもらえば、ボーナスを増やせることを知っている。しかし販売員全員が大幅な値引きをすれば、会社は倒産し、ボーナスが出なくなることも知っている。そこでルーチンが生まれる。毎年1月に販売員が一堂に会して、会社の利益を守るためにはどこまで値引きできるかという制限を設け、年末には全員が昇給を獲得するのだ。

あるいは副社長の座を狙う若い重役を考えてみよう。彼は大口の顧客に短い電話を一本かけるだけで、ライバルの部署の売り上げをつぶして妨害し、相手を出世街道から追い落とすことができる。妨害が問題なのは、自分にとってはよくても、企業にとってはよくないところだ。そこでたいていの企業では暗黙の協定が生まれる。野心を持つのはかまわないが、あまりに強引な手を使うと同僚たちが団結して刃向かってくる。一方、ライバルを攻撃するのではなく、自分の部署を発展させることに集中すれば、やがて大切にされる。

ルーチンと停戦状態が、一種の組織的正義のようなものを提供してくれるのだ。ネルソンとウィンターによると、そのおかげで企業内の争いはたいてい「おおむね想定内の道筋をたどり、現在のルーチンに沿った想定の範囲からはみ出すことはない……通常の量の仕事がこなされ、通常の頻度で非難の言葉と賛辞がかけられる……ライバルを船外へ振り落とそうとして、組織の船を急旋回させようとする者はいない」。

ほとんどの場合、ルーチンと停戦状態は完璧に働く。もちろん対抗意識が消えるわけではないが、組織内習慣のおかげで想定内にとどまり、事業はうまくいく。しかし停戦状態が保たれているだけでは不十分なこともある。ロードアイランド病院がそうだったように、不安定な平和は内戦と同じくらい破壊的になりうるのだ。

デザイナーの正しい習慣

あなたのオフィスのどこか、デスクの引き出しに埋もれて、勤務初日に配られたハンドブックか、あるいは職務規程集があるはずだ。そこには経費の申請書の書式、休暇に関する決まり、保険のオプション、組織図などが載っている。さまざまなヘルスケア・プランをあざやかな色で描いたグラフや、関連する電話番号リスト、メールへのログイン方法や確定拠出型年金制度への申し込み方法もあるかもしれない。

さて、新しい同僚に会社で成功するためのアドバイスを求められたとき、あなたは何と答えるか想像してみよう。おそらくあなたの答えには、そのハンドブックに書かれたような内容はいっさい含まれていないだろう。あなたが新人に授ける秘訣は、「信頼できるのは誰か」「どの秘書が上司より強い影響力を持っているか」、あるいは「仕事を終わらせるための煩雑な手続きの処理方法」といった、あなたが毎日、会社で生き残るために頼っている習慣だ。なんらかの方法で、あなたの仕事の習慣をすべて図式化し、しかも非公式な権力構造やそれが示す関係性、協力関係や対立関係なども図式化して、自分の図式と同僚が用意した図式とを重ね合わせることができれば、あなたの会社の秘密の階級制度の地図ができあがる。それは何かを仕掛けるのは誰で、いつも出遅れていそうなのは誰かを表す手引きだ。

ネルソンとウィンターのルーチンと、そのルーチンが可能にする停戦状態は、どんな業種でも必要だ。たとえばオランダのユトレヒト大学では、オートクチュール界のルーチンを研究している。ファッションデザイナーとして生き残るためには、誰でも基本的な能力を持っていなければならない。まずは創造性やオートクチュール向けの才能だ。

しかしそれだけでは成功できない。成功と失敗を分けるのは、デザイナーのルーチンだ。

卸売業者の在庫が切れる前にイタリアのブロード地を入手するシステムがあるかどうか、ファスナーやボタンを仕上げる最高の裁縫師を見つける手立てがあるかどうか、3週間ではなく、10日間で店舗までワンピースを配送する方法があるかどうかだ。ファッションはかなり複雑なビジネスのため、正しいプロセスを身につけていないと雑務で身動きが取れなくなり、一度そのような状態に陥ってしまうと、創造性はもう問題ではなくなる。

では正しい習慣を持っているデザイナーとは、どのような人なのだろうか？　それは正しい停戦状態をつくり出し、正しい協力態勢を見つけた人だ。停戦状態を保つということはかなり重要なため、新しいファッションレーベルを成功させるのは、ほぼ同業他社をよい関係で辞めた人々だ。

ネルソンとウィンターはドライな経済理論にもとづいて本を書いたと思う人もいるだろう。しかし、彼らが実際に生み出したのは、アメリカの民間企業で生き残るための手引きなのだ。

さらに、この2人の理論を使えば、ロードアイランド病院の状況がなぜあれほど悪化したのかも説明できる。かの病院のルーチンは、看護師と医師のあいだで不安定な状態だった。たとえばホワイトボードや看護師がひそかに交わし合う警告が習慣となり、基盤となる停戦状態をつくり上げた。こんなふうにもろい停戦状態でも、たいていの場合、組織は機能する。しかし本当に公平な関係が生み出されなければ、停戦状態は保たれない。停戦状態がバランスを失えば、つまり平和が見せかけなら、もっとも必要なときにルーチンは崩壊してしまう。

ロードアイランド病院の決定的な問題は、権威を捨てて停戦状態に至ったのは看護師の側だけだったということだ。患者の薬を再確認し、余分な手間をかけてカルテを読みやすく書いたのは看護師であり、短気な医師の暴言に耐えたのも看護師であり、親切な医師と横暴な医師を区別するようにしたのも看護師だ。だから手術室での皮肉に耐えたのは誰か、他の人が発言するたびに爆発したのは誰か、他のスタッフは知っている。看護師の名前を覚えようとすらしない医師も多かった。「医師は主人で、私たちは使用人でした」一人の看護師が私にそう語った。「私たちは体を縮こまらせて、あのころを生き延びたんです」

ロードアイランド病院の停戦は一方的だった。だから外科医が早まった切開をしようとして看護師が止めようとする、そういう決定的瞬間に事故を防げたはずのルーチンが崩れ、86歳の男の反対の側頭部が切開されたのだ。

本当の解決策は、医師と看護師がもっと対等な立場で停戦状態を保つことだと考える人もいるだろう。病院の首脳部が権力をもっとうまく配分していたら、勢力の均衡がより健全でバランスのいいものになり、看護師と医師とが互いに尊敬し合わざるをえなくなる。

たしかにスタートとしてはいいだろう。ただ、それだけでは足りない。成功する組織をつくることは、権力のバランスをとればいいという問題だけではない。組織を機能させるには、リーダーが習慣を生み出す必要がある。バランスのとれた現実の平和をつくり上げながら——逆説的だが——誰が責任をとるのかを明らかにする必要があるのだ。

予兆の炎

　1987年11月の夕刻、ロンドン地下鉄に勤務する43歳のフィリップ・ブリッケルがキングス・クロス駅の広い洞窟のような改札ホールで乗車券を回収していると、通勤客が彼を呼び止め、近くのエスカレーターの下でティッシュペーパーが燃えていると告げた。

　キングス・クロス駅はロンドンの地下鉄の中でももっとも広く、もっとも立派な建築で、もっとも乗降客の多い駅の一つでもある。エスカレーターや通路やトンネルが地下深くまで迷路のように張りめぐらされており、中には1世紀近く前に造られたものもある。特にエスカレーターはその大きさと古さとで有名だった。地下5階まで続いているものもあり、木製の踏み板とゴム製の手すりでできている。数十年前に造られたときの素材のままだ。毎日、25万人以上がこの駅を通る六つの路線を利用している。何度も塗り替えられ、もとの色合いが誰にも思い出せなくなった天井の下で、夕方のラッシュアワーの改札に人が波のように押し寄せていた。

　その燃えているティッシュペーパーは、その駅でもっとも長いエスカレーターの一つ、ピカデリー線側エスカレーターの下にあった。ブリッケルはすぐに持ち場を離れ、エスカレーターに乗り、煙をあげるティッシュペーパーのかたまりを見つけると、丸めた雑誌で火をたたき消し、そして改札に戻った。

　それ以上、調べはしなかった。なぜティッシュペーパーが燃えていたのか、探ろうとはし

キングス・クロス駅の見取り図

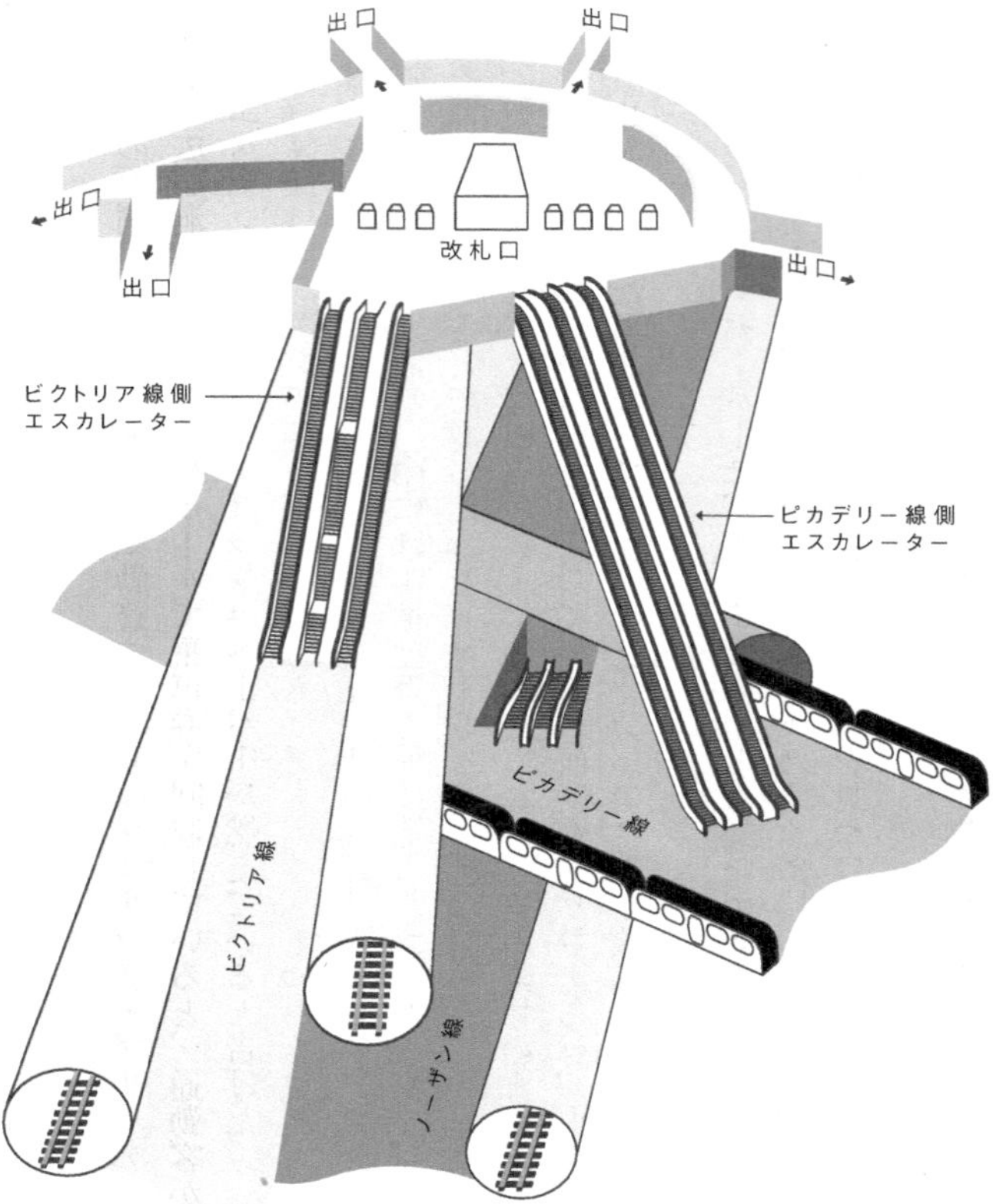

なかったし、駅構内のどこか別の場所で起きた、もっと大きな火事から飛んできたのかどうかも確認しなかった。そのできごとについて、ほかの職員に話すことも、消防署に通報することもなかった。防火を担当している部署は別にあり、ブリッケルは地下鉄を支配する厳密な区分に従い、他人の領分を侵さないだけの分別をわきまえていた。それにたとえ火事の可能性について調べたとしても、自分の入手した情報をどうしていいか、わからなかっただろう。

地下鉄では指揮系統が厳しく定められており、上司の直接の許可なしに他の部署に連絡することは禁じられていた。職員から職員へと引き継がれてきた地下鉄のルーチンが、どういう状況であれ、駅構内ではどんなものも、「火事」と呼んではいけないと告げていた。通勤客をパニックに陥らせてしまうからだ。それはこの場合の対処法ではない。

地下鉄は、ある意味、架空の就業規則によって管理されていた。その規則は誰も見たことも読んだこともなく、実際、全職員の人生を形づくる不文律としてしか存在しない。

数十年間、地下鉄は土木技師長、信号技師長、電気技師長、機械技師長の〝4人の実力者〟に牛耳られてきた。それぞれの部署には、ボスと副官がいて、みな自分たちの権限をがっちり守っていた。電車が時刻通り運行するのは、1万9000人の全職員が複雑なシステムのもと協力しているからであり、そのシステムが朝から晩まで乗客と電車を数十人（ときには数百人）の人員のあいだでさばいていた。しかしその協力態勢がうまくいくかどうかは、四つの部署と副官の力のバランス次第であり、力のバランスがうまくとれるかどうかは、職員が忠実に守る数千の習慣次第である。その習慣が4人の実力者と副官とのあいだに停戦状態をつくり上げていた。そしてその停戦状態から方針が生まれ、ブリッケルに告げたのだ。火が出た原因をさがすのはおまえの仕事ではない、自分の領分を越えてはいけない、と。「各部署のトップの人間ですら、他の部署の領域に足を踏み入れようとはしなかった」と、のちに調査員が記している。「そのため技師長は駅員が防火対策や避難誘導手順の適切な訓練を受けているかどうか、気にかけてはいなかった。そういった事柄は業務部の領域だと考えていたからだ」

だからブリッケルは燃えているティッシュペーパーについて何も言わなかった。別の状況なら、とるに足らない出来事だったかもしれない。この場合、ティッシュペーパーは迷い込んできた警告であり——隠れたところにあるもっと大きな炎から飛んできた火のかけら——完璧にバランスのとれた停戦状態でも、それがきちんとつくられたものでないと、いかに危険になりうるかを示している。

ブリッケルが改札に戻って15分後、別の乗客がピカデリー線のエスカレーターを上りながら、かすかに煙いことに気づき、地下鉄の職員に知らせた。ようやくキングス・クロス駅の保安係クリストファー・ヘイズが調査に向かった。他にも煙とエスカレーターの踏み板の下の火を見た乗客が非常停止ボタンを押し、まわりの乗客にエスカレーターから降りるよう叫んだ。一人の警官がエスカレーターの長いトンネルに煙がうっすらと立ち込めているのを見て、真ん中あたりの踏み板の上に炎が上がり始めているのに気づいた。

それでもヘイズはロンドン消防隊に通報しなかった。自分で煙を見たわけではないし、地下鉄のもう一つの不文律で、どうしても必要なとき以外、消防署に通報してはいけないことになっていた。しかし煙に気づいた警官は通報すべきだと考えた。地下では無線が使えないため、長い階段を登って地上に出ると、上官に連絡し、最終的にその上官が消防署に通報する。

午後7時36分、ブリッケルが燃えているティッシュペーパーのことを知らされてから22分後、消防隊が通報を受けた。「キングス・クロス駅で小火《ぼや》」通勤客は駅の外に立って無線で話している警官を押しのけながら進んでいった。家に帰って夕食をとることだけを考え、急ぎ足で駅の中に入り、トンネルへと向かう。

数分後、彼らの多くが命を落とすことになった。

地下鉄の悲劇

午後7時36分、地下鉄職員がピカデリー線のエスカレーターの入り口をロープで閉鎖し、別の職員が利用客を他の階段へ誘導し始めた。数分おきに電車が到着する。車両から降りた客がホームにごった返していた。閉鎖していない階段の下に人がたまり始めている。

保安係のヘイズはピカデリー線のエスカレーターの機械室に続く通路を歩いていった。暗い中に、エスカレーターの火を消すためにつくられたスプリンクラー・システムの制御装置が並んでいる。数年前に設置されたものだ。他の駅で火災が発生し、突然の火事の危険性について緊急の報告書が出されたあとに設置されたのだ。地下鉄は火事に対する備えが手薄であることを指摘し、駅員は電車のホームに必ず設置してある消火器とスプリンクラーの使い方を習得すべきであると警告する研究論文や戒告書は、すでにいくつもあった。2年前には、ロンドン消防隊の消防正監補が鉄道会社の業務部長宛に手紙を書き、地下鉄職員の保安に関する習慣について苦言を呈した。その手紙にはこう書かれていた。

「心から憂慮しております。僭越《せんえつ》ながら……火事の疑いがある場合、ただちに消防隊に通報するという明確な指示が与えられるべきです。それが命を救う可能性があります」

しかし保安係のヘイズがその手紙を目にすることはなかった。手紙が彼の所属とは別の事業部に送られたからであり、その警告を反映するために地下鉄の方針が書き換えられることもなかった。キングス・クロス駅の誰一人としてエスカレーターのスプリンクラー・システムの使い方を理解していなかったし、消火器を使う権限を与えられている者もいなかった。それを管理しているのは別の部署だからだ。ヘイズはスプリンクラー・システムの存在を完全に忘れていた。地下鉄を支配していた停戦状態のおかげで全員が分をわきまえていたが、割り当てられた仕事以外の知識を学ぶ余地は残されていなかった。ヘイズはスプリンクラー・システムの制御装置にはほとんど目も向けず、その前を走って通り抜けた。

機械室に入ると、彼は熱で倒れそうになった。火はすでに手がつけられないほど大きくなっている。ヘイズは改札へ駆け戻った。券売機の前には行列ができ、周辺には数百人の利用客がホームへ向かったり、駅から出ていこうとしたりしている。その中に警官がいた。「電車を止めて、全員を避難させよう！」ヘイズは警官に言った。「火が出て手のほどこしようがない状態だ！　どこまで燃え広がるかわからない」

午後7時42分、燃えているティッシュペーパーの発見からほぼ30分後、最初の消防士がキングス・クロス駅に到着した。消防士が改札を入ると、真っ黒な煙が天井を這うようにしてのぼってくるのが見えた。エスカレーターのゴム製の手すりが燃え始めている。ゴムの焼ける刺激臭が広がるにつれて、改札付近にいる通勤客が何かおかしいことに気づき、出口に向かい始めた。消防士たちが混雑をかき分け、人波に逆らうようにして駅構内に入っていく。

改札の下では、火が燃え広がっていた。今ではエスカレーター全体が炎に包まれ、過熱した空気がエスカレーターを包み込むシャフトのてっぺんまでのぼり、20層近い古ペンキで覆われたトンネルの天井にたまっていった。数年前、地下鉄の業務部長が、このペンキの層が火災の原因になりかねないと進言したことがある。新しいペンキを塗る前に古いペンキをはがすべきではないか、と。

しかし塗装計画は彼の管轄外だった。塗装の責務は営繕部にあり、その部長は同僚の助言への謝意を述べたのち、他の部署に干渉したいのなら、その厚意はすみやかに突き返されると述べた。

業務部長は助言を取り下げた。

過熱した空気がエスカレーター・シャフトの天井にたまるにつれて、分厚い層になった古いペンキがその熱を吸収し始めた。新しい電車が到着するたびに新鮮な酸素を供給し、ふいごのように炎に空気を送り込む。

午後7時43分、電車が到着し、マーク・シルヴァーという名のセールスマンが降りた。彼はすぐに何かがおかしいことに気づいた。あたりはかすみ、ホームは人でごった返している。煙が彼のいるあたりまで漂ってきて、停車中の車両を取り巻いた。シルヴァーはもう一度、電車に乗ろうときびすを返したが、ドアは閉まったあとだった。窓を勢いよくたたいたが、地下鉄には遅延を防ぐための非公式の決まりがあった。ドアを閉めたら、二度と開けないという決まりである。シルヴァーは他の乗客といっしょにホームを行ったり来たりして、運転手にドアを開けるよう大声で頼んだ。

信号機が青になり、電車が走り出す。一人の女性が線路に飛び降りて、トンネルに入っていく電車のあとを追った。「乗せて！」と叫んでいる。

シルヴァーがホームを進むと、警官がピカデリー線のエスカレーターから乗客を遠ざけ、別の階段へと誘導していた。うろたえた大勢の客が改札へ上がろうと列をなしている。今でははっきりと煙のにおいがしたし、ホームは身動きができないほど混雑している。暑かったが、それが火事のせいなのか、人ごみのせいなのか、シルヴァーにはわからなかった。ようやく別のエスカレーターの下まで来たが、すでにエスカレーターは止まっていた。歩いて改札へ向かうあいだ、ピカデリー線のシャフトとのあいだを隔てる4・5メートルの壁ごしに熱が伝わり、脚が焼けるようだった。「上を見ると、壁と天井が焼けるように熱くなっているのがわかりました」と彼はのちに語っている。

午後7時45分、到着した電車が駅に再び大量の風を送り込んだ。酸素が供給されると、ピカデリー線のエスカレーターの炎がうなりをあげて燃え上がった。シャフトの天井にたまった熱いガスが、下の炎と上の溶けるペンキを受け、自然発火する温度に達する。

その瞬間、シャフト内のすべて、ペンキやエスカレーターの木製の踏み板やその他の可燃物が激しい炎に包まれた。突然、燃え上がったエネルギーが、ライフルの銃身の底にある火薬の爆発と同じ役割を果たした。火が縦長のシャフトの上部まで押し上げられ、温度と速度を増しながら広がっていく。火はトンネルから飛び出して改札まで届くと炎の壁と化し、金属もタイルも人間の体も燃やした。改札付近の温度は0・5秒で70℃近く、跳ね上がった。横のエスカレーターに乗っていた警官がのちに調査員に対し、「炎が噴き上がったかと思うと、球状になったのを見た」と話している。そのとき駅の改札には50人近い乗降客がいた。

地上の通りでは通行人が地下鉄の出口から熱気が噴き出すのを感じ、一人の客がふらつきながら出てくるのを見て、助けようと駆け寄った。「右手で彼の右手をつかんだのですが、お互いの手が触れたとたん、彼の手が真っ赤に焼けているのがわかり、てのひらの中で彼の皮膚がはがれるのを感じました」通行人はそう語っている。

また爆発が起きたときにちょうど改札を通っていた警官は、病院のベッドで取材記者にこう話した。「火の玉に顔を直撃されて、うしろになぎ倒されました。両手が炎に包まれて、ただ溶けていったんです」

彼は駅から生きて出ることのできた最後の人々のうちの一人だった。

爆発後まもなく、数十台の消防車が到着した。だが、消防署の規則により、ホースは駅構内に地下鉄が設置した消火栓ではなく、道路に設置された消火栓につなぐことになっていたり、地下鉄職員が誰も駅の見取り図を持っていなかったりで（そういった図面はすべて鍵のかかった事務室に置いてあり、出札係《しゅつさつ》も駅長も鍵を持っていなかった）、火を消すのに数時間を要した。

午前1時46分、燃えるティッシュペーパーに気づいてから6時間後、ようやく鎮火したときには、死者31名、負傷者数十名を出していた。

「なぜ私は火事のまっただ中に送り込まれたんですか？」翌日、20歳の音楽教師が病院のベッドで尋ねた。「人が燃えているのが見えました。叫んでいるのも聞こえました。どうして誰も指揮を取らなかったんです？」

危機から生まれる可能性

この問いに答えるために、ロンドン地下鉄が頼っていた「停戦状態」について考えてみよう。

出札係は乗車券の販売だけが管轄だと戒《いまし》められていたので、燃えているティッシュペーパーを見ても、自分の領域を踏み越えるタブーを恐れてどこにも連絡しなかった。駅員はスプリンクラー・システムや消火器の使い方を訓練されていなかった。そういった機器は別の事業部の管轄だからだ。

保安係はロンドン消防隊が火事の危険性について警告した手紙を見ていなかった。手紙は業務部長に宛てられたもので、そういう情報が事業部を越えて共有されなかったからだ。駅員は通勤客を無用なパニックに陥らせないためにも、消防隊に連絡するのは最後の手段だと指導されていた。

消防隊は道路に設置された消火栓の使用にこだわり、水が出たかもしれない改札内の水道管を無視した。他の機関が設置した設備は使わないよう、命じられていたからだ。

この非公式なルールはどれも、それなりに意味がある。たとえば出札係を乗車券の販売に集中させ、火事の兆候に目を光らせるなど、他のことは一切させない習慣が存在したのは、かつて乗車券売場の人手不足の問題が生じたからだ。出札係はごみを拾ったり、観光客に彼らが乗る電車を教えたりするために売場を離れてばかりで、その結果、長い行列ができていた。そこで出札係は売場にとどまって乗車券を販売し、それ以外は無視するよう命じられたのだった。功を奏して行列は消えた。出札係は売場の外、つまり自分たちの責任の範囲外で何かおかしなものを見つけても仕事に専念したのである。

では消防隊が自分たちの設備の使用にこだわる習慣はどうだろう？　それはある出来事の結果だった。10年前、他の消防署で慣れない水道管にホースをつなごうとして貴重な時間を無駄にし、火が一気に燃え上がったことがあった。それ以降、自分たちが把握しているものしか使わないのが一番よいのだと、誰もが心に決めたのだ。

言い換えれば、こういったルーチンのどれ一つとして根拠のないものはない。すべて理由があってつくられたものだ。地下鉄はとても広く複雑なため、スムーズに運営するためには、停戦状態によって、障害となりうる要素を取り除かなければならない。ロードアイランド病院と違い、停戦状態がまさしく力のバランスを保っていた。どの部署も平等だった。

それでも、31名が亡くなった。

ロンドン地下鉄のルーチンと停戦状態は理にかなっているように見えたが、それでも火事が起きてしまったのだ。その時点で、恐ろしい事実が浮上した。誰も、どの部署も、どの実力者も、乗客の安全に最終的な責任を持っていなかったということだ。

ときとして一つの事項（それは一部署かもしれないし、一個人かもしれないし、一つの目的かもしれない）を他のすべてより優先すべき場合がある。通常の手順とは違っても、電車を時刻通り運行させる力のバランスを脅かすとしても、だ。

停戦状態がどんな平和よりも深刻な危険をつくり出すこともあるのだ。

もちろん、この見解には矛盾がある。どうすれば力のバランスを保つ習慣を実行しつつ、他の項目よりも優先すべき人や目的を選ぶことができるのか？　看護師と医師が力を分かち合いながら、責任者をきちんと決めることができるだろうか？ どうすれば地下鉄のシステムは縄張り争いに汲々《きゅうきゅう》とするのを避けながら、部署間の管轄を分ける線を引き直してでも乗客の安全を最優先にできるのだろう？

その答えは、トニー・ダンジーが哀れなバッカニアーズを引き継いだとき、そしてポール・オニールが傾きかけたアルコア社のCEOに就任したときに見出したのと同じ強みを活用することにある。2008年にハワード・シュルツが業績不振のスターバックス社に戻ったときも同じだ。このリーダーたちは全員、「危機から生まれた可能性」を逃さなかった。混乱の中では組織内習慣が揺らぐため、責任の所在を明確にすると同時に、力のバランスをさらに公平なものにできる。実を言えば危機とはとても貴重なチャンスであり、危機感は抑えるよりも、むしろあおるほうがよいこともあるのである。

ショックからの改革

ロードアイランド病院で老人が亡くなった4カ月後、同病院の別の外科医が似たようなミスを犯し、またもや患者の頭部の無関係の箇所を手術した。州保健局は病院に譴責《けんせき》を言い渡し、5万ドルの罰金を科した。18カ月後には、外科医が子供の口蓋裂手術で間違った箇所を手術、その5カ月後には、今度は患者の間違った指を手術した。さらに10カ月後、男性患者の頭部内にドリルの刃が残された。これらの医療事故で新たに45万ドルの罰金が科された。

こうした事故を起こす医療機関はもちろんロードアイランド病院だけではない。だが運悪く、同病院は医療事故のシンボルに祭り上げられてしまった。地元新聞にはそれぞれの事故の詳細な記事が掲載され、テレビ局は病院の外に野営、全国ネットワークも加わった。「問題は消えないでしょう」と、全国的な病院評価組織の副会長がAP通信の記者に告げた。ロードアイランド病院は混乱状態にあると州の医療の権威が記者に宣言したのだ。

「戦場で働いているような気分でした」一人の看護師が私に言った。「テレビのレポーターが車へ戻る医師を待ち伏せしているんです。ある少年からは、手術中に間違って自分の腕を切り落とさないようにしてほしいと頼まれました。何もかもが手に負えない状態でした」

批判やマスコミが集まるにつれて、病院内に危機感が生まれた。幹部の中には認可の取り消しを心配する者もいれば、「自分たちは標的に選ばれたのだ」と弁解がましくテレビ局を攻撃する者もいた。「〝いけにえ〟と書かれたバッジを見つけたから、病院につけていこうと思ったんです」私にそう語った医師もいる。「それはよくないと妻に言われました」

やがて幹部の一人であるメアリー・ライク・クーパー医師が口を開いた。彼女は86歳の老人が亡くなる数週間前に、安全管理室長に就任したばかりだった。病院の幹部やスタッフが一堂に会するミーティングで、彼女は「自分たちは今の状況を思い違いしている」と語った。批判を受けているのは悪いことではない、実際、この病院は得がたい機会を与えられたのだ、と。

「これを手始めにしようと思いました」とドクター・クーパー。「病院にはこの手の問題を解決しようとして失敗してきた歴史があります。人にはショックが必要なときがあり、今回の悪評は大いなるショックでした。それが私たちにすべてを見直す機会を与えてくれたのです」

ロードアイランド病院は丸一日、全科を閉鎖して（巨額の損失になる）、全職員に集中訓練プログラムを受けさせ、チームワークを強調し、看護師と医療スタッフに権限を与えることの大切さを教え込んだ。脳神経外科長は辞任し、新しいリーダーが選ばれた。外科手術における安全対策を見直すにあたって、第一線の医療機関の連合団体であるトランスフォーミング・ヘルスケアセンターを招き、手ほどきを受けた。病院の首脳陣は手術室にビデオカメラを設置し、手術のたびにタイムアウトが行われているかどうか、チェックリストが導入されているかどうかを確認した。システムがコンピューター化され、患者の健康を危険にさらすような問題が起こった場合、どの職員でも匿名で報告できるようになった。

こういった構想の一部は、過去にも提案されてきたが、必ず却下されていた。医師も看護師も手術を録画したり、他の病院から仕事のやり方に口を出されたりするのは好まなかった。しかし今回は大きな危機感に駆られたため、変わることへの抵抗感が減ったのだ。

ロードアイランド病院以外にも、失敗を重ねた結果、似たような転換を図り、事故率を低下させた病院がある。ロードアイランド病院のように、こういった施設が改革できるのは、危機感を抱いたときだけであることが判明している。たとえばハーバード大学の附属病院の一つ、ベス・イスラエル・ディーコネス医療センターは、１９９０年代末期に度重なる医療事故や内部抗争が新聞沙汰になり、公開の会合では看護師と役員が醜い怒鳴り合いの喧嘩になった。州職員のあいだでは、医療事故が根絶できることを証明するまで閉鎖させるべきだという話も出た。批判を受けたセンターは、職場の文化を変えるべきだという結論で一致した。その答えの一つが〝安全交流〟だ。３カ月ごとに主任医師が数百人の同僚を前にして特定の外科手術や診断を取り上げ、自分の失敗や失敗寸前だった処置について事細かに述べるというものだ。

「人前で失敗を認めるのはつらいものです」最近までディーコネス医療センターの外科医局長を務めていたドナルド・ムーアマン医師が言う。「20年前だったら医師はけっして認めなかったでしょう。でも今はまぎれもない危機感がセンター内に広がり、最高の腕を持つ外科医もかつて大きな過ちを犯しそうになったときのことを進んで話してくれるようになりました。医学界の文化は変わりつつあるのです」

危機こそ好機

すぐれたリーダーは危機を好機ととらえ、組織内の習慣をつくり替える。

たとえば米航空宇宙局《NASA》の首脳陣は、何年もＮＡＳＡの安全習慣を改善しようと努めてきたが、その努力は実を結ばなかった。1986年にスペースシャトル・チャレンジャーの爆発事故が起こり、その悲劇の結果、安全基準の徹底的な見直しに着手したのだ。

また航空会社のパイロットは、航空機メーカーに対して操縦席の配置変更を、航空交通管制官に対して交信方法の見直しをずっと求めていたが、それが実現したのは1977年に、スペイン領テネリフェ島の滑走路でジャンボ機が衝突し、583名が死亡するという、悲惨な事故が起きたのがきっかけだった。5年以内に操縦席のデザイン及び滑走路の使用手順と航空交通管制官の交信方法が見直された。

実際、危機はとても貴重な機会のため、賢明なリーダーは故意に危機感を長引かせる。キングス・クロス駅で火災が発生したあとがまさにそうだった。火災の5日後、イギリスの国務大臣はデズモンド・フェネルを特別調査員に任命し、この事故について調べさせた。フェネルは地下鉄幹部への聞き取り調査から始め、防火対策が深刻な問題であることを全員が数年前から認識していながら、何も変わらなかったことをすぐに突き止めた。一部の幹部は新しい命令系統を提案しており、それが実現していたら、火災防止の責任の所在を明らかにできていたかもしれない。また縦割りの部署間の橋渡しができるよう、駅長の権限強化を提案した者もいた。しかし、改革案のどれ一つとして実行はされなかった。

フェネルが自らの改革案を提案すると、同じような妨害が起こる。部長は責任をとることを拒否したり、部下に陰で言い含めて、フェネルに従わせまいとしたりした。

そこでフェネルはマスコミを巻き込んで調査を進めることにした。

彼の要求によって91日間も行われた公聴会では、複数の危険の警告を無視した組織の実態が明らかになった。新聞記者に対しては、「通勤客は今後も地下鉄に乗るたびに大いなる危険にさらされることになる」とほのめかした。火災から約1年後に発表された最終報告書は、250ページに及ぶ容赦のない告発となり、地下鉄を官僚的愚かさで腐敗した組織として描き出した。「事故の調査として取りかかったはずの報告書の範囲を、システムの検討にまで拡大する必要があった」とフェネルは書いている。どのページも、この組織の大半が本質的に無能であるか、堕落していることを示す痛烈な批判と勧告とで締めくくられていた。

間髪を容れずに強烈な反応があった。通勤客が大勢地下鉄の事務所の前に集まって抗議の声をあげた。組織の幹部は解雇された。新しい規則が数多く認められ、地下鉄の文化は見直された。今日では全駅に乗客の安全を第一義とする責任者が配置され、駅員にはわずかでも危険を感じたら報告する義務が課されている。電車は今も時刻通りに運行している。しかし、地下鉄の習慣と停戦状態が見直された結果、防火対策に最終的な責任を持つのは誰なのかが明確になり、たとえ誰の感情を害することになろうとも、全員が行動する権限を与えられた。

組織内の習慣が有害な停戦状態をつくり出した企業は、同じような転換が可能である。習慣が機能しなくなった企業は、ただ単にリーダーが命じたからといって、方向転換はできない。むしろ賢明な経営陣が危機の瞬間を見出したり、危機感を植えつけたりすることで、「何か変えなければいけない」という感覚を広めていけば、最後には誰もが毎日くり返しているパターンを見直そうという気になる。

86歳の男性の死をはじめとする医療事故の結果、ロードアイランド病院でも同じことが起こった。２００９年に新しい安全対策が完全に実施されて以来、手術箇所の間違いは起こっていない。最近では救命救急診療でもっとも栄誉あるビーコン賞や、癌治療の質の高さにより米国外科医師会から賞を授与されている。

さらに重要なのは、勤務する看護師や医師が、「以前とはまったく別の病院のような気がする」と話していることだ。

２０１０年、アリスン・ワードという若い看護師が通常の外科手術の補佐のため、手術室に入った。彼女は手術室で働き始めて1年だった。部屋の中では一番若く、経験も少ない。

手術を始める前に、チーム全員が意識不明の患者の周囲に集まり、タイムアウトを行った。外科医がチェックリストを読み上げて壁に貼る。そこには手術の全工程が詳細に記されている。

「よし、最後のステップだ」外科医はそう言うと、メスを手にした。「手術を始める前に何か気にかかっていることがある人は？」

外科医はこの種の手術を何百回も行っていた。彼の執務室にはあふれるほどの学位授与証や賞状が並んでいる。

「先生」27歳のワードが言った。「最初の処置と2度目の処置の前に、いったん小休止することを全員で確認しておきたいんです。さっきおっしゃらなかったので、忘れないようにと思って」

数年前なら叱責を受けかねない発言だった。あるいはキャリアが終わっていたかもしれない。

「補足してくれてありがとう」外科医が言った。「次回からは忘れずに言うようにするよ」

そして外科医が宣言した。「よし、では始めよう」

「この病院に厳しい時期があったのは知っています」のちにワードが私に語った。「でも今は本当に協力的です。私たちの訓練であれ、手本となるモデルであれ、この病院の文化で一番重視されているのがチームワークです。ここなら何を言っても大丈夫な気がするんです。ここはすばらしい職場ですよ」

第7章　買わせる技術――ヒット商品を自在に生み出す秘策

アンドリュー・ポールがディスカウント・チェーンを展開するターゲット社のデータ処理専門家として働き始めたばかりのころ、マーケティング部門の同僚が彼のデスクへやって来て訊いたのは、まさにポールのためにあるような質問だった。

「君のコンピューターで、客が妊娠しているかどうかわかるかい？　たとえ客がそのことを、僕らに知られたくないと思っていても」

ポールは統計の専門家だった。彼の人生は、「データを使って人間を理解すること」を中心に回っていた。ノースダコタの小さな町で育ち、友人が青少年クラブに参加したり、プラモデルを組み立てたりしているころから、コンピューターで遊んでいた。大学卒業後、大学院で統計学、その後に経済学の学位を取得した。ミズーリ大学経済学専攻のクラスメイトの大半が、保険会社や政府機関への就職を目指していたが、彼はまったく別の道に進んだ。

彼は経済学者が人間の行動を説明するのに、パターン解析を使っている事実に強い関心を持った。そして自分でもいくつか非公式な実験を行った。パーティーを開いて、全員にお気に入りのジョークを投票してもらい、完璧な一発ギャグの数理モデルをつくろうとした。またパーティーで女性と臆《おく》せず話ができる一方、恥をかかずにすむビールの量を正確に計算しようとした（これらの研究はまったくうまくいかなかったらしい）。しかしこうした実験は、子供の遊びにすぎないと彼は知っていた。アメリカの企業はデータを使って人々の生活を徹底的に分析しているのだ。ポールはそんな会社に入ってみたかった。

卒業後、彼はホールマーク（グリーティングカードの会社）が、カンザスシティで統計の専門家を募集していると聞いて応募し、まもなく、パンダとゾウのどちらがついた誕生日カードが売れるか、おもしろおかしいメッセージを赤で書くのと青で書くのと、どちらがインパクトが強いかといったことを、販売データから割り出す仕事をするようになった。それは彼にとって天国にいるような仕事だった。

6年後の2002年、ターゲット社がデータ処理係を募集していると知って、ポールは飛びついた。ディスカウント店を展開するターゲットに集まるデータは桁違いだ。ターゲットの店舗は1147軒もあり、毎年何百万もの客が訪れ、個人に関する大量のデータを提供してくれる。顧客はポイントカードを使い、郵便やメールで送られてくるクーポンを集め、あるいはクレジットカードで買い物をする。ターゲットはそうした購入記録を、年齢や性別などの特徴と結びつけて処理している。だがほとんどの人は、そこに気づいていない。

統計の専門家にとって、それは顧客の好みをのぞき見ることができる魔法の窓だ。ターゲットでは食品から衣料、家電、家具まで、あらゆるものを売っているので、顧客の買い物の習慣を詳しく追跡することで、彼らの家で何が起こっているか予測ができる。たとえば新しいタオル、シーツ、食器、フライパン、冷凍食品を買った人がいたら、新しい家を買ったと考えられる（あるいは離婚しようとしているのかもしれない）。もしカートに虫除けスプレー、子供の下着、たくさんの乾電池、女性向け雑誌『リアルシンプル』、そしてシャルドネのボトルが入っていたら？　それはおそらく、サマーキャンプが始まるのを待ちかねている母親だろう。

ターゲットで働きながら、ポールはアメリカの買い物客という、もっとも複雑な生物の日常生活を、じっくり観察するチャンスを得た。彼の仕事は大量のデータを分析し、子供がいるのか、独身主義者か、アウトドア派か、あるいはアイスクリームとロマンス小説に没頭したいタイプかなど、顧客のタイプを判断する数理モデルをつくることだった。数学的に人の心を読み、買い物客の習慣を解き明かすことで、さらに多くの買い物をするよう仕向けるのだ。

そんなある日の午後、マーケティング部の同僚が数人、彼のデスクにやってきた。彼らは顧客の買い物のパターンから、妊娠している人を割り出したいのだという。妊娠している女性や、まもなく親になる夫婦は、小売業者にとって有望な客である。あらゆる客層の中で、もっとも買い物をする可能性が高く、値段に敏感な人々だ。おむつやよだれかけだけの話ではない。幼い子供を持つ親はとても疲れていて、哺乳瓶や粉ミルクと同じ場所にあれば、あらゆるもの——ジュース、トイレットペーパー、ソックス、雑誌——を買っていくはずだ。それだけではない。子供ができてからターゲットでショッピングをするようになったら、その後、何年も来てくれるだろう。

つまり妊娠している人を割り出すことで、ターゲットは何百万ドルも稼ぐことができる。ポールは興味をそそられた。自分のような仕事をしている者にとって、客の頭の中だけでなく、寝室の中まで入り込む以上に、やりがいのある仕事があるだろうか？

だが、このプロジェクトが終わったとき、ポールは他人のプライベートすぎる習慣を食い物にする危険性について、重要な教訓を学んでいた。たとえば自分たちが知っていることを隠すのは、知ることと同じくらい大切だ。自分の家族計画を、コンピューターで詳しく分析されることを喜ばない女性もいる。

数学で他人の心を読む作業を、誰もがクールと感じるわけではないのだ。

「まるでビッグ・ブラザーに監視されているみたいに思えるかもしれない。気持ち悪いと感じる人もいるだろう」

買い物客の習慣とは

はるか昔、ターゲットのような会社は、アンドリュー・ポールのような男は雇わなかった。ほんの20年前でも、小売業者は今日のようなデータに基づく細かい分析は行っていなかった。ターゲットをはじめ、スーパーマーケット、ショッピングモール、グリーティングカード販売会社、衣服の小売業者などは、昔ながらの方法で、消費者の頭の中をのぞきこもうとしていた。かろうじて科学的と思える方法を使って客にもっと買い物をするよう仕向けられると主張する、心理学者たちを雇っていたのだ。

そういった手法の一部は、現在でも行われている。ウォルマートやホームデポ、近くのショッピングセンターに行ってよく見れば、小売業で何十年も前から用いられている工夫に気づくだろう。いずれも買い物客の潜在意識を利用したものだ。

たとえば食品を買うときのことを考えてみよう。

スーパーマーケットに入ると、まず目につくのは、きれいに山積みされた野菜や果物だ。考えてみれば、農産物を店内の最初に並べるのはあまり意味がない。果物や野菜をバスケットの一番下に入れたら、すぐに傷んでしまう。理論的に、野菜は一回りして最後に買えるよう、レジの近くに置くべきなのだ。

しかしマーケターや心理学者の調査によれば、最初に健康的なものを買っておくと、あとでドリトスやオレオや冷凍ピザを目にしたとき、それらも買う可能性が高くなる。まずカボチャを買うと、よいことをしたという気持ちが意識下に生まれ、あとでアイスクリームの大箱をかごに入れやすくなる。

また、だいたいの人が店に入ったあと右に曲がる（いつも右に曲がることに気づいていただろうか。あなたもきっとそうしているはずだ。何千時間にも及ぶビデオテープの分析により、客は入り口のドアを通ったあと右に曲がることが証明されている）。この癖を利用して、小売業者はお客に買ってほしい、特に利益率の高い商品を店の右側に置く。

こうした戦略の問題は、すべての買い物客を同じように扱っていることだ。それは買い物の習慣をつくり出そうとするには、あまりに素朴で画一的な方法だ。

しかし、この20年、小売業界の競争はどんどん激しくなり、ターゲットのようなチェーン店は、昔のやり方は通用しないと理解し始めた。利益を増やすには、個々の買い物客の習慣を知り、一人一人と商売するつもりで、その顧客独自の好みに訴える売り込みをする必要がある。

このようなことが認識され始めた理由の一部は、買い物の決定ほとんどすべてに、習慣が強い影響を与えているとわかってきた点にある。

いくつもの実験を分析した結果、もしある買い物客の習慣がわかれば、その人にほぼ何でも買わせることができると、マーケターは確信した。別の調査では、スーパーの中を歩いている消費者のようすを録画した。客がどのように買う物を決めているか調べるためだった。

調査担当者は、特にショッピングリストを持ってくる客に注目した。理論的には、そのような客は事前に自分が買うものを決めているはずだ。ところが、リストを持っている人の50パーセント以上が、棚に並んだ商品を見ながら買うものを決めていた。目的の商品があっても、紙に書かれた意思よりも習慣のほうが強い力を持っているのだ。

「そうだな……」ある買い物客は、店の中を歩きながらつぶやいた。「ポテトチップスか。必要ないな。いや、待て。レイズのポテトチップスが安くなってる！」彼はかごにひと袋入れた。また何カ月も続けて同じブランドの食品を買いながら、実はあまり好きではないという女性客もいた（「フォルジャーズのコーヒーが特に好きってわけじゃないけど、いつもこれを買っているから。他にいいのがあるかしら？」他のコーヒーのブランドがずらりと並んだ棚の前に立ちながら、彼女はそう言った）。買い物客はだいたい、来るたびに同じ量の食品を買っていく。節約すると心に決めていてもだ。

「消費者はときおり、習慣の生き物のような行動をする」南カリフォルニア大学の２人の心理学者が、２００９年にそう書いている。

さらに興味深いのは、買い物をするときの習慣が各人によって違うということだ。ポテトチップスが好きな男性客は、来るたびにポテトチップスを買っていた。しかしフォルジャーズのコーヒーを買った女性客は、ポテトチップスが並んだ通路は通ったことがない。買い物のたびに牛乳を買う人もいれば（家にじゅうぶんあるのに）、減量しなくちゃと言いながら、必ずデザートを買う人もいる。しかしミルクを毎回買う人と、デザート中毒の客は、たいていの場合、重ならない。習慣は人によって違うのだ。

データ社会のショッピング

ターゲット社はこうした個人の癖を活用したいと考えた。しかし何百万もの人間が、毎日、入れ替わり立ち替わり出入りするのに、どうやって個々の好みや買い物のパターンを記録すればいいのだろう？

データは集まる。しかし膨大で、とても想像のつかないほどの量のデータだ。

10年ほど前から、ターゲットは大規模なデータウェアハウスをつくり、すべての客に番号を割りあて（内部では「ゲストＩＤ」と呼ばれている）、各個人のショッピング情報を記録している。同社が発行したクレジットカードを使う、レジでお得意様カードを見せる、家に送られてきたクーポンで割引を受ける、アンケートに答える、返金を郵便で受け取る、カスタマーサービスに電話をする、ターゲットからのメールを開く、オンラインショッピングをする。ありとあらゆる行動を会社のコンピューターが記録している。それぞれの取引が客のゲストＩＤと、これまで買った物品についての情報にリンクする。

ゲストＩＤは他にも、ターゲットが集めた人口統計的な情報とも結びつけられる。客の年齢、既婚か未婚か、子供の有無、どの地域に住んでいるか、店まで車で何分かかるか、年収、最近引っ越しをしたか、閲覧するウェブサイト、財布にどこのクレジットカードが入っているか、家の固定電話や携帯電話の番号。さらにターゲットは客の次のような情報を買うこともできる。民族、職歴、愛読誌、破産経験の有無、家を買った（あるいは売った）年、大学や大学院の経歴、そしてコーヒー、トイレットペーパー、シリアル、アップルソースなど、特定のブランドの商品を好むか、など。

インターネットの掲示板やフォーラムで交わされた消費者の声を聞いて、どの商品の評価が高いか、データを提供する企業もある。ラプリーフという会社は消費者の政治的傾向、読書習慣、チャリティ経験、所有する車の台数、宗教関係や、たばこ関連のニュースに興味を持っているかなどといった情報を販売している。さらには消費者がネットに投稿した写真を分析し、体型、身長、髪の生え具合といったところまで分類し、彼らが、どのような商品を欲しがるかを予測している（ターゲットは「どこの情報提供会社と取引をしているか、どんな情報を提供されているかは公表しない」との声明を出している）。

「以前は消費者が知らせない限り、企業が顧客の情報を知ることはできませんでした」企業がデータとその分析結果をどう使うかを調べる第一人者であるトム・ダヴェンポートは言う。「今の世の中ははるかに進んでいます。どれほどの情報がそこにあるかを知ったら、きっと誰もが驚くでしょう。そしてどの企業もそのデータを買います。それしか生き残る道はないからです」

もし、あなたがターゲット社のクレジットカードで週に1度、午後6時半にアイスキャンディをひと箱、7月と10月に特大のごみ袋をそれぞれ買っていたら、同社の統計学者とコンピュータープログラムは、「あなたの家には子供がいて、食品は仕事帰りに店に寄って買うことが多く、庭には芝生と落葉樹がある」と判断する（ごみ袋は夏の芝刈り、秋の落ち葉掃除のためと考えられるので）。他の買い物パターンを見てみると、あなたがシリアルを買っているのに、牛乳は買っていないことに気づく。つまり他の店で買っているということだ。そこでターゲットは低脂肪ミルクの割引クーポン、さらにはチョコスプレー、学校用品、庭

購入履歴が紐づけされたダイアグラム

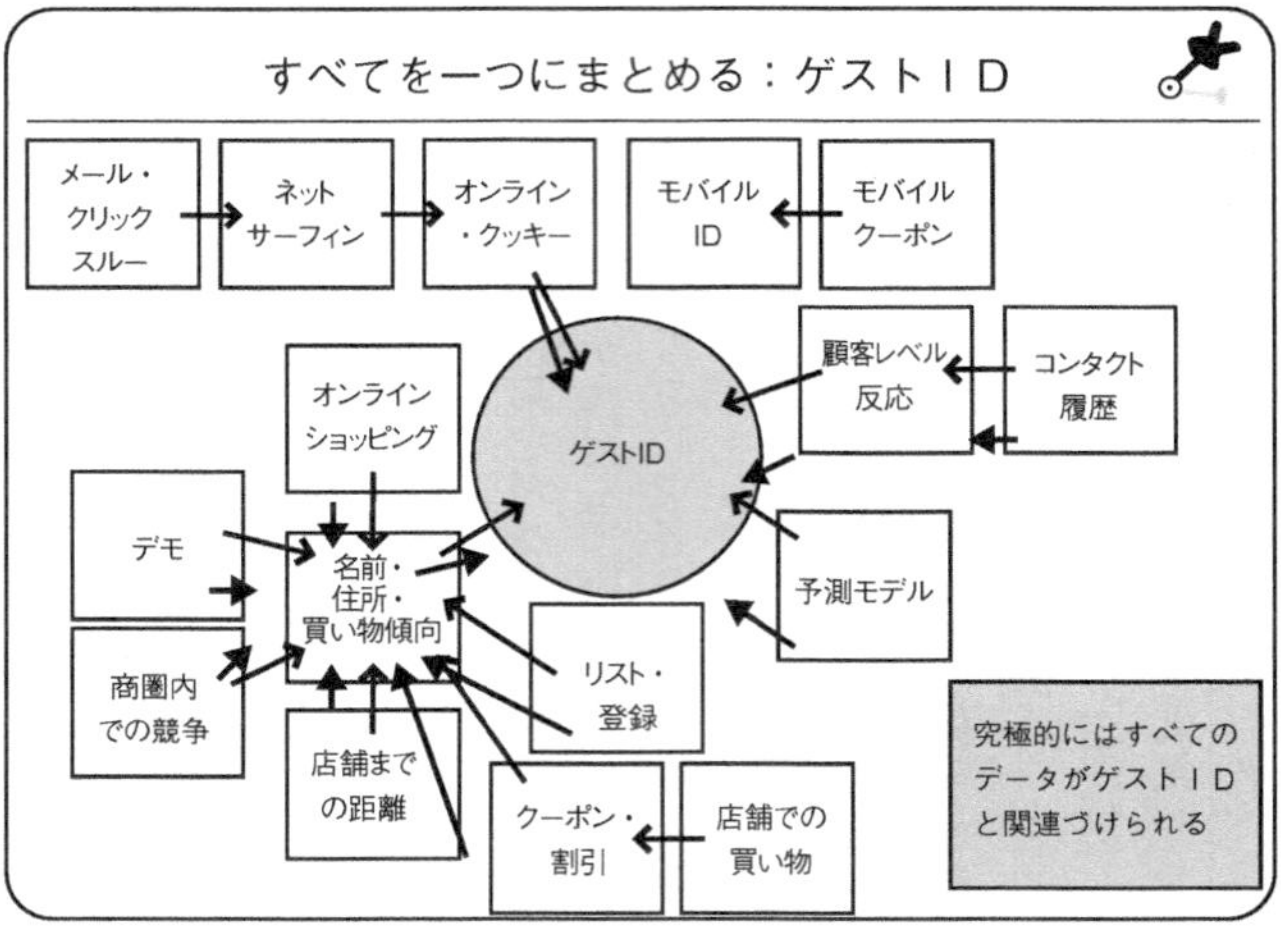

用の椅子やテーブル、熊手、そして——おそらく長い一日のあとでリラックスする時間が欲しいだろうと考え——ビールのクーポンも一緒に送る。彼らはあなたが習慣的に買う品を予測し、それをターゲットで買いたくなるよう仕向けるのだ。企業は顧客に送る広告やクーポンを、人によって変えることができる。しかし顧客であるあなたはおそらく、隣人と違うクーポンを受け取っているとは気づかないだろう。

「ゲストＩＤがわかれば、名前、住所、決済方法、ターゲットのＶＩＳＡカードやデビットカードを持っているかがわかり、それを店での購入履歴と紐づけることができます」

ポールは２０１０年の会議に集まった小売業者の統計管理担当者に向かってそ

う語った。ターゲットは店舗で販売された物品の半分、オンライン販売のほぼすべて、そしてオンライン閲覧の約4分の1を、特定の客と結びつけることができる。

そのときの会議でポールは、ターゲットが集めたデータのサンプルをスライドで見せた。そのダイアグラムがスクリーンに映し出された瞬間、聴衆の一人が感嘆の口笛を吹いた。ただし、こうしたデータも、その意味を読み解く統計分析家がいなければ何の意味もない。ふつうの人にとっては、オレンジジュースを買う2人の客は同じに見える。一人は34歳の女性で、子供のためにジュースを買っていて（だからきっと『きかんしゃトーマス』のDVDのクーポンを喜ぶ）、もう一人は28歳の独身男性で、ジョギングのあとにジュースを飲む（スニーカーの割引広告に反応するかもしれない）ということを突き止めるには、特別な数学的能力が必要なのだ。ポールをはじめ、ターゲットのゲストデータ&分析サービス部門に所属する50人のスタッフは、事実の中に隠れた習慣を見つけ出すエキスパートだ。

「わたしたちはそれを〝ゲストポートレート〟と呼んでいます。誰かのことを知れば知るほど、その人の買い物パターンを予測できます。毎回、ずばりと当てられるわけではありませんが、間違うことより正しいことのほうが多くなります」とポールは言う。

2002年にポールがターゲットに入社した際には、データ分析部門がすでに「子供のいる家庭」を特定するコンピュータープログラムを完成させており、11月になると、クリスマスプレゼントにぴったりの自転車やスクーターのカタログ、9月には新学期のための文房具、

6月にはプール用のおもちゃのカタログを送っていた。4月にビキニを買った人には7月になったら日焼け止め、12月にはダイエット本のクーポンを送る。ターゲットは顧客一人ひとりに、その人が必ず買うだろうと思われる商品の割引券をまとめたクーポン冊子を送ることもできる。まったく同じ商品を以前に買ったことがあるからだ。

「消費者の習慣」を予測したいと思っているのは、ターゲットだけではない。アマゾン、ベストバイ、クローガー・スーパーマーケット、1-800-フラワーズ、オリーブガーデン、アンハイザー・ブッシュ、アメリカ合衆国郵便公社、フィデリティ・インベストメンツ、ヒューレット・パッカード、バンク・オブ・アメリカ、キャピタル・ワン、その他何百という大手小売企業に予想分析部門があり、消費者の好みを調べる業務に専心している。

「しかしターゲットは、データ分析については、常にトップクラスです」プレディクティブ・アナリティックス・ワールドという会議を運営するエリック・シーゲルは言う。「データはそれだけでは何の意味もありません。ターゲットは本当に、核心を突く問題を突き止めるのがうまいのです」

シリアルを買った人が、おそらくミルクも買うだろうと考えるのは誰でもできる。しかしもっと難しい——そして儲けに結びつく——問題がある。

ポールが雇われて数週間後、「本人が知らせたくないとしても、妊娠した女性を特定することは可能かどうか」を訊きにきたのも、そこに理由がある。

買い物の習慣が変わるとき

1984年、UCLAの客員教授であるアラン・アンドリーセンが、ある基本的な問題に答えるための論文を発表した。その問題とは、「なぜ人は突然、買い物の習慣を変えるのか」というものだ。

アンドリーセンのチームは前の年、ロサンゼルス近辺で消費者を対象に電話調査を行い、どのブランドの歯磨きや石鹸を使っているか、そして好みがこれまで変わったことがあるかを質問した。回答を得たのは約300人。予想通り、大半の人が同じブランドのシリアルやデオドラントを買い続けていることがわかった。

ただし例外がある。

たとえば調査対象者の10・5パーセントは、過去6カ月のうちに歯磨きのブランドを替えていたし、15パーセント以上が新しい洗濯用洗剤を買うようになった。

アンドリーセンは、彼らが、なぜふだんのパターンを変えたのか、その理由を知りたかった。そこでの彼の発見は、近代マーケティング理論の柱となっている。人々が買い物の習慣を変えるのは、「人生における大きなイベントを経験するとき」なのだ。

たとえば結婚したとき、人は新しい種類のコーヒーを買うようになることが多い。新しい家に引っ越したとき、いつもとは違う種類のシリアルを買いやすい。離婚したとき、違うブランドのビールを買い始める可能性が高い。大きな出来事があると、買い物のパターンが変化しても本人は気づかないし、気にも留めないことが多い。しかし小売企業はそのことに気づいているし、少なからず気に留めている。

「転居する、結婚する、あるいは離婚する、仕事を失う、転職する、誰かと住む、誰かが家を出て行く。こういった出来事があると、マーケターに狙われやすい」と、アンドリーセンは書いている。

それなら人生最大のイベントとは何だろうか？　大きく人生が変わり、「マーケティング戦略の狙い目」となりやすいのは何だろうか？　それは子供ができることだ。大方の人々にとって、出産ほど生活を激変させるイベントはない。つまり親になろうとするとき、人は一番変わりやすいのだ。

企業にとって、妊娠した女性は宝の山なのである。

新たに親となる人々は多くの物を買う。おむつ、お尻拭き、ベビーベッド、赤ちゃん用の服、毛布、哺乳瓶。その大半がターゲットにとって大きな利益が見込めるものだ。2010年に行われた調査では、子供が1歳になるまでに、親が赤ちゃん用品に使う金額は平均で6800ドルと推定されている。

しかしそれは買い物のごく一部に過ぎない。そうした費用は、親が買い物の習慣を変える作用を利用して店が得る可能性がある利益に比べれば、ごくわずかなものだ。

疲れたママと寝不足のパパが、粉ミルクやおむつをターゲットで買うようになれば、食品、が楽だからだ。子供が生まれたばかりの親にとっては、楽ができることが何より重要なのだ。そのほう洗濯用品、タオル、下着……と、他の品物もターゲットで買うようになるだろう。

ポールが言う。

「哺乳瓶をさがして大急ぎで店を回っているときに、オレンジジュースの横を通り過ぎたら、1本、かごに入れるかもしれません。欲しかったDVDも同様です。そのうちシリアルやペーパータオルもうちで買うようになり、その後も来てくれるのです」

子供が生まれたばかりの人々は、一番買い物をしてくれる層なので、大手小売企業はそういう人々を見つけるためなら、たいていのことはする。たとえ扱っている商品が赤ちゃんとはまったく関係なくても、産婦人科病棟に出かけていく。

たとえばニューヨークのある病院では、すべての母親にギフトバッグを贈る。その中にはヘアジェル、洗顔料、シェービングクリーム、栄養補助食品、シャンプー、コットンのTシャツなどのサンプルが入っている。オンライン写真サービス、ハンドソープ、近所のジムの割引クーポンもある。もちろん紙おむつやベビーローションのサンプルもあるが、それらはたいてい、赤ちゃん向けではない商品の下に埋もれている。全米580もの病院で、新たに母親となった女性が、ウォルト・ディズニー社からのプレゼントを受け取っている。同社は2010年に、幼児の親を標的とするための部署を立ち上げた。P&Gや玩具会社のフィッシャープライスにも、同じようなプレゼント・プログラムがある。ディズニー社は北米における新生児市場を、年間363億ドルと試算している。

だが、ターゲットのような企業からすると、「子供が生まれてから親に近づいても遅すぎる」のだ。子供が生まれるころには、すでに他の企業のレーダーにキャッチされている。ターゲットはディズニーやP&Gと競合しようとしていない。そういう企業を出し抜こうとしているのだ。ターゲットが目指すのは、子供が生まれる前に、親を取り込むことだ。

だからあの日、同僚たちがアンドリュー・ポールのところへやってきて、妊娠を予想するアルゴリズムをつくってくれと頼んだのだ。妊娠4カ月目くらいで特定できれば、どこよりも早く攻勢をかけることができる。

唯一の問題は、妊娠している顧客の特定が、思ったより難しいことだった。ターゲットには出産祝いのレジストリ（出産する人が店を決め、お祝いとして贈ってほしいものをリストアップして登録しておく。贈る側はそのリストを見て、予算に合ったものを選んで贈ることができる。もらう側が欲しいものを重複することなく受け取れるという合理的な方法）があり、それで妊娠した女性をさがすことはできた。レジストリに登録する女性は、出産予定日などの貴重な情報を進んで渡してくれるので、会社はいつ妊婦用ビタミンや紙おむつのクーポンを送ればいいか見当がつく。しかしターゲットの顧客でレジストリを使うのは少数派だった。

マタニティドレスや子供用家具、紙おむつを買った人がいれば、「妊娠している」と考えるだろう。しかし考えることと知っていることでは、まったく違う。紙おむつを買ったのは、自分が妊娠しているからなのか、妊娠している友人へのプレゼントなのか、どうすればわかるだろう？　タイミングも重要だ。出産予定日の1カ月前なら役立つクーポンも、出産の2～3週間後に届いたら、そのままごみ箱行きになってしまうかもしれない。

ポールはこの問題に取り組むため、まずターゲットの出産祝いレジストリを細かく調べることから始めた。出産予定日が近づくにつれ、標準的な女性の買い物の習慣がどう変わっていくかについても観察した。レジストリは直感を検証するための実験室のようなものだった。妊婦はそれぞれ、自分の名前、配偶者の名前、そして出産予定日を書いて提出する。ターゲットのデータウェアハウスはその情報を、一家のゲストIDとリンクさせる。その結果、妊娠した女性が店舗かオンラインで何かを買うと、ポールは登録された予定日のデータを使って、購入日が妊娠何週目にあたるかを記録していく。まもなく彼は、いくつかのパターンを発見した。

妊娠した女性には、かなり予測しやすい買い物パターンがある。たとえばローション。ローションを買う人は山ほどいるが、妊婦は妊娠14～15週目ごろから大量の無香料ローションを買うようになる。別のアナリストが気づいたのは、最初の20週間、ビタミン、カルシウム、マグネシウム、鉄などのサプリメントをどっさり購入する女性が多いという事実だった。石鹸やコットンボールを毎月買う人は多いが、突然、無香料の石鹸とコットンボールを山ほど買い始め、さらにローションやマグネシウムや鉄を買った2～3カ月後に、除菌用ハンドジェルや、驚くほどの枚数のタオルをいっぺんに買うのは、予定日が近づいているサインだ。

ポールのコンピュータープログラムがデータをどんどん処理し、およそ25の商品を特定した。それらを同時に分析すれば、ある意味、女性の子宮の中をのぞくことができる。何より重要なのは、予定日を推測し、妊婦が「何かを買おう」と思う前に、時期に合った商品のクーポンを送れるということだ。ポールがレジストリの調査を終えるころには、彼のつくったプログラムで、一般的な買い物客ほぼすべての妊娠予測スコアをはじき出すことができた。

アトランタに住むジェニー・ウォードは23歳。カカオバターローション、紙おむつが入りそうなバッグ、鉄剤、マグネシウム、そして明るいブルーのラグを買った。彼女が妊娠している可能性は87パーセント、予定日は8月末あたりだろう。ブルックリンのリズ・アルターは35歳。タオル5パック、敏感肌用の洗剤、ゆるいジーンズ、DHAを含むビタミン剤、それに大量の保湿液を買った。妊娠している確率は96パーセントで、予定日は5月初旬。サンフランシスコ在住のケイトリン・パイクは39歳で、250ドルのベビーカーを買ったが、他には何も買っていない。そしてデータによれば、彼女は2年前に離婚している。ベビーカーは友人への贈り物と思われる。

ポールはターゲット社のデータベースにあるすべての客を、このプログラムで調べた。終了時には、妊娠している可能性がある女性が何百、何千人の規模でピックアップされた。ターゲットはもっとも買い物の習慣が変わりやすい状況の彼女たちに、紙おむつやローション、ベビーベッド、ガーゼタオル、マタニティドレスといった商品のカタログをたくさん送ればいい。女性やその配偶者の一部でも、ターゲットで買い物をするようになれば、売り上げは何百万ドルも増えるはずだ。

しかし宣伝攻勢をかけようとしたところで、マーケティング部門の女性が、ふと尋ねた。ターゲットがこれほど多くのことを知っているとわかったら、客はどう感じるかしら？

「妊娠していることを誰にも言っていないのに、カタログが送られてきて、〝ご懐妊、おめでとうございます！〟なんて言われれば、それは気持ち悪いと感じるかもしれません」ポールが言う。「プライバシーに関する法律の遵守については、みんなとても保守的です。しかし法を守っていても、人を不快にさせてしまうことはあります」

彼がそのような心配をするのには理由がある。ポールが妊娠予想モデルをつくっておよそ1年がたったころ、一人の男性がミネソタのターゲットにやってきて、店長に会いたいと言った。彼は一枚の広告を手にしながら、とても腹を立てていた。

「うちの娘のもとに、こんな広告が送られてきたんだ。娘はまだ高校生なのに、どうして赤ん坊の服やベビーカーの広告が入ってるんだ？　妊娠を勧めているのか？」

店長はその男性が何を言っているのか、まったくわからなかった。送られた郵便を見ると、たしかにその男性の娘宛になっていて、マタニティドレスや新生児用家具といった類の広告が入っている。

店長は必死に頭を下げ、数日後、自宅に電話をして、もう一度、謝罪した。

ところが、である。父親は、どこか決まり悪そうに言った。

「娘と話をした。私はまったく気づいていなかったが、この家では重大なことが起こっていた。あんたたちに謝らないといかん」

こうした不安を消費者に与えているのは、ターゲットばかりではない。ここまでプライバシーに立ち入ったわけではなくても、顧客のデータを不適切に使ったとして、告発されている企業はいくつもある。たとえば2011年には、あるニューヨーク市民がマクドナルド、CBS、マツダ、マイクロソフトの各社に対して訴訟を起こした。「各企業の使っている広告会社が、消費者の買い物の習慣を調べるために、インターネットの使用状況を監視していた」という主張である。カリフォルニアでは、「顧客がクレジットカードを使った際に郵便番号を尋ね、住所を割り出そうとした」として、ターゲット、ウォルマート、ビクトリアズ・シークレット、その他の小売チェーンに対する集団訴訟が進行中だ。

女性の妊娠を予測するためにデータを使うことは、会社のイメージに大きな打撃を与えかねないという点を、ポールも同僚もじゅうぶんわかっていた。それなら、彼女たちの生活をこそこそかぎまわったと思われないようにしながら、広告を届けるにはどうすればいいのだろうか？　消費者のあらゆる面を細かく調べていると勘ぐられずに、人々の習慣を活用する手はあるのだろうか？*

絶対ヒットする曲？

２００３年の夏、アリスタ・レコードのプロモーション担当重役であるスティーヴ・バーテルが「誰もが気に入る曲がある」と、ラジオのＤＪたちに電話をかけていた。ヒップホップグループ、アウトキャストが歌う『ヘイ・ヤ！』という曲だった。『ヘイ・ヤ！』はファンク、ロック、ヒップホップを融合し、ビッグバンド・ジャズのテイストを加えたアップビートな曲だ。これまで聴いたことがないような音楽だった。「聴いた瞬間、毛が逆立ったよ」バーテルが言った。「絶対にヒットする曲だと思った。高校卒業パーティーやバルミツヴァ（ユダヤ教の成人式）で、何年も演奏されていくような曲だ」アリスタ社内では、重役たちが廊下で、「ポラロイド写真振るみたいにシェイクして」と、お互いに歌い合っていた。この曲は絶対に大ヒットする。誰もがそう思った。

それは単なる直感頼みではなかった。当時はレコード業界も、ターゲット社のようなデータ分析によるマーケティングへ移行しつつあった。買い物客の習慣を予測するのに小売店がコンピューターのアルゴリズムを使うのと同様に、音楽業界やラジオ業界の上層部も、コンピュータープログラムを使ってリスナーの習慣を予測するようになっていた。スペインに本拠を置くポリフォニックＨＭＩという、人工知能の専門家や統計学者が集まる企業が、曲の数学的特徴と、どのくらい人気が出るかを予想する、ヒットソングサイエンスというプログラムを開発した。ある曲のテンポ、ピッチ、メロディ、コード進行、その他の要素を、同社のデータベースに保管してある数千ものヒット曲と比較し、売れるかどうかを予測した得点を提供する。

たとえばノラ・ジョーンズの『カム・アウェイ・ウィズ・ミー』については、業界の大半の連中がそのアルバムに興味を示さなかったにもかかわらず、ヒットすると予測した（アルバムは売れ続けてセールスは1000万枚を超え、8部門でグラミー賞を受賞した）。DJたちが疑問視したサンタナの『ホワイ・ドント・ユー＆アイ』のヒットも予測した（ビルボードトップ40で3位）。

ラジオ局の重役が『ヘイ・ヤ！』をヒットソングサイエンスにかけたところ、良好な結果が出た。実際は〝良好〟レベルをはるかに超えていた。それまで誰も見たことがないほど高い得点が出たのだ。

アルゴリズムによれば、『ヘイ・ヤ！』はモンスター級のヒットとなるはずだった。

2003年9月4日午後7時15分、フィラデルフィアのラジオ局が『ヘイ・ヤ！』をラジオで流し始めた。その週はさらに7回、1カ月で合計37回オンエアされた。

そのころアービトロンという企業が、ラジオ局の番組を、任意に抽出した時間帯にどのくらいの人が聴いているか、そして特定の曲を流しているとき、どのくらいの人がチャンネルを替えるかがわかるという、新たな技術をテスト中だった。フィラデルフィアのその局もテスト対象の一つだった。局の重役は、きっと『ヘイ・ヤ！』が流れているとき、リスナーはラジオにかじりついているはずだと確信していた。

＊本章の内容は、ターゲットの元社員、現社員合わせて10人以上に行った面接調査を元にしている。彼らの多くは解雇その他の懲罰を恐れて匿名を条件に調査に協力してくれた。ターゲットには、本章の内容をチェックし、反論する機会を提供した。さらに顧客分析部門の管理職に、正式にインタビューを申し込んだが、同社は以下の2通のメールによる返答以外、事実確認の質問への回答を拒否した。1通目は次のようなものだ。「我が社のミッションは、お客様が来たいと思われるようなショッピングの場所を提供することであり、そのためには絶えず刷新を行い、価値ある商品と、他では味わえない経験を提供し、『より大きな期待、より安い価格』というスローガンの実現を目指しています。この使命を追求するため、お客様の好みを理解するために相当な投資を行い、客層による好みや流行を分析するための調査ツールを数多く開発してきました。そうしたツールによって集められたデータをもとに、店内のレイアウト、商品選択、販売促進、クーポン配布などを行っています。こうした分析のおかげで、我が社はお客様にもっとも便利なショッピングの機会を提供できるのです。たとえば店内で購入された品物に基づき、関連商品を予測して、レシートとともにその情報をお渡しすることができます。さらに出産祝いのレジストリのような、お客様の同意を得て行うプログラムによって、長期にわたるお客様のニーズを把握でき、お子様が生まれたあとも節約に役立つクーポンをお送りすることができます。こうした努力によって、ターゲットで買える商品の情報をより多く提供することが、お客様の直接的な利益となります。またそれでお客様が頻繁に店舗に足を運び、販売と利益が増えれば、それは私たちにとって大きな利益となります」2通目のメールは次のような内容だった。「記述のほぼすべてに不正確な情報が含まれているため、このまま出版すれば世間に誤解を招くことになります。それら一つ一つを指摘するつもりはありません。ターゲットは法的な義務を真剣に受け止めており、関連する保健情報の保護を含め、適用されるすべての連邦法、州法に従っております」

そしてデータが戻ってきた。

ところがである。リスナーは『ヘイ・ヤ！』を好まなかった。むしろ完全に嫌っていた。3分の1近くのリスナーが、曲が始まって30秒以内にチャンネルを替えたほどだ。フィラデルフィアだけにとどまらない。シカゴ、ロサンゼルス、フェニックス、シアトル、アメリカ中のラジオ局で、『ヘイ・ヤ！』が流れると、多くのリスナーがスイッチを切っていた。

「初めて聴いたときは、すごい曲だと思ったんだ」毎週２００万人以上が聴いているといわれる『トップ40』のホストであるジョン・ガラベディアンは言う。「しかし他の曲とまったく似たところがないので、この曲が流れ出すとおかしな気分になるリスナーもいた。ある男性は、これまで聴いたものの中で最悪だと言った。『トップ40』を聴く人は、自分の好きな曲、あるいは好きな曲に似ている曲を聴きたいんだ。そこへ何か違うものが来ると腹を立てる。なじみのないものを嫌がるんだ」

アリスタは『ヘイ・ヤ！』のプロモーションに大金をかけており、なんとしてもヒットさせなくてはならなかった。ヒットソングは金のなる木だ。歌自体が売れるだけではない。一つのヒット曲で、リスナーをゲームやインターネットから引き離すことができるからだ。BGMに使えばテレビでスポーツカーを売り込むこともできるし、流行の店で服だって売れる。ヒットソングは何十という消費の習慣の根本をなす存在であり、宣伝マン、テレビ局、バー、ダンスクラブ、さらにはアップルのようなテクノロジー企業までもが、それに頼っている。

しかしもっとも期待されている歌（その年を代表する歌になるとアルゴリズムが予測した

歌）が、崖っぷちに立たされている。ラジオ局の重役たちは、『ヘイ・ヤ！』をヒットさせるための「何か」を、どうしても見つけなければならなかった。

スティッキーな理由

特定の曲をどうすればヒットさせることができるか。

それは音楽業界ができたときから、誰もが答えを知りたがっている問題だ。しかし科学的に答えを出すという試みが始まったのは、ほんの20〜30年前からで、そのパイオニアの一人が、リッチ・マイヤーとその妻ナンシーだ。彼らはシカゴの自宅の地下室で、メディアベースという会社を興した。毎朝、前日さまざまな都市のラジオ局で録音したテープを使い、流されていた曲すべてを数え、分析する。そして毎週、どの曲の人気が上昇・下降しているかを調べ、ニュースレターとして発行した。

最初の2〜3年は、ニュースレターの購読者は100人程度。マイヤーと妻は会社を何とか続けようと悪戦苦闘していた。しかし聴取率を上げるために、彼らのアイデアを使い始めるラジオ局がどんどん増えていった。特に聴取のトレンドを説明するべく、彼が考案した方法——ニュースレター、メディアベースが販売するデータ、データに基づくコンサルタント業界が提供するサービス——によって、ラジオ局の運営法が根本から見直されることになった。

マイヤーがどうしても突き止めたかった謎の一つは「ある特定の曲が流れているときは、リスナーが決してチャンネルを替えないのはなぜか」という点だった。こうした曲をDJたちは「スティッキー（ねばる）」と呼ぶ。マイヤーは何百もあるスティッキーな曲を、何年もかけて追跡し、ヒットの原則を見つけようとした。彼の仕事場には、さまざまなスティッキー・ソングの特徴が計算されたチャートやグラフが山積みになっていた。マイヤーはスティッキー度を測定する新しい方法を常に考えており、『ヘイ・ヤ！』がリリースされたころには、アービトロンが行っていたテストのデータを使った実験を始め、何か新鮮なアイデアがないか調べていた。


当時ヒットしていた曲の中には、なぜヒットするのか説明する必要のないものもある。たとえばビヨンセの『クレージー・イン・ラブ』、ジャスティン・ティンバーレイクの『セニョリータ』がリリースされたばかりで、すでに大ヒットしていたが、これらはすでに人気がある歌手の作品で、誰もが聴きたいと思うのもうなずける。

その一方で、なぜスティッキーなのか、誰にも理由がわからないという曲もある。たとえば2003年の夏にブルー・カントゥレルの『ブリーズ』が流れたときは、ほとんど誰もチャンネルを替えなかった。この歌はビート主体の、とりたてて特徴のない曲だったので、DJたちは面白みがないと思い、あまり積極的にはかけなかったという。しかしこれがラジオで流れると、なぜか人々は耳を傾けた。それなのにあとでアンケートを実施してみると、リスナーたちは、この曲はそれほど好きではないと答える。あるいは3ドアーズ・ダウンの『ヒア・ウィズアウト・ユー』や、マルーン5のほぼすべての曲について考えてみよう。これらのバンドはあまりにも特徴がないために、批評家やリスナーのあいだで新しい音楽カテゴリーがつくられた。彼らの生ぬるいサウンドを評して「バスロック」などと呼ばれている。それでも彼らの曲がラジオでかかるとき、別の局に替えようとする人はほとんどいないのだ。

人が積極的に嫌うにもかかわらず、スティッキーな曲もある。クリスティーナ・アギレラやセリーヌ・ディオンの歌を考えてみよう。どんな調査でも、大方の男性リスナーが、セリーヌ・ディオンも彼女の曲も「耐えがたいくらい嫌いだ」と言う。しかしディオンの歌がラジオでかかると、男性リスナーはずっと聴いているのだ。ロサンゼルスでは、毎時間の終わりに必ずディオンを流すようにすると、聴取率が（アービトロンの調査によると）3パーセントも上昇するという。これはラジオの世界では驚異的な数字だ。男性リスナーはディオンが嫌いだと思っているかもしれないが、彼女の曲がかかると、じっと聴き入ってしまうのだ。

ある晩、マイヤーがいくつものスティッキーな曲を、続けて何度も聴き始めたところ、共通点に気づいた。曲同士が似ているわけではない。バラードもあればポップスもあった。しかしそれぞれの曲が、その属しているジャンルに期待されるサウンドそのものなのだ。それらの曲にはなじみがある——ラジオでかかる他の曲と同じように——のだが、少し洗練され、

なじみのループ

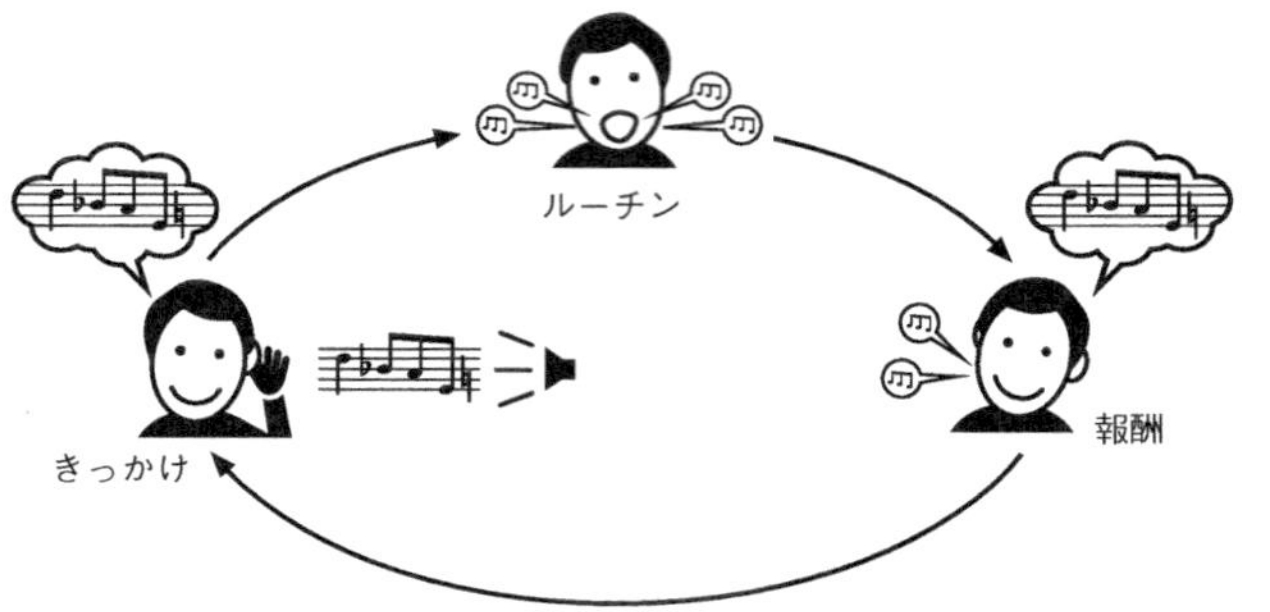

完璧な曲に近づいている。

「ラジオ局がアンケートでリスナーに電話をかけ、ある曲の一節を聴いてもらう機会があります。『この曲は100万回も聴いた。もう飽きてるよ』とリスナーが言っても、無意識の部分が『この曲知ってる！　もう100万回も聴いてる。一緒に歌える！』と叫んでいる。つまり、スティッキーな曲というのは、リスナーがラジオに期待している曲なんです。脳が実はその曲を聴きたいと思っている。誰にとってもなじみがあり、すでに聴いて好きになっている。ここで流れるべき曲だと感じるのです」マイヤーはそう語った。

人がなじみのあるものを好むことは、神経学的に証明されている。音楽を聴いているときの人間の脳を調べ、耳から入る刺激を理解する際に、脳のどの部分の神経が働いているかを追跡する。音楽を聴いているときには、たとえば聴覚皮質、視床、頭頂葉皮質など、さまざまな部位が活性化する。これらの部位はパターン認識とも関わっていて、どの情報に注意を払い、ど

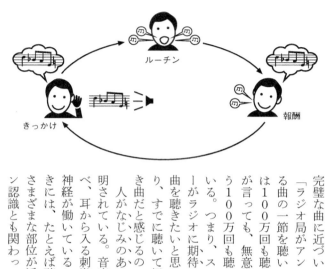

の情報を無視するかを脳が決めるのを助けている。音楽や言語を処理する部位は、パターンをさがし、なじみのあるものを求めるようつくられている。

これは筋が通っている。音楽はやはり複雑なものだ。いくつものトーン、ピッチ、重複するメロディ、どんな歌にもある、ぶつかりあうサウンド——これは人通りの多い道で話している人にも同じことが言える——があまりにも多いため、あるサウンドをピックアップし、他のサウンドは無視できる脳の能力がなければ、すべてが不快な騒音に聞こえてしまう。

かつてMITの科学者が指摘したとおり、私たちはある行動を習慣にすることで、決断を次から次へと迫られることなく暮らしていける。それと同様に、音を聴くときも習慣に従ってしまうのは、それがなければ土曜日のサッカーの試合で、子供の声やコーチの笛を、道路の騒音と聞き分けることさえできなくなるからだ。重要な音と無視しても差し支えない音を無意識のうちに分けるよう、私たちの耳は習慣づけられている。

たとえ聴くのは初めてでも、なじみのあるサウンドがスティッキーなのも、まさにそれが理由だ。私たちの脳は、すでに聴いたことのあるものに似ている音のパターンを好む。セリーヌ・ディオンが新曲をリリースしたとき——そしてそのサウンドが、これまで彼女が歌ってきた曲や、ラジオから流れる他の曲と似ていたら——私たちの脳は無意識にそのわかりやすさを強く求める。だからそれらは、思わず聴いてしまうスティッキーな曲となる。あなたがディオンのコンサートに行くことはなくても、彼女の歌をラジオで聴く。あなたはそれを仕事に行く途中に「聴くものだ」と思っているからだ。

そう考えると、ヒットソングサイエンスや音楽業界の重役たちが太鼓判を押していたにもかかわらず、なぜ『ヘイ・ヤ！』がラジオではうまくいかなかったのかもわかる。問題は『ヘイ・ヤ！』がなじみのない曲だったからだ。ラジオのリスナーは新しい歌を聴くたびに、意識的な決断をするのを嫌がる。彼らの脳は習慣に従おうとするのだ。たいていの場合、私たちはその曲を好きか嫌いかの選択をしているわけではない。私たちは、一つのきっかけ（「このサウンドはこれまでよく聴いた曲によく似ている」）と報酬（「一緒に歌うのが楽しい！」）に反応し、考えることなく歌い始めるか、もしくは他の局に替えようとラジオに手を伸ばすのである。

ある意味で、アリスタやラジオのＤＪたちは、ターゲットでアンドリュー・ポールが立ち向かったのと同種の問題に直面していたのだ。リスナーはその曲が嫌いだと言いながらも、聴いたことがあると感じれば、曲が流れているあいだ、座って聴いている。妊娠した女性たちは、個人的なことを知られ過ぎるのは、なじみがなくて気持ちが悪いと感じるだろう。しかしターゲットが彼女たちの生活をのぞき見ていると感じなければ、送られてくるクーポンを喜んで使うはずだ。ターゲットが妊娠を知っているのが明らかだと思わせるようなクーポンを送るのは、顧客の期待に反する。それは42歳の投資銀行家が、セリーヌ・ディオンの曲に合わせて歌っていると話すようなものだ。何かが間違っていると感じる。

それならＤＪたちはどうやって、『ヘイ・ヤ！』のような曲をリスナーに聴かせ、なじみのある曲にしているのだろうか？　ターゲットはどうやって、女性たちに気味悪い思いをさせずに、紙おむつのクーポンを使ってもらっているのだろうか？
それは新しいものを古い衣服に包むこと、そしてなじみのないことを、なじみのあるものにすることだ。

アメリカ人に内臓肉を食べさせる方法

1940年代初頭、アメリカ政府は、第二次世界大戦を戦っている軍隊を支援するために、国内で供給される食肉のほとんどをヨーロッパや太平洋戦域へと送るようになった。当然ながら国内ではステーキやポークチョップの流通が減り始め、1941年にアメリカが参戦するころには、ニューヨークのレストランではハンバーガーに馬肉を使い、鶏肉の闇マーケットが出現した。連邦政府は戦争が長引けば、国じゅうでタンパク質が不足するだろうと、頭を悩ませた。「戦争が続けば、問題はアメリカ国内でどんどん大きくなっていく」と、前大統領のハーバート・フーバーが1943年に、政府刊行物に書いている。「農場では家畜の世話をする労働力が不足している。何より我々は、イギリスとロシアに物資を送らなくてはならない。この戦いにおいては、肉と脂肪は戦車や航空機と同様に軍需物資なのである」

事態を懸念した国防総省は、主要な社会学者、心理学者、人類学者を集め（中にはのちに高名をはせるマーガレット・ミードやクルト・レヴィンもいた）、一つの任務を与えた。

「アメリカ人に内臓肉を食べさせるよう仕向けること」だ。ステーキやローストビーフが海外に行ってしまったあと、夫や子供にタンパク質豊富な肝臓、心臓、腎臓、胃袋、腸を食事として出すように一家の主婦に勧めるのだ。

当時のアメリカでは、内臓肉はそれほど多く食べられていなかった。中産階級の女性たちは、テーブルに牛の舌や胃袋を並べるくらいなら、飢えたほうがましと思っていた。そこで1941年、科学者を集めて「食の習慣委員会」が開催され、アメリカ人が内臓肉を食べるのを避ける、文化障壁を体系的に特定しようという目標を立てた。全部で200もの研究が発表されたが、すべてに共通することがあった。それは人々の食生活を変えるには、「なじみのないものを、なじみのあるものにする」必要があるということだ。そのためには、日常的になじみのあるもので包み込み、カモフラージュしなければならない。

アメリカ人に動物の肝臓や腎臓を食べるよう仕向けるには、主婦がその素材を使って、家族がテーブルに並ぶのを期待しているものと同じような見た目、味、匂いがする料理をつくれるようになればいい。科学者チームはそう結論した。たとえば1943年に軍の補給部隊が生のキャベツを部隊に送り始めたが、それは拒絶された。そこで駐屯地の食堂でそれらを切ったりゆでたりして、他の野菜と同じような形で皿に並べたところ、兵士たちは文句を言わずに食べた。「兵士たちは、なじみのあるものであろうとなかろうと、過去に食べたのと似たような形で出された食べ物を食べる傾向がある」こうした研究を評価している、ある現代の研究者がそのように書いている。

まもなく家庭の主婦のもとに、政府から「ご主人はキドニー入りのパイに歓声をあげるでしょう」という郵便が届くようになった。肉屋はレバーをミートローフに混ぜる方法を書いたレシピを配り始めた。

第二次世界大戦が終わった数年後に、食の習慣委員会は解散した。だが、それ以来、内臓肉はアメリカ人の食生活に完全に溶け込んだ。ある調査によれば、内臓肉の消費量は戦時中に33パーセントも増加し、１９５５年には、50パーセント増に達した。腎臓《キドニー》は夕食の定番に、そして肝臓《レバー》は特別な日の料理となった。内臓肉が安らぎの象徴になるくらい、アメリカの食生活パターンは変化したのである。

それ以降もアメリカ政府は、食事に関する幾多の提案を行ってきた。たとえば「ファイブ・ア・デイ・キャンペーン」という、一日に5種類の果物または野菜を食べることを勧めるキャンペーン、バランスのとれた食事の指針を示す農務省の「フードピラミッド」、あるいは低脂肪チーズや低脂肪牛乳の勧めなどがある。ところが、いずれのキャンペーンも食の習慣委員会の教えを守っていなかった。新しいものを既存の習慣のように見せかけようとせず、その結果、キャンペーンは失敗した。これまで、アメリカ人の食生活を変え、定着させることに成功した政府のプログラムは、１９４０年代に行われた内臓肉キャンペーンだけだ。

しかし、ラジオ局やターゲットのような大企業は、もう少し機転が利く。

ヒット曲をつくりだせ！

『ヘイ・ヤ！』をヒットさせるためには、聴取者に曲になじんでもらわなければいけないと、DJたちはまもなく気づいた。そしてそのためには、特別な作戦が必要だ。

ヒットソングサイエンスのようなコンピュータープログラムは、かなり高い確率で人間の習慣を予想できるが、ときどき、まだ現れていない習慣まで見つけてしまうことがある。

消費者に浸透していない習慣、ともすると消費者が認めたがらない習慣（実はしめっぽいバラードが好きだとか）に働きかけようとすると、その会社は倒産のリスクを負うかもしれない。

1940年代に肉屋が「牛の腸を夕食のテーブルにどうぞ！」と宣伝したところで、主婦はツナのカセロールを食卓に出しただろう。ラジオ局が「30分ごとにセリーヌ・ディオンを流します！」と宣言すれば誰もその局は聴かなくなる。

そのため、スーパーマーケットのオーナーは、りんごやトマトを前面に押し出したし（その一方で、レジに行くまでにお客が必ずM&M'sとハーゲンダッツの前を通り過ぎるよう配列し）、1940年代の肉屋はレバーを「新たなるステーキ」と呼び、DJは『タイタニック』のテーマをこっそり他の曲のあいだにすべりこませた。

『ヘイ・ヤ！』をヒットさせるには、すでに確立している、「ラジオを聴く習慣」の一部にする必要があり、そのためには、主婦がレバーをミートローフに入れたように、多少のカモフラージュがいる。そこでアリスタの意を受けたラジオ局は、『ヘイ・ヤ!』をかけるときには、すでに人気がある曲のあいだに挟むようにした。

「これは、いわば曲の並びについての理論です」ラジオコンサルタントのトム・ウェブスターが言う。「新しい曲を、すでに誰もがヒット曲と認める二つの曲のあいだにかけるのです」

しかしヒット曲なら何でもいいわけではない。DJたちは『ヘイ・ヤ!』を、独特のスティッキーさを持っていると言われた曲、たとえばブルー・カントゥレル、3ドアーズ・ダウン、マルーン5、クリスティーナ・アギレラなどのあいだに流した（同じ曲を2回使う局もあった）。

たとえば2003年9月19日、フィラデルフィアのラジオ局WIOQのプレイリストを見てみよう。

11時43分　3ドアーズ・ダウン『ヒア・ウィズアウト・ユー』
11時54分　ブルー・カントゥレル『ブリーズ』
11時58分　アウトキャスト『ヘイ・ヤ!』
12時01分　ブルー・カントゥレル『ブリーズ』

10月16日はこうだ。

曲の並びのイメージ

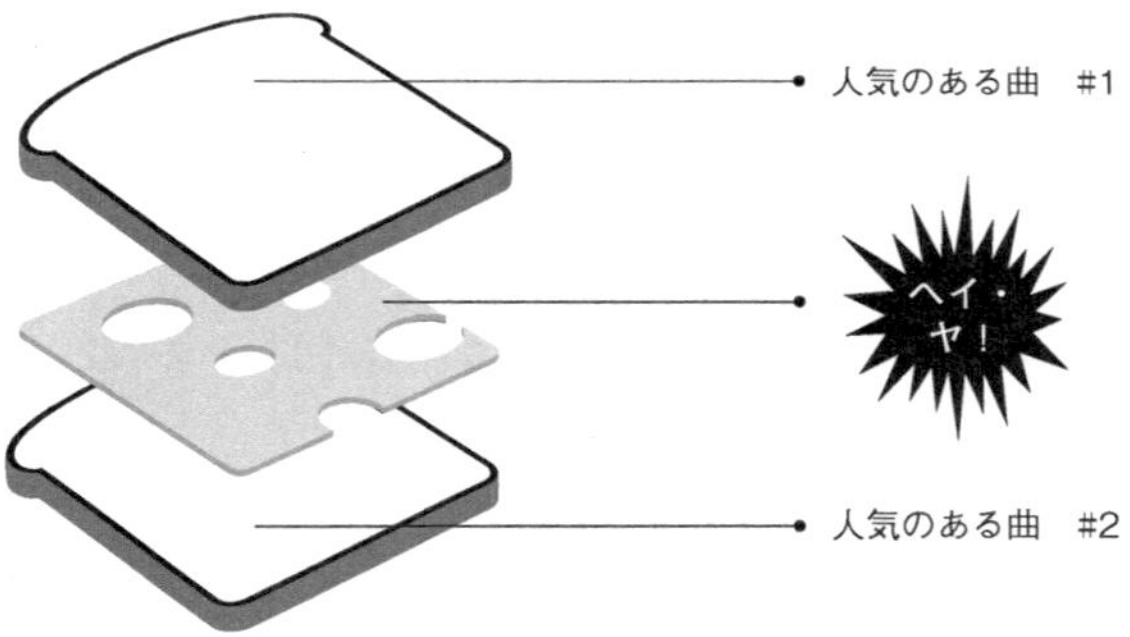

9時41分　マルーン5『ハーダー・トゥー・ブリーズ』
9時45分　アウトキャスト『ヘイ・ヤ！』
9時49分　クリスティーナ・アギレラ『キャント・ホールド・アス・ダウン』
10時00分　ファレル『フロンティン』

「プレイリストの管理はリスク緩和に関わります」ウェブスターは言う。「他では耳にしない新しい曲を流すことにはリスクがありますが、流さなければ聴いてもらえない。しかしリスナーが本当に聴きたいのは、よく知っている好きな曲です。だから新しい曲に、できるだけ早くなじんでもらわないといけません」

WIOQが9月初旬に『ヘイ・ヤ！』を流し始めたとき（サンドイッチ作戦にする前）、その曲がかかるたびに、リスナーの26・6パーセントが局を替えた。しかし10月に入り、スティッキーなヒット曲のあいだに流すと、局を替える率は13・7パーセントに低下した。12月にはそれが5・7パーセントにまで下がった。アメリカ中の他のラジオ局でサンドイッチ方式を使ったところ、やはり同じパターンが見られた。

やがて何度も何度も聴いたリスナーにとって、『ヘイ・ヤ！』は、なじみの曲となる。人気が出始めると、ラジオ局は『ヘイ・ヤ！』を一日15回もかけた。聴取の習慣が変わると、人々は『ヘイ・ヤ！』を（渇望するというレベルで）聴きたがるようになった。『ヘイ・ヤ！』を聴くという習慣ができたのだ。

この曲はその後グラミー賞を受賞し、アルバムは550万枚も売れ、ラジオ局に何百万ドルという利益をもたらした。

「このアルバムでアウトキャストはスーパースターとしての地位を確立しました」プロモーション担当重役のバーテルは言う。「この曲で、ヒップホップ・ファン以外にも、彼らの名前が知られるようになりました。彼らの成功で、新たにデビューしたアーチストたちは自分の曲を演奏すると僕にこう言うようになった。これは次の『ヘイ・ヤ！』になりますよ！ってね」

カモフラージュで嫌悪感を回避

妊娠していると思われる何百、何千という女性買い物客を、アンドリュー・ポールが特定できても、ターゲットがそのことをこっそり突き止めていたとわかれば、女性たちは気持ち悪く感じるのではないかという指摘があった。そこでターゲットは一歩下がって、別の方法も検討することにした。

マーケティング部門は全国的なキャンペーンを打つ前に、小規模な実験をしてみるのが得策だと考えた。少人数のグループに専用のちらしを送るのは可能なので、ポールの妊婦リストからランダムに選んだ女性たちに、何種類かの広告を送り、反応を見ることにしたのだ。「私たちはすべてのお客様に、先週購入された商品すべてのリストとそのクーポンがついた冊子を送ることができます。食品についてはずっとそうしてきました」と、ターゲットの重役の一人が語った。「しかし妊娠に関わるものについては、宣伝を嫌がる女性もいることがわかったので、妊娠した女性が決して買わないような商品の広告も混ぜることにしました。たとえばおむつと電動芝刈り機の写真を並べる。子供服のクーポンの隣にワイングラスのクーポンをつける。そうすれば、広告の商品はどれもたまたま選ばれたと思うでしょう。

そして妊娠した女性も、こっそり監視されていると感じなければ、クーポンを使ってくれるのです。その近隣に住む誰もが、おむつやベビーカーのちらしを受け取っていると考えます。気持ち悪いと感じさせなければ、この方法でうまくいきます」

店が妊娠の事実を知っていると感じさせずに、妊娠した女性に関連商品を売り込むにはどうすればいいか？　ターゲットとポールの疑問に対する答えは、ＤＪがラジオのリスナーに『ヘイ・ヤ！』を売り込むときの方法と基本的には同じだ。ターゲットはおむつのクーポンを、妊娠とは関係のない商品のあいだに挟むようにして、誰が見てもいいような、なじみがあって安心な広告をつくった。自分たちが顧客の妊娠を知っていることをカモフラージュしたのだ。

ターゲットの〝ママと赤ちゃん〟関連商品の売り上げは急増した。同社は特定部門の売り上げを公表していないが、２００２年（ポールが雇用された年）から２００９年のあいだに、ターゲットの収益は４４０億ドルから６５０億ドルまで増加している。２００５年、社長のグレッグ・スタインハーフェルは、部屋いっぱいに集まった投資家を前に「お母さんと赤ちゃんなど、特別なニーズを持つお客様にアピールする商品とカテゴリーにさらに力を入れた」と胸を張った。

「我が社のデータベースツールはどんどん洗練されています。ターゲット・メールは、たとえば新たに母となる女性やティーンエージャーといった、特定の客層に対して価値と利便性を向上させるツールとしての本領を発揮しています。ターゲット・ベビーは出生前からチャイルドシートやベビーカーまでの段階をカバーしています。２００４年、ターゲット・ベビー・ダイレクトメールプログラムは、来店者数とセールスの大幅増加に貢献しました」

新しい曲でも食べ物でも、あるいはベビーベッドでも、覚えておくべきことは同じだ。新しい習慣は、古い習慣でくるんだほうが世間に受け入れてもらいやすくなる。

古い習慣にくるむ

この教訓が有効なのは、私たちの好みを操作しようとする、大企業や政府機関やラジオ局に限った話ではない。自分自身の生活を変えるためにも使える。

たとえば2000年。世界をより健康な場所にすべく、データに基づく将来予測を強化しようと、アメリカ最大級の非営利団体であるYMCAが2人の統計専門家——社会学者のビル・ラザラスと数学者のディーン・アボット——を雇った。YMCAは全米に2600以上の支部を持っているが、その大半がジムやコミュニティセンターになっている。

当時、YMCAの上層部のあいだでは、会員は立派なエクササイズの設備や、ぴかぴかの新型マシンを望んでいるというのが、共通の認識だった。そこでYMCAは何百万ドルもかけて、ウェイトトレーニング用のジムやヨガのスタジオをつくったのだ。ところが15万人以上のYMCA会員を対象に、2人が数年かけて満足度調査を行ったところ、設備の豪華さやマシンを多く使えるかどうかは入会を促す理由にはなるが、会員をつなぎとめておくには別の点が重要であることが判明したのである。

データによれば、会員がそこにとどまるかどうかは感情的な要素が大きい。たとえばスタッフが会員の名前を覚えているか、あるいは入ったときあいさつをしてくれるかといったことだ。人がジムに行く目的は、ランニングマシンではなく、人間同士のつながりであることも多い。YMCAで友人ができれば、その会員はもっとエクササイズのプログラムに参加するようになる。言い換えれば、YMCAの参加者は、そこで人と触れ合うという社会習慣が身についていて、それを期待しているのだ。

YMCAがその期待を満足させれば、彼ら、彼女らは楽しい気分になる。もし会員がエクササイズするよう仕向けたいなら、このすでにあるパターンを利用するべきだ。たとえば会員の名前を覚えるよう、従業員を教育する。これはターゲットやDJたちが学んだ教訓のバリエーションだ。新しい習慣（この場合はエクササイズ）を、人々がすでに知っていて、期待しているもので包み込む。ここでは、ジムをフレンドリーな場所にして、友人をつくりやすい環境を整えるといったことが考えられるだろう。

「私たちは会員をジムに引きとめておくための、暗号を解読しているのです」ラザラスが私に言った。「人は自分の社交的ニーズを満たしてくれる場所に行きたがります。集団でエクササイズさせるようにすると、続ける人が多くなります。そうやって国民の健康状態を変えることができるのです」

遠くない将来、企業が私たち自身よりもよく私たちのことを知り、習慣を予測する日が来るかもしれないと予測解析の専門家は言う。しかし誰かがあるブランドのピーナッツバターを好むことを知っているだけでは、それをもとに行動させることはできない。

新しい習慣――それが食べ物であろうと、エアロバイクでのエクササイズであろうと――を売り込むには、新規のものを、よく知っているものに見せる方法を理解しなくてはならないのだ。

先日、アンドリュー・ポールと話したとき、私は妻が第2子を妊娠していて、もうすぐ7カ月になることを伝えた。ポールにも子供がいるので、しばらく子供のことを話していた。妻と私もときどきターゲットで買い物をするし、1年ほど前に住所も教えている。だからそのうちクーポンが送られてくるだろう。最近、家に届く広告に、おむつやローション、新生児用の衣服などの品が、微妙に多くなっていることに気づいた。

私はクーポンを、その週末に使うつもりでいると、ポールに伝えた。またベビーベッドや子供部屋用のカーテン、そして上の子のために、ボブ・ザ・ビルダーのおもちゃも買おうと思っていた。買わなければならないもののクーポンを、ターゲットが送ってくれて本当に助かっていたのだ。

「赤ちゃんが生まれるまで待っていてください」ポールが言った。

「あなたが欲しいと気づいてさえいないような商品のクーポンをお送りしますよ」

第3部

社会の習慣

第8章　公民権運動の真相——社会運動はどのようにして始まるのか

午後6時、クリーブランド・アベニュー行きのバスが停車した。縁のないめがねをかけ、茶色の地味なジャケットを着た42歳の小柄なアフリカ系アメリカ人女性が乗り込み、10セント硬貨を料金箱に入れた。1955年12月1日、アラバマ州モンゴメリーでのできごとだ。縫製の仕事をしている彼女は、職場の百貨店から帰る途中だった。

まだ黒人をはじめとする有色人種は露骨に差別されていた時代である。車内の前方4列は白人専用席だった。黒人が座れる後部席はすでにいっぱいだったので、ローザ・パークスという名前のその女性は中間の列に座った。白人席のすぐうしろで、どちらの人種も座っていいことになっていた。

バスが進み、さらに人が乗ってきた。まもなくすべての席が埋まり、通路に立つ人も出てきた（その中には白人もいた）。白人男性が立っているのを見た運転手のジェームズ・F・

ブレイクは、中間の座席に座っている黒人の客に向かって、席を譲るよう叫んだが、誰も動かなかった。バスの中はうるさかったので、聞こえなかったかもしれないと思い、ブレイクはエンパイア劇場前でバスを停めるとうしろへ歩いていった。

「あんたたち、立って席を譲ったほうがいいぞ」彼が言うと、3人の黒人の乗客が立ち上がってうしろへ向かった。しかしパークスは席にとどまった。白人専用の席に座っているわけではない。それに立っている白人は一人しかいなかった。

「どうしても立たないって言うんなら、警察を呼んで逮捕させるぞ」ブレイクが言った。

「そうすればいいわ」パークスは答えた。

運転手はバスを降り、2人の警官を連れてきた。

「なぜ立たないんだ？」警官の一人が、バスに乗ってきてパークスに尋ねる。

「なぜあなたがたは、私たちに意地悪をするのですか？」パークスが訊き返す。

「知るもんか。だが法律は法律だ。あんたを逮捕する」警官が答えた。

バスの乗客は知るよしもなかったが、まさにこの瞬間、アメリカ公民権運動が大きな転機を迎えたのだ。この小さな拒絶がきっかけとなって起こった一連の抗議活動により、人種差別問題が、活動家による法廷や議会での戦いから、コミュニティ全体、つまりは世論を動かすほどの大規模な闘争へと変わったのだ。モンゴメリーに住む黒人たちがいっせいに立ち上がり、市営バスへの乗車をボイコットして、公共交通機関での人種隔離が廃止されるまで続いた。このボイコットによりバス路線は財政的に大打撃を受ける一方、何万人単位の群衆が抗議行動に参加し、その中からマーティン・ルーサー・キング・ジュニアという、カリスマ的な若いリーダーが生まれ、運動は全米へと広がっていった。英雄となったパークスは、議会からメダルを授与された。これはたった一つの抵抗が世界を変えられるという、輝かしい見本である。

ただし話はそこで終わらない。モンゴメリーのバス・ボイコット事件が公民権運動の震源となったのは、事件が個人の行動にとどまらず、社会的なパターンを変えたからでもあった。パークスの経験は、社会習慣が持つパワーを教えてくれる。

社会習慣とは、何百、何千もの人間が「特に考えずに」行っていることであり、習慣が生じたことにさえ気づきにくい。だが、そこには世界を変えるほどのパワーがある。互いに知らない人々が抗議のために通りを埋め尽くし、たとえ集まる理由は違っても同じ方向へ人々が行進するのも、社会習慣のなせるわざだ。ある行動が世界を変えるほどの運動になる一方で、一部は不発に終わるのも、社会習慣が理由である。

なぜ社会習慣にそれほどの影響力があるのか。それは運動の多くが（大規模な革命から、参加している教会の小さな変化まで）三つの大きな段階からなっているからだ。そのような例が数え切れないほど起こっていると、歴史学者や社会学者は口を揃えるのである。

1　友人とのあいだの社会習慣、そして親しい知り合いとの強い結びつきから運動が始

まる

2　その運動がコミュニティの習慣となり、隣人や仲間たちをまとめる弱い結びつきの力によって拡大していく

3　リーダーが参加者に対し、新たなアイデンティティや当事者意識を感じられるような、新しい習慣を与える

この三つの段階が実行されたとき、運動はひとりでに進むようになり、臨界状態に達する。社会変革を成功させる方法は他にもあり、時代や闘争によって細かいところは異なっている。しかし社会習慣の役割を理解すれば、なぜモンゴメリーの街とローザ・パークスが公民権運動の起爆剤となったのかがわかる。

あの冬の日、ささやかな抵抗をしたパークスが、ただ逮捕されただけで終わってもおかしくはなかった。しかしそこに習慣が関わってきたとき、思いがけぬ大きなことが起こった。

なぜローザ・パークスだけが？

モンゴメリーのバス内で人種隔離法に違反して投獄された黒人は、ローザ・パークスが初めてではない。1946年、ジェニーヴァ・ジョンソンが座席をめぐってバスの運転手とも

めたために逮捕されている。１９４９年にはヴァイオラ・ホワイト、ケイティ・ウィングフィールドと２人の子供が白人専用席に座り、移動を拒否したため逮捕された。同じ年、ニュージャージー（人種隔離は行われていない）から同地を訪れていた２人の黒人のティーンエージャーが、白人男性と少年の隣に座ったという理由で逮捕された。１９５２年には、バスの運転手と口論になった黒人男性を警察官が射殺している。１９５５年、パークスが逮捕されるほんの数カ月前には、クローデット・コルヴィンとメアリー・ルイーズ・スミスが、それぞれ別に、白人に席を譲るのを拒否したためにやはり逮捕されている。

ところが、こうした逮捕がすべてボイコットや抗議につながったわけではない。「当時、モンゴメリーには本当の活動家はそれほど多くはいなかった」ピューリッツァー賞を受賞した公民権運動研究家、テイラー・ブランチは言う。「抵抗やデモ行進などは皆無だったし、アクティヴィズムは法廷で起こっているものだった。ふつうの人が行うものではなかった」

たとえばパークスが逮捕される１年前の１９５４年、若いマーティン・ルーサー・キング・ジュニアがモンゴメリーに到着したとき、そこに住む黒人たちは、彼いわく、「特に明らかな抵抗もないまま人種隔離政策を受け入れていた。差別そのものに甘んじているように見えただけでなく、それにともなう罵倒や侮辱も受け入れていた」という。

それなのになぜ、パークスが逮捕されたときだけ、ものごとが変わり始めたのだろうか？

一つの説明としては、政治情勢の変化があげられる。

パークスが逮捕された前の年、「ブラウン対教育委員会裁判」と呼ばれる有名な裁判で、連邦最高裁が「公立学校における人種分離は違法」という判決をくだした。同じく彼女が逮捕される6カ月前には、「ブラウン2」と呼ばれる判決も出ている。これは学校に対して、〝ゆっくり時間をかけて〟という文言付きではあっても、人種統合を進めるべしと命令する内容だった。全米に何かが変わりつつあるという強烈なムードが漂っていた。

しかしこれだけでは、なぜモンゴメリーが公民権運動の中心となったのかを説明するにはじゅうぶんではない。クローデット・コルヴィンとメアリー・ルイーズ・スミスが逮捕されたのは、ブラウン対教育委員会裁判の判決が出たあとだったが、その後に抗議行動が起こったわけではない。ブラウン2判例は大方のモンゴメリー市民にとっては、どこか遠くの法廷で起こったできごと、という感覚であり、それがモンゴメリーという街にいかなる影響を与えたのか、そもそも影響を与えたのかどうかも明確ではない。モンゴメリーはアトランタやオースティンのような、進歩的な土地柄ではなかった。「モンゴメリーはかなり手ごわい場所だった。人種差別主義《レイシズム》がはびこっていた」と、ブランチは言う。

しかしパークスが逮捕されたとき、これまでと違った何かが弾けた。ローザ・パークスは、彼女の属するコミュニティにしっかりと根づき、敬愛される存在だった。そのため彼女が逮捕されたとき、それが社会的習慣――友情という習慣――を生じさせるきっかけとなり、最初の抗議運動に火がついた。パークスはモンゴメリー全体に広がる、数十にも及ぶ社会的な組織のメンバーだったので、ふだんのあきらめムードが広がる前に、友人たちが反応したのだ。

当時、モンゴメリーの住民たちの生活は、何百という小規模な集団が中心で、それらの集団が市の社会機構を構成していた。市の『民間・社会組織住所録』は、電話帳と同じくらいの厚さだった。大人は全員、特に黒人の大人は、何らかのクラブ、教会、社会集団、コミュニティセンター、近隣組織など、二つ以上の組織に属していることが多かった。

そのような社会的ネットワークの中で、ローザ・パークスはよく知られる存在であり、誰からも好かれていた。「ローザは、自分が得るより人に与えることのほうが多いと誰もが認める、数少ない人間だった」ブランチは公民権運動の歴史に関する著書で、そのように記している。

パークスの友人や組織の輪は、人種や経済状態を越えて広がっていた。彼女は地元の全米黒人地位向上協会《NAACP》の書記を務め、熱心にメソジスト教会に通いながら、家の近くのルター派教会では青年団の指導を手伝っていた。週末にはシェルターでボランティアや園芸クラブに参加する一方で、平日の夜には女性たちで集まり、病院に寄付する毛布を編んだ。貧しい家庭のために無償で服をつくりつつ、勤務先の百貨店では、裕福な白人の娘のドレスの、直前の変更にも笑顔で応じる。つきあいがとても広い女性で、「家で夕飯を食べるよりも持ち寄りパーティーで食べるほうが多い」と、夫が愚痴をこぼしたほどだ。

一般的に、たいていの人は自分に似た人間を友人に持つと言われる。自分より裕福な、あるいは貧乏な友人、自分とは異なる人種の友人もいるかもしれないが、総体として見れば、もっとも親しくなるのは、収入も同程度、生い立ちも似ている人が多い。

ところがパークスの友人は、社会的、経済的なヒエラルキーを越えてモンゴメリー中に広がっていた。彼女はモンゴメリー中の、ふつうは互いに接点のないいくつものグループと、社会学用語で言うところの「強いつながり」――直接的な関係――を持っていた。

「これこそがカギでした。ローザは黒人のコミュニティやモンゴメリー全体の社会階層を越えていた。農業労働者から大学教授まで、みんな彼女の友人だったんです」ブランチは言う。パークスが留置場に入れられたとき、こうした友情のパワーが炸裂したのだった。

発火

逮捕直後、ローザ・パークスは警察署から両親の家に電話をかけた。彼女はすっかり動揺していた。母親はどうすればいいのかわからず、パークスの友人たちの顔を思い浮かべ、助けてくれそうな人がいないか考えた。そこでNAACPの元会長であるE・D・ニクソンの妻に電話をかけ、ニクソンの妻はローザを保釈させるよう夫に頼んだ。今度はニクソンの番だ。彼は著名な白人の弁護士、クリフォード・デュールに連絡をとった。デュールもまたパークスを知っていた。3人の娘のドレスの丈つめを頼んでいたからだ。

ニクソンとデュールは留置場へ向かい、保釈金を払ってパークスを家に連れ帰った。市内の公共交通機関の人種隔離法に異議を唱える機会をうかがっていた彼らは、絶好のチャンスだと感じ、パークスに彼女の逮捕が不当であることを法廷に訴えたいと伝えた。

パークスの夫はそれに猛反対した。「白人に殺されるぞ、ローザ」と。

だが、パークスは長年ニクソンとともにNAACPで働いてきたし、デュールの娘たちが社交界にデビューをする手伝いもしてきた。その友人たちの頼みごとをむげにはできない。「それがモンゴメリーにとって意味があることで、何かの役に立つのなら、喜んで協力します」彼女は2人に言った。

その晩、逮捕からほんの数時間後、パークスが逮捕されたというニュースは、黒人のコミュニティにじわじわと広がり始めた。有力な政治団体の会長で教師でもあり、さまざまな組織でパークスとつきあいがあったジョー・アン・ロビンソンの耳にもすぐに入ったし、ロビンソンの知り合いの教師や、教え子の親たちにも噂が伝わった。そしてその日の深夜近く、ロビンソンはその場で人を集めると、パークスが法廷に立つ予定——4日後の月曜日——に、市営バスをボイコットするよう呼びかけたのである。

すぐに彼はオフィスで、ガリ版のチラシをつくった。

「またもや黒人の女性が、バスの中で白人に席を譲るのを拒んだために逮捕されました。この女性の裁判が月曜日に行われます。逮捕と裁判に抗議するため、当日はバスに乗らないようすべての黒人に呼びかけます」チラシにはそう書かれていた。

翌日の早朝、ロビンソンはチラシの束を学校の教師たちに渡し、保護者や同僚に配るよう頼んだ。パークスの逮捕から24時間後には、ボイコットの提案が市内で大きな影響力を持つグループ、つまりNAACPの地元支部や大きな政治団体、数多くの黒人の教師、生徒とその親にまで知れ渡った。チラシを受け取ったほとんどの人が、ローザ・パークスを個人的に知っていた。教会で隣に座ったとか、ボランティアの打ち合わせで一緒だったという人たちで、みんな彼女のことを友人だと思っていた。

友人が不当に扱われれば、ともに戦おうとする感情が本能的に湧いてくる。ある研究によれば、人は他人が傷ついても気にしないが、友人が侮辱されると、ふだんはしないような抗議をしてしまうくらいの怒りを感じるという。パークスの友人たちが彼女の逮捕とボイコットのことを知ると、友情の社会習慣――敬愛する友人を助けたいと思う自然な気持ち――が発動したのである。

パークス以前に逮捕者が出た際にも、公民権運動最初の大規模な行動に発展する可能性はあった。しかしそれがローザ・パークスから始まったのは、あらゆる階層に及ぶ人々との広範囲にわたる友人のネットワークを、彼女が持っていたからだ。友人たちは彼女が逮捕されたとき、友人の社会習慣として自然に反応し、彼女を支援しようとしたのである。

ただ、それでも多くの人が、抗議は1日限りで終わると考えていた。世界中で小さな抗議行動が起こっているが、その圧倒的多数はすぐに消え去る運命にある。世界を変えるほどの友人を持つ人など、まずいないのだ。

そこで重要になってくるのが、社会習慣の二つ目の性質だ。モンゴメリーのバス・ボイコットが社会的な行動にまで発展したのは、パークスの友人たちが話を広めるにつれ、黒人のコミュニティをまとめていた社会的義務感のスイッチが入ったからだ。ローザ・パークスをほとんど知らない人の参加を促したのは、仲間からの圧力、いわゆるピア・プレッシャー——「弱いつながり」としても知られる力——である。その力が働くと、参加することが容易になる。

「弱いつながり」の強い力

ここで、自分が前途有望な会社の中間管理職であると想像してみてほしい。仕事も順調で他の社員からも好かれている。何年もかけて信用を築きつつ、友人たちのネットワークも広げた結果、顧客や自分に対する助言、業界の噂話といった情報も入ってくる。ジムや地元の教会やカントリークラブ、母校の大学のOB会にも属している。敬意を払われ、さまざまな委員会に参加してほしいという要請も頻繁《ひんぱん》にある。同じコミュニティの人間がビジネスチャンスになりそうな話を聞くと、あなたのところに持ち込むことが多い。

そこに一本の電話が入った。別の会社の人間で、新しい職場をさがしている。そこであなたの上司に口添えしてもらえないかという依頼だ。

電話の相手がまったく知らない人物ならば、話は簡単だ。知りもしない人間を助けるために、リスクを負おうとは思わないだろう。

一方、電話の相手が親しい友人なら、これも簡単だ。きっと頼みを聞いてあげようとするだろう。それが友人というものだ。

それでは、相手がそれほど親しくもないが、見ず知らずでもなく、そのあいだくらいの関係の人物だったらどうだろう？　上司から、面接する価値があるのかと尋ねられたとき、はっきりイエスと言えるだろうか？　どのくらい自分の評判と労力をかけられるだろうか？

１９６０年代後半、ハーバード大学の博士課程在学中だった、マーク・グラノヴェッターという学生が、この問いの答えを見つけようと、２８２人の人間がどうやって転職を成功させたのかを調査した。ポストが空いていることをどうやって知り、誰に問い合わせ、どうやって面接までこぎつけたかを尋ねる。その結果、何より重要なのは、「誰が手を差し伸べてくれたか」だった。見知らぬ人に助けを求めても拒絶されるが、友人は助けてくれる。そこまでは予想通りだった。

しかし驚いたのは、それほど親しくない知り合い（友人の友人など）からも、救いの手がよく差し伸べられることだった。グラノヴェッターはこうした関係を「弱いつながり」と呼んだ。「共通の知り合いがいる」など、同じ社会ネットワークに属してはいるが、直接の友人同士のような強い結びつきはないという程度の関係だ。

実際、仕事を得るには、弱くつながっている人のほうが、強いつながりの友人よりも重要な役割を果たすケースが多かった。これは通常ではなかなか知ることができない新しい社会ネットワークへのアクセスが可能になるからだ。

グラノヴェッターが調べた人の多くは、親しい友人よりも、弱いつながりを通じて新しい仕事を得ていた。これは納得できる。親しい友人はいつも話していたり、一緒に働いていたり、同じブログを読んでいたりするので、情報も共有している可能性が高い。しかし弱いつながりの知り合い――６カ月ごとにしか会わないような知人――は、他では聞けない仕事の話を知っている。

コミュニティ内で意見がどう変化するか、噂はどのように広まるか、政治運動がいかにして始まるかといった点について複数の社会学者が調べたところ、共通のパターンが浮かび上がった。弱いつながりの知り合いは、親しい友人と同じくらい（それ以上ということはないにしろ）影響力を持つことが多いのだ。グラノヴェッターは次のように書いている。

「弱いつながりを持っていない人は、社会システムの遠いところの情報を得られず、自分と近いところのニュースや親しい人々の意見しか取り入れることができない。最新の考えや流行に触れられないというだけでなく、労働市場でも不利な立場に置かれる。仕事をうまく見つけられるかどうかは、適切なタイミングで適切な就職口を知ることにかかっているからだ。

また、情報を得られない人間は、政治運動に参加したり、自ら組織したりするのも難しい……一つか二つの小さな集団のメンバーなら集めることも可能だろうが、弱いつながりなしには、そこから生じた勢いが、その集団を越えて広がることはない。結果として、大方の人間には影響を与えることができずに終わる」

抗議行動が友人同士の集団から、広範囲な社会的運動へと広がっていくか否かは、弱いつながりのパワーによって説明できる。何千人もの群衆に同じゴールを目指すよう仕向けるのは難しい。特にバスに乗らずに歩くとか、留置場に行く可能性があるとか、苦痛をともなうことが予想されるときは困難だ。親しい人物が逮捕されたのでもない限り、バスに乗るのを止めてもいいと考える人間はほとんどいない。そこで、昔から活動家が、「特段参加したくない人々」をも抗議行動に駆り立てるために使っていた手法がある。隣人やコミュニティが自分たちに課している一種の義務感を利用する方法である。

その義務感を「ピア・プレッシャー」という。

ピア・プレッシャー――集団の期待に人々を従わせようとする社会習慣――については、説明が難しい。人によって形も表現も違うからだ。こうした社会習慣は、一つの決まったパターンではなく、何十という個人の習慣が、最終的に同じ方向へ進む現象なのだ。

しかしピア・プレッシャーという習慣には、ある共通点がある。それは弱いつながりを通じて広がっていくという点だ。地域住民としての義務感を無視したり、コミュニティの期待を軽視したりすると、社会的な立場を失う恐れがある。カントリークラブや大学のOB会、あるいは教会から受ける社会的恩恵の多くに浴せないというリスクを冒すことになるのだ。

たとえば仕事を求めて電話をかけてきた相手を門前払いしたとする。その人は後日、テニスのパートナーに不満をぶつけるかもしれない。するとそのパートナーがロッカールームでその不満を他の人に伝える。それが実はあなたがずっと近づこうとしているクライアント候補かもしれない。それを聞いたクライアント候補は、あなたがチームプレーには向いていないと判断し、電話を返してくれなくなるかもしれない。学校ではピア・プレッシャーは危険なものだ。しかし大人の生活の中では、ピア・プレッシャーによってビジネスは進み、コミュニティが成り立つ。

そんなピア・プレッシャーも、運動を続けるには不十分だ。しかし友人との強いつながりと、ピア・プレッシャーの弱いつながりが一緒になると、信じられないような勢いが生まれる。

そこから大規模な社会的な変化が始まるのだ。

実行と不実行を分けるもの

弱いつながりと強いつながりとが組み合わさると、どれほどの勢いが生じるかを見るため、ローザ・パークスの逮捕から9年後に飛んでみよう。何百という数の若者が、身を危険にさらしながら公民権運動に参加したときのことだ。

1964年、アメリカ中の若者（多くはハーバード大、イェール大など、北部の大学生だった）が、「ミシシッピ・サマー・プロジェクト」という活動に応募した。これは10週間のプログラムで、南部の黒人の選挙登録を進める活動だ。このプロジェクトはのちにフリーダム・サマーと呼ばれるようになる。応募した学生たちは、危険があることに気づき始めた。プログラムが始まる何カ月も前から、新聞や雑誌には、暴力行為の発生を予測する記事が満載だった（残念ながら、その予測は正しかった。プログラムが開始してほんの1週間後、ミシシッピ州ロングデールのはずれで、白人自警団員が3人のボランティアを殺害している）。過激な白人に危害を加えられる可能性があったため、参加を取りやめる学生も多かった。1000人を超える学生がフリーダム・サマーに参加を受け入れられたものの、結局は300人以上が辞退した。

時はさらに移って1980年代。アリゾナ大学の社会学者であるダグ・マカダムが、フリーダム・サマーに参加した学生と辞退した学生は、何が違っていたのかを調べようとした。まず彼は、学生が提出した720人分の応募用紙を読んだ。それぞれ5枚分の長さで、内容は本人の経歴、ミシシッピに行きたいと思った理由、また有権者の選挙登録の経験の有無などを尋ねるものだ。万が一逮捕された場合に連絡を取るべき人々の名もリストアップしてあった。さらには小論文、照会先、一部の学生には面接まで行われていた。応募するだけでも、気楽にできるものではない。

マカダムの最初の仮説は、最終的にミシシッピに行った学生は、辞退した学生とは違う動機付けがあったのではないかというものだ。この考えを検証するために、彼は応募者を二つのグループに分けた。最初のグループはミシシッピに行きたい理由として、「自分を試すため」「世の中が大きく動き始める場所にいたいから」「南部の生活を知りたい」といった、自分本位の理由を書いた学生。第2のグループは、たとえば「多くの黒人の地位が向上するように」「民主主義の実現を支援する」「非暴力でも社会変革を起こせることを示すため」といった、他者本位の動機を書いた学生たちだ。

フリーダム・サマーが危険であることを知ったとき、自分本位のグループのほうが辞退したケースが多いのではないかと、マカダムは考えたのだ。

だが、この仮説は間違っていた。データによると、動機が自分本位的な学生も他者本位的な学生も、ほぼ同人数がプログラムに参加していたのである。「実際に参加した学生と辞退した学生の動機には、大きな違いはなかった」とマカダムは書いている。

次にマカダムは応募者の機会費用（ある行動を選択することで失われる、他の選択肢を選んでいた場合の利益）を比較した。辞退した人には、ミシシッピに行くのを止める夫やガールフレンドがいたのではないか。あるいは卒業してすぐ入社したために、2カ月に及ぶ無給休暇を取れなかったのではないか。

これも違った。

「結婚していたり、フルタイムで働いていたりする人のほうが、実際に行く確率は高かった」とマカダムは結論している。

彼はもう一つ仮説を立てていた。応募者はそれぞれ、自分が所属する学生組織や政治活動、及び、夏のあいだ連絡を取り合っていたいと思う人の名前を、少なくとも10人、書くように指示されていた。マカダムは、このリストを使って、応募者の社会ネットワークを示すチャートをつくった。たとえば、学生寮のクラブへの参加状況を比べることで、応募者の友人が、やはりフリーダム・サマーに参加しているかを調べた。

するとようやく、ミシシッピへ行った学生と結局家にとどまった学生の違いは何なのか、答えがわかった。それは社会習慣の違いにあった。もう少し具体的に言うと、強いつながりと弱いつながりが、同時に働いた結果だ。

フリーダム・サマーに参加した学生は、親しい友人及び顔見知り程度の知り合いの両方が、「その学生がミシシッピ行きのバスに乗ること」を期待しているタイプのコミュニティに所属していた。辞退した学生もコミュニティに属してはいたが、そこにはミシシッピに行かなくてはならないと思わせるような、社会的圧力や習慣はなかった。

「自分がフリーダム・サマーに応募した学生だと想像してみてください」マカダムが言った。「応募した日、あなたはやる気に満ちていて、親友5人とともに応募用紙に必要事項を記入しました。そして6カ月がたち、出発日が目の前に迫っている。両親に電話すると、ミシシッピには行かないでくれと懇願される。この時点で、考え直そうと思わないほうが不思議です。

その後、大学のキャンパスを歩いていると、同じ教会に通っている仲間に出会い、こう言われます。『もう車は調達したよ。君のところには何時ごろ行けばいい？』彼らは親しい友人というほどではないが、寮のクラブの会合で会う、自分のコミュニティの中では重要な人々だ。彼らはみんな、あなたがフリーダム・サマーに受け入れられたことも、あなたが行きたがっていたことも知っていた。この時点で辞退はできなくなる。行かなければ社会的な立場を大きく損なってしまう。自分にとって重要な人々からの、敬意を失ってしまうのです」

マカダムが応募者たちの信仰心を調べてみたところ、「困っている人々を助けるというキリスト教徒としての務め」を応募動機に書いた学生のあいだでも、行く学生と行かない学生が半々だった。だが、信仰心について触れ、かつ宗教組織に属している学生は、一人残らずミシシッピへ行った。フリーダム・サマーに招待されたことを、自分が属するコミュニティの人たちに知られたら、辞退することはできなくなる。

では応募はしたがミシシッピへは行かなかった学生の、社会的ネットワークについて考えてみよう。彼らも大学の組織に属していた。クラブにも属し、コミュニティ内部での自分の立場を気にしていた。しかし彼らの属する組織（学生新聞や学生自治会など）は、違う期待を持っていた。彼らのコミュニティでは、フリーダム・サマーを辞退しても、すでに確保している内部の地位を転げ落ちることはない。

ミシシッピで逮捕される（あるいはもっと悪い事態に陥る）可能性があると知ったとき、大半の学生は参加を取りやめることを考えただろう。しかし中には、自分の属するコミュニティの社会習慣、つまり集団の期待とピア・プレッシャーによって参加せざるをえず、バスのチケットを買った学生もいた。その一方で、公民権について真剣に考えていても、コミュニティの社会習慣が、少しだけ違う方向を向いていたために、「今回は家にいよう」と考えた学生もいたということだ。

リーダーの誕生

ローザ・パークスを保釈させたあと、E・D・ニクソンは、デクスター通りのバプテスト教会に新たに赴任してきたマーティン・ルーサー・キング・ジュニア牧師に電話をかけた。

朝5時を少し過ぎたころだったが、ニクソンはあいさつもせず、すぐにパークスの逮捕の話を始め、彼女が留置場に入れられた事情と、この件を法廷に訴えること、そして月曜日にバスをボイコットする計画について説明した。当時キングは26歳。モンゴメリーに来てから1年しかたっておらず、コミュニティ内部での自分の役割を模索していた。

ニクソンはキングの支持と、そしてボイコットについて話し合うための場所として、教会を使う許可を求めた。この段階では、キングはあまり深く関わるのにはためらいを感じていた。

「ブラザー・ニクソン。少し考える時間が欲しいので、あとでもう一度、電話をください」

だが、ニクソンはその後もキングの親しい友人たちと連絡を取りつづけた。そのうちの一人はラルフ・D・アバーナシーという、特にキングと強いつながりを持つ人物であり、彼からキングを説得してもらおうとした。数時間後、ニクソンはキングにふたたび電話をかけた。「計画に協力します」キングはニクソンに告げた。

「それはよかった。なにしろ今夜、教会に集まるよう18人に連絡してしまったのでね。あなたがそこにいないと、格好がつかないから」まもなくキングは、ボイコットを実行するためにできた組織に引き入れられ、会長に選ばれることになる。

パークスの逮捕から3日後の日曜日、街の黒人の牧師たちは、キングをはじめ、新たにできた組織の会員たちと話したあと、市内にある黒人系の教会はすべて、まる一日バスをボイコットすることに同意したと、礼拝の場で話をした。そこには明確なメッセージがあった。「ボイコットに参加しない教区民は面目を失うことになる」というメッセージである。

同じ日、町の新聞「アドバタイザー」には、〈月曜日にバスのボイコットを計画。モンゴメリー在住黒人たちのトップシークレット会談〉という記事が載った。白人女性がメイドから取り上げたチラシを記者が手に入れたのだ。〈黒人居住区には数千枚ものチラシがあふれていた〉と記事にはあり、黒人市民はすべてが参加するだろうと予想していた。この記事が書かれたとき、逮捕に抗議の姿勢を明らかにしていたのはパークスの友人たち、牧師たち、そしてボイコットを計画している組織だけだったが、新聞記事を読んだ黒人住民は、誰もがすでにこの計画に参加していると感じた。

教会の信者席に座って新聞を読んだ人の多くは、ローザ・パークスを個人的に知っていて、友情のために進んでボイコットに加わった。パークスをよく知らない人たちもいたが、コミュニティ全体が結束してバスのボイコットをしようとしている雰囲気を感じ、月曜日にバスに乗っている姿を見られたら、きまり悪い思いをするだろうと考えた。教会で配られたチラシにはこうあった。「仕事に行くときは、タクシーを使うか、誰かの車に乗せてもらうか、歩きましょう」

ボイコットのリーダーが、月曜日は黒人の客をバス料金と同じ10セントで乗せるよう、黒人のタクシー運転手たちを説得した（あるいは無理強いしたのかもしれない）という噂も広まった。コミュニティの弱いつながりが、すべての人々を団結させたのである。

月曜の朝、キングは夜明け前に起きてコーヒーを飲んだ。妻のコレッタは通りに面した窓の前に座り、最初のバスが通るのを待った。サウスジャクソン線のバスのヘッドライトが見えたとき、彼女は叫んだ。いつもならバスは仕事に向かうメイドたちでいっぱいなのに、その日は乗客が一人もいなかったのだ。次のバスも、その次のバスも空っぽだった。キングは自分の車で、他のルートのバスも確認した。1時間で、黒人の乗客はわずか8人だった。1週間前なら何百人規模で乗車していただろう。

「心の底から歓喜がわいてきた」彼はのちにそう書いている。

「奇跡が起こった……ラバに乗って仕事へ行く人もいたし、通りを走る馬車も1台ではなかった……何が起こっているのか見ようと、バス停に野次馬が集まっていた。最初は静かに立っていたが、空のバスが通ると次第に歓声をあげはじめ、笑い、冗談を言い合うようになった。騒々しい若者たちが、〝今日のバスは空っぽだ〟と歌うのが聞こえた」

　その日の午後、チャーチストリートの法廷では、ローザ・パークスが州の人種分離法に違反したかどで有罪判決を受けた。５００人を超える黒人が廊下や建物の前に立ち、評決を待っていた。バスのボイコットと、何の準備もなく法廷にこれだけの人が集まったことは、モンゴメリー史上、もっとも重大な黒人の政治的運動となり、わずか5日ですべての人を団結させた。

　始まりはパークスの親しい友人たちからだったが、大きな力となったのは、コミュニティ内部の義務感――弱いつながりの社会習慣――だったと、キングや他の参加者がのちに語っている。「参加しなければ、つまはじきにされる」というコミュニティの圧力によって、人々が団結したのだ。

　そんな力が働いていなくても、ボイコットに参加した人はそこそこいただろう。強いつながりと弱いつながり、双方の影響がなくても、キングやタクシー運転手、教会に集まる信者たちは同じ選択をしたかもしれない。しかし社会習慣の圧力がなければ数百、数千もの人々がいっせいにバスに乗るのをやめることはなかったと思われる。「何もせずに眠っていた黒人コミュニティが、完全に目覚めたのだ」と、キングはのちに書いた。

　しかし、このような「社会習慣」それだけでは、1日のボイコットから1年にわたる運動へと発展させることはできない。数週間もたつと、人々の決意が鈍ってきた事実を当時のキングは率直に認め、心配していた。「黒人コミュニティにこの戦いを続けていく力があるかどうか」は疑わしかった。

しかしやがてその不安は消える。キングはその後、他の運動のリーダーたちと同じように、戦いの主導権を自分たちの手から他の人々へと渡していくことになる。彼らに新しい習慣を伝えたのだ。彼は運動を第3段階へと導き、ボイコットは永続的な力となったのである。

教会をつくれ！

1979年夏。ローザ・パークスが逮捕された当時1歳だった、ある若い白人の神学生は25歳になっていた。もうすぐ子供が生まれることもあり、どうやって家族を養っていこうか真剣に考えていた。彼はテキサスの自宅の壁に地図を貼ると、シアトルからマイアミまで、アメリカの大都市に丸をつけていった。

学生の名はリック・ウォレン。バプテスト派の牧師で、妻は妊娠中、銀行には2000ドルの貯金があった。まだ教会に属していない信徒を集め、新たに集会を開きたいと思っていたが、どの土地に行けばいいのかわからなかった。当時の心境を彼は私にこう語っている。

「神学校の同級生たちが行きたがらないところへ行こうと思った」

彼は夏のあいだ、図書館で人口調査の記録、電話帳、新聞記事、地図などを連日調べ続けた。妻がすでに妊娠9カ月だったので、数時間おきに公衆電話まで走り、お産がまだ始まっていないか確認すると、ふたたび本の山へと戻った。

ある日の午後、ウォレンはカリフォルニア州オレンジ郡のサドルバック・バレーとその土地についての解説に目をとめた。そこはアメリカで近年急激に成長している州の、急激に成長している郡の中で、特に急激に成長している地域だという。すでにいくつもの教会があるが、急増する人口には追いついていない。興味を引かれたウォレンは、南カリフォルニアの宗教指導者に片っ端から連絡を取った。するとその土地の人々の多くがクリスチャンではあるが、礼拝には参加していないという。

「暗くほこりっぽい図書館の地下室で、私は神が自分に話しかける声を聞いた。その土地に教会をつくれと！」ウォレンはのちにこう書いている。「その瞬間、私が向から先は決まった」

ウォレンが教会に行かない信者を集めて集会を行うことを目標にしたのは、その5年前のことだ。日本で布教活動をしていたとき、古いキリスト教の雑誌で〈なぜこの男は危険なのか？〉なる記事を見つけた。キリスト教がほとんど受け入れられていない国にばかり教会をつくり、何かと物議をかもしていたドナルド・マクギャヴランについて書かれたものだった。マクギャヴランは、布教を進めるには他の成功した運動（公民権運動も含め）の戦略をまねるべきだという信念を持っていた。つまり人々の社会的習慣に訴えるということだ。

「目的は常に組織全体のキリスト教化であるべきだが、個人または社会における生活の大半が破壊されず続けられるものでなくてはならない」マクギャヴランは著書にそう書いている。

そして、「多くの人々を解放する力を持つ伝道者とは、ごくふつうの社会生活を送りながらでも、キリストの従者になれると説ける者だけだ」と。

この記事は、リック・ウォレンにとっての天啓だった。ここへ来てようやく、ふつうなら奇跡や天啓という言葉で表されているものに、合理的な理論をあてはめる人間が現れたのだ。宗教も（他に適切な言葉がないのであえて使うが）売り込まなければならないことを、理解する人がいたのだ。

マクギャヴランは、これから教会を建てようとする牧師たちに、〝自らの言葉で〟聴衆に語ること、礼拝所を、信者が友人に会える場、聴きなれた音楽を聴ける場、聖書の教えをわかりやすい比喩《ひゆ》で知ることのできる場にするよう勧めた。そして何より重要なのは、牧師は個人よりも集団を改心させ、コミュニティの社会的習慣を、宗教に参加を促すような方向に持っていくことだと説いていた。

12月、神学校を卒業して子供が生まれたあと、ウォレンはレンタルトラックに荷物を積み込むと、家族とともにオレンジ郡へと向かい、そこで小さなアパートを借りた。彼の最初の祈りの会に集まったのは全部で7人。自宅のリビングルームで行われた。

30年後の現在、彼が創立したサドルバック教会は、世界でも最大級の宗教組織であり、毎週2万人の教区民が、120エーカーの大教会――および八つの分院――を訪れる。ウォレンの本の一つ『人生を導く5つの目的』（尾山清仁訳、2004年、パーパス・ドリブン・ジャパン）は3000万部を売り、史上最高レベルのベストセラーとなっている。何千もの数の教会が、彼のやり方を手本にしている。ウォレンはオバマ大統領の就任式で祈りを捧げるなど、地球上でもっとも影響力のある宗教リーダーの一人とみなされている。

彼の教会の成長と成功を支えたのは、まさに社会習慣の力を重視する姿勢だった。

「我々は信仰を習慣化する行為について、ずっと前から真剣に考えていた」ウォレンは言った。

「人々の恐怖心をあおってキリストの教えを守らせようとしても、長くは続かない。信者に自分の精神的成熟に責任を持たせる方法はただ一つ、信仰という習慣を教えることだ。一度それができたら、自分で自分の面倒をみられるようになる。人々は牧師に導かれたからではなく、それが自分の生き方になるからこそ、キリストに従うようになる」

3度目の神の声

サドルバック・バレーに到着したウォレンは、12週間かけて家を一軒ずつ訪問し、自己紹介したあと、初対面の相手に、「なぜ教会へ行かないのか」と尋ねた。ほとんどの答えは現実的なものだった。退屈、音楽が悪い、説教が日常生活には役立ちそうもない、子供の世話をしなければならない、きちんとした服装をするのが面倒、信徒席の椅子が座り心地が悪い、などなど。ウォレンの教会はこれらの不満の一つ一つに応えていく。彼は人々に、ショートパンツやアロハシャツで来てもかまわないと伝えた。演奏用にエレキギターを持ち込んだ。

ウォレンの説教は、最初から実践的な話題に絞られていた。たとえば「落ち込んだときの対処法」「自信を持つために」「健康な家族を育てる」「ストレスを切り抜ける」といったテーマだ。彼の教えは理解しやすく、現実的で日常の問題に関わるものがほとんどだったので、教会を出るとすぐに役に立った。

やがてそれがうまくいき始めた。ウォレンは学校の講堂を借りて礼拝を行い、オフィスビルで祈りの会を開いた。集まる信徒は50人、100人と増え、1年たたないうちに200人になった。ウォレンは一日18時間、週に7日働き、信徒からの電話に応え、講義を受け持ち、信徒の家に行って結婚相談を行い、空いた時間にはいつも、日に日に大きくなり続ける教会に合うよう、新しい場所をさがしていた。

12月半ばのある日曜日、ウォレンは11時の礼拝で説教するために立ち上がった。ところが頭がふらついて、めまいがする。彼は台に手を置いて話を始めようとしたが、メモした文字がかすんで見えなかった。彼はくずおれそうになったが、はっと我に返り、補佐役の牧師(唯一の部下)に交代を求めた。

「申しわけない、みなさん」ウォレンは聴衆に向かって言った。

「立っていられなくなりそうです」

彼は何年も前からパニック発作や、ときどき起こる鬱状態に悩まされていた。軽い鬱病ではないかという友人もいた。翌日、ウォレンは妻の実家があるアリゾナへ、家族と一緒に向かった。ゆっくりとではあるが、彼は回復していった。何日間か、彼は12時間眠り、荒野を歩きながら、なぜパニック発作が起こるのかについて考えた。このままでは、必死で働き築きあげようとしている成果が台なしになりかねない。

教会から離れておよそ1カ月近くが過ぎた。鬱状態は完全な鬱病となり、かつて経験したことがないほど落ち込んだ。健康を取り戻して仕事に戻れるかどうかさえわからなかった。

ウォレンは牧師にふさわしく、突然、神の声を聞くことがある。雑誌でマクギャヴランの記事を読んだときも、テキサスの図書館で調べ物をしていたときもそうだった。そして荒野を歩いているとき、またしてもそれが起こった。

「おまえは人々の関係を築くことに専念せよ。そうすれば私が教会を建てる」主が彼に語りかけたのだ。

しかし以前の天啓と違って、このときは突然、目の前がぱっと開けることはなかった。ウォレンはこのあと何カ月も鬱に苦しめられる。そしてその後もずっと、周期的に鬱に襲われる。しかしその日、彼は二つの決心をした。サドルバックに戻ること、そして教会運営の負担を減らす方法を考えることだ。

キリストの習慣を身につけよう

サドルバックに戻ると、ウォレンは数カ月前から始めていたちょっとした実験を、さらに進めることにした。

彼は前から、聖書研究のために教会を訪れる信者用の教室が足りなくなるのではないかと思っていた。そこで何人かの信者に、その人の自宅で勉強会を開いてもらえないか頼んだ。他の信者のあいだから、きちんとした教会の教室ではなく、他人の家に行くことについて不平が出るかもしれないという心配はあった。ところが信徒たちは、これをとても気に入ったと口を揃えた。少人数で集まると、近隣の人と会う機会が増える。

ウォレンは休暇から戻ると、サドルバック教会の会員すべてを、小さなグループに割り振り、毎週、会合を行うようにした。それは彼にとって、とても重要な決断となる。この決定により、教会への参加が「意思決定」から、すでに存在していた社会的衝動やパターンを利用した「習慣」へと変わったからだ。

「いま週末に大勢の人がサドルバックに集まってくるのを見て、私たちが成功を収めたと思うでしょう。しかしそれはほんのごく一部にすぎません。この教会の活動の95パーセントは、平日に小さなグループで行われているのです」ウォレンは言う。

「大勢でする礼拝と小さなグループはワンツーパンチのようなものです。大勢の群衆を見て、人々はそもそも何のためにやっているのかを思い出す。そして親しい友人たちの小さなグループは、どうやって信心を示すかを教えてくれる。それらはのりでくっつけたように分かちがたい関係です。いまでは5000を超える小さなグループがあります。これほど大きな教会を動かすには、そうするしかありません。そうでなければ、私は働き過ぎで死んでしまうし、信徒の95パーセントは、教会に求める癒しを与えられることはないでしょう」

ウォレンはある意味、モンゴメリーのバスのボイコットを推し進めた仕組みを、気づかないうちになぞっていたのだ。ただし逆の方向からだが。バスのボイコットはローザ・パークスをよく知っている人々のあいだから始まり、コミュニティの弱いつながりによって、他の人も参加しなければならない気分になった。サドルバック教会の場合、これが逆に働いた。人々はコミュニティと礼拝がもたらす弱いつながりに惹かれて集まってきた。そして中に入ると、近所の人たちの小さなグループに割り振られた。これはいわば、親しいつながりを育てるためのシャーレだ。そこで信心が社会体験と日常生活の一面になる。

とはいえ、小さなグループをつくるだけではじゅうぶんではない。他人の家のリビングルームで何を話しているのか尋ねると、聖書について話をし、ともに祈るのは10分ほどで、あとは子供の話や噂話をしているということだった。ウォレンの目的は、新しい友人づくりの場を信者に提供することではない。信仰に基づくコミュニティをつくり、信者がキリストの教えを受け入れ、信仰が生活の中心となるよう仕向けることだ。小さなグループに分けたことで、人々のつながりは強くなったが、そこにリーダーシップがなければ、ただのお茶飲みサークルと変わらない。それでは彼の宗教上の目的を果たしたことにはならない。

ウォレンはマクギャヴランの記事を思い返した。彼の目指したところは、人々がキリスト教の習慣とともに生き、牧師が常に導かなくても、自らキリスト教徒として行動するようにすることだった。ウォレン一人で小さなグループを直接、指導することはできない。常に勉強会の場にいて、テレビ番組ではなく、キリストの話をしているかを確かめることはできないのだ。しかし人々が新しい習慣を身につけられれば、そんなことはしなくてすむ。信者が集まったとき、反射的に聖書のことを語り、ともに祈り、具体的に信心を表すようになればいい。

そこでウォレンはいくつものカリキュラムをつくり、教会の教室や小グループでの話し合いに使った。それは明らかに、信者たちに新しい習慣を教えるものだった。

「もしあなたがキリストのような性格になりたければ、キリストが持っていた習慣を身につければよいのです」サドルバックで使われたマニュアルの一冊には、こう書かれている。「私たちはみんな習慣の集まりです……私たちの目標は、悪い習慣をよい習慣に変えて、あなたたちがキリストに近づくのを手助けすることです」サドルバック教会の信徒は、「成長を誓約するカード」に署名し、次の三つの習慣を守ることを求められた。「毎日、内省と祈るための静かな時間を取ること」「収入の10パーセントを寄付すること」「小グループの会員となること」

これらの新たな習慣をすべての人に身につけさせることに、教会は専念した。

「これをやれば、精神的に成長する責任は私ではなく、信者自身が負うことになります。私たちは成長するための処方箋を与えたのです」ウォレンは私にそう語った。「私たちが信者を導く必要はありません。信者が自分で自分を導くからです。これらの習慣が新たなアイデンティティとなった時点で、私たちはサポートに徹し、信者の邪魔にならないようにするだけです」

ウォレンが教会を大きくするために思いついた方法は、マーティン・ルーサー・キングがボイコットを拡大したのと同じ手法だった。それは強いつながりと弱いつながりの組み合わせを利用することだ。しかし自分の教会を運動へと変える――2万人の信者と、何千人もの他の牧師へと広げる――には、さらに何かが必要だった。それを永続的なものにする何かが必要だったのだ。ウォレンは人々に、人とのつながりがあるからではなく、それが自分の生き方だからと納得させ、信仰に基づく生活をおくれるような習慣を教えなければならなかった。

これが運動を推し進める第3の段階だ。ある運動を、コミュニティを超えて成長させるためには、運動自体が自力で進まなければならない。そしてそれを実現する確実な方法は、運動の主体となる人々に自らどこへ行くべきかを見つけ出す、新しい習慣を与えることなのだ。

運動の本質を変えた演説

モンゴメリーのバスのボイコットが2〜3日から1週間、1カ月、やがて2カ月と続くうちに、黒人の熱意が薄らぎ始めた。

警察は、安い料金で黒人を乗せたタクシー運転手を逮捕すると脅した。それに対しボイコットの主導者たちは、車に乗せてくれるボランティアを200人集めて対抗した。すると警察は車の相乗りの待ち合わせ場所まで行って、違反切符を切るという嫌がらせを始めた。「黒人を乗せてくれる車を見つけるのが次第に難しくなっていった」と、キングはのちに書いている。「不満の声があがり始めた。早朝から夜遅くまで電話は鳴りっぱなしで、玄関の呼び鈴がやむこともなかった。私は黒人のコミュニティがこの戦いを続ける力があるかどうか、不安を感じ始めていたのだ」

ある晩、キングが教会で説教をしていると、使いの者が飛び込んできた。キングの妻と幼い娘が在宅中に、家の前で爆弾が爆発したというのだ。キングが急いで家に戻ると、数百人の黒人と市長、そして警察署長までいた。彼の家族にけがはなかったが、家の正面の窓は粉々で、車寄せには穴が空いていた。爆発したとき玄関側の部屋にいたら確実に死んでいただろう。

キングが被害を調べているあいだ、黒人がさらに集まってきた。警官が群衆に帰るよう告げる。誰かが警官を押しかえした。警官の一人が警棒を振る。人種差別集団である白人市民協議会への支持を数カ月前に公《おおやけ》にしていた警察署長がキングに命じた。暴動を止めるために何か——どんなことでも——しろと言うのだ。

キングは玄関の前に出てきた。「自制心を失ってはいけない」彼は群衆に向かって叫んだ。「武器を取ってはいけない。剣で生きる者は剣によって滅びる」

群衆は静まった。

「私たちは白人の同胞も愛さなくてはならない。たとえ彼らが私たちに何をしようとも。私たちが彼らを愛していることを、彼らに知らせなければならない。イエスは何百年ものあいだ、繰り返されている言葉を今も叫んでいる。〝汝《なんじ》の敵を愛せ。汝を呪うものを祝福せよ。悪意をもって汝を利用する者のために祈れ〟と」

彼が何週間も前から訴え続けていた非暴力のメッセージだった。このテーマはキリストやガンジーの説教にあるが、いろいろな意味で、このような文脈で使われたことはなかった。非暴力の訴え、敵に対する圧倒的な愛と赦《ゆる》し、そしてそれが勝利をもたらすという約束。

これまで公民権運動はずっと戦闘と苦悩の言葉によって語られてきた。抗争と後退、凱旋と敗北、誰もが戦いに戻ることを求められた。

キングは人々に新しい見方を教えたのだ。「これは戦争ではない。愛なのだ」と。人々はキングが説いた新しい習慣を実践することで、忠誠心を示すことができる。

「私たちは憎しみに、愛をもって対抗しなければならない」キングは爆発のあった夜、群衆に語った。「たとえ私が止められても、私たちの取り組みが止まることはない。私たちのしていることは正しい。私たちのしていることが正義だ。そして神は私たちとともにある」キングが演説を終えると、群衆は静かに家に帰っていった。

「あの黒人の牧師がいなかったら、おれたちはみんな死んでいただろう」のちに白人の警官が、そう語ったという。

翌週、新たなボランティアの運転手が24人も集まった。キングの家にかかってくる電話も減った。人々は自分たちで計画を立て、ボイコットを主導し、運動を推し進めた。ボイコットの他の主導者の庭で、さらに爆弾が爆発したとき、同じパターンが繰り返された。モンゴメリーの黒人が大挙して集まり、暴力や抗争なしに、ただ真実の証人となり、家へ帰っていく。

こうした自発的な団結が見られるようになったのは、ただ暴力に対抗するためだけではなかった。教会は毎週（ときには毎晩）、大きな集会を開くようになった。「それは爆発のあとのキング牧師の演説のようだった。キリストの教えを受け入れ、それを政治的なものにしていく」テイラー・ブランチが私にそう語った。「運動は長い物語だ。それがうまくいくためには、全員のアイデンティティを変える必要がある。モンゴメリーの住人は、新たな行動のしかたを学ばなければならなかった」

ア《A》ルコール依存症更生会《A》を思い出してみよう。依存症患者はグループの会合で新たな習慣を学び、他人が約束を実践するのを見て自分を信じるようになる。それと同様に、モンゴメリー市民は集会で新たな行動を学び、運動を拡大していった。「集会に行った人は、他の人がどう対処しているのかを見る」ブランチは言う。「そこで自分も巨大な社会的事業の一部なんだとみなすようになる。そしてしばらくたつと、本当にその一部だと信じるようになる」

社会運動が生まれるとき

ボイコットが始まって3カ月がたち、モンゴメリーの警察は集団逮捕に踏み切ったが、コミュニティはこの圧力を受け入れた。90人が起訴されたとき、彼らのうち大半が法廷に急ぎ、逮捕されるべく自ら出頭した。郡保安官のところへ出向いて、自分の名前が逮捕者リストに載っているかを調べ「自分の名前がないとがっかりする」者もいたと、キングはのちに書いている。「かつて恐怖におびえていた人々が、完全に変わったのだ」と。「相手側の策略で運動が止まるどころか、私たちの勢いは増し、さらに一致団結した。彼らは甘い言葉で私たちを懐柔し、力で白人の思い通りにできると思っていた。彼らは自分たちが相手をしているのが、恐怖から解放された黒人たちだと気づいていなかったのだ」

モンゴメリーのバス・ボイコットが成功し、そこから運動が南部全体に広がったのには、複雑な理由がいくつもある。しかし重要な要因の一つは、社会習慣の三つ目の性質だ。

キングの考え方の根底にあったのは、「新しい行動を教えることで、参加者を追随者ではなく、自発的に動くリーダーに変える」ということだ。これは習慣について、従来のとらえ方とは違っている。しかしキングがモンゴメリーの黒人市民たちに、新たな帰属意識を与え、闘争のやり方を変えたとき、抗議は運動となり、実際に行動する人々によって盛り上がった。彼らはこの歴史的な出来事に自ら関わっているという、意識と責任を持つようになっていたからだ。そして時間を経るうちに、その反応は当然のこととなり、ほかの土地や学生グループへと広がった。そしてキングには会ったことがなくても、参加者の行動を見ながら、運動を主導できるリーダーに育つ人々が次々と生まれたのである。

1956年6月5日、連邦裁判所の判事はモンゴメリーのバスにおける人種隔離政策は違憲との判断をくだした。市は最高裁判所に上告したが、12月17日、パークスの逮捕から1年以上をへて却下された。3日後、市に命令がくだされた。「人種隔離をやめるべし」と。

翌朝5時55分、キングとE・D・ニクソン、ラルフ・アバーナシーをはじめとする大勢の人が12カ月ぶりにバスに乗り込み、前方の席に座った。

「キング牧師ですね？」白人の運転手が尋ねた。

「はい、そうです」

「私たちは、けさここにあなたが来てくれて、とてもうれしく思っています」運転手は言った。

ＮＡＡＣＰの弁護士で、のちに最高裁判事となるサーグッド・マーシャルは、ボイコットとモンゴメリーのバスの人種隔離政策の廃止は関係ないと主張した。法律を変えたのは最高裁であり、いずれかが敗れたからではない。

「バスに乗らず歩いたことは何の意味もなかった。あれほどの困難と不安に耐えなくても、バスの裁判が終わるのを待ってもよかったのだ」

しかしマーシャルの主張は、ある重大な点で間違っている。モンゴメリーのバス・ボイコットのおかげで新たな社会習慣が生まれ、あっというまにノースカロライナ州グリーンズボロ、アラバマ州セルマ、アーカンソー州リトルロックへと広がったのだ。

公民権運動は平和的なデモンストレーションが中心となった。参加者に暴力が振るわれることもあったが、止まることはなかった。１９６０年代初期には、それがフロリダ、カリフォルニア、ワシントンＤＣと移動し、最終的には米国連邦議会まで到達することになる。リンドン・ジョンソン大統領は１９６４年の公民権法に署名した。これはあらゆる形の人種分離とともに、少数民族や女性に対する差別を違法とするものだった。彼は公民権運動家を国家の創始者に匹敵すると述べたが、この発言は10年前なら政治生命を絶たれかねないものだったはずだ。「１８８年前、少数の勇敢な人々が長い自由への闘争を始めた」彼はテレビカメラの前で語った。「そして我々の世代のアメリカ人もまた、終わりのない正義の追求を続けることを求められている」

社会運動は誰もがいっせいに同じ方向を向くから起こるわけではない。彼らは社会のパターンに頼っているのだ。それは友人同士の習慣から始まり、コミュニティの習慣へと成長し、参加者の当事者意識を変化させる新しい習慣によって維持される。

キングはこうした習慣の力を、モンゴメリー事件のときすでに気づいていたようだ。「最後にひとこと、注意をしておかなければなりません」裁判が終結し、ボイコットが解除された日の夜、満員の教会で彼は語った。

「バスに戻ったら、敵を友とする愛情を持ちましょう。私たちは抗議から和解へと進まなければならない……この献身によって、我々は人間が人間に残酷な仕打ちをする寒々としたわびしい夜を抜け、自由と正義の輝かしい夜明けに向かうことができるのです」

第9章　習慣の功罪——ギャンブル依存は意志か習慣か

トラブルが始まった日の朝——本人がトラブルと気づくのは何年も先の話になるが——アンジー・バックマンはリビングのソファに座ってテレビを見ていた。退屈でしかたないので、銀食器の整理でもしようかと考えていた。

一番下の娘が数週間前から幼稚園に通い始めた。中学生の上の娘2人は、友人たちとのつきあいやクラブ活動や噂話に夢中で、母親のアンジーにはとてもついていけない。土地測量士の夫は朝8時に家を出て、6時過ぎに帰ってくる。家には自分一人だけ。そのような状況はほぼ20年ぶりだ。19歳で結婚し、20歳には妊娠、その後はお弁当づくりやお姫様ごっこ、そして家族の送り迎えに車で走り回っているうちに時間が過ぎた。それがなくなると、ひどく孤独を感じた。高校時代は、友人からモデルになればと言われるほどの美人だったが、中退してギタリストと結婚した。しかし彼は結局、現実的な今の仕事に就き、彼女は母親になって落ち着いたのだった。そして今は午前10時半、3人の子供はすでに出かけ、バックマンはキッチンの時計を3分おきに見ないように紙を貼った。

彼女は何をすればいいのかわからなかった。

その日、彼女はこんな取り決めをした。正午までいらだちを抑え、冷蔵庫のケーキを食べずにいられたら、家から出て何か楽しいことをしよう。それから90分間、具体的に何をしようか考えて過ごした。時計が12時を打つと、彼女は化粧をしてきれいな服に着替え、家から車で20分ほどの、川に浮かぶ船で開かれるカジノへ向かった。木曜の昼だというのに、カジノはいっぱいだった。いつもならテレビドラマを見ているか、洗濯物をたたんでいる時間だ。

入り口の近くではバンドが演奏中、女性が無料で飲み物を配っている。バックマンはビュッフェでエビ料理を食べた。すべてがぜいたくで、まるで学校をサボって来ているようなスリルを感じた。ブラックジャックのテーブルへ行くと、ディーラーがじっくりとルールを説明してくれた。手持ちの40ドル分のチップがなくなり、時計を見ると、いつのまにか2時間が過ぎている。急いで家に戻って末娘を迎えに行かなければならなかった。いつもならクイズ番組の答えを予想するくらいしか話をしないのに、その日の夕飯の席では、いろいろ話すことができた。

アンジー・バックマンの父親はトラック運転手だったが、中年を過ぎてから転身し、そこそこ有名なソングライターになった。兄もソングライターになり、賞を受賞した。両親はバックマンのことを他人に紹介するとき「ママになった娘」と言うことが多かった。

「いつも才能がないと感じていたわ。自分では頭もいいし、よい母親だと思っていたけど、これといって誇れるものがなかったのよ」

初めてカジノに行った日から、バックマンは週に1度、金曜の午後にカジノに通うようになる。それは空しい1週間を何とか切り抜けたこと、家をきれいにしていること、気持ちを落ち着けていられたことへのごほうびだった。ギャンブルがトラブルの種になりかねないことはよくわかっていたので、厳しいルールを自分に課した。ブラックジャックをするのは1時間だけ。財布にある現金以上は使わない。「ある意味、仕事のようなものだと思ってた。家を出るのは必ず昼すぎ。そして娘の迎えに間に合うように帰る。けじめはきちんとつけていたの」

彼女はどんどん腕を上げた。最初は1時間もお金がもたなかったが、6カ月もするとコツを飲み込んで勝つようになり、ルールを変えて2時間から3時間、カジノで過ごすようになった。帰るときにはポケットにキャッシュが残っていることもあった。

ある日の午後、彼女は財布に80ドル入れてブラックジャックのテーブルに座り、帰るときにはそれが530ドルに増えていた。食料品を買い、電話料金を払い、緊急時用の貯金に回すことができた。そのころにはカジノを所有している会社から、無料ビュッフェのクーポンが送られてくるようになった。それで土曜の晩に家族を外食に連れていくこともできたのである。

バックマンが住んでいたアイオワ州がギャンブルを合法化したのはつい数年前のことだ。1989年以前は、トランプやサイコロの誘惑に負けてしまう住民が続出するのではないかと心配する議員が反対していた。なにしろ、ギャンブルは人類が誕生したときから抱える問題だ。「ギャンブルは貪欲《どんよく》の子供であり、不正の兄弟であり、害悪の父である」と、かのジョージ・ワシントンも書いているほどである。

アイオワがカジノを合法化したとき、議員たちはじゅうぶんな配慮をして、リバーボート・カジノに限ること、賭け金は最高5ドル、損失は最大でも200ドルとすることなどを定めた。しかし数年たって、複数のカジノが規制のないミシシッピ州へと移動してから、アイオワ州政府もこれらの制限をゆるめた。2010年には、賭博税でアイオワ州の収入は2億6900万ドル以上、増加した。

ギャンブル依存は意志か習慣か

2000年、長年、喫煙をしていたアンジー・バックマンの両親に、肺の病気の兆候が表れた。彼女は1週間おきにテネシーまで飛び、買い物をしたり、食事をつくったりするのを手伝った。夫と娘たちが待つ家に戻ると、一人でいる時間は、以前よりさらに孤独に感じるようになった。一日中、家に誰もいないことがある。留守をしているあいだに、友人たちは彼女を誘うのを忘れ、家族は自分たちだけで生きるすべを覚えてしまったような気がした。

バックマンは両親のことを心配し、夫が仕事のことしか考えていないことに腹を立て、母親がサポートを必要としているのに、それにまったく気づかない子供たちに憤慨した。しかしカジノへ行けば、そんなことは忘れてしまえた。両親のところへ行かない週はカジノに2

回通い、それがやがて月曜、水曜、金曜になった。ギャンブルを始めて数年がたつころには、プロのギャンブラーが使うセオリーも知っていた。賭け金は一つの手に必ず25ドル以上で、一度に二つの手に賭ける。「限度額が高いテーブルのほうが、低いテーブルより勝てる可能性が高くなるんです」彼女は私にそう言った。「運が向いてくるまで、つらい時間をじっと我慢しないとだめなの。150ドル持って来た人が、1万ドルを手にして出ていくのを何度も見たわ。自分のルールに従えば、私にもそれができるとわかっていた。私はゲームを支配できていたから」*そのころは、もう1枚カードを引くか賭け金を2倍にするか考える必要はなく、無意識のうちに行動していた。

2000年のある日、バックマンは6000ドルを持ってカジノから帰ってきた。2カ月分の家賃に加え、クレジットカードの負債を完済するのにじゅうぶんな額だ。負けることもあったが、それもゲームのうちだった。頭のいいギャンブラーは、上がるためには落ちなけ

*カジノで胴元に勝てると信じるのはばかげていると思うかもしれない。しかし特にブラックジャックのようなゲームでは、勝ち続けることも不可能ではない。たとえばペンシルベニア州ベンサレムに住むドン・ジョンソンは、2010年にブラックジャックで6カ月間勝ち続け、1510万ドルを稼いだと報告されている。全体として見たとき胴元が常に勝つのは、賭け手の多くが、勝率を最大限にする賭け方をしない、そして損失に耐えられるほどの大金を持っていないからだ。しかし手によってどのようにプレーするべきかを計算する、複雑な公式と勝算を覚え、時間をかければ、賭け手が勝つことは可能だ。もっとも、大半の人間は胴元に勝つだけの自制心と数学的スキルを持っていない。

ればならないことを知っている。やがてカジノは彼女が現金を持ち歩かなくてすむよう、信用枠を与えた。他のプレーヤーも彼女をさがして、同じテーブルにつくようになった。ビュッフェではボーイが列の先頭に入れてくれた。「私はゲームのやり方を知っているわ」と彼女は言う。「自分の問題に気づかない人間の言い草だと思われるかもしれないけど、私の唯一の間違いは、ギャンブルをやめないことだけだった。プレーのしかたには、まったく問題なかった」

賭け金が大きくなるにつれて、彼女のルールもしだいにゆるくなってきた。あるときは1時間で800ドル負け、その後の40分で1200ドル儲けた。そしてまたツキが変わり、また4000ドル失った。別のときは午前中3500ドル負けていたが、午後1時には5000ドル勝っていた。その後、また3000ドル負けた。勝ち負けは記録されていたので、自分で覚えるのはやめた。そしてあるとき、銀行口座には電気料金を払う金額すらなくなっていることに気づく。彼女は両親に借金をすることが増えていった。ある月は2000ドル、翌月は2500ドル。両親は金を持っていたので、それは大したことではなかった。

バックマンに飲酒や薬物の問題はなかった。ごくごく平凡な主婦だった。そのためギャンブルをしたいという強い欲望（カジノへ行かない日のいらだち、いつもカジノのことばかり考えているのに気づいたこと、勝ったときの高揚感）を真剣にはとらえず油断していた。深みにはまるまで、問題であることにも気づかなかった。あとから考えると、はっきりとした境界線はなかったように思える。楽しいときもあれば、自制がきかないときもあった。

バックマンの欲求

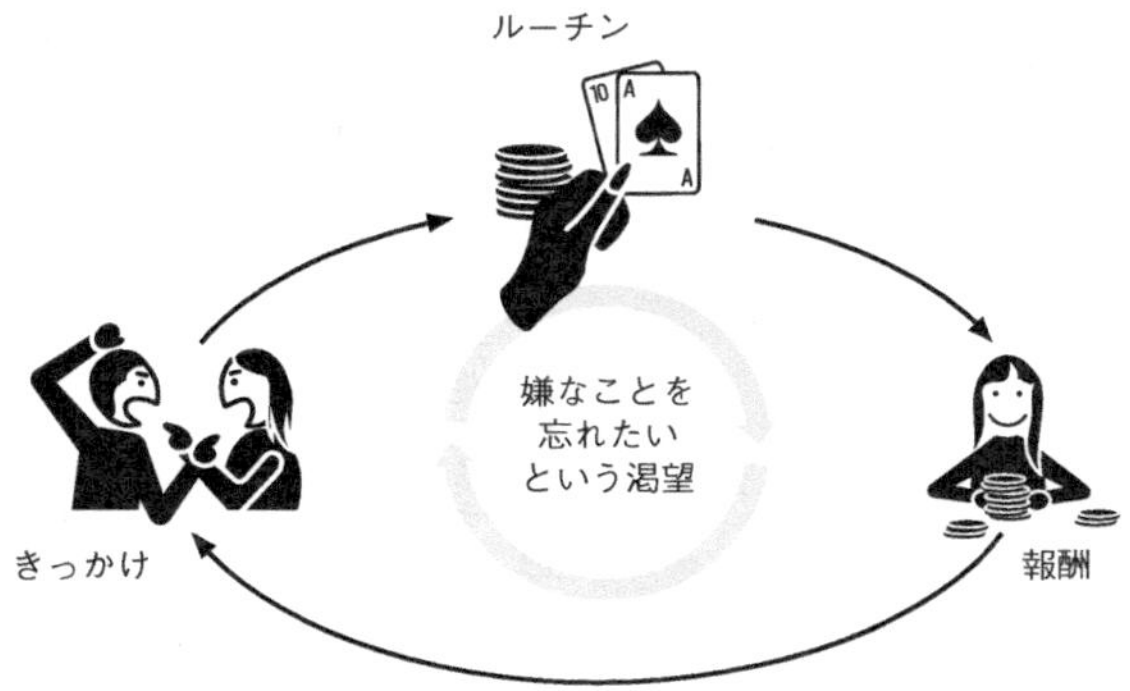

2001年には、毎日カジノへ行っていた。夫とけんかしたときや、子供たちから感謝されていないと感じるときは、必ず行った。カジノのテーブルにつくと、興奮で何も感じなくなり、不安は小さくなり家族の声は聞こえなくなった。勝ったときの高揚は強烈である一方、負けたときの痛みはあっという間に消えた。

その年の夏、カジノに対するバックマンの負債は2万ドルにふくれあがっていた。借金のことは夫に秘密にしていたが、両親からもとうとう援助を打ち切られ、隠しきれなくなり白状した。2人は破産専門の弁護士を雇い、クレジットカードを廃棄し、キッチンのテーブルに座り、もっと質素で地に足のついた生活をおくるための計画を立てた。バックマンは服をリサイクルショップへ持っていき、19歳の店員に「すべて流行遅れだから」と、買い取りを拒否される屈辱に耐えた。

一番悪い時期は過ぎ、ようやくギャンブルへの強い欲望は消えた。

しかしもちろん話はここで終わらない。

彼女がすべてを失った数年後、弁護士は州の上級裁で、「アンジー・バックマンがギャンブルにのめりこんだのは、自らの意志ではなく習慣になってしまったためで、損失については責任を負うべきでない」と主張した。彼女はインターネット上で嘲笑《ちょうしょう》の的となり、残虐な殺人を犯しながら心神喪失で無罪を主張した、連続殺人犯ジェフリー・ダーマーにまでたとえられた。それらすべてを経験したうえで、彼女は一つの疑問を持った――実際のところ、私はどこまで責任を持たなくてはならないのだろう？

「正直言って、誰だって私の立場になれば同じことをしたと思うわ」と、バックマンは語る。

夢遊病者の悲劇？

2008年7月の朝、ウェールズの西海岸で休暇を過ごしていた男が、警察に電話をかけた。

「妻を殺してしまったみたいなんだ」彼は言った。「ああ、なんてことだ。誰かが押し入ってきたと思ったんだ。その男たちと戦っていたつもりだったけど、それがクリスティーンで……。夢かなにか見ていたに違いない。いったい私は何をしたんだ？」

10分後、警官が到着して、ブライアン・トーマスがキャンピングカーの横で泣いているのを見つけた。前の晩、彼と妻が車の中で寝ていると、若い男たちが駐車場を車で走り回る音で目が覚めた。彼らはキャンピングカーを駐車場の端に移動させ、ふたたび眠りについた。数時間後、ジーンズと黒いフリースを着た男（走り回っていたグループの一人だと思った）が、妻の上に乗っているのが見えた。トーマスは男に向かって大声で怒鳴り、襟首をつかんで引き離そうとした。反射的で無意識の行動だったと思うと、彼は警察に話した。男が暴れれば暴れるほど、トーマスは首を強く絞めた。男はトーマスの腕をひっかき、やり返そうとしたが、トーマスがさらに強く絞め上げると、男はやがて動かなくなった。その直後トーマスは、それが男ではなく自分の妻だと気づいた。体から手を離すと、肩をそっとゆすり、彼女を起こして大丈夫か尋ねようとしたが、すでに遅かった。

「誰かが押し入ってきたと思っていたのに、妻の首を絞めていたんだ」トーマスは泣きながら警官に言った。「彼女は私のすべてだったんです」

トーマスが拘置所で裁判を待っていた10カ月の間に、彼が抱える事情が浮かび上がってきた。彼は子供のころ夢遊病を発症し、ときにはひと晩に数回もその症状が起きることがあった。ベッドから出て家の中を歩き回り、おもちゃで遊んだり、家の庭に出たりしたが、翌朝には何も覚えていなかった。近所の人に、「なぜ息子さんはパジャマを着て裸足で庭を歩いているのか」と訊かれると、母親は「それが癖なの」と答えた。

結婚後、眠ったまま外出した彼が交通事故に巻き込まれるのではないかと心配した妻は、ドアに鍵をかけてその鍵を自分の枕の下に置いていた。毎晩、彼らはベッドに入り「キスをして抱き合った」あと、トーマスは自分の部屋に行って一人でベッドに寝ていたという。彼が常に寝返りを打ったり、叫んだり、寝言を言ったりするし、ときには歩き回ることもあったので、別の部屋で寝ないと妻のクリスティーンがひと晩中眠れないということになるからだ。

「夢遊病は、目覚めと眠りが両立しうることを示すものです」ミネソタ大学教授で、睡眠時行動の研究のパイオニアであるマーク・マホワルドは言う。「あなたの行動を監視している脳の部位は眠っているけれど、複雑な行動をつかさどる部位は目覚めているのです。問題は、脳をコントロールできるのが基本的な行動パターン、つまり基本的な習慣しかないということです。あなたは頭の中にすでに存在するものに従う。それは選択ができないからです」

法律によって、警察はトーマスを殺人罪で起訴しなければならなかった。しかしどの証拠を見ても、あの悲惨な夜を迎えるまで、彼と妻が幸せな結婚生活をおくっていたのは明白だった。DVの記録はまったくない。2人のあいだには成人した娘が2人いて、最近では結婚40周年の記念として、地中海クルーズを予約していた。検察は睡眠研究のスペシャリストであるエジンバラ睡眠センターのクリス・イジコウスキーにトーマスの鑑定を依頼し、「妻を殺したとき彼は無意識の状態にあったかどうか」を検討してもらった。イジコウスキーの研究室や拘置所内で、トーマスの全身にセンサーをつけ、眠っているあいだの脳波や眼球の動き、あごと脚の筋肉、鼻の空気の動き、呼吸努力、酸素レベルなどを測定したのである。

夢遊病をはじめ無意識の行動は「自動性」のものなので、罪には問えないと犯人側が主張するケースは、ずっと以前からあった。そして習慣や自由意志に関する神経学的理解が大幅に進んだここ10年のうちに、そうした弁護はより説得力を持つようになった。すなわち、「習慣の中には、人間の選択能力を奪うほど強力なものがあり、その場合は罪に問えない」と世間一般から認められるようになったのである。

夜驚症という病気

夢遊病は眠っているときの正常な脳の働きから生じる、奇妙な副産物だ。通常は脳、より厳密に言うなら脳幹が、手足と神経システムを麻痺させるため、夢の中でどんな経験をしようと体が動くことはない。ただし、人間は寝ているあいだに、動ける状態と動けない状態を、何度か行き来する。神経学の世界ではこれを「スイッチ」と言う。

そしてこのスイッチのエラーが起こる人もいる。眠っているときに不完全な麻痺状態に陥るのだ。つまり夢を見ているあいだ、あるいは眠りと覚醒を行き来しているあいだ、体が動く状態になる。これが夢遊病の主たる原因である。患者にとっては面倒な症状だが、それほど悪質な問題ではない。たとえばケーキを食べる夢を見て、翌朝、起きたらキッチンにドーナツの箱の残骸があるのを見つける、トイレに行った夢を見て、あとで廊下が濡れているのに気づくといったことがある。

かなり複雑な行動をするときもある。たとえば目を開けたまま、車を運転したり、料理をしたりすることもある。無意識な状態でそんなことができるのは、見る、歩く、運転する、料理するといったことに関わる脳の部位は、高次の部位、たとえば前頭前皮質からの情報がなくても機能するからだ。だから夢遊病の症状が出ているときでも、湯を沸かしてお茶をいれることができる。眠ったままモーターボートを操縦したり、あるいは電気のこぎりで木を切ったあとベッドに戻ったというケースもあるが、一般的に、夢遊病患者は自分や他人に危険を及ぼすようなことはしない。眠っているときでも、危機を避ける本能が働くのだ。

だが、研究者が夢遊病患者の脳を細かく調べたところ、夢遊病（ベッドから出て、夢の場面を演じるなど、本能的な行動をする）と、夜驚症《やきようしよう》と呼ばれるものは、異なることがわかった。

夜驚症が起こるときの脳の内部の活動は、起きているときとも、半無意識のときとも、夢遊病のときとも異なる。夜驚症の患者が見る夢は通常のものとは少し違う。患者の脳は、「中枢パターン発生器（CPG）」と呼ばれる原始的な動きを起こす神経回路以外、停止している状態なのだ。これは習慣のループの神経学的な仕組みを解明したラリー・スクワイア博士や、MITの研究者たちが研究していたのと同じ部位だ。神経学者から見ると、夜驚症を発症しているときの脳は、習慣に従っているときの脳とよく似ているという。

夜驚症の患者の行動は習慣だが、もっとも原始的な種類の習慣だ。歩く、呼吸する、大き

夜驚症の習慣のループ

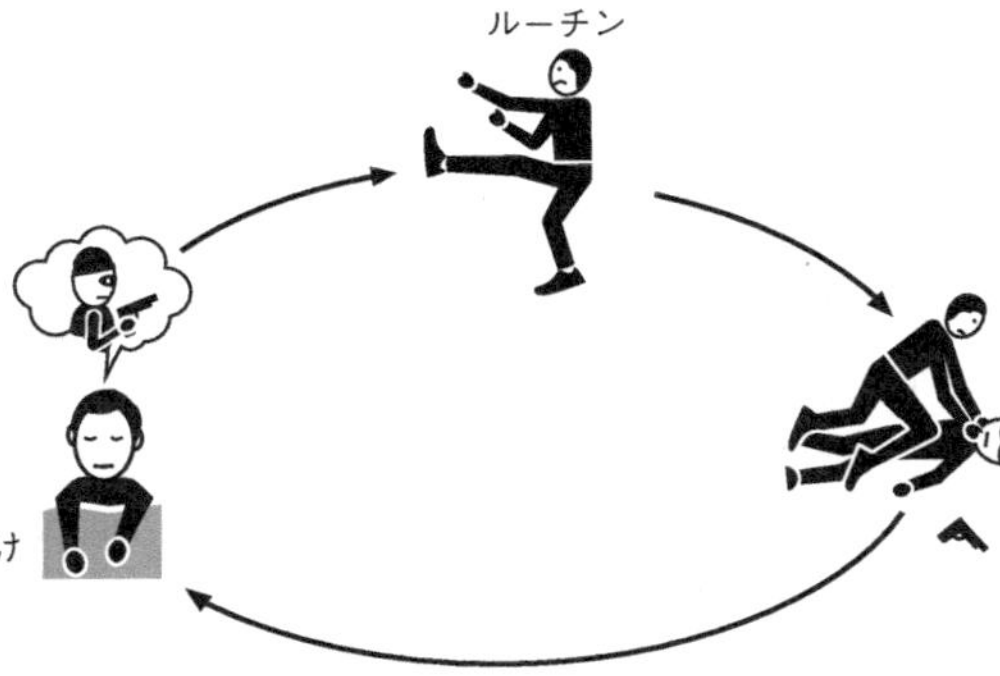

な音にたじろぐ、攻撃されたら反撃するといった行動パターンは、夜驚症のときにも機能している中枢パターン発生器から生じる。ふだん私たちはこうした行動を習慣だとは思っていない。しかし実はこれらは習慣であり、神経レベルに深くしみこんだ無意識の行動で、脳の高次な部位からのインプットがなくても起こることが、研究によって明らかになっている。

ただし、夜驚症の際に起こる習慣には、ある重大な違いがある。睡眠時には前頭前皮質をはじめとする他の高次認識部位の活動は不活発なため、意識が入り込む余地がない。もし夜驚症をきっかけに闘争・逃走反応が習慣として起こったら、理屈や理性でコントロールできないのだ。だから、夜驚症の症状が出ているときに恐怖や性的興奮（この二つが夜驚症で一番よく見られる）を感じ始めると、人はこうした刺激に対応する習慣に従う。

夜驚症が起きると、攻撃されていると思い込み、逃げるために屋根から飛び降りたりすることがある。危険な野生動物と戦っているつもりで、赤ん坊を殺してしまう。相手がやめてと懇願しているのに配偶者をレイプする。それは眠っているあいだに性的興奮が起きると、その衝動を満たすために、身にしみついた習慣に従ってしまうからだ。夢遊病には多少の選択の余地があり、高次の脳の介入により、屋根の端に行かない分別が働くように思える。しかし夜驚症では、たとえ何が起ころうと、ただ習慣のループに従ってしまう。

「夜驚症には激しい暴力的な衝動がともなう」と言う患者は多い。２００９年にスイスの研究者グループが発表した論文によれば「夜驚症に関わる暴力性は、自分を脅かす具体的なイメージに対する反応として表れるようだ。そのイメージについて、患者はあとで説明することができる。ある種の睡眠障害に悩む患者の64パーセントが、一緒に寝ているパートナーを襲おうとしたことがあり、３パーセントが相手にけがをさせたと報告されている」そうだ。

「犯罪を引き起こしたのは夜驚症のせいであり、意識的にやったわけではない」と、殺人犯が主張するケースは以前からあった。たとえばトーマスが逮捕される4年前、ジュールズ・ロウという男が83歳の父親を殺したが、「夜驚症のあいだに起きた」と主張して無罪判決となった例がある。検察側は、「父親に殴る蹴るの暴行を加えて20分も痛めつけ、90以上の傷を負わせる」行為をすべて眠りながら行ったという主張は「あまりにも強引なこじつけ」だと主張したが、陪審員の意見は一致せず、彼は釈放されたのだった。

２００９年、イギリス人兵士がティーンエージャーの少女をレイプした事実を認めたが、眠りながら無意識のうちに服を脱ぎ、彼女の下着を脱がし、セックスに及んだ。そして、そのさなかに彼は目を覚まして、少女に謝り、警察を呼んだ。「なんだか犯罪を起こしたみたいなんだ」彼は緊急電話のオペレーターに告げた。「正直、何が起こったかわからない。気づいたら彼女の身体の上にいたんだ」彼にはずっと夜驚症に苦しんでいた記録があったため、無罪となった。ちなみに、20世紀には150人もの殺人犯やレイプ犯が、自動性の行動と主張して罪を免れている。

ブライアン・トーマスのケースも、裁かれるべきは、彼の殺人衝動ではなく睡眠障害のように思える。「私は決して自分を許せない。絶対に」彼は検察官に言った。「なぜ、あんなことをしてしまったんだ？」

罪が重いのはどちらか？

睡眠研究のスペシャリストであるイジコウスキーがトーマスを研究室で観察後、結論を提出した。「殺害時にトーマスは眠っていた。意識的に罪を犯したわけではない」

裁判が始まると、検察官は自分たちで集めた証拠を陪審員に提出した。トーマスは妻を殺した事実を認めている。眠っているあいだに歩き回ることがあると知っていた。休暇中に同じことが起こるのではないかと気をつけなかったのだから、責任を問うべきだ――と。

ところが裁判が進むにつれて、検察側は苦戦を強いられた。弁護士は「トーマスに殺意はなかった」と主張した。あの晩は、自分自身の行動をコントロールすることすらできなかった。彼の目に映った脅威に対し、自動的に反応していたのだ、と。

検察側の証人さえも、その理屈を裏づけているように思えた。トーマスは就寝中に歩き回ることがあるとたしかに知ってはいたが、検察側の精神科医自身が、「殺人の可能性を予測させる兆候はなかった」と証言したのである。彼はそれまで、眠っているときに人を攻撃したことはない。妻を傷つけたこともない。

さらに検察側の精神科医に対し、トーマスの弁護士が反対尋問を始めた。

自分では知ることのできなかった行動について、トーマスを有罪にすることはフェアだと思いますか？　キャロライン・ジェイコブ医師は、被告が自分の犯罪を予見することは不可能だったと思うと述べ、「仮に有罪となった場合でも、重度の障害を抱える触法精神障害者を収容する病院に入れるには及ばない」と付け加えた。

翌朝、検察官は陪審員にこう呼びかけた。

「妻を殺したとき、被告は眠っていて、頭が体をコントロールできない状態でした。我々はこれ以上、特殊な評決をあなたがたに求めるのは、公共の利益にならないという結論に達しました。そのためこれ以上証拠は提出せず、無罪の評決をするようお勧めします」

そして陪審員は結局その通りにしたのである。トーマスは釈放された。

これは納得のいく結果に思える。いずれにしてもトーマスはこの事件によって明らかに打ちのめされていた。妻の首を絞めているとき、彼は自分が何をしているのかわからなかった。ただ習慣に従っていただけだ。意思決定の能力は奪われていたも同然だった。むしろ彼自身が被害者とみなされ、閉廷時には判事がわざわざ彼を慰めようとしたほどだった。

しかし彼が無罪となった理由の大半は、ギャンブルにはまったアンジー・バックマンにもあてはまる。彼女もまた自分の行動によって打ちのめされ、「深い罪悪感を常に抱いている」と語っている。それだけではない。深くしみついた習慣に従っているうちに、自らの意志でギャンブルをやめるのがどんどん難しくなっていったこともわかっている。

しかし法律的には、バックマンは習慣に責任を持たなくてはならず、トーマスは責任を問われない。バックマンがトーマスよりも罪が重いというのは正しいのだろうか？　習慣の倫理と選択について、2人のケースは何を語っているのだろうか？

復活

アンジー・バックマンが自己破産した3年後、彼女の父親が他界した。それまでの5年間、彼女は自宅と両親の家を何度も往復しながら、しだいに弱っていく親の世話をしていた。父の死は大きな打撃だった。2カ月後には母も亡くなっている。

「私の全世界が崩壊してしまいました。毎朝、目をさましてしばらくは、両親が亡くなったことを忘れているのですが、すぐに『親が死んだ』という思いが押し寄せてきて、胸の上に誰かが立っているような気分になりました。他のことは何も考えられなかった。ベッドから出て何をすればいいのかわかりませんでした」

両親の遺言書が開封されると、彼女はほぼ100万ドルの遺産を受け取ることがわかった。彼女は家族のために、テネシー州の両親が住んでいた家の近くに、新しい家を27万5000ドルで購入し、成長した娘たちにも資金を出して、近くに住まわせた。同州ではカジノは非合法である。「私は悪いパターンに戻りたくなかった」と彼女は私に言った。「自分を抑えきれなくなったときのことを思い出させるものから、離れたかったのよ」彼女は電話番号も変え、カジノに新しい住所も教えなかった。そのほうが安全だと思えたからだ。

ところが、ある晩、以前の家の近くを夫と車で走っているとき、彼女は両親のことを考え始めた。彼らがいないことを、自分はどう受け入れればいいのだろう？　どうしてもっといい娘になれなかったのだろう？　考えているうちに過呼吸に陥った。いまにもパニック障害の発作が起こりそうだった。ギャンブルをやめてもう何年もたっていたが、急に痛みを忘れさせてくれる何かが必要な気がした。夫を見つめながら必死に彼女は言った。

「カジノに行きましょう」

カジノのゲートをくぐると、顔なじみのマネジャーが気づき、バックマンをラウンジへと案内してくれた。彼に近況を尋ねられると、ほとばしるように言葉が口を突いて出た。両親が亡くなり、どれほど自分がショックを受けたか。いつもとても疲れていて、今にも倒れてしまいそうな気がすること。マネジャーは辛抱強く話を聞いてくれた。すべてをぶちまけたあと、そう感じるのは無理もありませんねと慰められると、とても気持ちが落ち着いた。

その後、彼女はブラックジャックのテーブルに座り、3時間遊び続けた。数カ月ぶりに、不安が消えてしまったように感じた。遊び方は知っている。他のことは何も考えられない。彼女はその日だけで数千ドルを失った。

このカジノを経営する会社「ハラス・エンターテインメント」は、高度な顧客追跡システムを備えていることで賭博業界では有名な存在だ。システムの中心は、アンドリュー・ポールがターゲットでつくったものと同じような、予測するアルゴリズムだ。

会社はプレーヤーごとに予測生涯価値を割り出し、客の習慣を分析して予測する。客がどのくらいの頻度でカジノに来て、どの程度の額を使うかを予測するソフトウェアを使う。ポイントカードの記録から顧客を追跡し、無料の食事券や金券を送る。また、カジノの従業員は客にどんどん話をさせるよう訓練されている。どのくらいギャンブルをしそうか、ヒントになるネタが聞けるかもしれないからだ。こうして客により多くのお金を使うように仕向けるのだ。

ハラスのある重役はこうしたアプローチを「パブロフの犬的マーケティング」と呼んだ。同社は毎年何千ものテストを繰り返し、この手法に磨きをかける。顧客追跡システムのおかげで、利益は何十億ドルも増加した。このシステムの精度はとても高く、客の賭け金や滞在時間を、セント、分単位で追跡できる。*

ハラスはもちろん、バックマンが数年前に自己破産し、賭けの負債2万ドルを免除された過去をよく知っていた。


その後、バックマンの家には「カジノにお越しの際はリムジンをご用意します」という電話がかかるようになった。さらには、彼女と夫をリゾート地に招待したり、ホテルのスイートを用意したり、イーグルスのコンサートチケットを送ってきたりもした。バックマンがコンサートに娘とその友人も連れていきたいとリクエストすると、全員の旅費と部屋代が無料になった（コンサートは最前列の席だった）。

やがて、毎週違うカジノから電話が入るようになる。ある日、「友人がラスベガスで結婚式をしたがっている」と彼女がカジノに話したところ、翌週にはラスベガスの超豪華ホテル、パラッツォ・リゾート・ホテル・カジノに招待された。

カジノに足を踏み入れたとたん、バックマンはギャンブルの習慣に支配された。彼女は何時間もぶっ続けで賭けることが多かった。最初は賭け金も少なく、カジノが用意してくれた分しか使わなかったが、額が大きくなるとATMで頻繁に資金をおろすようになる。それが問題とは感じなかった。

やがて一手に200ドルから300ドル、同時に二つの手に賭け始め、ときには10時間以上続けることもあった。

ある晩、彼女は6万ドル勝った。4万ドルを手に帰ったことも2回ある。逆に10万ドル持ってラスベガスに行き、すべて使い果たしたときもある。それでも彼女のライフスタイルは変わらなかった。銀行に大金があったので、お金のことは考えずにすんだのだ。そもそも両親はこのためにお金を遺してくれたのだ。私が楽しめるようにと。

さすがにペースを落とそうとしたこともあったが、カジノからの誘いはどんどんしつこくなっていった。「ある担当者は、もし私がその週末に行かなければ、クビにされると言いました。『コンサートにも行かせてあげたし、いい部屋もご用意したのに、最近は来てくれませんね』ってね。たしかに彼らは私に親切にしてくれたんです」

2005年、彼女の夫の祖母が亡くなり、葬式のために一家で前に住んでいた町へと行った。彼女は葬儀の前の晩、「頭をはっきりさせて翌日の式の心の準備をしよう」とカジノへ行った。そして——12時間以上遊んで25万ドルを失った。あとでその額について考えてみたが現実味はなかった。

彼女はすでに自分にたくさん嘘をついていた。夫とまともに話をしない日が続いても、結婚生活はうまくいっていると思っている。ラスベガスへの旅行が終わったら友人たちは離れていったのに、今でも仲がいいと思っている。そのときは二つの選択肢しかないと感じた。

＊ハラス（現在はシーザーズ・エンターテインメントという名になっている）は、バックマンの申し立てのいくつかに、異議を唱えている。

ギャンブルにはまる理由

このまま自分に嘘をつき続けるか、それとも、両親が必死で働いて遺してくれた財産を、ばかげたことに使ってしまったのを認めるかだ。

１００万ドルの４分の１だ。彼女はそれを夫には告げなかった。

「数字が頭に浮かぶたびに、何か新しいことに集中しようとしたわ」

だが、損失は無視できないほど大きくなった。

夜中、夫が寝てしまうと、バックマンはベッドを抜け出してキッチンのテーブルに座り、数字を書き出していくら失ったのかを理解しようとした。両親が死んでから始まった鬱症状は、さらに重くなっていった。彼女はいつも疲れを感じていた。

「この絶望感は自分がどれくらい失ったかに気づいたとき始まって、それを勝って取り戻すまではやめられないと感じるの。ときどきいてもたってもいられなくて、何もまともに考えられなくなるけど、またすぐカジノへ行くことを考えると、少し冷静になれた。そんなとき、だいたいカジノから電話がかかってきて、誘いにイエスと言っていたわ。そのときは本当に負けを取り戻せそうな気がするの。前にも勝ったことがあるんですもの。だって、もし勝てなかったらギャンブルが合法になるわけないでしょう？」

２０１０年、レーザ・ハビブという認知神経科学者が、22人の被験者をＭＲＩに入れて、回転するスロットマシンの映像を見せるという実験を行った。被験者の半分は病的ギャンブラーで、ギャンブル中毒であることを家族に隠していたり、ギャンブルで仕事を休んだり、カジノで不渡りの小切手を切ったりしていた。残りの半分はつきあい程度にギャンブルをするが、特に問題行動は見られなかった。

全員が狭いトンネルの中に仰向けで寝ながら、7という数字や、りんごや、金の延べ棒が描かれたホイールがぐるぐる回る絵を見続けるように言われる。そして、そのスロットマシンは三つの結果が出るようプログラムされている。勝ち、負け、そしてニアミスだ。ニアミスは絵が揃いそうになるが、最後の最後でハズレになる。被験者はお金を得るわけでも失うわけでもない。ただスロットマシンの映像を見ているあいだ、ＭＲＩで神経の活動を記録する。

「私たちは特に、習慣と依存症に関わる脳のシステムに興味がありました」ハビブは語った。「そこで明らかになったのは、病的なギャンブラーは、一般の人々よりも『勝ったとき』に興奮するということです。同じ絵が揃うと、たとえ本当に賭けていなくても、感情や報酬に関わる脳の部位が、他の人たちよりはるかに活発に動き出すのです」

「しかし本当におもしろいのはニアミスの時でした。病的ギャンブラーにとって、ニアミスはほとんど勝ちに近いらしく、脳が同じように反応します。ギャンブルの問題がない人は、ニアミスはやはり負けなのだと、きちんと認識しています」

問題を抱えるギャンブラーはニアミスに興奮する

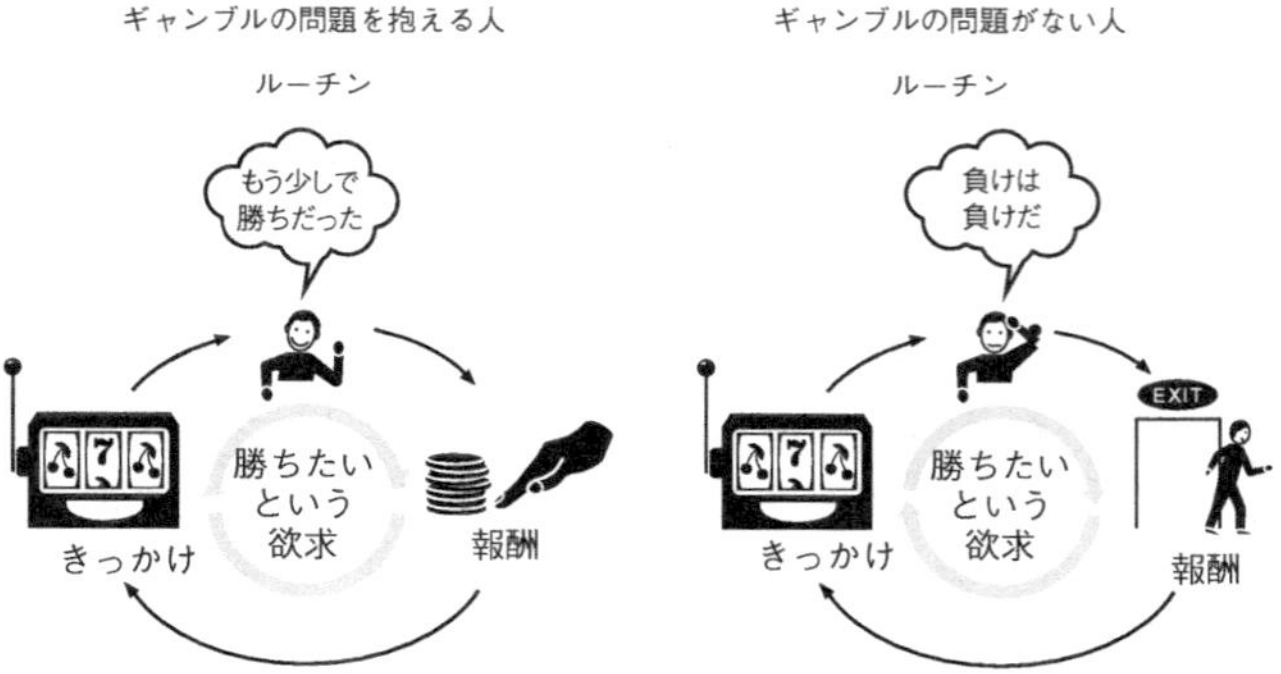

どちらのグループもまったく同じ映像を見たのだが、神経学的には違う見方をしていたのだ。ギャンブルの問題を抱える人々は、ニアミスでも心理的に興奮した。それはおそらく、彼らが一般の人々よりずっと長くギャンブルをするからだという仮説を立てた。ニアミスが、さらに賭けを続けるという習慣の引き金を引いたのである。

問題のないギャンブラーは、ニアミスを見たときむしろ不安を感じ、違う習慣の引き金が引かれる。もっと悪くなる前にやめたほうがいいと。

問題を抱えるギャンブラーの脳が一般人と異なるのは、生まれつきなのか、ギャンブルのやり過ぎで脳の働きが変わるからなのかはよくわかっていない。はっきりしているのは、神経レベルでの違いが、病的なギャンブラーの情報処理に影響を与えているということだ。

アンジー・バックマンがカジノに行くたびに、自分をコントロールできなくなるのも、それで説明できる。賭博企業は当然のことながら、この性質をよく知っている。そのためにスロットマシンはニアミスが多く出るようにプログラムされている。* ニアミスが出たあとも賭けを続けるギャンブラーのおかげで、カジノや競馬や宝くじが大きな利益をあげているのだ。

「宝くじにニアミスを入れるのは、火にジェット燃料を注ぐようなものです」ある公営くじのコンサルタントが匿名を条件に話を聞かせてくれた。「売り上げが爆発的に増えている理由をご存じですか？　スクラッチくじは、もう少しで当たると感じるようにつくられているんです」

ハビブが実験で細かく調べた部位、大脳基底核と脳幹は、習慣をつかさどる（夜驚症で起こる行動のきっかけを与える）部位と同じだ。

ここ10年のうちに、その部位に働きかける、新しい種類の薬（たとえばパーキンソン病の薬）が登場し、習慣の中には、外部からの刺激の影響を受けやすいものがあることがわかった。アメリカ、オーストラリア、カナダでは、習慣のループに関わる回路に働きかける薬の

＊1990年代末、大手スロットマシンメーカーが、新しいマシンを設計するため、ビデオゲーム企業の元役員を雇った。その元役員のアイデアは、「ニアミスが多く出るようプログラムすること」だったという。また、ほぼすべてのスロットマシンに共通する細工としては、賭け手に「勝っている」と思わせるために、少額を払い戻すというものがある。「スロットマシンほど人間の心を見事に操るギャンブルは他にありません」。コネティカット大学医学部の依存症研究者が、2004年に「ニューヨーク・タイムズ」の記者にそう語っている。

せいで、患者が賭け事や飲食、買い物、マスターベーションといった行動を強迫的に行うようになったとして、製薬会社に対する集団訴訟が起こされている。2008年、ミネソタ州の連邦陪審は、薬のせいでギャンブルに走り25万ドル以上を失ったと主張した男性の訴えを認め、製薬会社に820万ドルの支払いを命じた。何百という数の類似のケースが係争中だ。「こうしたケースだと、患者が自らの衝動をコントロールできないと明言することができる。神経化学的に影響を与えた薬を特定できるからです」とハビブは言う。「強迫的なギャンブラーの脳を調べてみると、薬の影響を受けた脳ととても似ているのです。ただ、そういう人は薬のせいにすることができない。彼らはギャンブルはしたくないが、欲望に抵抗できないと言う。ではなぜ私たちは、パーキンソン病の患者は自分の行動をコントロールできないと考え、病的ギャンブラーにはコントロールができると考えるのでしょうか？」

小さな餌で脳が停止する

2006年3月18日、アンジー・バックマンはハラスの招待でカジノへ飛んだ。そのころ彼女の銀行口座はほとんど空っぽだった。これまでいくら損したかを計算してみると、90万ドルという数字が出た。彼女はハラスに、もう破産寸前だと告げたが、電話の相手はとにかく来てくれと言うばかりだった。信用枠を用意しますからと。

「ノーとは言えないムードだったわ。小さな餌をぶらさげられると、脳が停止してしまうの。言いわけに聞こえるでしょうけど、今回ばかりは違うと断言されて、私がいくら抵抗しても、結局は負けてしまうと自分でもわかっていたわ」

彼女は最後の財産を持ってカジノへ行った。最初は一手400ドルで、二つの手に同時に賭けた。10万ドル勝ったらやめよう。そうすれば子供たちに遺せる資金ができる。彼女は自分にそう言い聞かせた。夫もしばらく一緒にいたが、12時には寝てしまった。午前2時、彼女が持ってきたお金はすべてなくなった。ハラスの従業員が約束手形を持ってきた。彼女はキャッシュをつくるために、6回署名した。合計額は12万5000ドルだった。

朝6時ごろ、彼女は連勝してチップの山が大きくなり始めた。人が集まり始める。彼女は頭の中ですばやく計算した。まだカジノに借りた分を埋め合わせるには足りない。でもこのままうまくやれれば、きっと勝つことができる。そうしたら永遠にカジノとは縁を切る。彼女は5回続けて勝った。あとたった2万ドル勝てればいい。

最強の数字、21を出したのはディーラーだった。彼女は負けた。その次もだ。それからしばらくして3度目の21が出た。午前10時、彼女のチップはなくなっていた。彼女はまたカジノに借金を頼んだが、このときはカジノが断った。

バックマンはテーブルを離れ、宿泊先のスイートルームに戻っていった。床が揺れているような気がした。彼女は倒れないよう、手で壁をつたっていった。

部屋に入ると、夫が彼女を待っていた。

「みんななくなっちゃったわ」彼女は言った。

「どういうことだ？」

「お金がなくなったのよ。すべて」

「少なくともまだ家はあるよ」夫が言う。

バックマンは家を担保に借金したことは言わなかった。

どんな習慣でも変えられる

ブライアン・トーマスは妻を殺害し、アンジー・バックマンはギャンブルで遺産を食いつぶした。この2人の社会的責任に、違いはあるだろうか？

トーマスの弁護士は、彼の行動は「侵入者に襲われている」という思い込みがきっかけで起こった、反射的で無意識なものなので、妻の死について責任は問えないと主張した。この理屈で言えば、バックマンも（病的ギャンブラーに関するレーザ・ハビブの脳研究によって示されたように）強烈な欲望に支配されていた。ドレスアップしてカジノで午後を過ごそうと考え、その後何カ月かは、自分の意思で動いていたかもしれない。しかしそれから数年がたち、ギャンブルが違法の州に引っ越しまでしたのに、その後、ひと晩で25万ドルを失った。そのころにはもう、意識的な意思決定はできないようになっていた。

「神経科学の世界では、脳に損傷を受けた人は自由意志をいくらか失うというのが定説でした」とハビブは言う。「しかし病的なギャンブラーがカジノに足を踏み入れたときも、自由意志をなくしているようなのです。それ以外の選択肢がないように行動します」

バックマンがすべてを失った10カ月後、ハラスは貸した金を彼女の銀行口座から回収しようとしたが、彼女が署名した小切手は不渡りになっていた。そのためハラスは彼女を訴え、貸した額に加え罰金として37万5０００ドルを支払うよう求めた。意味合いとしては、民事上の罪に対する罰金と考えられる。バックマンは逆告訴で応じた。ハラスは信用枠を増やし、無料でホテルのスイートを用意するなどの派手な接待で、習慣をコントロールできないとわかっている客を食い物にしたと主張したのである。

裁判は州の最高裁まで争われた。バックマンの弁護士は、トーマスの弁護士と同じように、彼女は「ハラスがまきちらす餌に対して、反射的かつ無意識に反応した」だけなので、責任を問われるべきではないと主張した。カジノからおいしい誘いが来てカジノに足を踏み入れたら、彼女は習慣に支配されて、自分の行動をコントロールできなくなるのだ。

だが、判事たちの見解は、バックマンが間違っているというものだった。

「ある客が強迫的ギャンブラーかどうか知っている、あるいは知っているはずだとしても、カジノの経営者がその客を勧誘する行為を禁じる法律はない」

州には「自発的排除プログラム」があった。特定の人物に賭け事をさせる行為を禁じるリストがあり、誰でもそのリストに名前を登録できる。

「自発的排除プログラムが存在するということは、病的ギャンブラー自身が欲望を抑えてギャンブルを避けるなど、自分自身を守るべきであるという点を示唆している」と、判事ロバート・ラッカーは書いている。

トーマスとバックマンの裁判で結果が違ったのは、フェアな判定だと思われる。やはりすべてをギャンブルで失った主婦よりも、打ちのめされた夫のほうが同情は集まりやすい。

しかしなぜそうなるのだろう？　なぜ世論は、家族を殺した男のことを犠牲者のように感じる一方で、自己破産したギャンブル好きの主婦は罰を受けるのだろう？　なぜある習慣は簡単にコントロールできて、他の習慣は意志ではどうにもならないと思えるのだろう？　そもそも区別すること自体が正しいのだろうか？

習慣は外から見るほど単純なものではない。本書で実証しようとしてきたように、習慣は——たとえ、いったん頭に刻み込まれたとしても——定まった運命ではない。私たちは習慣を選ぶことができる。ただしそのやり方を知ってさえいればの話だ。これまでの研究で、仕組みを知っていれば、どんな習慣でも変えられるということがわかっている。

私たちは毎日、何百という習慣の影響を受けている。朝服を着て子供たちと話し、夜眠りにつくまで、習慣が管理しているのだ。昼食に何を食べるか、どうやって仕事を進めるか、仕事のあとに運動をするかビールを飲むかまで、習慣が左右する。それぞれ違ったきっかけがあり、違った報酬が与えられる。単純なものもあれば複雑なものもある。しかしどれほど複雑な習慣でも、形を変えることはできる。ひどいアルコール依存症の人でも酒を止められる。機能しなくなった会社も、自ら変わることができる。高校中退者でも有能な店長になれる。

ただし習慣を変えたいなら、まず変えることを決意しなければならない。習慣のルーチンを起こすきっかけと、その結果としての報酬を特定するという難しい作業を行い、代わりになるものを見つける必要がある。

アンジー・バックマン、ブライアン・トーマスそれぞれの弁護士の主張は、基本的には同じものだ。彼らの依頼人は習慣に従わざるをえず、行動をコントロールできなかった。

しかしこの二つのケースは違う扱いをするのがフェアであるように思える。バックマンが責任を問われる一方で、トーマスは釈放されてしかるべきというのは、トーマスは自分の殺人につながる行動パターンの存在すら知らず、ましてやそれをコントロールすることもできないと判断されたからだ。しかしバックマンは自分の習慣に気づいていた。知っていたからには、それを変える責任がある。彼女がもう少し努力をしていたら、ギャンブルの習慣を抑えることができたかもしれない。もっと大きな誘惑を前にしても、屈しなかった人はたくさんいる。

ある意味で、これこそが本書の要点だろう。

夢遊病や夜驚症のときの殺人は、本人が自分の習慣に気づいていなかったために、責任を問うことはできないという議論は納得できるだろう。しかし日常生活の行動パターンは、私たちがその存在を知っている習慣である。どのように食べ、眠り、子供たちと話しているか。特に考えることなく時間をすごしたり、お金を使ったりしているか。こうした習慣は変えられる点を理解すれば、それをつくり直す自由、そして責任を手に入れる。

習慣を立て直せることがわかれば、習慣の力を利用しやすくなる。あとは実践するだけだ。

自由意志を信じる意志

「私たちの生活はすべて、習慣の集まりにすぎない」

本書のプロローグでは、ウィリアム・ジェームズのこの言葉を取り上げた。

１９１０年に亡くなったジェームズは、名門の出だった。父は裕福で著名な神学者である。弟のヘンリーは作家として成功した優秀な人物で、彼の作品は現在でも研究されている。

30代のウィリアムは家族の中で肩身の狭い思いをしていた。子供のころは病気がちだった。画家になりたかったが医大に入り、そこもやめてアマゾン川への探検隊に加わった。しかしのちにそれもやめている。彼は日記の中で「何もうまくいかない」と自分を叱責している。

それだけでなく、これからうまくいくのかさえ確信が持てなかった。

「いまは最悪を経験中だ。私は目をしっかり開けて、選択をしなければいけないと感じる」

ジェームズは1870年、28歳のとき日記にそう書いている。

「自分の内面的な性向と相容れない存在として、素直に道徳心を投げ捨ててしまおうか？」

つまり自殺したほうがいいのではないかということだ。


2カ月後、ジェームズはある決心をした。早まったことをするのではなく、1年かけて実験をしてみようと。自分をコントロールできる、自分は変わる意志を持っているのだと信じ、12カ月間過ごすのだ。証明できるものはない。しかし変わることは可能だと信じることで自らを解放できるはずだ。

「私の自由意志による最初の行動は、自由意志を信じることだ」彼は日記にそう書いている。


それから翌年まで、彼は毎日それを実践した。彼の日記を見る限り、自分の選択に対する疑いは、まったく感じられない。彼は結婚し、ハーバードで教えるようになった。のちに最高裁判事になる人物や記号論研究のパイオニアと親交を結ぶようにもなった。

その後、「信じようとする意志こそが〝変化を起こせる〟という信念を築くときにもっとも重要なことだ」という、有名な言葉を記す。さらに、その信念を築くのにもっとも重要な方法は習慣であると、彼は論じた。「習慣のおかげで、最初は行うのが難しかったことも、どんどん容易になり、じゅうぶんに練習すれば半ば機械的に、ほとんど意識することなくできるようになる」自分がどんな人間になりたいのかがはっきりすれば、人は「そうなるべく練習してきたように成長する。それは紙や上着をいったん折りたたむと、あとになってもその折り目どおりにずっと癖がついているようなものだ。

もしもあなたが変われると信じるなら——「変われると信じる」のを習慣にすれば——変化は現実のものになる。それが習慣の力だ。

つまり習慣とは、「自分で選んだものである」と気づくことだ。選択した結果が、やがて反射的に起こる習慣になると、それが現実になるだけでなく、必然と思えるようになる。

各人の住む世界は、その人が周囲や自分自身をふだんどう見ているかによって変わる。作家のデイヴィッド・フォスター・ウォレスは、卒業を控えた大学生たちに向かって、かつてこんな話をした。「2匹の若い魚が泳いでいると、反対から泳いでくる年上の魚に出会った。年上の魚は『やあ、君たち、きょうの水はどうだい？』と尋ねた。若い2匹の魚はしばらくまた泳いでいたが、やがて1匹がもう1匹を見てこう言った。『水ってなんだろうな？』」

この話の〝水〟とは習慣やパターンであり、毎日行っている、無意識の選択や目に見えない決心のことだ。それは見つけようとすれば、また見えるようになる。そして見えれば自分でコントロールできる。

ウィリアム・ジェームズは生涯、習慣と、習慣が幸福や成功を生むのに中心的な役割を果たしている点について執筆を続けた。やがて名著『心理学原理（The Principles of Psychology)』の一章を、このテーマに割いた。彼は習慣がどう働いているかを説明するのに、水を比喩として使うのが一番適していると言う。水は「地面を穿《うが》ち溝が水路となる。水路はしだいに広く深くなる。たとえ流れがとまっても、いつかまた流れ始め、前と同じ路《みち》をたどる」

あなたはもうその水路の向きを変える方法を知っている。そして泳ぐ力も持っているはずだ。

付録——アイデアを実行に移すためのガイド

習慣に関する研究が行われていると知ると、誰もが、どんな習慣でもすぐに変えられる秘密の法則があると思い、それを知りたがる。「習慣」という行動パターンがどのように形成され、どのように働いているかがわかれば、それを変える方法だってわかるはずだと思うのだろう。しかし話はそれほど簡単ではない。

変える方法がないわけではない。問題は方法が一つではなく、何千とあることだ。人はそれぞれ違うし、習慣もそれぞれ違う。そのため診断の特徴も、パターンの変え方も人によって、また一つ一つの行動によって変わってくる。たばこを止めるのと、過食を抑えるのとは違う。配偶者とのコミュニケーション法を変えることや、仕事にどう優先順位をつけるかとも違う。さらに個人の習慣は、それぞれ違った欲求によって生じている。

本書には、習慣を変える万能薬は書かれていないが、私はそれに代わるものを提供したい。それは「習慣の仕組みを理解するための枠組み」と、「枠組みを変えるための手引き」だ。分析が容易ですぐに変えられる習慣もあれば、複雑で変えにくく、さらなる研究が必要な習慣もある。さらに言えば、変化が終わらない一つのプロセスになる場合もある。

変化はすぐに起こるものではないし、常に簡単でもない。しかし時間をかけて努力を続ければ、ほぼどんな習慣でもつくり替えることが可能になる。

〈変化の枠組み（フレームワーク）〉

1　ルーチンを特定する
2　報酬を変えてみる
3　きっかけを見つける
4　計画を立てる

ステップ1　ルーチンを特定する

第1章で述べたように、ＭＩＴの研究者は、すべての習慣の核にある、シンプルな神経学的ループを発見した。そのループには三つのパーツがある。

何度も繰り返し登場した「きっかけ、ルーチン、報酬」である。

自分の習慣を理解するためには、まず、このループに何が当てはまるのかを特定しなければならない。ある行動の習慣のループを分析できれば、以前の悪習を新しいルーチンに置き換えることができる。

習慣の核となるループ

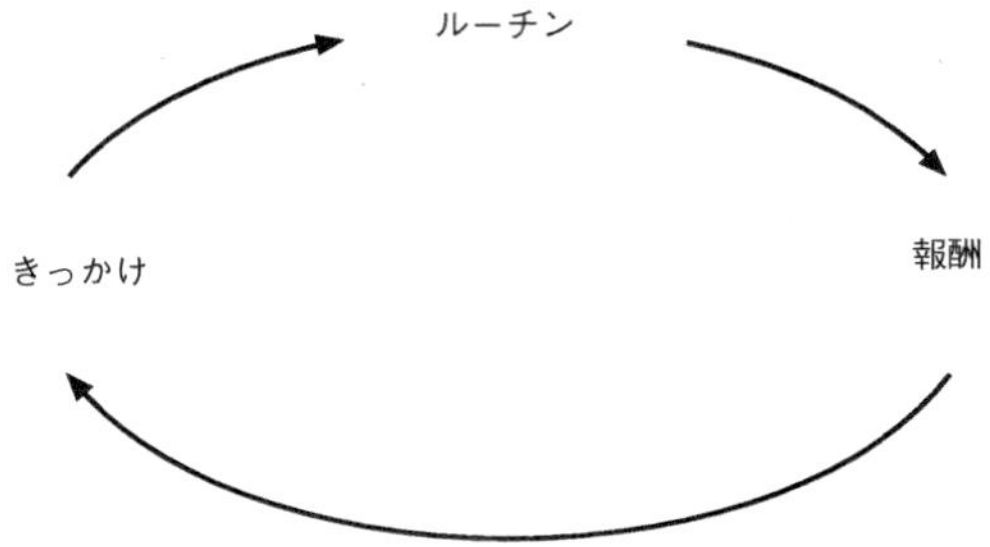

私がこの本のためのリサーチを始めたころの悪習を例として使いながら説明しよう。それは毎日、午後になるとカフェテリアに行ってチョコチップクッキーを買うことだった。この習慣のせいで私は何キロか体重が増えてしまった。妻からは怒られ、なんとかやめようとして、付箋に「もうクッキーは買わないこと」と書いてパソコンに貼ったりもした。

しかし毎日、午後になるとそのメモから目をそらし、立ち上がってふらふらとカフェテリアに向かい、クッキーを買い、レジのそばで同僚と世間話をしながら食べてしまう。食べているあいだは満足を感じるが、やがて嫌な気分になる。明日こそ意志の力を発揮してこの習慣をやめようと誓う。明日はきっと大丈夫だ。

しかし翌日、結局は同じことをしてしまうのだ。

この行動を変えるために、まず何をすればいい

チョコチップクッキーを食べる習慣のループ

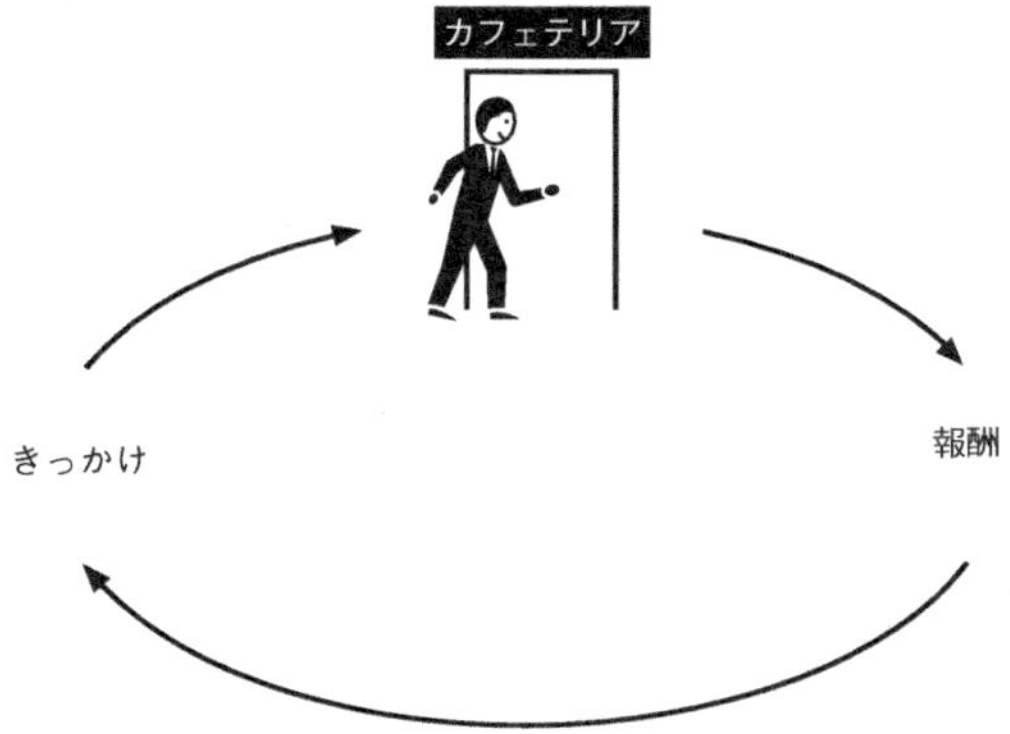

だろうか？ それは習慣のループを突き止めることだ。第1のステップはルーチンの特定である。

「クッキーを食べてしまう習慣」のループで、一番はっきりしているのはルーチンだ（たいていの習慣はルーチンがはっきりしている）。

この場合のルーチンは、午後になると立ち上がってカフェテリアへ行き、チョコチップクッキーを買って、食べながら友人たちと話をすることだ。ループの図で表すと上の図のようになる。

次にもう少しわかりにくい質問をしてみよう。このルーチンを引き起こす「きっかけ」は何だろう？ 空腹、退屈、低血糖、あるいは違う作業を始める前に休憩をしたいと感じるのか。

そして「報酬」は何だろう？ クッキーそのものか。気分を変えることか。息抜きをすることか。同僚たちとのおしゃべりか。糖分でのエネルギー補給か。

それらを突き止めるためには、ちょっとした実験が必要だ。

ステップ2　報酬を変えてみる

報酬の力は大きい。報酬がそもそもの欲求を満たすものだからだ。ところが私たちは自分たちを駆り立てる欲求に気づいていないことが多い。

たとえばファブリーズのマーケティング・チームは、消費者が掃除の仕上げにフレッシュな香りを求めていることに気づいた。それまでそんなニーズがあることを、誰も知らなかった。何気ないシーンの中に隠れていたのだ。欲求というのはだいたいそういうものだ。あとで考えれば当たり前のことなのに、その瞬間は見えにくい。

どんな欲求が特定の習慣を引き起こすのかを突き止めるためには、報酬を変えてみるとよい。これには数日から1週間、場合によってはもっと長くかかるかもしれない。習慣を変えなければならないというプレッシャーを感じる必要はない。自分は科学者で、データを集めている最中なのだ、ぐらいに考えてみよう。

実験の初日、あなたはカフェテリアに行きたい衝動に駆られる。だが、カフェテリアに行く代わりに、外へ出てまわりを歩き回り、何も食べずにデスクに戻る。翌日はカフェテリアに行くが、チョコチップクッキーではなくドーナツかキャンディバーを買って、食べてからデスクに戻る。さらに次の日はカフェテリアに行き、りんごを買って食べて友人たちとおしゃべりをする。次の日はコーヒーを1杯飲む。次の日はカフェテリアに行かず、友人のデスクに行って少しおしゃべりしてからデスクに戻る。

おわかりだろうか。クッキーを買う代わりに何をするかは重要ではない。どのような欲求が、ルーチンとなっている行動にあなたを駆り立てているかを見極めるのが目的だ。

あなたはクッキーが欲しいのだろうか？　それとも休憩したいのだろうか？　もし欲しいのがクッキーなら、それは空腹のためだろうか？　（もしそうならりんごでもかまわないわけだ）それともクッキーを食べて、エネルギーが湧いてくる感覚を欲しているのだろうか？（それならコーヒーでも満足できるはずだ）あるいはカフェテリアに行くのは人に会いたいからで、クッキーはその口実なのだろうか？　（それなら誰かのデスクに行って、数分間おしゃべりをすればじゅうぶんだろう）

このようにして四つか五つの違った報酬を試せば、パターンを見つけ出すためのおなじみの方法が使える。毎日デスクに戻ったあとで、最初に頭に浮かんだ三つのことを紙に書き留めるのだ。感情でもいいし、とりとめのない考えでもいいし、いま何を感じているかでもかまわないし、頭に浮かんだ言葉三つでもいい。

そして時計のアラームが15分後に鳴るようにする。アラームが鳴ったら、こう自分に問いかける。まだクッキーを食べたいと感じているだろうか？

三つのことを書き留めるのが重要な理由は——たとえ意味のない言葉であっても——二つある。

欲求を見極める

第一に、あなたが考えていることや感じていることに気づく。第3章で出てきた、爪を噛むマンディーはカードを持ち歩き、自分の癖を自覚するよう促していた。それと同じように、三つの言葉を書くことで、その瞬間だけは少なくとも意識をそこに集中せざるをえなくなる。書き留めておけば、自分がそのとき何を考えていたのか思い出すこともできる。

　ではなぜ15分後にアラームを鳴らすのか？　それはこの実験の目的が、あなたの欲しているものを見つけることだからだ。ドーナツを食べて15分後に、まだカフェテリアに行きたい衝動を感じるなら、あなたの欲しているのは糖分ではないということになる。同僚のデスクへ行って世間話をしたあと、まだクッキーが食べたいと感じたら、他人との交流が目的でもない。

　一方、友人とおしゃべりした15分後に仕事に戻ることに苦痛を感じなければ、あなたの習慣のループの報酬は、「ちょっとした気晴らしと他人との交流」だとわかる。

　いくつか違った報酬を試せば、あなたが本当に欲しているものがわかる。

習慣をつくり直すには、それが不可欠なのだ。

本当に欲しているものを見つける

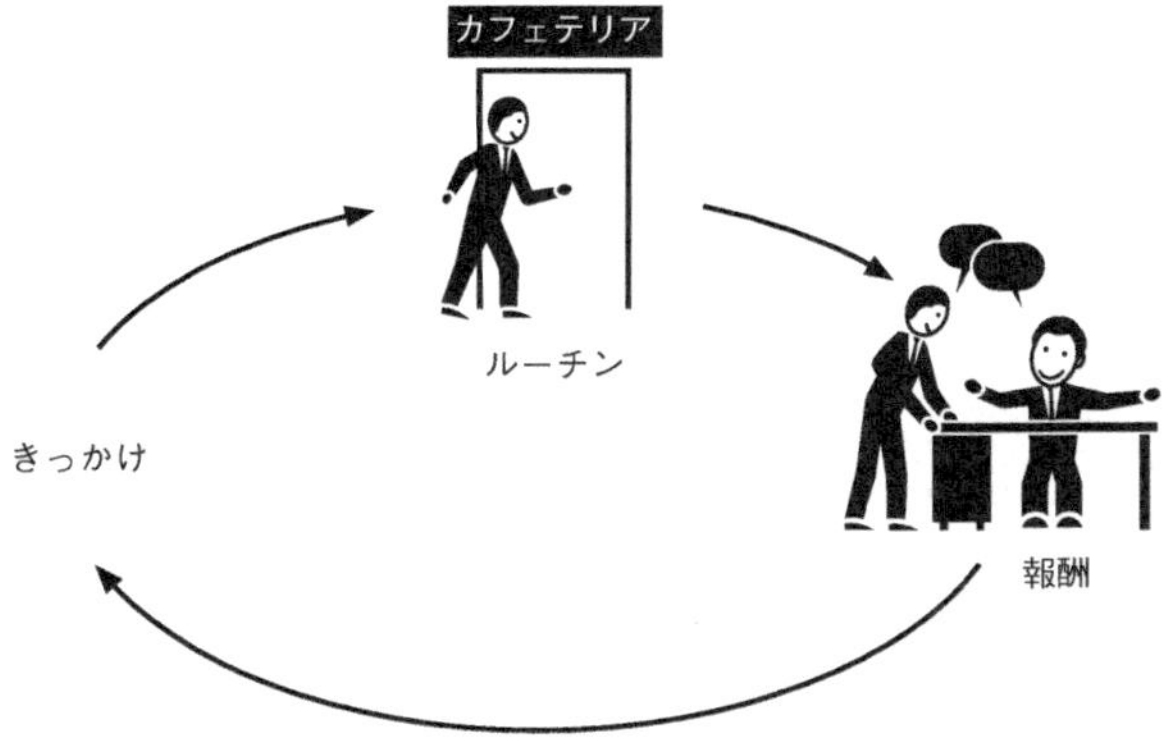

ルーチンと報酬を突き止められたら、あとはきっかけを特定するだけだ。

ステップ3　きっかけを見つける

およそ10年前、ウェスタン・オンタリオ大学の心理学者が、社会科学者を長年悩ませてきた、ある疑問に答えようとしていた。犯罪の目撃者を調べてみると、見たものを正確に覚えている人がいる一方で、間違って覚えている人もいる。それはなぜか、ということだ。

記憶は言うまでもなくとても重要だ。しかし見たものを間違って記憶している事例はよくある。たとえば犯人がスカートをはいていたのに、泥棒は男だったと証言する。あるいは警察の報告では、事件の発生時刻は午後2時となっているのに、証人は夕暮れどきだと言う。その一方で、自分が目の当たりにした犯罪をほぼ正確に思い出せる証人もいる。

この現象について検証した研究は何十とある。単に記憶のよしあしの問題、あるいはなじみのある場所で起こった犯罪のほうが思い出しやすいという理論もある。しかしこれらの理論は実証できなかった。記憶のいい人も悪い人も、犯行場所になじみがある人もそうでない人も、何が起こったのか記憶違いをする可能性は同じくらいだったのだ。

しかしウェスタン・オンタリオ大学の女性心理学者は、違ったアプローチをとった。尋問者と証人が何を言ったかばかりに注目するのは間違いなのではないかと考えたのだ。何か気づきにくい他の要素が、証人に影響を与えているのではないか。だが、その手がかりをさがして何本ものビデオテープを見ても、それらしいものは見つからない。顔の表情、尋問のしかた、感情の起伏……多くの動きがあるが、そこにはどんなパターンも見出せなかった。

そのとき彼女は、あることを思いついた。重点的にチェックする要素をいくつかリストアップすることだ。尋問者の口調、証人の顔の表情、証人と尋問者がどのくらい離れて座っているか。そしてこの三つのポイントと無関係の情報はできるだけ取り除くことにした。たとえばビデオを見るときはわざと音量を落として、言葉ではなく尋問者の声の調子だけがわかるようにした。尋問者の顔の部分に紙を貼り、証人の顔の表情だけが見えるようにした。さらには尋問者と証人の距離がわかるよう、画面に巻尺を置いた。

もう一度、先ほどあげた要素を確認しながら見ていたところ、あるパターンが浮かび上がった。記憶違いをしていた証人は、やさしくて友好的な態度の警官から尋問を受けていた。

証人が笑えば笑うほど、そして質問する人の近くに座っているときほど、記憶が違っている。

これはつまり、周囲のムードが友好的な雰囲気のとき、証人は事実とは異なったことを思い出すということだ。友好的な態度がきっかけとなり、尋問者を喜ばせたいと思う習慣の引き金が引かれると考えられる。

ここで重要なのは、同じビデオを何十人もの研究者が見ていたということだ。同じ映像を見ながら、誰もこのことに気づかなかった。それはどのビデオにも情報が多すぎて、記憶違いを引き起こすきっかけを見つけられなかったのだろう。

件《くだん》の心理学者は三つの行動のポイントに絞って観察し、それ以外の情報を排除したところ、一定のパターンが浮かび上がってきたのである。

私たちの生活もこれと似たようなものだ。習慣となった行動を引き起こすきっかけを見つけるのが難しいのは、行動を起こす際にありとあらゆる情報があふれているからだ。毎朝だいたい決まった時間に朝食を食べるのは、空腹だからだろうか？　それとも時計が7時30分を指しているからだろうか？　あるいは子供たちが食べ始めるからだろうか？　あるいは服を着替えると、朝食をとるという習慣のスイッチが入るのだろうか？

子供を車で学校に送っているとき、気がつくと職場へ向かってしまっていることはないだろうか？　なぜ間違えてしまうのだろう？　〝車で学校に行く〟パターンではなく〝車で職場へ向かう〟習慣のスイッチが入るきっかけは何だろう？

多くのノイズの中から一つのきっかけを特定するのに、件の心理学者と同じ方法が使える。

事前にチェックすべき行動のカテゴリーを決め、そこに決まったパターンがないか細かく観察する。幸いこの点に関しては、いくつかの指針がある。習慣を始めさせるきっかけはほぼすべて、次の五つのカテゴリーのどれかにあてはまることが実験で明らかにされている。

・場所
・時間
・心理状態
・自分以外の人物
・直前の行動

したがって、もしも「カフェテリアに行ってクッキーを買う」習慣のきっかけを知りたいならば、その衝動が起こったときに、このリストにそって五つのことを書き留める（次のリストは、実際に私が自分の習慣を分析しようとしたときのメモだ）。

きっかけを見つける

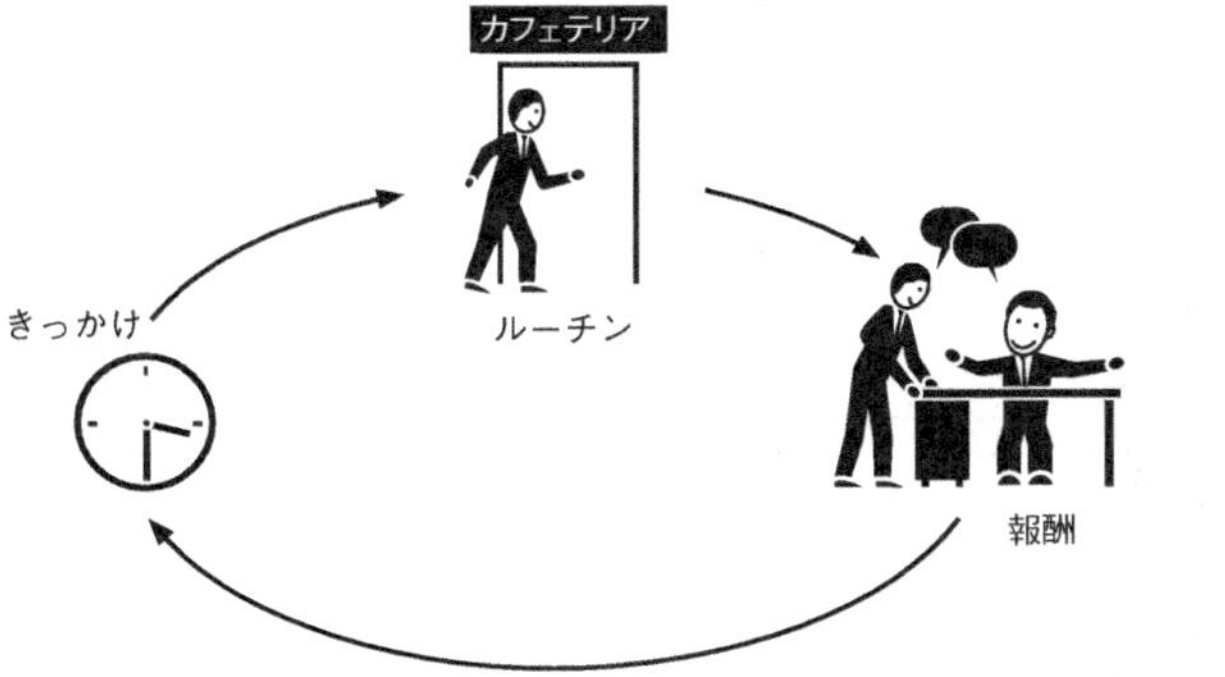

どこにいたか――デスクに向かって座っていた
何時だったか――午後3時36分
心理状態は――飽きていた
誰がいたか――誰もいない
直前に何をしていたか――メールの返事を書いていた

〈翌日〉

どこにいたか――コピー機から戻ってきたところ
何時だったか――午後3時18分
心理状態は――楽しかった
誰がいたか――ジム
直前に何をしていたか――コピーをとっていた

〈3日目〉

どこにいたか――会議室

何時だったか――午後3時41分
心理状態は――疲れていた。自分の関わっているプロジェクトのことで興奮していた
誰がいたか――会議に来た編集者
直前に何をしていたか――会議が始まるところだったので座っていた

この3日間で、クッキーを食べたくなる習慣のきっかけは、だいたいわかった。私は一日のある時間帯に、食べ物が欲しくなるようだ。私はすでに、ステップ2の段階で、クッキーを買いに行ってしまうのは空腹のせいではないということはわかっていた。私が欲していたのは、「一時的に仕事を忘れること」だった。それは友人とおしゃべりをすることで得られる種類のものだ。そして、この習慣は午後3時から4時に起こることがわかった。

ステップ4　計画を立てる

自分の習慣のループ（特定の行動へと駆り立てる欲求、その引き金となるきっかけ、そしてルーチンそのもの）がわかったら、行動を変える準備はできた。あとは計画を立てることだ。

プロローグで、習慣はある時点までは自分で選んでいるが、やがて考えなくても、毎日何度も行うようになる行動であると指摘した。言い換えるならば、習慣とは脳が反射的に従っ

ている機械的行動なのだ。「きっかけ」を見たら「ルーチン」を行い「報酬」を得る。

この公式をつくり替えるためには、もう一度、選ぶことから始めなければならない。そうするのに一番簡単な方法は、計画を立てることだ。心理学ではこうした計画を「実行意図」と呼んでいる。

たとえば午後にクッキーを食べる私の習慣を考えてみよう。きっかけは午後3時半前後という時間だ。ルーチンはカフェテリアに行ってクッキーを買い、友人とおしゃべりすること。そして実験によって、私が本当に欲しているのはクッキー（空腹を満たすもの）ではないとわかった。しばらく仕事を忘れて人と世間話をすることだった。

そこで私はこんな計画を立てた。

午後3時30分、毎日、友人のデスクに行って10分間話をする

そして忘れないよう、時計のアラームを3時30分にセットした。

この計画も最初はうまくいかなかった。忙しくてアラームを無視し、ついクッキーを食べてしまうことも何度かあった。話をしてくれる友人を見つけるのがひと苦労だった日もある。そういうときはクッキーを買ったほうが楽なので、つい衝動に負けてしまった。

しかし計画通りに、つまりアラームが鳴ると友人のデスクに行き、10分間話をすると、いい気分で仕事を終えることができた。

行動が習慣化された

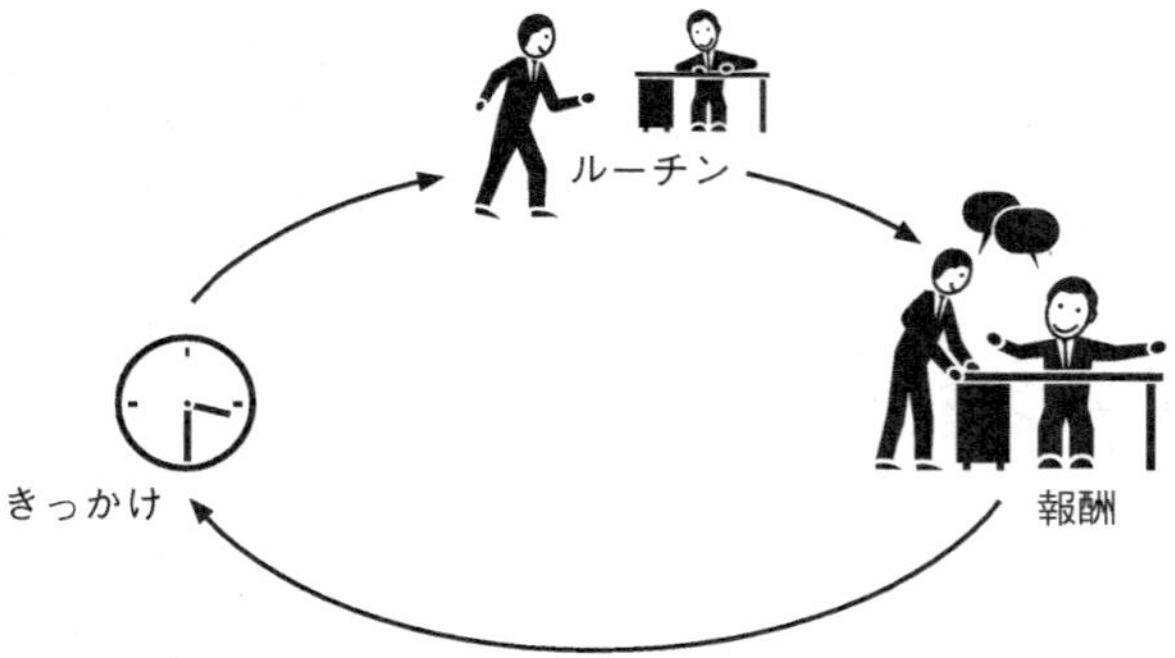

やがてこれが機械的な行動になった。アラームが鳴る→友人を見つける→仕事が終わったとき小さな達成感を得る。何週間かたつと、何も考えずこのルーチンを行うようになった。おしゃべりの相手が見つからないときは、カフェテリアに行ってお茶を買い、友人と飲んだ。

これはすべて6カ月前の話だ。私はもうアラームを使っていない。しかし毎日3時半になると、私は無意識に立ち上がり、新聞閲覧室に行って話し相手をさがし、10分間ニュースについておしゃべりをした後、自分のデスクに戻る。この行動を、ほとんど何も考えずにしている。

これが習慣になったのだ。

もちろん変えるのがもっと難しい習慣もあるだろう。変えるのに長い時間がかかることもあるし、何度も試行錯誤しなければならないかもしれない。

しかし習慣がどのように働いているかがわかれば（きっかけ、ルーチン、報酬を特定できれば）、習慣を支配する力を手に入れることができるのだ。

ペーパーバック版あとがき
——減量、禁煙、ものごとの先延ばし、教育について学んだこと

『習慣の力』が出版された数か月後、「ニューヨーク・タイムズ」のデスクで仕事をしていたとき、1通のメールが受信箱に届いた。それはある女性読者からで、悪いことが続いたときに友人から『習慣の力』を手渡されたという。そのころ彼女は仕事を失い、恋人とのつらい別れに耐えていたと書かれていた。彼女は酒を浴びるほど飲んだ。何もかもが自分の手に負えなくなっている気がしていた。

「前からアルコール依存症更生会（AA）についての話を聞いていましたが、いろいろな理由があって、行ったことがありませんでした」と彼女は書いていた。「あなたの本を半分読んだ次の日、一杯お酒を飲みましたが、それが最後のお酒になることを願っています。

その6日後、8月1日に初めてAAに行きました。いま禁酒41日目です。まだ先は長いですが、これまで持ったことのない希望を持っています。37年生きてきて、今日ほどいい気分だったことはありません。あなたの本を読まなければ、AAに行けたかどうかわかりません」

私は10年以上ジャーナリストとして仕事をして、悪事をあばいたり、司法調査を行わせたり、世界を少しだけよくするよう政治家に進言したりするプロジェクトに参加したこともある。そういう仕事をしていると、新聞で読んだ話で人生が変わったという人から連絡をもらうことがよくある。

けれどもこんな手紙をもらったのは初めてだった。

この女性が立ち直るために、私が書いた『習慣の力』が果たした役割は本当にごく小さなものだ。褒められるべきはもちろん、助けを求めるよう背中を押した友人たち、彼女の禁酒を支えたAAの人々、そして何よりも、変わろうと決断した本人の強さである。けれども彼女の言葉は私の胸を打った。誰もが変わらなければいけないとわかる時期がある。けれども〝わかる〟だけでは十分ではないことが、研究で示されている。第一歩を踏み出すことができそうだと思うために、他の何かが必要なこともあるのだ。それはたとえば適切な考えに触れること、心に響く物語を聞くこと、ある種の激励などだ。

それでこのメールを読んだとき、私は考え始めた。習慣のループやキーストーン・ハビット、習慣を変えるための鉄則は、他の人々にも影響を与えていたのだろうか。言い換えると、習慣の成り立ちを理解することで、私たちの行動がどう変わるのだろうか。小さなアイデアが世界と出会ったとき、何が起こるのだろうか。

それを知るために、私はメールをくれた読者の何人かに連絡をとってみた。

＊＊＊＊＊

1年前、トム・ペイトンがスペシャル・オリンピックス・ニューヨークの運営の仕事から家に帰る途中、高速道路の休憩所のトイレに入った。彼は何年も前から食べることで退屈を紛らわし、ストレスを解消していた。そのうち食べることが儀式のように生活の中に組み込まれてしまっていた。朝、仕事を始める前に菓子パンを1つ。午後の眠気覚ましに炭酸飲料を飲む。家に帰ってくつろぐためにビールを1杯か2杯。

休憩所で、彼はトイレの外に置いてあった体重計に乗ってみた。

体重は154キロだった。

トム：ショックでした。体重が増えているのはわかっていたけれど、150キロまで増えたことなんてありませんでしたから。そのとき、ぼくは頭を振ってこう思ったんです。「これは変えなければいけない」。それからしばらくして『習慣の力』を買いました。読み始めると、まず自分がなぜ食べてしまうのか、つまりこんなに体重が増える原因となったきっかけと報酬を見つけなければならないと思ったのです。

質問：食べすぎるきっかけは何だったと思いますか？

トム：退屈とかストレスを感じるときがあって、それを紛らわすために食べる習慣がついたということだと思います。朝、行動を起こすのにチーズ・デニッシュを食べて、ハンバーガーを注文するときは必ずフライドポテトも頼みます。それは気持ちを落ち着かせる食べ物だと思っていました。食べるといい気分になるんです。

それでぼくは新しいルーチンを始めようと決意しました。それをダイエットとは思いたくなかった。マイナスのイメージがあるし、古い習慣から抜け出すだけではなく、新しい習慣をつくらなければならなかったから。まず毎朝、体重を量ること。それに体重が増えすぎていたので、たとえば菓子パンの代わりに果物を食べるとか、少し変えるだけですぐに効果が出ると思いました。それで最初に2、3キロ落ちたとき、気分がすごく高まったんです。やった！　本当に**大きなことをやっている**、という気分になりました。それで効果があると信じられたから、実際に減量に成功しているのです。

トムのこの直観が正しいことを証明する研究は山ほどある。NWCR（全国体重コントロール・レジストリ）がダイエットに成功した人のやり方を検証したところ、特に目立つ特徴が2つあった。減量を継続できている人はたいてい、毎日しっかり朝食をとる。また毎日体重を量る。

こうした習慣が大切な理由には、ごく当たり前なこともある。健康的な朝食をとれば、あとで間食をしないですむ、という調査結果が出ている。そしてしょっちゅう体重を量ると、無意識のうちに、食生活の変化によって減量することを実感できる。

けれどもそれと同じくらい大事なのは、毎日、少し体重が減っていくことによる精神的な高揚である。たとえ0・5キロでも減ると気分が高まって、ダイエットを続ける意欲がわく。長い戦いに勝つためには、小さな勝利をいくつも得ることが必要なのだ。

質問：いまでも体重を量っていますか？

トム：毎日量っています。運動についても同じようなことが起こりました。痩せる決意をして何日も経たないうちに、運動を始めました。ウォーキングマシンを買おうかとか、ジムに申し込もうかとも思いましたが、こう考え直したんです。「スーパーまで歩いてみよう」とか「少し遠くに車を駐めて、そこから歩こう」って。そうしたら毎日、何かを達成できるようになりました。最初は半マイルくらいから、1週間経つと4分の3マイル歩けるようになりました。そのあとは少し速く歩くようになりました。それがだんだん楽しくなっていったのは、予想外のことでした。

質問：あと戻りしたことはありますか？

トム：そりゃ、あります。ときどきポテトチップ1袋とかキャンディバーを食べてしまうけど、でもだいたい目は目標に向いています。何か食べたいと思っても、それはコントロールできる程度です。

ここにもう一つ、興味深いことがある。どんなに意志の強い人でも、ときどき以前のやり方に戻ってしまうことは必ずある。けれどもそれを最初から織り込んでいれば、つまり落ち着いて、そうした脱線は習慣にならないと強く思えれば、軌道修正も容易になる。

たとえば、甘いものの話をしてみよう。私はずっと甘いものが大好きだった。これは子どもが生まれるまで、それほど問題ではなかった。けれどもいまは2人の息子がいる。そこで問題は、ときどき甘いものを食べる私を子どもがまねして、それが習慣になってしまうことだ。それを痛感したのは、数年前に家族でコスタリカに旅行したときだった。

楽しいことがいっぱいの観光や、波に飛び込んだり、家族で健康的な食事をしたりしたあと、旅行中は毎晩、子どもたちにチョコレート・クッキーを食べていいことにしていた。それもたっぷりと。それでこそバケーションと考えてのことだ。毎日がみんなで楽しむお祝いのようなものだと。

ところが家に帰ってから、長男がその旅行について友だちに話しているのを耳にした。海があったんだ、と息子は言った。木にはサルがいて、浜辺にはカメの赤ちゃんもいた。でも最高だったのは、**チョコレートを毎晩食べられたこと**なんだ。「だから旅行って最高だよね」と、息子は『スター・ウォーズ』のフィギュアで遊びながら話していた。「好きなだけ甘いものを食べられるんだ」

それまでにも妻と私は、夕食について話しているとき必ず息子が甘いものの話を持ち出すことに気づいていた。食事の時間と甘いものとを関連づけるという習慣をつけてしまったのだ。そこで私たちは、会話の内容を変えることにした。家族の食事の他の面を強調するようにした。家族と過ごす時間の大切さ、みんなで一つの話題を共有し、旅行の思い出を語る楽しさ。ルーク・スカイウォーカーだって、ヨーダとオートミールを食べながら、その日のことを話すのが好きだったと、私は息子たちに言った。

そして習慣を変えるための鉄則にのっとり、夕食にともなう他の報酬を前面に打ち出した。もし息子がブロッコリーを食べたら、寝る前に読み聞かせをする。弟に豆を食べるよう仕向けたらジョークを教える。

甘いものは絶対に食べさせないというわけではない。ただ甘いものが食べられる決まったパターンをつくらないようにしたのだ。トムが1か月に1度なら、キャンディバーを食べてもいいとしたのと同じように、息子がいつ甘いものが出るか、予想できないようにした。お風呂のあと果物を食べることもあれば、ランチにマシュマロを入れることもあった。習慣はパターンが現れたときに生まれる。それは脳が決まったときに決まった報酬を求めるようになったときだ。報酬が予測できなければ、思いがけないところであと戻りしても、パターンになる可能性は少し減る。そして習慣のループができにくくなるのだ。

質問：では体重はどのくらい減りましたか？

トム：6か月でだいたい30キロ減りました。まだ続けています。100キロくらいまでは減らしたい。だからあの本が自分にとってとても大切なんです。自分をよく知り、習慣を理解して自分のものにする。苦しいけれど実現できる。そうすればどんなことでも成し遂げられると思えるようになります。長いこと、体重のことで悩んでいました。でも今はようやく自分をコントロールできるようになったと感じています。

＊＊＊＊＊

エリック・アールは10代からたばこを吸い始めた。大学では勉強しながら運動トレーナーとしての仕事をしていたので、何十回も禁煙しようとした。ジムの生徒には意志を強く持ち、がんばって運動し、食生活を見直し、足上げ運動《レッグリフト》の回数を増やすよう説いていた。そしてエリックは意志の力の効果を知っていた。エリックは発話障害があり、小さいころは内気だった。けれども高校では討論会《ディベート》のチームに入り、州のチャンピオンを争うまでになった。

ところが禁煙に関しては、その意志の力がなくなってしまうように感じた。彼はセルフヘルプの本を読み、あらゆる不健康な習慣から抜け出そうとした。スローガンを壁に貼ったり、ガムを噛んだり、運動量を増やしたり、目標を書き出したりした。2週間、ニコチンなしで過ごしたこともある。それでもやはりまた吸ってしまう。私は彼に、決意が何度も挫折している理由を尋ねた。

エリック：理由の一部は、ただ前の習慣をやめようとするばかりで、あとは何もするつもりがなかったことだと思います。喫煙を新しい習慣と置き換えようとしなかった。ぼくはかなり高い目標を持っていて、非の打ち所がない生活をしたかったし、それを目指していました。数日間は完璧な生活をおくれることはあっても、そこには無理があったんです。

質問：なぜそうなるのだと思いますか？

エリック：問題は、いっぺんにすべてやめようとしたことだと思います。ぼくは指導している生徒に、食生活や運動のやり方を変えることや朝早く起きること、すべてを同時にやるよう言っていました。自分がそう習ったからです。生活全体を見直さなければならないと。それでぼくは同じようにできると思っていた。でも一つのことに集中する必要があると気づいたんです。喫煙はぼくのキーストーン・ハビットでした。禁煙したければ科学的なアプローチをとって、一つの実験、つまりたばこを吸わないということに集中しなければならなかったんです。鏡に「キーストーン・ハビットを変えることだけに集中！」と書いたメモを貼ったほどです。それだけでよかったんです。

質問：どんな実験をしたのですか？

エリック：まずどんなときにたばこを吸いたくなるか考え、きっかけは気分を落ち着かせたい、ということだとわかりました。たばこがリラックスする手段になっていたんです。それで最初はたばこを吸いたくなったら走るようにしました。走ることが好きだったし、走ったときに感じる高揚した気分が、ニコチンの代わりになると思いました。しばらくはそれでうまくいっていましたが、そのうちやめてしまいました。次はサウナに行ってみました。リラックスできるし、早起きするし、実際にリラックスできたので、とてもいいと思いました。でも1日に何度もサウナに行くことができません。

それである日、瞑想をしてみようと思いました。その日の朝、お茶を淹れて、家にあった瞑想用テープを流しました。ほんの1分か2分です。ほんの少しの時間、静かに座っているだけで達成感がありました。日を追うごとに、長い時間できるようになったんです。瞑想のいいところは、一度、脳にそれを覚えさせて、慣れさせてしまえば、どこでもできるということです。順番待ちの列に並んでいるときや急にストレスを感じたとき、以前の私だったらたばこを吸いたくなったでしょうが、目を閉じて深呼吸をすると、気持ちを落ち着けることができます。

こうした実験——そして失敗——の過程は、長期的に習慣を変えようとするのに重要であることが、研究で示されている。禁煙をしようとするとき、だいたい7回はあと戻りをして、ようやくやめられる。こうしたあと戻りは、失敗と言いたくなるが、実際に行っているのは試行錯誤である。

ロードアイランド大学のジェームス・プロチャスカからの研究によると、喫煙者はたばこをやめたりまた吸ったりしながら、自分の喫煙パターンについて、何がきっかけや報酬になっているのか、認識を高めていることが示されている。最初の何度かの失敗では、おそらくまだその理由はわからない。けれどもあるパターンが現れると（たとえば「午後はがまんできるのに、朝は本当につらい」）実際に何が起きているのか理解し、分析を始める。「われわれは自分について、知らないうちに学習している」とプロチャスカは言う。「だから失敗は貴重なのだ。自分で望まなくても、強制的に学習させられる」

先延ばしの研究でも、同様のことが示されている。人が意志の力を発揮して先延ばしをやめようとするとき、だいたい最初はうまくいく。しかし時間が経つにつれて、意志の力は弱くなっていく。読まなければいけない本、書かなければいけない書類がおもしろくなくなり、フェイスブックを見たいという気持ちが高まる。そして屈してしまう。

そのため先延ばしをやめるには、意志の力が弱まったとき〝どのように〟決意が色あせていくかに注視し、それを無視するのではなく受け入れるよう勧めることが多い。45分ごとにフェイスブックを見たくなるなら、その気持ちを満たすために見てもかまわない。ただし10

分間に限る。時計をそばに置き、自分で時間を測る。プレッシャーから解放される時間を事前に決めておけば、言い換えると失敗を計画に織り込んで、さらに先の計画を決めていれば、すばやく元に戻ることができる。

質問：今でも瞑想は続けていますか？

エリック：はい。たばこはもう何か月も吸っていません。それにたばこをやめた後、酒もやめました。それはもっとずっと簡単でした。たばこを吸っていたときはいつも、一緒にワインを飲んだり、ポテトチップを食べたりしていたことに気づいたんです。それが全部ぼくの頭の中でつながっていた。その習慣を瞑想に変えたら、喫煙がほかの悪いパターンを生むキーストーン・ハビットだったんです。その習慣を瞑想に変えたら、他はすべて簡単に変わりました。今は前より元気です。最近、友人の何人かから、以前よりずっと生き生きして活動的だと言われました。

*****

私は何人もの教員から、習慣のループとキーストーン・ハビットの考え方を教室で応用したという話を聞いた。プラット・ベネットはバークリー音楽大学で人文科学を教え、学校の教員研修プログラムを監督している。学生や教員たちに、習慣の仕組みを理解することを教えるのは、彼らの可能性を引き出す助けとなると、彼は言う。

プラット：私は新入生に、少し離れたところから前期を振り返るというゼミも教えています。大学で経験したことを思い出し、何が役に立ち、何がうまくいっていないか考えるチャンスを与えるのです。あなたの本を使って、毎週〝ライフハック・レポート〟を書かせ、学生たちは自分が何をしているかを点検し、目標を一つ決めて、習慣の一面を変えて何が起こるかを調べるのです。

質問：学生たちは喜んでそれをしていますか？　それとも他の宿題と同じで、やらなければならない義務という感じでしょうか？

プラット：毎週のレポートは他の宿題や課題よりも大切なものになっています。学生たちは早い時期から「この習慣を変えて勉強のスキルが一気に上がるなら、**他にも**変えられる習慣があるかも」と言い出します。この方法で、私の教え子たちは睡眠習慣や食生活を向上させ、運動のやり方を変え、付き合う相手まで変わりました。この方法で変わったことは、どれも重要なことばかりです。

そしてこれがうまくいく理由は、その過程をすべて自分で決めるからです。どんな習慣を、どのようにして身につけ、変えようとするのをいつやめるか。だからとても結果に興味を持っています。数か月後に私のところへ来て「あのエクササイズまだやっていますよ」とか「練習のルーチンは前よりよくなっています」と言う人もいます。

質問：それは素晴らしい。でもそれは本当にレッスンのおかげでしょうか。それとも大学時代というのは自然に変わる時期なのでしょうか？

プラット：人は大学で変わる可能性は持っていると思います。でもなぜそれが起こるのか、体系的な知識が必要です。それは教える側でも同じです。ぼくは自分の仕事の流れを調べていたのですが、あの本で午後にクッキーを食べる人の話を読んだとき、ぼくにとってはメールをチェックすることが、あのクッキーだと気づきました。そこに報酬があったから、研究や書き物を中断してしまうんです。それでメールをチェックする代わりに、本についてのメモを取ることにしたら、原稿の修正が終わって、第2稿を提出して、2か月後に出版されることになりました。以前だったら何年もかかっていたはずです。メールのチェックという、ワークフローの一部を変えただけで、生産性が少なくとも400パーセントはアップしました。

一つの仕事でこれだけ大きな成果が出たら、他に何ができるだろうとわくわくします。睡眠の質も上がったし、運動する機会も増えた。書き物の仕事を先延ばししていたストレスが、大幅に減りました。人生が変わったと言ってもいい。

＊＊＊＊＊

数か月前、私はAAに参加したという女性と、再び連絡を取り、どうしているか尋ねた。「AAにはまだ行っています」彼女からの返事にはそうあった。「それからようやくこの3月から減量を始めました。服がもう入らなくなってしまって。

あなたにお伝えしたいことが、もう一つありました。あなたの本には、変化を促すものについての記述が欠けているかもしれません。人は変わりたいと思い、やってみて失敗するかもしれない。私も失敗しました。私にとってモチベーションとなったのは、苦痛でした。

このメッセージは他の人の役に立つと思います。苦痛がどれほど大きくなっても、乗り越えられます。AAでそういう話が出ます。いつか終わると信じられるようになるまで、どれほどの苦痛を味わわなければならないのかって。それはたいへんで怖いことだと知っています。でも変わろうという決意ができたら、本当に変われるんです」

ジャーナリストにとって、こうした会話はとてつもなく貴重なもので、どのアイデアが役に立ち、それが人々の生活をどう動かしているか、理解する助けとなる。旅行中、私はあの本について聞こうとまわりの人に話しかけるが、この最後のレッスンがいちばん役に立っている。どんな習慣でも変えることができることはわかった。どんなパターンも壊すことができる。毎日のように、それまで何十年もたばこを吸っていた人が、完全な禁煙に成功している。毎週のように、アルコール依存症の人が、初めてAAの会合に足を踏み入れている。肥満で悩んでいた60歳の人が、人生で初めて食べることを抑えられそうな気がしたと話すのも聞いた。生活を徹底的に変えて、別人になったみたいだと話す大学生とも話したことがある。

習慣はすべて、ルールの集まりに従うものであり、その原則を理解できたとき、それらに働きかける力を持つ。どんな習慣も変えられるのだ。

もしあなたが自分の習慣を変える方法を見つけたら、ぜひそれを教えてほしい。私のメールアドレスはcharles@charlesduhigg.com、あるいは私のウェブサイトwww.charlesduhigg.comに連絡先の情報はすべて載っている。私はすべてのメールに返信している。どんな方法で習慣を変えることができたのか、聞かせてもらえれば幸いである。

解説
「生活習慣、それがすべてです」

一般財団法人基礎力財団理事長・陰山ラボ代表
陰山英男

この言葉はもう何十年も前、私が兵庫県の田舎にある、山口小学校で行った校内研修会に招いた医師の言葉です。専門が子どもたちの生活習慣なので、それほどまで生活習慣を重視し、入れ込んで研究されているのは大変よくわかりました。しかし、「それがすべてである」とまで言い切られてしまうと、そこまで言わなくてもいいだろう、それはかなり無理のある主張ではないか、とそのとき思ったことを今でも鮮明に覚えています。

なぜそれを鮮明に覚えているかというと、その後の教育実践の中で、生活習慣は学習習慣に形を変えながら、その重みを実践が深まるほどに感じたからです。

本書『習慣の力』の旧版オビには、「習慣を変えれば、人生の4割が好転する！」、と書かれていますが、これは不思議なほど控えめな表現であり、私はあえて「習慣を変えれば、人生すべてが変わる」と言ってもそれはあながち嘘ではない、と思っています。

本書はアメリカ人のチャールズ・デュヒッグによって書かれています。そのため「ハビット」という単語がキーワードとして何度も出てくるわけですが、この本を読んでいくと、それは毎日繰り返される日常の人間の行動すべてを包含している言葉であるということに気付きます。その点ではこの『習慣の力』には、個人の人生だけでなく、社会の在り方や今後の人類の未来に関わる重要な教えが含まれており、私たちはその点をしっかりと受け取る構えが必要だと思いました。

この本の中における「習慣《ハビット》」は、日本語により近い言葉を探すとするなら、「習性」、「中毒」、あるいは「洗脳」といった、違った意味合いのものも含んでいます。一方、もう一つ日常的に繰り返される行動に関して、その表現に「ルーチン」という言葉を使っていますが、これは私の中で「反復」という言葉に訳してみると、一層そこに書かれた内容がリアルにとらえられてきます。

それは人の生き方に関わる決定的なものであり、「この一冊を読むことによって人生が変わった」、という人が少なからずいるであろうと私は予測します。なぜなら、私たち日本人の「習慣」に対する考え方はあまりにも狭く、観念的・道徳的であり、実証的なものではないからです。

私の仕事の枠組みの中で考えると、学力こそ習慣の質によって形成されるもので、「勉強すれば学力がつく」、というのは全くの思い込みであり、現実に、学習方法を間違えれば伸び悩むどころか学力が破滅的に壊れていくことだってあるのです。しかし、そこはアメリカ、合理的・実証的な実験やその成果によって、禁煙するにはどうすればいいか、人々に必要ないと思われていた商品をいかにすべての人に買わせることができるか、みんなの力で業績を上げようという会社組織は、きちんとしたルーチンがなければ業績を上げるどころか様々な事件や事故の温床になる、ということを具体的に示していきます。私たちがこの本から提起される具体的な改善事例やその原理を学びながら、どう自分の生き方に生かしていけるか、私はそのことについて、いくつか提案をしたいと思います。

習慣とは何か。それは私の中では「努力の無意識化」ということです。人間が生活を良くするためには様々な改善の努力を必要とします。しかし、その努力がまさしく努力として特別な重みを持っている間、残念ながらその成果は見えにくいものです。しかし、それを何度も反復し継続し、その努力が当たり前のものとなったとき、その効果は劇的な変化を生んできます。

例えば「空気を吸うように勉強しよう」、と言ってもそれは現実的ではありません。「空気を吸う」というのは生きるための本質的な行為だからです。ではどのように勉強しようか、と考えました。それが歯磨きでした。歯磨きは当然虫歯を予防するための取組みですが、日常的に歯磨きをしている人間にとっては、むしろ歯磨きをしないことは気持ちの悪いことであり、虫歯の予防という本質的な目的を意識せずとも人は歯磨きをします。ですから私は「歯磨きと同じように勉強しよう」、と子どもたちに語っていました。しかし、この本では歯磨きの習慣のなかった人に「朝起きれば歯を磨く」という習慣を作ることに成功した事例を紹介しています。

その突破口となった事例がペプソデントという練り歯磨きです。人々に歯磨きの習慣を作り出したのはクロード・ホプキンスという人でした。当時、アメリカでは甘い加工食品が広がり、人々は虫歯に悩まされていました。特に戦地に向かう新兵にもそれが広がり、虫歯問題は国の安全を脅かすほどになっていたのです。その対策として歯磨き粉が考案、発売されたものの、全くそれは広がっていませんでした。

確かに習慣のないところに、練られた歯磨き粉を口の中に入れるというのはハードルの高いものです。そこで彼は、「歯にはくすんだ膜が張りついていて、それをペプソデントがはがして、歯を美しく見せる」と女性にアピールしたのです。それは二週間ほどは全く反応がなかったものの、三週目には人気が爆発し、注文に生産が追い付かないほどになったというのです。この、「歯の膜を取り去る」ということをきっかけとして、「歯が美しくなる」という報酬を与える、そのことによって「毎日歯を磨く」というループが生まれ、爆発的なヒットにつながっていったのでした。こうしたことは、学習習慣の確立に生かせるかもしれません。

きっかけ（歯の膜）と報酬（美しい歯）というわかりやすい二つの原理のほかに、見落とされていた第三の原理として消臭剤ファブリーズがヒットした理由が挙げられています。元々ファブリーズはあらゆる悪臭を断つものとして優れた商品でした。そして、臭いに悩む人には悩みを一気に解決してくれる素晴らしいものでした。でも、売れないのです。

結局このファブリーズを日常的に使っている人の行動を分析すると、単に消臭のためではなく、一通り掃除をした後、わずかに心地よい香りをつけるという意味でこのファブリーズを使っていたのでした。掃除という誰しもが行う日常の営みの中に、心地よい香りを漂わせるという習慣を付加することでこのファブリーズは突然ヒットするようになったといいます。そこには単なる「報酬」にとどまらず、掃除を終えた後、心地よい香りの中で過ごしたいという「欲求」を生み出したということを第三の原理として読者に提示しています。

このように人間の一つの欲求に沿う流れの中で、新しい習慣が生まれてくるということが分かったのです。私はこの「習慣」が個人の生活の中から自然に生まれるものではなく、ビジネスの中で意図的に生み出されてくるということに衝撃を受けました。

一方、個人の生活習慣の改善については、禁煙やダイエットのことが解説されており、意外にもそのアドバイスはシンプル、かつ実用的で私自身にも経験があるので、なるほど、と思いました。それは良くない生活習慣を全部改めるのではなく、その原因を分析し、きっかけとその結果をつなぐ真ん中の習慣（＝キーストーン・ハビット）を別のものにおきかえるという発想です。

私は20代前半ヘビースモーカーで、一日に二箱は煙草を吸っていました。当然体調は悪く、学校の教室で煙草を吸うわけにはいかないので、吸えるところで集中的に吸うという不健全な生活をしていたのです。そして、この習慣から抜け出すために自分を分析しました。

原因は慣れない仕事のストレスや、先の見えない自分の将来への不安でした。ですから、煙草を吸いたくなった時は体を動かし、仕事のことを忘れるようにしました。そして、少し調子が良くなれば、そうした不安がなくなるよう、逆に仕事について必死に研究し、工夫改善を始めました。その当時、本を買う費用は高いものでしたが、未来への投資と思い際限なく本を買い、読み、そして没頭しました。体調が良くなり仕事の内容が改善されれば、不安やストレスは解消していきます。そしていつの間にか、煙草はいらなくなっていました。

私が尊敬しているアナウンサーの久米宏氏がかつて、「仕事がうまくいかないときの解法はいい仕事をするしかない」、と言っておられましたが、まさしくその通りと思います。ストレス解消には真正面から切り込んでいくというのが実は一番の近道であるのです。

この本の中で、私が全く知らなかったことがあります。それは、会社組織にも悪い習慣と良い習慣があるということです。これは「習慣」というより「マネジメント」と言った方が分かりやすいかもしれません。私が驚いたのは、会社の内部組織は放っておけばみんなが実績を上げ、それを上司にアピールしようとし、バラバラになって対立ばかりが広がってしまうというのが普通であり、そうしたことが起きないようにするために「習慣」が作られているということです。私は民間の企業に所属したことがなく、民間企業は、放っておいても集団で利益を生み出すためにまとまるものと思っていましたが、放っておくとバラバラになるので習慣化によってそれをまとめるというのは新鮮な考え方でした。

そうした目で関連するいくつかの会社を見るとまさしくそうで、改めて学校という組織を見てもそれは同じことだと気が付いたのです。重要なのは、そうした習慣化の中では個人の発想や改善への提案でよいものは組織として受け止め、評価し、一般化するということです。スターバックスが世界に一万以上の店舗を持つようになった秘密が、会社としての習慣化、システム作りが大きなポイントになっていたというのも驚きでした。世界中に無数のコーヒーショップがある中、あれほどの事業展開を可能としたのはコーヒーショップで起きる様々な小さなトラブルをきちんと解決していくようシステム化し、それを現実に浸透させていくことによって達成されたということです。

個人や組織の習慣を変えていくにあたり、この本の中では特に強調されているわけではないけれども、私から見ると極めて重要なポイントがあったことを付け加えておきたいと思います。それは、習慣化するプロセスの一つとして、人は問題を洗い出し、新たなことを提案します。そしてそれを一つの方向性に結論付けるとき、何かしらの形で「書く」作業が必ずあるということです。この「習慣の力」をより確実なものにしていくために、私たちはその過程の中で「書く」という作業の内容を高めていくことが必要だろう、と感じました。それは私の経験でも、最も重要なことでした。

また、まず何より、小さくとも成功の事実を生み出すということも重要です。成功の事実は個人に自信を与え、一つの習慣の改善は、その人の習慣全体の改善へと波及していくのです。作者はこれを「キーストーン・ハビット」と呼んでいますが、これはとても重要なことと思います。多くの問題を抱えている人間が、それらすべてを一度に改善しようとしても困難であり、失敗してしまえば自信ではなく挫折感を与えてしまいます。

この「キーストーン・ハビット」を何に置くか、ここに「習慣の力」を定着させるためのカギがあると思います。また、成功の事実は他の人の評価に結び付き、一人の成功は周囲の成功を誘発していきます。最初の一つの成功が大きな成功に連鎖をし、スターバックスのような組織の急成長も現実のものとして起こすことができるのでしょう。こうして個人や組織の習慣をより望ましいものにしていくため、作者は「意志の力」の存在を説いています。人は大きな改革のために、大きな議論をやってしまいがちですが、そのためにハードルが上がり、失敗をしがちです。大きな改革の事実を生むには、小さくてもいい確実なひとつの事実というのは、経験からもそうです。この小さな事実を成就させる一連の流れを具体的に進めることで4割と言わず人生のすべてがより良いものに変わっていくと私は思います。

この本は、「人生を変えた本」として今後も長きにわたって多くの人に読み続けられるのではないか、私はそんな風に思います。

二〇一九年六月

本書の原注（翻訳版）は、以下からダウンロードしていただけます。
https://www.hayakawa-online.co.jp/powerofhabit/ をご参照ください。

HEY YA!

Words & Music by ANDRE BENJAMIN
© by GNAT BOOTY MUSIC
Permission granted by FUJIPACIFIC MUSIC INC.
Authorized for sale only in Japan

本書は、二〇一六年二月に講談社＋α文庫より
刊行された作品を再文庫化したものです。

マシュマロ・テスト

――成功する子・しない子

The Marshmallow Test

ウォルター・ミシェル

柴田裕之訳

ハヤカワ文庫ＮＦ

目の前のご馳走を我慢できるかどうかで子どもの将来が決まる？　行動科学史上最も有名な実験の生みの親が、半世紀にわたる追跡調査からわかった「意志の力」のメカニズムと高め方を明かす。カーネマン、ピンカー、メンタリストＤａｉＧｏ氏推薦の傑作ノンフィクション。解説／大竹文雄

腸科学
——健康・長生き・ダイエットのための食事法

The Good Gut

ジャスティン・ソネンバーグ
&エリカ・ソネンバーグ
鍛原多恵子訳

ハヤカワ文庫NF

人類史上もっとも多くの人を苦しめている生活習慣病やアレルギー、自閉症などを抑え、若返りの働きがある腸内細菌。この細菌が、現代の食習慣により危機に瀕している！　細菌を育て、病気知らずの人生を送るにはどうすればよいのか？　スタンフォード大学の研究者が最新研究とともに、実践的なアドバイスを伝授。

羊飼いの暮らし

——イギリス湖水地方の四季

The Shepherd's Life

ジェイムズ・リーバンクス

濱野大道訳

ハヤカワ文庫NF

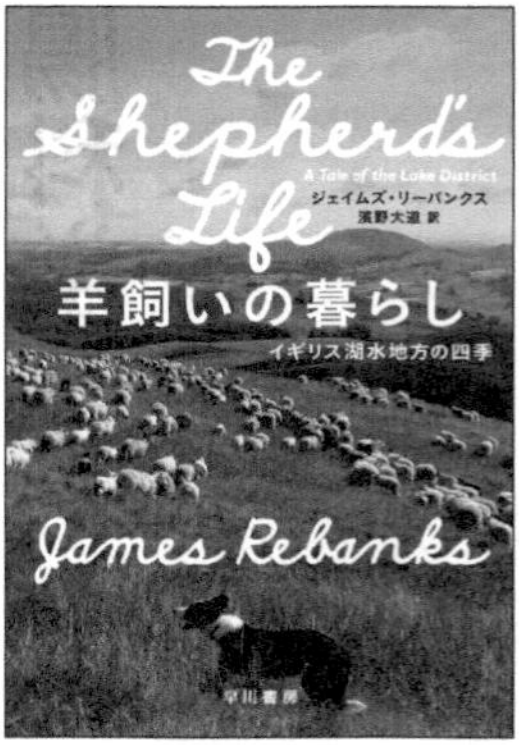

太陽が輝き、羊たちが山で気ままに草を食《は》む夏。競売市が開かれ、一番の稼ぎ時となる秋。過酷な雪や寒さのなか、羊を死なせないよう駆け回る冬。何百匹もの子羊が生まれる春。湖水地方で六〇〇年以上続く羊飼いの家系に生まれたオックスフォード大卒の著者が、羊飼いとして生きる喜びを綴る。　解説／河﨑秋子

猫的感覚

——動物行動学が教えるネコの心理

Cat Sense

ジョン・ブラッドショー

羽田詩津子訳

ハヤカワ文庫ＮＦ

感情をあらわにしないネコは一体何を感じ、何に基づいて行動しているのか？　人間動物関係学者である著者が、野生から進化したイエネコの一万年に及ぶ歴史から人間が考えるネコ像と実際の生態との違い、一緒に暮らすためのヒント、ネコの未来までを詳細に解説する総合ネコ読本。

ずる
——嘘とごまかしの行動経済学

The (Honest) Truth About Dishonesty

ダン・アリエリー
櫻井祐子訳

ハヤカワ文庫NF

正直者の小さな「ずる」が大きな不正に？
不正と意思決定の秘密を解き明かす！

子どもがよその子の鉛筆をとったら怒るのに会社から赤ペンを失敬したり、ゴルフボールを手で動かすのはアンフェアでもクラブで動かすのは許せたり。そんな心理の謎を読み解き不正を減らすには？　ビジネスにごまかしを持ちこませないためのヒントも満載の一冊

〈数理を愉しむ〉シリーズ

偶然の科学

Everything Is Obvious

ダンカン・ワッツ

青木 創訳

ハヤカワ文庫NF

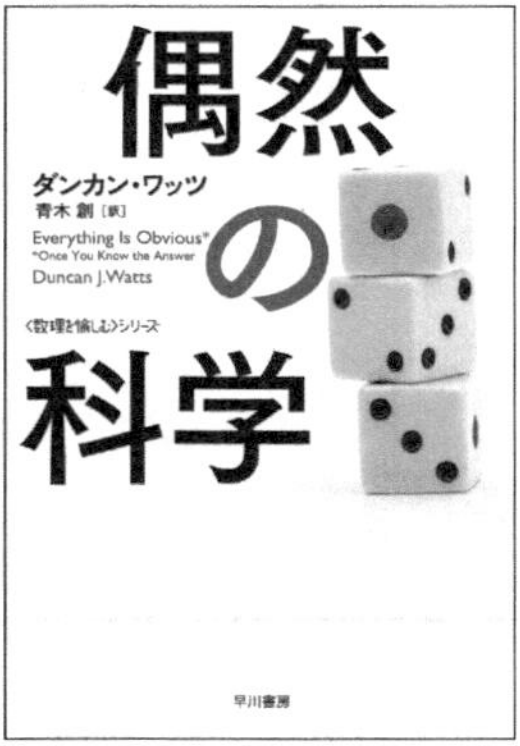

世界は直観や常識が意味づけした偽りの物語に満ちている。ビジネスでも政治でもエンターテインメントでも、専門家の予測は当てにできず、歴史は教訓にならない。だが社会と経済の「偶然」のメカニズムを知れば、予測可能な未来が広がる。スモールワールド理論の提唱者がその仕組みに迫る複雑系社会学の決定版。

訳者略歴　翻訳家　上智大学文学部卒業　訳書にウォーカー『スノーボール・アース』（早川書房刊），タークル『つながっているのに孤独』，ギャロウェイ『the four GAFA』，ルイス『かくて行動経済学は生まれり』他多数

HM=Hayakawa Mystery
SF=Science Fiction
JA=Japanese Author
NV=Novel
NF=Nonfiction
FT=Fantasy

習慣《しゆうかん》の力《ちから》
〔新版〕

〈NF542〉

二〇一九年七月十五日　発行
二〇二五年四月二十五日　六刷

（定価はカバーに表示してあります）

著者　チャールズ・デュヒッグ
訳者　渡《わた》会《らい》圭《けい》子《こ》
発行者　早川浩
発行所　株式会社　早川書房

郵便番号　一〇一 - 〇〇四六
東京都千代田区神田多町二ノ二
電話　〇三 - 三二五二 - 三一一一
振替　〇〇一六〇 - 三 - 四七七九九
https://www.hayakawa-online.co.jp

乱丁・落丁本は小社制作部宛お送り下さい。
送料小社負担にてお取りかえいたします。

印刷・製本　大日本印刷株式会社
JASRAC 出1906608-506　Printed and bound in Japan
ISBN978-4-15-050542-4 C0198

本書のコピー、スキャン、デジタル化等の無断複製は著作権法上の例外を除き禁じられています。

本書は活字が大きく読みやすい〈トールサイズ〉です。